JOHN GRISHAM

Dwadzieścia dwa lata temu młody adwokat pracował po 70 godzin tygodniowo w małej kancelarii w miasteczku w Missisipi. W wolnym czasie oddawał się swojemu hobby – pisał.

Pewnego dnia usłyszał w sądzie wstrząsające zeznania dwunastoletniej ofiary gwałtu. Głęboko poruszony zaczął pisać powieść o ojcu, który sam wymierza sprawiedliwość gwałcicielom córki. Po trzech latach pracy w 1987 roku skończył *Czas zabijania*. Maszynopis odrzuciło 25 wydawców. Wreszcie kupiła go nieznana mała oficyna za skromną sumę i opublikowała książkę w nakładzie zaledwie 5 tysięcy egzemplarzy.

O następną powieść Grishama walczyły już największe amerykańskie wydawnictwa. *Firma* przez 47 tygodni zajmowała najwyższe miejsca na listach bestsellerów. Prawa do ekranizacji kupiono za 600 tysięcy dolarów. Powstał pamiętny film Sidneya Pollacka z Tomem Cruise'em i Gene'em Hackmanem.

Raport pelikana, Klient, Komora, Rainmaker, Ława przysięgłych stały się największymi przebojami na całym świecie i zostały zekranizowane. Ich sukces powtórzyły kolejne thrillery prawnicze: *Wspólnik, Obrońca ulicy, Testament, Bractwo, Wezwanie, Król afer, Ostatni sędzia, Wielki Gracz, Apelacja* i *Prawnik*.

Grisham dowiódł, jak wszechstronnym jest pisarzem: od komedii obyczajowej *Ominąć święta*, przez powieść psychologiczną *Czuwanie*, po *Malowany dom* – wielką powieść o amerykańskim Południu – i *Niewinnego*, wstrząsającą autentyczną historię walki prawnika o niewinnego człowieka skazanego na karę śmierci.

W 2007 roku John Grisham został uhonorowany British Book Award for Lifetime Achievement – prestiżową brytyjską nagrodą literacką za całokształt twórczości.

Najsłynniejszy pisarz świata prowadzi spokojne życie na prowincji, stroni od mediów i bardzo chroni swoją prywatność. Poświęca się działalności charytatywnej; osobiście uczestniczył w budowaniu szkoły i szpitala w brazylijskiej prowincji Patal. Po huraganie Katrina założył fundację na rzecz ofiar. Jako zapalony miłośnik bejsbolu na sześciu boiskach w swojej posiadłości rozgrywa mecze z udziałem 350 dzieci z 26 drużyn małej ligi.

W swoich książkach John Grisham piętnuje podłość i nieuczciwość ludzi oraz bezprawie prawa. Swoim życiem dowodzi, że postawa i hierarchia wartości jego bohaterów wcale nie muszą być tylko literacką fikcją.

John Grisham

APELACJA

BRACTWO

CZAS ZABIJANIA

CZUWANIE

FIRMA

KLIENT

KOMORA

KRÓL AFER

ŁAWA PRZYSIĘGŁYCH

MALOWANY DOM

NIEWINNY

OBROŃCA ULICY

OMINĄĆ ŚWIĘTA

OSTATNI SĘDZIA

RAINMAKER

RAPORT PELIKANA

TESTAMENT

WEZWANIE

WIELKI GRACZ

WSPÓLNIK

JOHN GRISHAM

PRAWNIK

Przekład
KRZYSZTOF BEREZA

AMBER

Konsultacja prawnicza
dr Rafał M. Sarbiński

Redakcja stylistyczna
Dorota Kielczyk

Korekta
Jolanta Kucharska
Kinga Kwaterska
Elżbieta Steglińska

Ilustracja na okładce
Getty Images/Flash Press Media

Druk
Wojskowa Drukarnia w Łodzi Sp. z o.o.

Tytuł oryginału
The Associate

ISBN 978-83-241-3306-2

Warszawa 2009. Wydanie I

Wydawnictwo AMBER Sp. z o.o.
00-060 Warszawa, ul. Królewska 27
tel. 620 40 13, 620 81 62

www.wydawnictwoamber.pl

Steve'owi Rubinowi, Suzanne Herz, Johnowi Pittsowi,
Alison Rich, Rebecce Holland, Johnowi Fontanie
i całej bandzie z wydawnictwa Doubleday

1

Regulamin ligi młodzieżowej New Haven wymagał, by każdy dzieciak grał co najmniej dziesięć minut w każdym meczu. Odstępstwa stosowano wobec zawodników, którzy narazili się trenerom, opuszczając treningi lub łamiąc inne zasady. W takich wypadkach trener mógł sporządzić przed meczem raport i poinformować sędziego punktowego, że ten a ten nie pogra sobie długo, jeśli w ogóle, bo coś przeskrobał. Ale było to źle widziane w lidze; w końcu miała ona charakter bardziej rekreacyjny niż wyczynowy.

Na cztery minuty przed końcem gry trener Kyle spojrzał na ławkę swojego zespołu, skinął głową w stronę ponurego, nadąsanego chłopca o nazwisku Marquis i zapytał:

– Chcesz zagrać?

Marquis nie odpowiedział; podszedł do stolika sędziowskiego i czekał na gwizdek. Miał na swoim koncie wiele wykroczeń – opuszczone treningi, wagary, złe oceny, zgubiony mundurek, brzydkie wyrazy. Tak naprawdę przez dziesięć tygodni i piętnaście meczów Marquis złamał wszystkie nieliczne zasady, jakie trener usiłował wprowadzić. Trener Kyle już dawno zrozumiał, że każda nowa zasada będzie natychmiast złamana przez jego gwiazdę, i dlatego skrócił swoją listę i zwalczył w sobie pokusę dodawania nowych rozporządzeń. Ale to się nie sprawdzało. Próby zapanowania lekką ręką nad dziesięcioma dzieciakami ze śródmiejskich slumsów zepchnęły Czerwonych Rycerzy na ostatnie miejsce wśród dwunastu drużyn zimowej ligi.

Marquis miał tylko jedenaście lat, ale wyraźnie był najlepszym graczem na boisku. Wolał zdobywać punkty celnymi rzutami niż grać w obronie i podawać. W ciągu dwóch minut przedarł się przez linię rzutów osobistych, wyminął, obiegł, przeskoczył znacznie wyższych zawodników i zdobył sześć punktów. Jego średnia wynosiła czternaście, a jeśli pozwolono by mu grać dłużej niż przez pół meczu, mógłby prawdopodobnie zdobyć nawet trzydzieści. W jego własnym młodzieńczym mniemaniu tak naprawdę to nie potrzebował żadnych treningów.

Mimo tego popisu jednego aktora mecz był nie do wygrania. Kyle McAvoy usiadł spokojnie na ławce, przyglądał się grze i czekał, aż zegar wybije jej koniec. Jeszcze jeden mecz i sezon się zakończy, jego ostatni sezon trenera koszykówki. W ciągu dwóch lat wygrał dwanaście razy, przegrał dwadzieścia cztery i sam sobie zadawał pytanie, jak ktokolwiek zdrowy na umyśle mógł dobrowolnie być jakimkolwiek trenerem. On robił to dla tych dzieciaków, powtarzał sobie tysiące razy, dla dzieciaków, które nie miały ojców, dzieciaków ze złych domów, dzieciaków, które potrzebowały pozytywnego męskiego wzorca. I nadal w to wierzył, ale po dwóch latach niańczenia ich i kłócenia się z ich rodzicami, kiedy już raczyli się pojawić, awanturowania się z innymi trenerami, dla których oszustwa nie były poniżej godności, i zmuszania się do ignorowania nastoletnich sędziów głównych, którzy nie potrafili odróżnić blokowania od ataku, miał już dość. W każdym razie odsłużył już swoje w tym mieście.

Oglądał mecz i czekał, od czasu do czasu pokrzykując, bo tego oczekiwano od trenerów. Rozejrzał się po pustej sali gimnastycznej, w starym ceglanym budynku w centrum New Haven, który od pięćdziesięciu lat był domem dla ligi młodzieżowej. Garstka rodziców, rozproszona na trybunach, czekała na kończącą mecz syrenę. Marquis znowu zdobył kosza. Nikt nie zaklaskał. Czerwoni Rycerze przegrywali dwunastoma punktami na dwie minuty przed końcem.

Po drugiej stronie boiska, tuż pod starą tablicą wyników, jakiś mężczyzna w ciemnym garniturze wszedł na salę i oparł się o siedzenia wysuwanej trybuny. Rzucał się w oczy, bo był biały. W żadnej z obu drużyn nie było ani jednego białego gracza. Wyróżniał się też strojem, bo miał garnitur – czarny albo granatowy – białą koszulę i bordowy krawat, wszystko to pod trenczem, który sygnalizował agenta albo gliniarza jakiegoś wydziału.

Trener Kyle zobaczył tego mężczyznę akurat w momencie, gdy tamten wchodził do sali gimnastycznej, i pomyślał, że facet jest tu nie na miejscu. Prawdopodobnie to jakiś detektyw, może od narkotyków, szuka tu dilera. Nie byłoby to pierwsze aresztowanie w tej sali lub w okolicy.

Agent/gliniarz oparł się o barierkę, omiótł długim podejrzliwym spojrzeniem ławkę Czerwonych Rycerzy i wydawało się, że utkwił wzrok w trenerze Kyle'u, który w odpowiedzi wpatrywał się przez chwilę w natręta, zanim stało się to krępujące. Marquis pozwolił, by przeciwnik przerzucił piłkę prawie z połowy boiska, i zdobył punkt, trener skoczył na równe nogi, rozłożył szeroko ręce i pokręcił głową, jakby pytał: „Dlaczego"? Marquis zignorował jego gesty i nadal nie przykładał się do gry w obronie. Głupi faul spowodował zatrzymanie zegara i przedłużył tę mękę. Gdy Kyle przyglądał się chłopcu wykonującemu rzut osobisty, kątem oka dostrzegł agenta/gliniarza wciąż wpatrzonego nie w to, co się działo na boisku, ale w niego.

W dwudziestopięcioletnim studencie prawa, bez kryminalnej kartoteki i sprzecznych z prawem nawyków bądź skłonności, obecność i zainteresowanie mężczyzny, według wszelkich oznak zatrudnionego w jakiejś instytucji porządku publicznego, nie powinny budzić jakiegokolwiek niepokoju. Ale z Kyle'em McAvoyem zawsze było inaczej. Krawężnikami i drogówką niespecjalnie się przejmował. Płacono im za to, żeby po prostu reagowali. Ale faceci w ciemnych garniturach, detektywi i agenci, ci odpowiednio szkoleni, żeby grzebać głęboko i wykrywać tajemnice – takie typy zawsze wytrącały go z równowagi.

Jeszcze trzydzieści sekund, a Marquis kłóci się z sędzią głównym. Dwa tygodnie temu nabluzgał sędziemu i został zawieszony na jeden mecz. Trener Kyle wrzasnął na swojego gwiazdora, który jak zawsze go nie słuchał. Szybko zlustrował spojrzeniem salę gimnastyczną, żeby sprawdzić, czy agent/gliniarz numer 1 jest sam, czy towarzyszy mu jakiś agent/gliniarz numer 2. Nie, był sam.

Następny głupi faul i Kyle ryknął na sędziego, żeby już to puścił. Usiadł i przesunął palcem po szyi, strzepnął pot. Był początek lutego i w sali gimnastycznej było, jak zawsze, zupełnie lodowato.

Dlaczego się poci?

Agent/gliniarz ani drgnął, wydawało się, że gapienie się na Kyle'a sprawia mu przyjemność.

Rozpadająca się stara syrena wreszcie zaskrzeczała. Mecz litościwie się skończył. Jedna drużyna cieszyła się, a druga, tak naprawdę, w ogóle się nie przejmowała. Obie ustawiły się w szeregu na obowiązkowe przybicie piątki i wzniesienie okrzyku: „Dobra gra, dobra gra!" – tak samo bez znaczenia dla dwunastolatków i dla graczy z college'u. Gratulując zwycięstwa trenerowi drużyny przeciwnej, Kyle zerknął za boisko. Biały mężczyzna zniknął.

Jakie istniało prawdopodobieństwo, że czeka na zewnątrz? Oczywiście to paranoja, ale paranoja zagnieździła się w życiu Kyle'a już tak dawno, że teraz po prostu przyznał się do niej, zniósł jakoś jej atak i ruszył naprzód.

Czerwoni Rycerze zebrali się w szatni dla gości w ciasnym niewielkim pomieszczeniu pod stałymi trybunami drużyny gospodarzy. Tutaj trener Kyle powiedział wszystko, co należało powiedzieć: solidny wysiłek, dobre bieganie, pod pewnymi względami nasza gra jest coraz lepsza, na zakończenie sezonu w sobotę pokażemy, na co nas stać. Chłopcy się przebierali i prawie go nie słuchali. Byli zmęczeni koszykówką, bo byli już zmęczeni przegrywaniem i oczywiście całą winą obciążali trenera. Był za młody, za biały, za bardzo z wyższej ligi.

Tych kilkoro rodziców, którzy przyszli, czekało przed szatnią. To właśnie tych pełnych napięcia momentów, kiedy drużyna wychodziła, Kyle nie znosił najbardziej w swojej pracy społecznej. Znowu będą narzekania, że któryś dzieciak grał za krótko. Marquis miał wujka, dwudziestodwuletniego byłego koszykarza stanowego, z niewyparzoną gębą i upodobaniem do obrzucania błotem trenera Kyle'a za niesprawiedliwe traktowanie „najlepszego gracza ligi".

W szatni były też drugie drzwi prowadzące do ciemnego wąskiego korytarza, który biegł za trybunami gospodarzy aż do drzwi zewnętrznych wychodzących na boczną uliczkę. Kyle nie był pierwszym trenerem, który odkrył tę drogę ewakuacyjną, a tego wieczoru pragnął umknąć nie tylko przed rodzinami swoich graczy i ich pretensjami, ale i przed agentem/gliniarzem. Rzucił „do widzenia" swoim chłopcom, a jak tylko opuścili szatnię, zwiał. W parę sekund był już na zewnątrz i szybko ruszył po zamarzniętym chodniku. Gęsty śnieg pozgarniano, ale chodnik był oblodzony i z trudem można było po nim iść. Temperatura spadła znacznie poniżej zera. Była środa, dwudziesta trzydzieści i Kyle skierował się do redakcji czasopisma prawniczego na wydziale prawa Uniwersytetu Yale, gdzie zamierzał pracować przynajmniej do północy.

To mu się nie udało.

Agent stał oparty o błotnik czerwonego jeepa cherokee zaparkowanego wzdłuż ulicy. Samochód formalnie należał do Johna McAvoya z Yorku w Pensylwanii, ale przez ostatnich sześć lat był zaufanym towarzyszem jego syna Kyle'a, swojego prawdziwego właściciela.

Kyle nagle poczuł, że stopy ma ciężkie jak z ołowiu, a kolana jak z waty. Mimo to udawało mu się brnąć naprzód, jakby wszystko było w najlepszym porządku. Znaleźli nie tylko mnie, powiedział sobie, starając się myśleć jasno, ale odrobili swoją pracę domową i znaleźli też mojego jeepa. Nie jest to, co prawda, dochodzenie na zbyt wysokim poziomie. Nie zrobiłem nic złego, powtarzał sobie wciąż od nowa.

– Ciężki mecz, trenerze – zagaił agent, kiedy Kyle znalazł się trzy metry od niego i zwolnił kroku.

Kyle przystanął i rozpoznał grubego młodego mężczyznę z czerwonymi policzkami i rudą równo ciachniętą grzywką, który obserwował go w sali gimnastycznej.

– Czy mogę panu w czymś pomóc? – zapytał i natychmiast dostrzegł cień Numeru 2, który przebiegł szybko przez ulicę. Oni zawsze pracują parami.

Numer 1 sięgnął do kieszeni.

– Owszem, może pan. – Wyjął skórzane etui i otworzył je jednym ruchem. – Bob Plant, FBI.

– Miło poznać – powiedział Kyle, gdy cała krew odpłynęła mu z mózgu i wzdrygnął się mimo woli.

Numer 2 wcisnął się w kadr. Był znacznie szczuplejszy i o jakieś dziesięć lat starszy, z siwizną na skroniach. On też miał wypchaną kieszeń i sprawnie wykonał dobrze wyćwiczoną prezentację odznaki.

– Nelson Ginyard, FBI – przedstawił się.

Bob i Nelson. Obaj Irlandczycy. Obaj z północnego wschodu.

– Jest jeszcze ktoś? – zapytał Kyle.

– Nie. Ma pan minutę, żeby pogadać?

– Nie bardzo.

– Lepiej żeby pan miał – poradził Ginyard. – To mogłoby się okazać bardzo pożyteczne.

– Wątpię.

– Jeśli pan się stąd ruszy, pojedziemy po prostu za panem – dodał Plant, zmienił swoją niedbałą pozycję, wyprostował się i zrobił krok do przodu. – Nie chciałby pan nas w kampusie, prawda?

– Grozicie mi? – zapytał Kyle. – Znowu oblał się potem, teraz pod pachami i pomimo arktycznego powietrza kropla albo dwie spłynęły mu wzdłuż żeber.

– Jeszcze nie – powiedział Plant z uśmieszkiem na ustach.

– Niech pan posłucha. Spędzimy razem dziesięć minut przy kawie – zaproponował Ginyard. – Tu zaraz za rogiem jest bar kanapkowy. Tam jest na pewno cieplej.

– Czy będę potrzebował adwokata?

– Nie.

– Zawsze tak mówicie. Mój ojciec jest adwokatem, a ja dorastałem w jego biurze. Znam wasze sztuczki.

– Nie będzie żadnych sztuczek, Kyle, przysięgam – zapewnił Ginyard i on przynajmniej wydawał się szczery. – Niech pan nam poświęci tylko dziesięć minut. Obiecuję, że nie będzie pan żałował.

– Co macie w programie?

– Dziesięć minut. Tylko o to prosimy.

– Dajcie mi jakiś konkret albo odpowiem „nie".

Bob i Nelson spojrzeli po sobie. Wzruszyli ramionami. Czemu nie? Wcześniej czy później będziemy musieli mu powiedzieć. Ginyard odwrócił się, rozejrzał się po ulicy i rzucił:

– Uniwersytet Duquesne. Pięć lat temu. Pijane chłopaki z bractwa i pewna dziewczyna.

Ciało Kyle'a zareagowało inaczej niż umysł. Ciało wyraźnie dało za wygraną – nagłe opadnięcie ramion, gwałtowny wdech, zauważalne drżenie nóg. Ale jego umysł natychmiast stawił opór.

– Pieprzycie – wypalił szybko, po czym splunął na chodnik. – Mam to już za sobą. Tam nic się nie stało i wy o tym wiecie.

Nastąpiła długa cisza. Ginyard nadal patrzył na ulicę, a Plant obserwował każdy ruch ich przesłuchiwanego. Myśli Kyle'a wirowały. Dlaczego FBI miesza się w domniemane przestępstwo stanowe? Na drugim roku, na zajęciach z procedury karnej studiowali nowe przepisy dotyczące przesłuchań FBI. Zwyczajne kłamstwo wobec jakiegoś agenta w takiej właśnie sytuacji było obecnie przestępstwem podlegającym oskarżeniu. Powinien się zamknąć? Powinien zadzwonić do ojca? Nie, w żadnym wypadku nie będzie dzwonić do ojca.

Ginyard odwrócił się, podszedł trzy kroki bliżej, zacisnął szczęki jak kiepski aktor i spróbował wysyczeć swoją kwestię twardziela.

– Skończmy już te podchody, panie McAvoy, bo zamarznę. Jest akt oskarżenia z Pittsburgha, jasne? O zgwałcenie. Jeżeli zechce pan odstawiać twardego i przemądrzałego dupka, błyskotliwego studenta prawa, wzywać adwokata albo nawet dzwonić do starego, wtedy już jutro odczytamy panu zarzuty i gówno będzie z pańskich życiowych planów. Jeśli jednak poświęci pan nam dziesięć minut swojego cennego czasu, teraz, od razu, w barze kanapkowym za rogiem, akt oskarżenia jeszcze sobie poczeka, a może nawet zniknie na zawsze.

– Będzie pan mógł stąd odjechać – dodał Plant. – Bez słowa.

– Czemu miałbym wam wierzyć? – udało się Kyle'owi wymówić zupełnie zaschniętymi ustami.

– Dziesięć minut.

– Macie dyktafon?

– Oczywiście.

– Chcę, żeby był na stole, jasne? Chcę, żeby nagrane było każde słowo, bo wam nie ufam.

– Zgoda.

Agenci wcisnęli ręce głęboko w kieszenie dopasowanych trenczy i odeszli. Kyle otworzył drzwi jeepa i wsiadł do samochodu. Uruchomił silnik, nastawił ogrzewanie na maksimum i pomyślał, żeby odjechać.

2

BAR KOLEŚ BYŁ DŁUGI I WĄSKI, z rzędem czerwonych winylowych boksów z prawej strony. Po lewej ciągnął się bar z grillem za kontuarem i rząd automatów do pinballa. Na ścianach porozwieszano na chybił trafił różne pamiątki z Yale. Kyle jadał tutaj kilka razy; na pierwszym roku prawa, wiele miesięcy temu.

Dwóch ostatnich boksów pilnowali agenci federalni. Mimo to przy ostatnim stoliku stał kolejny trencz. Rozmawiał z Plantem i Ginyardem. Kiedy Kyle z ociąganiem podszedł do nich, agent obrzucił go wzrokiem i obdarzył standardowym uśmieszkiem, po czym usiadł w następnym boksie. Numer 4 już tam czekał, popijając kawę. Plant i Ginyard zamówili kanapki, frytki i pikle, ale na razie niczego nie tknęli. Stół był zastawiony jedzeniem i filiżankami z kawą. Plant uniósł się i przesunął, żeby obaj mogli obserwować ich ofiarę. Siedzieli ramię w ramię, nadal w trenczach. Kyle wsunął się do boksu.

Oświetlenie było stare i marne; tylny róg baru tonął w mroku. Grzechot kulek pinballa mieszał się z odgłosami meczu transmitowanego w telewizji na kanale ESPN.

— Musi was być aż czterech? – Kyle skinął głową w stronę sąsiedniego boksu.

— To tylko ci, których pan może zobaczyć – odparł Ginyard.

— Ma pan ochotę na kanapkę? – zapytał Plant.

— Nie. – Jeszcze przed godziną Kyle umierał z głodu. Teraz jego żołądek i nerwy były w rozsypce. Całą siłą woli starał się oddychać normalnie i sprawiać wrażenie wyluzowanego. Wziął ze stolika długopis dla gości, kartkę do notowania i z takim tupetem, na jaki tylko mógł się zdobyć, powiedział: – Chciałbym jeszcze raz zobaczyć wasze odznaki.

Reakcje były identyczne – niedowierzanie, wyraz głębokiej urazy na twarzach, a potem wzruszenie ramion, kiedy powoli sięgali do kieszeni, by wyjąć to, co mieli najcenniejszego. Położyli je na stole. Kyle najpierw wziął odznakę Ginyarda. Zanotował sobie nazwisko i oba imiona – Nelson Edward – potem numer agenta. Mocno ściskał długopis i starannie zapisywał informacje. Ręka mu drżała, ale sądził, że tego nie widać. Ostrożnie potarł mosiężny emblemat, nie bardzo wiedząc po co, ale specjalnie zrobił to powoli.

— Mógłbym zobaczyć dokument tożsamości ze zdjęciem?

— Po cholerę? – warknął Ginyard.

— Dokument ze zdjęciem, poproszę.

— Nie.

— Nic nie powiem bez wstępnego rozpoznania. Niech mi pan tylko pokaże prawo jazdy. Ja panu pokażę swoje.

— My już mamy kopię pańskiego prawa jazdy.

— No proszę. Obejrzyjmy więc pańskie.

Ginyard przewrócił oczami, sięgając do tylnej kieszeni. Ze sfatygowanego portfela wyjął prawo jazdy wydane przez stan Connecticut; na zdjęciu wyglądał złowrogo. Kyle przyjrzał się fotografii, potem zanotował datę urodzenia i dane.

– Jest nawet gorsze niż paszportowe – stwierdził.

– Chce pan jeszcze zobaczyć moją żonę i dzieci? – Ginyard wyjął kolorową fotkę i rzucił na stół.

– Nie, dzięki. Z jakiego biura jesteście, panowie?

– Z Hartford – odparł Ginyard. Skinął głową w stronę sąsiedniego boksu i dodał: – A oni z Pittsburgha.

– Świetnie.

Kyle obejrzał też odznakę i prawo jazdy Planta, wyjął telefon komórkowy i zaczął stukać w przyciski.

– Co pan robi? – zapytał Ginyard.

– Sprawdzę was w sieci.

– Myśli pan, że można nas znaleźć w jakiejś sympatycznej małej witrynie FBI? – powiedział Plant ze złością.

Obaj agenci uznali to za dowcip. Żaden nie wyglądał na zaniepokojonego.

– Wiem, gdzie szukać. – Kyle wpisał adres mało znanego federalnego katalogu.

– Tam nas nie będzie – stwierdził Ginyard.

– To potrwa minutę. Gdzie dyktafon?

Plant wyjął i włączył cyfrowe urządzenie rozmiarów elektrycznej szczoteczki do zębów.

– Proszę podać datę, czas i miejsce – zaczął Kyle z taką pewnością siebie, że aż sam się zdziwił. – I niech pan doda, że przesłuchanie jeszcze się nie zaczęło i jak dotąd nie było żadnych zeznań.

– Tak jest, proszę pana. Uwielbiam studentów prawa – burknął Plant.

– Za często ogląda pan telewizję – dodał Ginyard.

– Idźmy dalej.

Plant postawił dyktafon na środku stołu, między pastrami i cheddarem a wędzonym tuńczykiem. Zaczął recytować wstęp. Kyle wpatrywał się w swoją komórkę i kiedy pojawiła się witryna, wpisał: „Nelson Edward Ginyard". Po paru sekundach potwierdzono, co nikogo nie zaskoczyło, że Ginyard jest agentem FBI, z biura w Hartford.

– Chce pan zobaczyć? – Kyle podniósł maleńki ekran.

– Gratulacje – odparował Ginyard. – Już pan zadowolony?

– Nie, wolałbym, żeby mnie tutaj nie było.

– W każdej chwili może pan odejść.

– Prosiliście o dziesięć minut. – Kyle rzucił okiem na zegarek.

Agenci pochylili się do przodu, ich łokcie utworzyły jeden rząd, boks nagle zmalał.

– Pamięta pan takiego gościa, Benniego Wrighta z Wydziału Policji w Pittsburghu, głównego detektywa od przestępstw na tle seksualnym? – zapytał Ginyard; obaj wpatrywali się w Kyle'a, śledząc każde nerwowe drgnienie jego powiek.

– Nie.

– Nie spotkał się pan z nim pięć lat temu podczas śledztwa?

– Może, ale nie przypominam sobie tego nazwiska. Ostatecznie minęło pięć lat od czasu, gdy... nic się nie wydarzyło.

Przełknęli te słowa i długo się nad nimi zastanawiali, patrząc mu w oczy. Kyle'owi wydało się, że obaj mają ochotę powiedzieć: „Kłamiesz".

– No cóż – odezwał się w końcu Ginyard. – Detektyw Wright jest teraz tutaj, w mieście, i chciałby się spotkać z panem mniej więcej za godzinę.

– Kolejna pogawędka?

– Jeśli nie ma pan nic przeciwko temu. To nie potrwa długo, a jest duża szansa, że w ten sposób uniknie pan oskarżenia.

– Oskarżenia o co?

– O zgwałcenie.

– Nie było żadnego zgwałcenia. Tak ustaliła policja z Pittsburgha pięć lat temu.

– No cóż, wygląda na to, że dziewczyna wróciła – powiedział Ginyard. – Poskładała swoje życie, przeszła długą terapię i, co najlepsze, wynajęła adwokata.

Ponieważ Ginyard nie zadał pytania, Kyle nie musiał odpowiadać. Mimowolnie zapadł się w sobie. Zerknął na puste stołki. Spojrzał nad kontuarem na płaski ekran telewizora. Leciał mecz między drużynami uniwersyteckimi, trybuny zapełniali wrzeszczący studenci. Co ja tu właściwie robię, pomyślał.

Rozmawiaj dalej, nakazał sobie. Ale nic nie mów.

– Mogę o coś zapytać?

– Jasne.

– Jeśli akt oskarżenia został już sporządzony, jak może być wycofany? Po co w ogóle rozmawiamy?

– Jest wstrzymany na polecenie sądu – wyjaśnił Ginyard. – Według detektywa Wrighta oskarżyciel chce zawrzeć z panem ugodę na wniosek adwokata ofiary. To pozwoliłoby panu wyplątać się z tej afery. Jeśli pan się z nimi dogada, oskarżenie nigdy nie ujrzy światła dziennego.

– Nadal nie wiem, czego ode mnie chcecie. Może jednak zadzwonię do ojca.

– Pańska sprawa, ale jeśli jest pan rozsądny, zaczeka pan z tym do rozmowy z detektywem Wrightem.

– Nie poinformowaliście mnie jeszcze o moich prawach.

– To nie jest przesłuchanie – oznajmił wreszcie Plant. – Ani dochodzenie. – Sięgnął do talerza i wyciągnął tłustą frytkę.

– Więc co to jest, do diabła?

– Spotkanie.

Ginyard odchrząknął i odchylił się lekko do tyłu.

– Chodzi o przestępstwo stanowe, Kyle, wszyscy to wiemy – powiedział. – Normalnie nie zajmowalibyśmy się taką sprawą, ale że jest pan tutaj, w Connecticut, a akt oskarżenia przygotowano w Pensylwanii, chłopcy z Pittsburgha poprosili nas o pomoc w zaaranżowaniu następnego spotkania. Potem my się usuwamy.

– Wciąż nie bardzo wiem, o co chodzi.

– Daj pan spokój. Taki błyskotliwy umysł prawniczy jak pana... Po co zgrywać tępaka.

Nastąpiła długa przerwa. Wszyscy trzej zastanawiali się nad kolejnym posunięciem. Plant chrupał już drugą frytkę, ale cały czas nie spuszczał wzroku z Kyle'a. Ginyard upił łyk kawy, skrzywił się, gdy poczuł jej smak, i nadal gapił się na trenera. Automaty do pinballa ucichły. Bar był pusty, jeśli nie liczyć czterech agentów FBI, barmana pochłoniętego meczem i Kyle'a.

W końcu Kyle pochylił się, oparł na łokciach i powiedział prosto do dyktafonu:

– Nie było żadnego zgwałcenia, żadnego przestępstwa. Nie zrobiłem nic złego.

– Świetnie, niech pan to powtórzy Wrightowi.

– A gdzie on jest?

– O dziesiątej będzie w Holiday Inn przy Saw Mill Road, pokój numer 222.

– Nic z tego, muszę mieć adwokata.

– Może pan musi, może nie. – Ginyard pochylił się tak, że ich głowy dzieliło trzydzieści centymetrów. – Wiem, że pan nam nie ufa, ale proszę wierzyć: najpierw powinien pan porozmawiać z Wrightem. Do diabła, może pan zadzwonić do adwokata albo do ojca o północy. Albo jutro. Ale jeśli pan teraz przeszarżuje, skończy się katastrofą.

– Wychodzę. Koniec rozmowy. Wyłączcie dyktafon.

Żaden z agentów nawet nie drgnął. Kyle popatrzył na nich, potem pochylił się i powiedział bardzo wyraźnie:

– Mówi Kyle McAvoy. Jest godzina dwudziesta pięćdziesiąt. Nie mam nic więcej do dodania. Nie złożyłem żadnych zeznań i teraz opuszczam bar Koleś.

Zerwał się z ławki i był już prawie poza boksem, kiedy Plant rzucił:

– On ma nagranie.

Gdyby koń kopnął go w pachwinę, nie bolałoby bardziej. Kyle chwycił się czerwonej winylowej ścianki i wyglądał, jakby miał zemdleć. Powoli opadł na ławkę. Powoli sięgnął po plastikowy kubek i wypił duży łyk wody. Wargi i język miał spieczone i woda niewiele mu pomogła.

Nagranie. Kumpel z bractwa, jeden z kilku, którzy się upili na tamtym małym przyjęciu, rzekomo nagrał coś na komórkę. Prawdopodobnie scenę, jak dziewczyna leży nago na kanapie, pijana w sztok, a trzech, czterech albo pięciu kolesi z Bety ją podziwia. Oni też byli nadzy albo właśnie się rozbierali. Kyle pamiętał to jak przez mgłę, ale nigdy nie widział filmu. Podobno został wykasowany, tak głosiła legenda Bety. Gliniarze z Pittsburgha szukali go, ale nigdy nie znaleźli. Zniknął, przepadł, pozostał głęboko skrytą tajemnicą kumpli z bractwa.

Plant i Ginyard siedzieli znowu łokieć w łokieć; dwie pary oczu wpatrywały się w Kyle'a bez mrugnięcia.

– Jakie nagranie? – zdołał zapytać Kyle, ale zdziwienie zabrzmiało słabo i nieprzekonująco nawet dla niego samego.

– To, które wy, chłopaki, ukryliście przed policją – wyjaśnił Plant, ledwo poruszając wargami. – To, które pokazuje pana na miej-

18

scu przestępstwa. To, które zniszczy panu życie i pozbawi wolności na dwadzieścia lat.

Och, to nagranie.

– Nie wiem, o czym pan mówi – upierał się Kyle; znów napił się trochę wody. Fale mdłości atakowały jego żołądek i mózg; bał się, że za chwilę zwymiotuje.

– A ja myślę, że pan wie – powiedział Ginyard.

– Widzieliście to nagranie? – zapytał Kyle.

Obaj skinęli głowami.

– Więc wiecie, że nie tknąłem tej dziewczyny.

– Może tak, może nie. Ale pan tam był. A to jest współudział – oznajmił Ginyard.

Kyle przymknął oczy i zaczął rozcierać skronie, żeby nie rzygnąć. Dziewczyna była mocno wyluzowana i szalona, spędzała więcej czasu w siedzibie Bety niż w swoim akademiku. Puszczalska, imprezowiczka, z dużymi zasobami gotówki tatusia. Kumple z Bety przekazywali ją sobie z rąk do rąk. Kiedy zaczęła wykrzykiwać, że ją zgwałcono, członkowie stowarzyszenia natychmiast nabrali wody w usta i zmienili się w twardy, nieprzenikniony mur zaprzeczeń i niewinności. Gliny w końcu dały za wygraną, bo szczegóły zeznań dziewczyny budziły zbyt wiele wątpliwości. Nie wniesiono żadnych oskarżeń. Potem wyjechała z Duquesne i na szczęście zniknęła na dobre. Prawdziwy cud, że ten paskudny epizod udało się utrzymać w tajemnicy. Żadne inne życie nie zostało zrujnowane.

– W akcie oskarżenia wymieniono pana nazwisko i trzy inne – oznajmił Ginyard.

– Nie było żadnego zgwałcenia – powtórzył Kyle, nadal rozcierając skronie. – Zapewniam pana. Jeśli ktokolwiek uprawiał z nią seks, to za jej zgodą.

– Nie, jeśli była nieprzytomna – zaoponował Ginyard.

– Nie jesteśmy tu po to, żeby się z panem spierać, Kyle – wtrącił się Plant. – Od tego są prawnicy. My tylko chcemy pomóc osiągnąć porozumienie. Jeśli będzie pan współpracował, to wszystko się ułoży, przynajmniej dla pana.

– Jakie porozumienie?

– To wyjaśni detektyw Wright.

Kyle powoli usiadł na ławce i stuknął głową o czerwone winylowe oparcie. Chciał prosić, błagać, tłumaczyć, że to niesprawiedliwe, że wkrótce otrzyma dyplom, zda egzamin adwokacki i zacznie robić karierę. Jego przyszłość wydawała się tak obiecująca. Jego przeszłość była nieskazitelna. Prawie.

Ale oni już to wiedzieli. Prawda? Spojrzał na dyktafon i postanowił, że nic więcej im nie powie.

– Dobra, dobra – oznajmił. – Pójdę tam.

Ginyard pochylił się jeszcze bardziej w jego stronę.

– Ma pan godzinę. Jeśli pan gdzieś zadzwoni, dowiemy się o tym. Jeśli spróbuje pan uciec, pojedziemy za panem, jasne? Żadnych numerów, Kyle. Podjął pan dobrą decyzję, słowo. Niech pan się jej trzyma, a wszystko się ułoży.

– Nie wierzę wam.

– Przekona się pan.

Kyle zostawił ich z zimnymi zapiekankami i gorzką kawą. Wsiadł do jeepa i pojechał do swojego mieszkania trzy przecznice od kampusu. Przekopał łazienkę współlokatora, znalazł valium, potem zamknął na klucz drzwi swojej sypialni, zgasił światło i wyciągnął się na podłodze.

3

To był stary Holiday Inn, zbudowany w latach sześćdziesiątych, gdy motele i fast foody błyskawicznie wyrastały wzdłuż autostrad i głównych dróg. Kyle przejeżdżał tędy setki razy i dotychczas nie zwrócił na niego uwagi. Za motelem była smażalnia naleśników, a obok wielki dyskontowy sklep ze sprzętem elektrycznym.

Parking tonął w mroku, jedna trzecia miejsc była zajęta, kiedy Kyle zaparkował tyłem swoim czerwonym jeepem obok małej furgonetki z Indiany. Zgasił światła, ale nie wyłączył silnika ani ogrzewania. Prószył śnieg. Czemu nie ma teraz zamieci, powodzi, trzęsienia ziemi, inwazji albo czegokolwiek, co przerwałoby ten koszmar? Dlaczego jak marionetka robi, co mu każą?

Nagranie.

Przez ostatnią godzinę myślał o tym, żeby zadzwonić do ojca, jednak ta rozmowa mogła potrwać zbyt długo. John McAvoy szybko udzieliłby mu porady prawnej, ale tło całej sprawy było bardzo skomplikowane. Kyle pomyślał o telefonie do profesora Barta Mallory'ego, swojego doradcy, przyjaciela, wspaniałego wykładowcy postępowania karnego, byłego sędziego, który wiedziałby dokładnie, co zrobić. Ale znowu zbyt wiele luk do wypełnienia i za mało czasu. Myślał też, żeby zadzwonić do dwóch kumpli z Bety w Duquesne, ale po co? Ich rady byłyby tak samo marne jak pomysły, które teraz przelatywały mu przez głowę. Poza tym co za sens im też rujnować życie. W tych przerażających chwilach pomyślał nawet, jak mógłby zniknąć. Pogna na lotnisko. Pojedzie nieznanym nikomu samochodem na dworzec autobusowy. Skoczy z mostu.

Ale oni go śledzą. I prawdopodobnie podsłuchują, więc usłyszeliby każdą rozmowę telefoniczną. Ktoś obserwuje go właśnie w tym momencie, na pewno. Może w tej małej furgonetce z Indiany siedzi dwóch matołów ze słuchawkami na uszach i z noktowizorami i świetnie się bawi, monitorując go i marnując pieniądze podatników.

Valium chyba niewiele mu pomogło.

Kiedy zegar w radiu wskazał dwudziestą pierwszą pięćdziesiąt osiem, Kyle wyłączył silnik i wysiadł. Ruszył odważnie, zostawiając ślady stóp na śniegu. Czy to jego ostatnie chwile wolności? Czytał o tylu przypadkach, kiedy podejrzani szli dobrowolnie na komisariat policji, żeby szybko odpowiedzieć na kilka pytań, a tam stawiano im zarzuty, zakuwano w kajdanki, pakowano do więzienia. Tak działał system. On mógł jeszcze uciec, dokądkolwiek.

Szklane drzwi zatrzasnęły się za nim; na sekundę przystanął w pustym holu i wydało mu się, że za plecami usłyszał szczęk żelaznych sztab więziennego bloku. Słyszał coś, widział coś, coś sobie wyobrażał. Widocznie valium przestało działać i teraz aż się trząsł z niepewności i lęku. Skinął głową zgrzybiałemu recepcjoniście za kontuarem, ale mężczyzna nic nie odpowiedział. Jadąc staroświecką windą na pierwsze piętro, pytał sam siebie, jakim trzeba być głupcem, żeby wejść do pokoju motelowego pełnego gliniarzy i agentów, którzy zamierzają oskarżyć go o to, co się nigdy nie stało? Dlaczego to robi?

Nagranie.

Nie widział go. Nie znał nikogo, kto by je widział. W hermetycznym kręgu członków Bety słyszało się pogłoski, zaprzeczenia i pogróżki, ale nikt nawet nie wiedział na pewno, czy „to z Elaine" zostało tak naprawdę w ogóle sfilmowane. A jednak dowód istniał i teraz miała go policja z Pittsburgha i FBI. To skłoniło Kyle'a do rozważania skoku z mostu.

Chwileczkę. Nie zrobiłem nic złego. Nie dotknąłem tej dziewczyny, w każdym razie nie tamtej nocy.

Nikt jej nie dotknął. Tak przynajmniej brzmiała zaprzysiężona i sprawdzona w boju wersja członków bractwa. Ale jeśli nagranie dowodzi czegoś innego? Nigdy się nie dowie, dopóki go nie obejrzy.

Na korytarzu na pierwszym piętrze uderzył go obrzydliwy zapach świeżej farby. Kyle przystanął przy pokoju numer 222 i zerknął na zegarek, żeby się upewnić, że nie przyszedł choćby minutę za wcześnie. Zapukał trzy razy. Usłyszał ruch i stłumione głosy. Łańcuch szczęknął, drzwi otworzyły się gwałtownie.

– Cieszę się, że potrafił pan się na to zdobyć – powiedział agent specjalny Nelson Edward Ginyard.

Kyle wszedł do środka, zostawiając za sobą swoje poprzednie życie. Nowe nagle wydało się przerażające.

Ginyard był bez marynarki; na białej koszuli miał szelki z wtuloną pod lewą pachę czarną kaburą, w której tkwił duży czarny pistolet. Agent Plant i dwaj inni z Kolesia wpatrywali się w gościa. Wszyscy trzej też byli bez marynarek, prezentowali cały swój arsenał. Identyczne dziewięciomilimetrowe beretty w kaburach zawieszonych na skórzanych szelkach. Solidnie uzbrojeni faceci z nachmurzonymi minami sprawiali wrażenie, jakby z przyjemnością zastrzelili gwałciciela na miejscu.

– Mądra decyzja – pochwalił go Plant i skinął głową.

Prawdę mówiąc, w tym właśnie momencie Kyle pomyślał, że decyzja była bardzo głupia.

Pokój numer 222 przekształcono w prowizoryczne biuro terenowe. Wielkie łoże zepchnięto w kąt. Zasłony szczelnie zasunięto. Rozłożono dwa przenośne stoły. Teraz piętrzyły się na nich dowody intensywnej pracy – teczki na akta, grube koperty i notesy. Kyle zauważył trzy otwarte i włączone laptopy i w tym stojącym najbliżej drzwi mignął mu on sam – na zdjęciu z księgi pamiątkowej liceum w Yorku. Klasa maturalna, rocznik 2001. Do ściany za stołami przyczepiona była nieduża kolorowa fotografia trzech jego kumpli z bractwa Beta. Po przeciwnej stronie, niemal przy samych zasłonach, wisiało zdjęcie Elaine Keenan.

Drzwi między pokojem 222 a sąsiednim były otwarte. Wszedł przez nie agent Numer 5 – taki sam pistolet, taka sama kabura – i spiorunował Kyle'a wzrokiem. Pięciu agentów? Dwa pokoje. Tona dokumentów. Tak dużo wysiłku, pracy tylu ludzi tylko po to, żeby mnie dopaść? Kyle'owi zakręciło się w głowie na widok potęgi machiny państwowej w akcji.

– Zechciałby pan opróżnić kieszenie? – Ginyard podał mu małe tekturowe pudełko.

– Dlaczego?

– Proszę.

– Myśli pan, że jestem uzbrojony? Że wyciągnę nóż i zaatakuję?

Numer 5 uznał to za dobry dowcip i roześmiał się szczerze, przełamując pierwsze lody. Kyle wyjął kółko z kluczami, zabrzęczał nimi i na znak Ginyarda włożył z powrotem do kieszeni.

– Obszukam pana od pasa w dół, dobrze? – powiedział Plant i już ruszył w stronę Kyle'a.

– Och, oczywiście. – Kyle podniósł ręce. – Wszyscy studenci uniwersytetu Yale spacerują uzbrojeni po zęby – dodał.

Plant zaczął go bardzo delikatnie i szybko obszukiwać. Skończył już po kilku sekundach i zniknął w drugim pomieszczeniu.

– Detektyw Wright jest w pokoju naprzeciwko – poinformował Ginyard.

Jeszcze jeden pokój.

Kyle ruszył za nim na duszny korytarz, potem czekał, kiedy Ginyard spokojnie pukał do pokoju numer 225. Gdy drzwi się otwarły, Kyle wszedł do środka sam.

Bennie Wright nie obnosił się z bronią. Szybko uścisnął dłoń Kyle'a.

– Detektyw Wright, Wydział Policji Pittsburgh.

Cała przyjemność po mojej stronie, pomyślał Kyle, ale nie odezwał się ani słowem. Co ja tu robię?

Wright dobiegał pięćdziesiątki, był niski, szczupły, schludny, łysy z kilkoma pasemkami czarnych włosów przylizanych tuż nad uszami. Oczy też miał czarne, częściowo ukryte za małymi okularami do czytania, osadzonymi w połowie wąskiego nosa. Zamknął drzwi za Kyle'em.

– Czemu pan nie siada? – spytał.

Kyle się nie ruszył.

– O co chodzi? – burknął.

Wright przeszedł obok łóżka i zatrzymał się przy składanym stole, obok którego stały naprzeciwko siebie dwa tandetne metalowe krzesła.

– Porozmawiajmy, Kyle – zaczął miłym tonem; mówił z lekkim obcym akcentem.

Dziwne. Facet z Pittsburgha, który nazywa się Bennie Wright, powinien mówić po angielsku zupełnie czysto.

W rogu pokoju stała na trójnogu mała kamera wideo. Przewody biegły do stołu, do laptopa z dwunastocalowym ekranem.

– Proszę. – Wright wskazał jedno z krzeseł, a sam usiadł na drugim.

– Chcę, żeby to wszystko było nagrywane – oznajmił Kyle.

Wright zerknął przez ramię na kamerę.

– Nie ma problemu – odparł.

Kyle powoli podszedł do drugiego krzesła. Wright podwijał rękawy białej koszuli. Krawat miał już rozluźniony.

Po prawej stronie Kyle miał laptopa z ciemnym ekranem. Po lewej grubą zamkniętą teczkę. Na środku stołu leżał blok czystego papieru w linię, a na nim długopis.

– Niech pan włączy kamerę – powiedział Kyle.

Wright włączył laptopa. Kyle zobaczył na ekranie swoją wystraszoną twarz.

Wright sprawnie wertował zawartość teczki, wyszukując niezbędne papiery, tak jakby Kyle po prostu starał się o studencką kartę kredytową. Kiedy już znalazł odpowiednie kartki, położył je na środku i powiedział:

– Najpierw musimy poinformować pana o przysługujących mu prawach.

– Nie – odparł łagodnie Kyle. – Najpierw musimy zobaczyć pana odznakę i dowód tożsamości.

Detektyw zirytował się, ale szybko opanował. Bez słowa wyjął z tylnej kieszeni skórzany portfel.

– Noszę ją już od dwudziestu pięciu lat.

Kyle przyjrzał się odznace z brązu; rzeczywiście wyglądała na starą. Benjamin J. Wright, Wydział Policji Pittsburgh, numer 6658.

– Jeszcze prawo jazdy.

Wright zamknął jedną przegródkę, otworzył inną, przerzucił kilka kart, potem cisnął na stół prawo jazdy z fotografią.

– Zadowolony? – burknął.

Kyle oddał mu dokument.

– Dlaczego angażuje się w to FBI? – spytał.

– Czy mogę najpierw pouczyć pana o przysługujących prawach? – Wright wrócił do segregowania papierów.

– Znam swoje prawa.

– Nie wątpię. Najlepszy student jednej z najbardziej prestiżowych uczelni. Bardzo zdolny młody człowiek. – Kyle czytał tekst, w czasie gdy Wright recytował formułę. – Ma pan prawo milczeć. Wszystko, co pan powie, może być użyte przeciwko panu w sądzie. Ma pan prawo do adwokata. Jeśli nie stać pana na własnego, otrzyma pan obrońcę z urzędu. Jakieś pytania?

– Nie. – Kyle podpisał się na dwóch formularzach i przesunął je z powrotem w stronę Wrighta. – Dlaczego angażuje się w to FBI? – powtórzył.

– Niech mi pan wierzy, Kyle, FBI to najmniejszy z pańskich problemów. – Wright spokojnie trzymał owłosione ręce ze splecionymi palcami, oparte o blok papieru w linię. Mówił powoli, władczym tonem. Zdecydowanie to on tu rządził. – Przedstawię panu propozycję, Kyle. Bierzmy się do roboty. Mamy mnóstwo spraw do omówienia, a czas ucieka. Grał pan kiedykolwiek w futbol?

– Jasne.

– Więc załóżmy, że ten stół jest boiskiem futbolowym. To może nie najlepsza analogia, ale niech będzie. Pan stoi tutaj, na linii bramkowej. – Lewą ręką nakreślił linię przed laptopem. – Ma pan sto jardów do przebiegnięcia, żeby zdobyć gola i wygrać. – Prawą ręką wyznaczył drugą linię bramkową, obok grubej teczki. Jego ramiona były mniej więcej o metr od siebie. – Sto jardów, Kyle. Trochę cierpliwości, Kyle, okay?

– Okay.

Wright złożył ręce i rąbnął nimi w notatnik.

– Gdzieś tutaj, na pięćdziesiątym jardzie, pokażę nagranie, które jest źródłem konfliktu. Nie spodoba się panu, Kyle, wzbudzi odrazę. Zrobi się panu niedobrze. Ale w miarę możliwości będziemy kontynuować nasz marsz w stronę linii bramkowej i kiedy tam dotrzemy, odczuje pan ogromną ulgę. Zobaczy raz jeszcze siebie samego jako złotego chłopaka, przystojnego młodego mężczyznę z nieograniczonymi perspektywami i nieposzlakowaną przeszłością. Kyle, pozwól, żebym był twoim trenerem, sędzią na boisku, a dojdziemy razem do ziemi obiecanej.

Znów położył prawą ręką na linii bramkowej.

– A co z aktem oskarżenia?

Wright dotknął teczki.

– Jest tutaj.

– Kiedy go zobaczę?

– Przestań, Kyle, to ja zadaję pytania. I mam nadzieję, że znasz odpowiedzi.

To nie był hiszpański akcent. Może wschodnioeuropejski, a chwilami prawie znikał.

Lewa ręka detektywa dotknęła linii bramkowej przed laptopem.

– Teraz, Kyle, musimy zacząć od podstaw. Najpierw krótki zarys sytuacji, dobra?

– Jak pan sobie życzy.

Wright wyciągnął z teczki jakieś papiery, studiował je przez chwilę, potem podniósł długopis.

– Urodziłeś się czwartego lutego 1983 roku w Yorku, w Pensylwanii, jako trzecie dziecko i jedyny syn Johna i Patty McAvoyów. Rodzice się rozwiedli w 1989, kiedy miałeś sześć lat, i żadne z nich powtórnie nie zawarło związku małżeńskiego. Zgadza się?

– Tak jest.

Wright odhaczył ten fragment, potem poleciał serią pytań dotyczących członków rodziny, ich dat urodzenia, wykształcenia, zawodów, adresów, zainteresowań, wyznawanej religii, nawet przekonań politycznych. Przerzucał papiery i odfajkowywał kolejne pozycje. Detektyw znał te wszystkie fakty i dane. Wiedział nawet, gdzie i kiedy urodził się dwuletni siostrzeniec Kyle'a z Santa Monica. Kiedy skończył wypytywać o dalszą rodzinę, wziął inną teczkę. Kyle poczuł pierwsze objawy znużenia. A to była dopiero rozgrzewka.

– Napijesz się czegoś? – zapytał Wright.

– Nie.

– Twój ojciec prowadzi kancelarię w Yorku?

Kyle skinął głową. Potem posypał się grad pytań o ojca: jego życie, przebieg kariery i zainteresowania. Po każdych czterech, pięciu pytaniach Kyle miał ochotę zapytać: „Czy to naprawdę ma jakiś związek ze sprawą?" Ale trzymał język za zębami. Wright w zasadzie tylko potwierdzał zebrane wcześniej informacje.

– Twoja matka jest artystką?

– Tak, a jak to się ma do naszego meczu futbolowego?

– Zyskałeś około dziesięciu jardów. A dokładnie, co robi?

– Jest malarką.

Wreszcie detektyw skupił się na podejrzanym. Zadał kilka prostych pytań dotyczących dzieciństwa, ale nie wdawał się w szczegóły. On to wszystko już wie, pomyślał Kyle.

– Skończyłeś z wyróżnieniem liceum w Central York, byłeś sportową gwiazdą. Czemu wybrałeś Uniwersytet Duquesne?

– Zaoferowali mi stypendium sportowe.

– Miałeś inne propozycje?

– Kilka, z mniejszych uczelni.

– Ale nie grałeś za dużo w Duquesne?

– Grywałem po trzynaście minut na pierwszym roku, potem zerwałem sobie więzadło przednie krzyżowe, w ostatniej minucie ostatniego meczu.

– Operacja?

– Tak, ale z takim kolanem nie mogłem już grać. Zrezygnowałem z koszykówki i wstąpiłem do bractwa.

– Później się tym zajmiemy. Namawiano cię, żebyś wrócił do drużyny?

– Trochę. Ale to nie miało znaczenia. Kolano było do niczego.

– Specjalizowałeś się w ekonomii i uzyskałeś prawie doskonałe świadectwo. O co chodziło z tym hiszpańskim na drugim roku? Nie dostałeś najwyższej noty.

– Chyba powinienem wybrać niemiecki.

– Jedno B w ciągu czterech lat to i tak nieźle.

Wright pstryknął w kartkę i coś zapisał. Kyle rzucił okiem na swoją twarz w laptopie. Rozluźnij się, nakazał sobie.

– Wysokie wyróżnienia, udział w kilkunastu studenckich organizacjach, uczelniany czempion softballa, sekretarz, potem przewodniczący bractwa. Twoje akademickie osiągnięcia robią wrażenie, a mimo to prowadziłeś bardzo aktywne życie towarzyskie. Opowiedz mi o swoim pierwszym aresztowaniu.

– Jestem pewien, że ma pan akta tej sprawy.

– Pierwsze aresztowanie, Kyle.

– Jedyne aresztowanie. Żadnego drugiego nie było. Jak do tej pory.

– Co się stało?

– Nic takiego. Po prostu głośna przepychanka, jak to w bractwie. Ale w końcu przyjechali gliniarze. I złapali mnie z otwartą butelką piwa. Zwykłe szukanie dziury w całym. Wykroczenie. Zapłaciłem trzysta dolców grzywny i dostałem sześć miesięcy dozoru sądowego. Potem anulowano karę i w Yale nikt się o tym nie dowiedział.

– Czy twój ojciec zajął się ta sprawą?

– Włączył się do niej, ale ja miałem adwokata w Pittsburghu.

– Którego?

– Kobietę; nazywa się Sylvia Marks.

– Już o niej słyszałem. Czy przypadkiem nie specjalizuje się w głupich wybrykach członków studenckich stowarzyszeń?

– Tak, to ona. Zna się na swojej robocie.

– Sądziłem, że to było drugie aresztowanie.

– Nie. Kiedyś gliniarze zatrzymali mnie na terenie kampusu, ale wtedy nie zostałem aresztowany. Dostałem tylko upomnienie.

– Co zrobiłeś?

– Nic.

– Więc czemu cię zatrzymano?

– Kilku z nas, z bractwa, strzelało do siebie racami z butelek. Bystre chłopaki. To nie trafiło do akt, więc ciekawe, skąd o tym wiecie.

Wright zignorował tę uwagę i coś zanotował

– Dlaczego poszedłeś na studia prawnicze? – spytał, gdy już skończył gryzmolić.

– Podjąłem tę decyzję, kiedy miałem dwanaście lat. Zawsze chciałem być adwokatem. Moją pierwszą pracą było obsługiwanie fotokopiarki w kancelarii ojca. W pewnym sensie tam dorastałem.

– Gdzie złożyłeś podanie o przyjęcie na studia?

– Do Penn, Yale, Cornell i Stanford.

– Gdzie cię przyjęto?

– Na wszystkie cztery uczelnie.

– Czemu Yale?

– Zawsze było u mnie na pierwszym miejscu.

– Oferowało stypendium?

– Owszem, dawało motywację finansową. Inne uczelnie także.

– Zaciągnąłeś pożyczkę?

– Tak.

– Ile?

– Czy naprawdę to panu potrzebne?

– Inaczej bym nie pytał. Myślisz, że po prostu tak tylko sobie gadam, żeby słyszeć swój głos?

– Trudno powiedzieć.

– Wróćmy do kredytów studenckich.

– Kiedy w maju dostanę dyplom, będę winien około sześćdziesięciu tysięcy.

Wright skinął głową, jakby się zgadzał, że to właściwa kwota. Przewrócił następną stronę, też całą zapełnioną pytaniami.

– I pisujesz do czasopisma prawniczego?

– Jestem redaktorem naczelnym „Yale Law Journal"*.

– To najbardziej prestiżowe wyróżnienie na uczelni?

– Niektórzy tak uważają.

– Zeszłego lata odbywałeś praktyki w Nowym Jorku.

– Tak, w jednej z tych wielkich kancelarii adwokackich na Wall Street, Scully & Pershing, typowa wakacyjna praca. Podejmowano nas wystawnie i proponowano dogodne godziny pracy. Taką procedurę uwodzenia stosują wszystkie duże kancelarie. Rozpieszczają aplikantów, a potem ich zamęczają, już jako współpracowników**.

– Czy w Scully & Pershing proponowali ci jakieś stanowisko po ukończeniu studiów?

– Tak.

– Przyjąłeś czy odrzuciłeś ofertę?

– Ani jedno, ani drugie. Nie podjąłem decyzji. Firma dała mi dodatkowy czas na zastanowienie się.

– Czemu to trwa tak długo?

– Rozważam też inne opcje. Na przykład aplikację u sędziego federalnego, ale on może awansować. Na razie sprawy są w zawieszeniu. Tam zawsze tak jest.

– Masz inne oferty pracy?

---

* Czasopismo prawnicze wydawane przez studentów, ale często cytowane w środowisku prawniczym (przyp. tłum.).

** W amerykańskiej kancelarii młody prawnik rozpoczynający pracę zostaje zatrudniony jako *associate*. Po kilku latach może awansować na wspólnika. Wobec braku odpowiednika w polskiej nomenklaturze prawniczej *associate* został przetłumaczony w tekście jako „współpracownik" (przyp. red.).

– Owszem.

– Opowiedz o nich.

– To naprawdę istotne?

– Jak wszystko, co mówię.

– Ma pan wodę?

– Na pewno będzie trochę w łazience.

Kyle zerwał się na nogi, przeszedł między olbrzymim łożem a bufetem, włączył światło w ciasnej łazience i nalał wody z kranu do plastikowego kubka. Napił się, potem znów go napełnił. Wrócił do stołu i postawił kubek w pobliżu swojej linii dwudziestu jardów, potem sprawdził na monitorze, jak wygląda jego twarz.

– A tak z ciekawości – zagadnął – gdzie w tym momencie jest piłka?

– Tylko trochę poprawiłeś swoją pozycję. Powiedz o innych ofertach pracy, innych firmach.

– Dlaczego po prostu nie pokaże mi pan nagrania i nie darujemy sobie tych wszystkich bzdur? Jeśli ono naprawdę istnieje i dowodzi, że jestem w to zamieszany, wyjdę stąd i załatwię sobie adwokata.

Wright pochylił się do przodu, poprawił łokcie na stole i zaczął delikatnie stukać o blat złączonymi koniuszkami palców. Dolna połowa jego twarzy złagodniała w uśmiechu, górna zachowała nieodgadniony wyraz.

– Jeśli stracisz panowanie nad sobą, Kyle, może cię to kosztować życie – powiedział bardzo chłodnym tonem.

To groźba śmierci czy utraty wspaniałej przyszłości? Kyle nie wiedział. Odetchnął głęboko i przełknął łapczywie następną porcję wody. Gniew zgasł w nim równie szybko, jak wybuchł.

Detektyw posłał mu szeroki nieszczery uśmiech. Kyle poczuł się zdezorientowany. Ogarnął go lęk.

– Kyle, proszę, idzie nam całkiem dobrze. Jeszcze tylko kilka pytań i przejdziemy na bardziej niebezpieczny grunt. Inne firmy?

– Proponowali mi pracę Logan & Kupec w Nowym Jorku, Baker Potts w San Francisco i Garton w Londynie. Wszystkim trzem kancelariom odmówiłem. Wciąż negocjuję jeszcze pewną posadę związaną z udzielaniem nieodpłatnej pomocy prawnej.

– Co to za praca? Gdzie?

– W Wirginii, pomoc prawna dla robotników imigrantów.

– I jak długo chcesz to robić?

– Może kilka lat, w tej chwili trudno powiedzieć. To tylko jedna z możliwości.

– Za znacznie niższe wynagrodzenie?

– Och, tak. Znacznie.

– Jak spłacisz kredyt studencki?

– Coś wymyślę.

Wrightowi nie podobała się ta odpowiedź mądrali, ale zdecydował się puścić ją płazem. Zerknął na swoje notatki, chociaż wcale nie musiał. Dobrze wiedział, że Kyle miał do spłacenia sześćdziesiąt jeden tysięcy dolarów. Cała kwota mogła zostać mu darowana przez Uniwersytet Yale, gdyby przepracował następne trzy lata za minimalne wynagrodzenie, broniąc ubogich, ciemiężonych, maltretowanych albo działając na rzecz ochrony środowiska. Ofertę złożyła Kyle'owi Piemoncka Pomoc Prawna. Aplikacja miała być sfinansowana grantem z wielkiej kancelarii z Chicago. Według źródeł Wrighta Kyle ustnie przyjął to stanowisko za trzydzieści dwa tysiące rocznie. Wall Street mogło poczekać, nie ucieknie. Ojciec zachęcił chłopaka, żeby spędził kilku lat w „okopach" i trzymał się z dala od działalności prawniczej w stylu korporacyjnym, którym on, John McAvoy, gardził.

Scully & Pershing oferowała dwieście tysięcy dolarów rocznie plus dodatki. Propozycje innych firm były podobne.

– Kiedy wybierzesz posadę? – zapytał detektyw.

– Już wkrótce.

– Ku czemu się skłaniasz?

– Ku niczemu.

– Jesteś tego pewien?

– Oczywiście.

Wright sięgnął po teczkę i ponuro pokręcił głową, marszcząc brwi. Wyglądał, jakby został obrażony. Odszukał następne dokumenty, przerzucił je, potem spiorunował Kyle'a wzrokiem.

– Nie złożyłeś ustnego zobowiązania, że przyjmiesz stanowisko w Piemonckiej Pomocy Prawnej w Winchester w Wirginii od pierwszego września tego roku?

Kyle poczuł, jak przez suche wargi zaczął przepływać mu drżący oddech. Zacisnął usta, instynktownie spojrzał na monitor. Wyglądał tak słabo, jak się czuł. Omal nie wybuchnął: „Skąd, do diabła, pan o tym wie?" Ale gdyby tak zrobił, przyznałby facetowi rację. Nie mógł jednak zaprzeczyć prawdzie.

Kiedy próbował znaleźć jakąś choćby kiepską odpowiedź, przeciwnik przypuścił atak.

— Nazwijmy to Kłamstwem Numer Jeden, co, Kyle? — Detektyw uśmiechnął się szyderczo. — Gdybyśmy dotarli do Kłamstwa Numer Dwa, wtedy wyłączymy kamerę, powiemy sobie „dobranoc" i spotkamy się znowu jutro, podczas twojego aresztowania. Kajdanki, zdjęcie policyjne, może reporter albo dwóch. Nie będziesz już myślał o bronieniu nielegalnych imigrantów... ani o Wall Street. Nie okłamuj mnie, Kyle, za dużo wiem.

Kyle już chciał powiedział: „Tak jest", ale zdołał tylko lekko skinąć głową.

— A więc zamierzasz pracować pro publico bono przez kilka lat?

— Tak.

— Co potem?

— Nie wiem. Na pewno znajdę posadę w jakiejś kancelarii i zacznę karierę zawodową.

— Co sądzisz o Scully & Pershing?

— Potężna, bogata kancelaria. Myślę, że największa na świecie. Chociaż to zależy, kto został wcielony albo połknięty wczoraj. Biura w trzydziestu miastach na pięciu kontynentach. Mnóstwo naprawdę zdolnych ludzi, którzy bardzo ciężko pracują i wywierają olbrzymią presję na siebie nawzajem, a zwłaszcza na młodych współpracowników.

— Robota w twoim stylu?

— Trudno powiedzieć. Pieniądze wspaniałe. Praca straszna. Ale to czołówka. Prawdopodobnie tam w końcu wyląduję.

— W jakim dziale pracowałeś ubiegłego lata?

— W różnych, ale najdłużej w dziale sporów sądowych.

— To cię interesuje?

— Niespecjalnie. Czy mogę spytać, co to ma wspólnego z tą dawną sprawą w Pittsburghu?

Wright zdjął łokcie ze stołu i próbował wygodniej usiąść na składanym krześle. Założył nogę na nogę i przeniósł blok na lewe udo. Przez chwilę obgryzał koniuszek pióra, wpatrując się w Kyle'a jak psycholog w pacjenta poddawanego psychoanalizie.

— Porozmawiajmy o bractwie w Duquesne.

— Proszę bardzo.

– Było około dziesięciu członków z waszego rocznika, prawda?

– Dziewięciu.

– Utrzymujesz z nimi kontakt?

– W pewnym stopniu.

– Akt oskarżenia wymienia ciebie i trzech innych braci, więc pomówmy tylko o tych. Gdzie jest Alan Strock?

Akt oskarżenia. W tej przeklętej teczce leżącej mniej niż metr od niego znajdował się ten cholerny akt oskarżenia. Dlaczego on, Kyle McAvoy, figurował tam jako oskarżony? Nie dotknął tej dziewczyny. Nie był świadkiem żadnego gwałtu. Nie widział, żeby ktokolwiek uprawiał seks. Pamiętał jak przez mgłę, że przebywał w tym pokoju, ale w którymś momencie urwał mu się film. Jak może być współsprawcą, skoro stracił przytomność? Taką linię obrony przyjąłby w sądzie, ale widmo rozprawy było zbyt straszne, by chciał je przywoływać. Proces nastąpiłby długo po aresztowaniu, przedtem sprawa nabrałaby rozgłosu. Przeżywałby horror, oglądając swoje zdjęcia w prasie. Potarł skronie, przymknął oczy i pomyślał o telefonach do domu – najpierw do ojca, potem do matki. I następnych: do kierowników działu rekrutacji, którzy oferowali mu posadę, do każdej z jego sióstr. Zapewniałby, że jest niewinny, ale wiedział, że już nigdy nie uwolniłby się od podejrzeń o gwałt.

Teraz już w ogóle nie ufał Wrightowi. Nie wierzył w umowę, którą ten zamierzał mu zaproponować. Jeśli w teczce rzeczywiście był akt oskarżenia, żadnym cudem nie mógł być puszczony w niepamięć.

– Alan Strock? – przypomniał detektyw.

– Studiuje na Akademii Medycznej w Ohio.

– Ostatnia korespondencja?

– E-mail kilka dni temu.

– A Joe Bernardo?

– Nadal mieszka w Pittsburghu, pracuje w firmie maklerskiej.

– Ostatni kontakt?

– Telefoniczny, przed paroma dniami.

– Żadnych wzmianek o Elaine Keenan?

– Nie.

– Ciągle próbujecie zapomnieć o Elaine, czy nie tak?

– Tak.

– No cóż, ona wróciła.

– Najwyraźniej.

Wright poprawił się na krześle, zdjął nogę z nogi, rozprostował plecy i wrócił do poprzedniej pozycji, z łokciami opartymi na stole.

– Elaine opuściła Duquesne po pierwszym roku studiów – zaczął cichszym głosem, jakby miał do opowiedzenia długą historię. – Była załamana. Miała fatalne oceny. Teraz twierdzi, że ten gwałt wywołał u niej poważne zaburzenia emocjonalne. Mniej więcej przez rok mieszkała z rodzicami w Erie, potem zaczęła się przenosić z miejsca na miejsce. Próbowała sama sobie z tym poradzić, piła, brała narkotyki. Chodziła na różne terapie, ale nic nie pomogło. Słyszałeś coś o tym?

– Nie. Po tym jak rzuciła studia nikt już o niej mówił.

– W każdym razie Elaine ma w Scranton starszą siostrę, która wzięła ją do siebie, udzieliła pomocy, zapłaciła za odwyk. Znalazły psychiatrę, który najwyraźniej wykonał dobrą robotę i postawił Elaine na nogi. Jest czysta, trzeźwa, świetnie się czuje i jej pamięć poprawiła się radykalnie. Znalazła też sobie adwokata i oczywiście domaga się sprawiedliwości.

– Wydaje się pan do tego sceptycznie nastawiony.

– Jestem gliną, Kyle. Na wszystko patrzę sceptycznie, ale mam tutaj tę młodą kobietę, która jest wiarygodna i która twierdzi, że została zgwałcona. Dysponuję też nagraniem, a to mocny dowód. I na dodatek na horyzoncie pojawił się żądny krwi adwokat.

– To wymuszanie pieniędzy. Chodzi tylko o forsę?

– Co masz na myśli, Kyle?

– Czwartym oskarżonym jest Baxter Tate i tu jest pies pogrzebany, prawda? Tate'owie są bardzo bogaci. Stare pittsburskie pieniądze. Baxter przyszedł na świat z funduszem powierniczym. Ile ona chce dostać?

– Pamiętaj, to ja zadaję pytania. Czy kiedykolwiek uprawiałeś seks...

– Tak, miałem stosunek z Elaine Keenan, jak większość chłopaków z naszego bractwa. Była napalona jak diabli, spędzała więcej czasu w siedzibie Bety niż my, piła na umór, a głowę miała mocniejszą niż którykolwiek z nas trzech; w torebce nosiła mnóstwo prezerwatyw. Jej problemy zaczęły się na długo, zanim przyjechała do Duquesne. Niech mi pan wierzy, ona nie zechce stanąć przed sądem.

– Ile razy uprawiałeś z nią seks?

– Raz, z miesiąc przed tym rzekomym zgwałceniem.

– Wiesz, czy Baxter Tate miał stosunek z Elaine Keenan tamtej nocy?

Kyle milczał przez chwilę, potem głęboko odetchnął.

– Nie. Nie wiem. Urwał mi się film.

– Czy Baxter Tate przyznał się, że uprawiał z nią wtedy seks?

– Mnie nie.

Wright skończył pisać jakieś długie zdanie. Kyle niemal słyszał pracę kamery. Rzucił na nią okiem i zobaczył małe czerwone światełko wciąż skierowane w jego stronę.

– Gdzie przebywa Baxter? – zapytał Wright po długiej, ciężkiej ciszy.

– Gdzieś w Los Angeles. Z trudem skończył college, potem pojechał do Hollywood, chciał zostać aktorem. On jest trochę walnięty.

– To znaczy?

– Pochodzi z bogatej rodziny, w której zaburzenia emocjonalne występują częściej niż w większości zamożnych domów. Uwielbia imprezy, alkohol, narkotyki i dziewczyny. I nie widać, żeby z tego wyrastał. Ma w życiu jeden cel: zostać wielkim aktorem i zapić się na śmierć. Chce umrzeć młodo jak James Dean.

– Zagrał już w jakimś filmie?

– W ani jednym. Ale zaliczył mnóstwo barów.

Wright wydał się nagle znużony zadawaniem pytań. Skończył gryzmolić. Jego surowe spojrzenie zaczęło wędrować po pokoju. Wepchnął kilka papierów z powrotem do teczki, potem stuknął palcem w środek stołu.

– Posunęliśmy się naprzód, Kyle, dziękuję. Piłka jest na środku boiska. Chcesz obejrzeć nagranie?

4

Wright wstał, przeciągnął się i poszedł w róg pokoju, gdzie czekało białe kartonowe pudełko. Ktoś starannie napisał na nim czarnym markerem: „Dot. Kyle L. McAvoy i in". Wright wyjął coś z stamtąd i ze spokojem kata przygotowującego się do egzekucji wysunął CD z okładki. Włożył płytę do laptopa, wprowadził kilka informacji i wrócił na swoje miejsce. Kyle oddychał z trudem.

Kiedy komputer kliknął i zabuczał, Wright zaczął mówić:

– To był aparat z serii Nokia 6000, inteligentny telefon, wyprodukowany w 2003 roku, z kamerą i odtwarzaczem wideo o prędkości wyświetlania zapisanych obrazów 15 FPS, z kartą pamięci 1 giga, która przechowuje około trzystu minut nagrań, z opcją poleceń głosowych, supernowoczesny jak na tamte czasy. Naprawdę porządny sprzęt.

– Czyj?

Wright posłał mu chytry uśmiech i pokręcił głową.

– Przykro mi, stary – powiedział, ale uznał za stosowne pokazać chłopakowi sam telefon. Nacisnął klawisz i na ekranie pojawiło się zdjęcie nokii. – Widziałeś go kiedyś?

– Nie.

– Tak też myślałem. Oto ta scena, Kyle, na wypadek gdyby ci się trochę rozmyły w pamięci szczegóły. Dwudziesty piąty kwietnia 2003, ostatni dzień zajęć, egzaminy końcowe za tydzień. Jest piątek, wyjątkowo ciepło jak na tę porę roku, temperatura około trzydziestu stopni Celsjusza, to prawie rekord, i młodzież w Duquesne postanawia zrobić to, co robią wszyscy uczniowie w dobrych college'ach. Zaczynają pić już po południu i mają wielkie plany na całą noc. Grupa zbiera się w kompleksie apartamentowców, gdzie wynajmujesz mieszkanie z trzema kolegami. Impreza zaczyna się przy basenie. Są tam głównie kumple z Bety, jest kilka dziewczyn. Pływacie, trochę się opalacie, pijecie piwo, słuchacie piosenek Fisha. Laski paradują w bikini. Życie jest piękne. Zapada zmrok i po pewnym czasie przenosicie się pod dach, do twojego mieszkania. Zamawiacie pizzę. Głośna muzyka, tym razem Widespread Panic. Znowu piwo. Pojawia się ktoś z dwiema butelkami tequili, które, oczywiście, natychmiast zostają wypite. Pamiętasz coś z tego?

– Większość.

– Masz dwadzieścia lat, właśnie zaliczyłeś drugi rok...

– Wiem.

– Tequilę miesza się z red bullem, ty i cała paczka strzelacie sobie jednego drinka za drugim.

Kyle skinął głową, nie odrywając oczu od ekranu.

– W pewnym momencie zaczynacie się rozbierać i ktoś postanawia to nagrać z ukrycia. Pewnie chciał mieć własny filmik z dziewczynami bez staników. Przypominasz sobie to mieszkanie, Kyle?

– Tak, mieszkałem tam przez rok.

– Obejrzeliśmy je dokładnie. Oczywiście wygląda kiepsko. Jest zapuszczone jak wiele mieszkań studentów college'ów, ale od czasu twojego pobytu nie było tam żadnego przemeblowania. Koleś prawdopodobne umieścił komórkę na wąskim bufecie; między kuchnią a pokojem. Kładło się tam podręczniki, książki telefoniczne, stawiało puste butelki po piwie, właściwie wszystko, co kto chciał.

– To prawda.

– Tak więc nasz filmowiec wyjmuje telefon komórkowy, ukrywa obok jakiejś książki na bufecie i uruchamia go w samym środku szalonej imprezy. W pierwszej scenie widać, jak świetnie się bawicie. Sześć dziewczyn i dziewięciu chłopaków. Tańczycie w mniej lub bardziej kompletnych strojach. Coś ci się przypomina, Kyle?

– Coś niecoś.

– Znamy wszystkie nazwiska.

– Czy mi pan to pokaże, czy tylko będzie o tym opowiadał?

– Spokojnie. – Wright nacisnął jakiś klawisz. – Nagranie zaczyna się o dwudziestej trzeciej czternaście – dodał i stuknął w kolejny klawisz.

Ekran zaczął nagle pulsować gorączką głośnej zmysłowej muzyki i wirujących ciał. Widespread Panic grali *Aunt Avis* z albumu *Bombs and Butterflies*. W jakimś zakamarku mózgu Kyle'a tliła się dotąd nadzieja, że zobaczy niewyraźny, ziarnisty, zamazany filmik z bandą idiotów z bractwa Beta pijących alkohol w przyćmionym świetle. A jednak… gapił się na zdumiewająco wyraźne nagranie pochodzące z maleńkiej telefonicznej kamery. Kąt obrazu dobrany przez nieznanego właściciela telefonu zapewniał widok na niemal cały pokój przy East Chase 4880, lokal 6B.

Cała piętnastka imprezowiczów była już nieźle wstawiona. Dziewczyny rzeczywiście topless, większość chłopaków bez koszul. Taniec przypominał grupowe obmacywanie, przy czym żadna para nie była ze sobą dłużej niż przez parę sekund. Każdy trzymał w ręku drinka, papierosa albo skręta. Faceci mieli dużą radochę, patrząc na dwanaście podskakujących piersi. Wszystkie półnagie ciała, męskie czy kobiece, były dostępne dla każdego. Chętnie się dotykano i przytulano. Ciała łączyły się, przechylały, kołysały, potem oddzielały od siebie i przesuwały do następnych. Niektórzy zachowywali się głośno i wulgarnie, innych alkohol i narkotyki wyciszały. Większość śpiewała razem z zespołem. Kilkoro całowało się namiętnie, a ich ręce błądziły w poszukiwaniu bardziej intymnych miejsc.

– Myślę, że ten w okularach przeciwsłonecznych to ty – powiedział Wright wyraźnie zadowolony z siebie.

– Dzięki.

Okulary przeciwsłoneczne, żółta bandana, lekko zsunięte z pośladków szorty w kolorze złamanej bieli, szczupłe ciało, biała spragniona słońca skóra. Plastikowy kubek w jednej dłoni, papieros w drugiej. Śpiew na ustach. Dwudziestoletni dureń nawalony jak meserszmit.

Teraz, pięć lat później, nie odczuwał żadnej tęsknoty za tymi szalonymi i beztroskimi latami. Nie żal mu było tych rozrób, kaców, przebudzeń koło południa w obcych łóżkach. Ale nie miał też wyrzutów sumienia, nie czuł żadnej skruchy. Typowe studenckie życie. Imprezował nie częściej ani nie rzadziej niż wszyscy, których znał.

Muzyka ucichła na chwilę przed kolejną piosenką, przygotowano więcej drinków i puszczono je w obieg z ręki do ręki. Jedna z dziewczyn padła na krzesło i wyglądało na to, że do końca imprezy nie wstanie. Zaczęła się następna piosenka.

– To trwa jeszcze około ośmiu minut. – Wright zerknął do notatek, chociaż pewnie on i jego ekipa przeanalizowali i utrwalili sobie w pamięci każdą sekundę, każdy kadr. – Jak można zauważyć, Elaine Keenan tutaj nie ma. Mówi, że była w sąsiednim mieszkaniu i piła z paroma przyjaciółmi.

– A więc znowu zmieniła swoją wersję wydarzeń.

Wright zignorował tę uwagę.

– Jeśli nie masz nic przeciwko temu, przewinę trochę do przodu, kiedy pojawia się policja. Pamiętasz nalot gliniarzy, Kyle?

– Tak.

Detektyw przewijał nagranie przez jakąś minutę, potem nacisnął klawisz.

– O dwudziestej trzeciej dwadzieścia pięć impreza zostaje nagle przerwana. Posłuchaj.

W połowie piosenki, kiedy większość imprezowiczów wciąż tańczyła, piła i wrzeszczała, ktoś poza kamerą krzyknął wyraźnie: „Gliny! Gliny!" Kyle zobaczył siebie samego: złapał jakąś dziewczynę i zniknął z pola widzenia. Muzyka ucichła. Światła pogasły. Na ekranie zapanowała ciemność.

– Według naszych protokołów tamtej wiosny do twojego mieszkania wzywano policję trzy razy – ciągnął Wright. – To był ten trzeci raz. Młody człowiek, Alan Strock, jeden z twoich współlokatorów, otworzył drzwi i porozmawiał z funkcjonariuszami. Przysięgał, że nie ma tu żadnego picia alkoholu przez nieletnich. Że wszystko jest w porządku. Oczywiście, wyłączy muzykę i będzie już spokój. Gliniarze odpuścili, udzielili ostrzeżenia i odeszli. Przypuszczali, że cała reszta towarzystwa schowała się w sypialniach.

– Większość uciekła tylnymi drzwiami – mruknął Kyle.

– Nieważne. Kamera w komórce reagowała na głos, więc wyłączyła się po minucie ciszy. Telefon był co najmniej sześć metrów od głównych drzwi. Jego właściciel spanikował i uciekł, zapomniał o nim, a w zamieszaniu ktoś potrącił rzeczy na bufecie i przesunął aparat. Nie zobaczymy już tak dużo jak przedtem. Cisza trwa około dwudziestu minut. O dwudziestej trzeciej czterdzieści osiem słychać głosy, zapalają się światła.

Kyle przysunął się do ekranu. Mniej więcej jedna trzecia obrazu była teraz zasłonięta czymś żółtym.

– To prawdopodobnie książka telefoniczna, żółte strony – wyjaśnił Wright.

Znów rozległa się muzyka, ale o wiele cichsza.

Czterej współlokatorzy: Kyle, Alan Strock, Baxter Tate i Joey Bernardo kręcili się po mieszkaniu w szortach i T-shirtach, z drinkami w dłoniach. Elaine Keenan przeszła przez pokój, paplała bez przerwy, potem usiadła na brzegu kanapy, paląc skręta. Widać było tylko połowę kanapy. Gdzieś grał telewizor. Baxter Tate podszedł do Elaine, coś powiedział, potem odstawił drinka i gwałtownie ściągnął T-shirt. Padli razem na kanapę i pewnie zaczęli się obściskiwać. Trzej pozostali oglądali telewizję i łazili po pokoju. Rozmawiali, ale muzyka i telewizor zagłuszały słowa. Przed kamerą pojawił się Alan Strock. Ściągnął koszulkę i zagadał coś do Baxtera, niewidocznego na ekranie. Nie było słychać żadnych odgłosów wydawanych przez Elaine, ale na widocznej połowie kanapy dawało się dostrzec plątaninę nagich nóg.

Potem światła zostały wyłączone. Odblask od telewizora jednak trochę rozjaśniał pokój. Na ekranie laptopa ukazał się Joey Bernardo;

zdejmował T-shirt, ale przerwał na chwilę i spojrzał na kanapę, na której szalona akcja trwała w najlepsze.

– Posłuchaj – syknął Wright.

Joey powiedział coś, czego Kyle nie mógł zrozumieć.

– Słyszałeś? – zapytał detektyw.

– Nie.

Wright zatrzymał nagranie.

– Nasi technicy dokładnie zanalizowali ścieżkę dźwiękową. Joey Bernardo mówi do Baxtera Tate'a: „Jest przytomna?" Tate najwyraźniej posuwa Elaine, która spiła się do nieprzytomności. Bernardo podchodzi bliżej i zastanawia się, czy dziewczyna coś jarzy. Chcesz posłuchać raz jeszcze?

– Tak.

Wright cofnął film, potem puścił ponownie. Kyle, niemal z nosem w ekranie, patrzył i nasłuchiwał uważnie. Wyłowił słowo „przytomna". Detektyw z powagą pokręcił głową.

Akcja toczyła się dalej z muzyką i odgłosami z telewizora w tle. W pokoju panował półmrok, ale zarysy postaci były dobrze widoczne. Baxter Tate w końcu wstał z kanapy, najwyraźniej zupełnie nagi, i wyszedł. Joey Bernardo szybko zajął miejsce Baxtera.

Z głośników laptopa zaczęły dobiegać miarowe trzaski.

– Sądzimy, że to skrzypi kanapa – powiedział Wright. – Może mógłbyś nam coś podpowiedzieć?

– Nie.

Potem rozległ się przenikliwy, falujący odgłos i trzaski ustały. Joey zsunął się na podłogę i zniknął.

– W zasadzie to koniec filmu – oznajmił Detektyw. – Kamera nagrywała jeszcze przez dwanaście minut, ale nic się już nie działo. Nie widać, kiedy Elaine wstaje z kanapy. Jesteśmy prawie pewni, że Baxter Tate i Joey Bernardo odbyli z nią stosunek. Nie ma żadnych dowodów na to, że ty i Alan Strock także.

– Ja jej wtedy nawet nie tknąłem. Zapewniam pana.

– A gdzie byłeś w czasie tych gwałtów, Kyle? – Wright nacisnął klawisz i obraz zniknął z ekranu.

– Nie wątpię, że ma pan jakąś teorię na ten temat.

– Okay. – Detektyw znowu sięgnął po długopis i notatnik. – Elaine twierdzi, że ocknęła się kilka godzin później, około trzeciej nad ranem, naga, na kanapie i nagle przypomniała sobie niewyraźnie, jak przez mgłę, że ktoś ją gwałcił. Przeraziła się, nie bardzo wiedziała, gdzie jest. Przyznaje, że nadal była mocno pijana. W końcu znalazła swoje ciuchy, ubrała się i zobaczyła ciebie. Chrapałeś w pozycji pół-leżącej naprzeciwko telewizora. Wtedy już zdała sobie sprawę, co tu robi i co się stało. Reszta kumpli zniknęła. Elaine mówi do ciebie, potrząsa za ramię, ale ty śpisz jak kamień, więc szybko opuszcza pokój, idzie do mieszkania naprzeciwko i tam zasypia.

– I przez cztery dni w ogóle nie wspomina o gwałcie. Czy tak, detektywie, czy też może znowu zmieniła swoją historyjkę?

– Cztery dni, zgadza się.

– Świetnie. A więc Elaine milczy jak zaklęta przez cztery dni. Ani słowa współlokatorkom, przyjaciółkom, rodzicom, absolutnie nikomu. Po czym nagle uznaje, że została zgwałcona. Policja bardzo podejrzliwie odniosła się do tej opowieści, prawda? Ostatecznie zjawiła się w naszym mieszkaniu i w siedzibie Bety. Zadawali dużo pytań, ale niewiele się dowiedzieli. Dlaczego? Bo żadnego zgwałcenia nie było. Sama chciała się bzykać. Niech mi pan wierzy, ta dziewczyna zgodziłaby się na wszystko.

– Jak mogła się zgodzić, jeśli leżała nieprzytomna, Kyle?

– Skoro tak, to jakim cudem pamięta, że ją zgwałcono? Nie zrobiła żadnych badań. Nie ma jakiegokolwiek dowodu. Istnieje tylko mgliste wspomnienie bardzo zagubionej, zdezorientowanej dziewczyny. Gliniarze dali sobie spokój pięć lat temu i teraz też powinno tak być.

– Ale tak nie jest. Zdaniem wielkiej ławy przysięgłych nagranie dowodzi, że dopuszczono się gwałtu.

– Bzdura. Tu nie chodzi o zgwałcenie, tylko o kasę. Rodzina Baxtera Tate'a jest obrzydliwie bogata. Elaine znalazła sobie chciwego adwokata. Ten akt oskarżenia to nic innego jak próba wymuszenia pieniędzy.

– Więc wolisz ryzykować widowisko na rozprawie i wyrok skazujący? Chcesz, aby ława przysięgłych zobaczyła nagranie? Ty i trzej twoi współlokatorzy pijani w sztok, a młoda kobieta zostaje wykorzystana seksualnie…

– Powtarzam, ja jej nie tknąłem.

– Nie, ale byłeś tam, bardzo blisko, mniej niż trzy metry od Elaine, więc daruj sobie tę gadkę.

– Nie pamiętam tego.

41

– Jaka wygodna wymówka.

Kyle powoli wstał z krzesła i poszedł do łazienki. Znów napełnił plastikowy kubek i wypił wodę jednym haustem. Potem usiadł na brzegu łóżka i ukrył twarz w dłoniach. Nie, nie chciał, żeby ława przysięgłych zobaczyła nagranie. Widział je po raz pierwszy i modlił się, aby także po raz ostatni. Miał przed oczami obraz siebie samego i trzech kumpli w zatłoczonej sali sądowej. Sędzia marszczy brwi, przysięgli wpatrują się w oskarżonych, Elaine płacze, jego rodzice siedzą z kamiennymi minami w pierwszym rzędzie. Publiczność jak urzeczona ogląda nagranie. Ta scena przyprawiła go o mdłości.

Czuł się niewinny, ale nie wiedział, czy sędziowie przysięgli podzielą jego zdanie.

Wright wyjął płytę i ostrożnie włożył do plastikowej osłonki.

Kyle przez długą chwilę wpatrywał się w wykładzinę. Z korytarza dobiegły przyciszone głosy, stłumione kroki. Może agenci FBI zaczynali się niepokoić. Kyle nie zwracał na to uwagi. Dzwoniło mu w uszach. Myśli przelatywały przez głowę jedna po drugiej. Nie potrafił skoncentrować się na tym, co powinien, a czego nie powinien powiedzieć. Decyzje podjęte w tym okropnym momencie mogły mieć rozstrzygające znaczenie dla jego całego dalszego życia. Przypomniała mu się sprawa trzech hokeistów, których fałszywie oskarżono o zgwałcenie striptizerki. Ostatecznie zostali uniewinnieni, ale zanim to nastąpiło, odbyli straszliwą podróż do piekła i z powrotem. A wtedy wśród dowodów nie było nagrania, żadnych powiązań z ofiarą.

„Jest przytomna?", spytał Joey Baxtera. Ile razy ta kwestia zostanie powtórzona w sali rozpraw? Kadr po kadrze. Słowo po słowie. Przysięgli nauczyliby się całego filmu na pamięć, zanim przystąpiliby do ustalania werdyktu.

Detektyw cierpliwie siedział przy stole. Jego owłosione ręce, znów splecione, spoczywały nieruchomo na notatniku. Czas nie miał znaczenia. Wright mógł tak czekać w nieskończoność.

– Dotarliśmy już na środek boiska? – zapytał Kyle, przerywając milczenie.

– Nawet za linię środkową, wszystko wygląda obiecująco.

– Chciałbym zobaczyć akt oskarżenia.

– Oczywiście.

Kyle wstał i spojrzał z góry na stół. Potem, zaskoczony i zbity z tropu, przeniósł wzrok na detektywa. Wright najpierw wyjął portfel z tylnej, lewej kieszeni, następnie prawo jazdy i odznakę pittsburskiego Wydziału Policji. Położył to wszystko na blacie. Z pudełka w kącie wyciągnął jeszcze inne legitymacje i odznaki. Zaczął je układać w szeregu obok pozostałych dokumentów. Sięgnął po jakąś teczkę i podał ją Kyle'owi.

– Życzę przyjemnej lektury – powiedział.

Kyle otworzył teczkę z napisem: „Informacje". Wyjął plik zszytych kartek. Ten z wierzchu wyglądał na urzędowy dokument. Tytuł wydrukowano tłustą czcionką: „Stan Pensylwania, hrabstwo Allegheny, Sąd Okręgowy", podtytuł: „Stan przeciwko Baxterowi H. Tate'owi, Josephhowi N. Bernardo, Kyle'owi L. McAvoyowi i Alanowi B. Strockowi". Zamieszczono tam również sygnatury akt i inne urzędowe oznaczenia.

Wright wyjął duże nożyczki i przeciął idealnie na pół swoje prawo jazdy.

Pierwszy paragraf brzmiał: „Oskarżenie zostało wniesione w imieniu i z upoważnienia stanu Pensylwania przeciwko wyżej wymienionym oskarżonym..."

Wright przecinał kolejne plastikowe karty, wszystkie wyglądały albo na prawa jazdy, albo na karty kredytowe.

„...którzy podlegając jurysdykcji tego sądu..."

Detektyw wyrwał swoją odznakę ze skórzanego etui i rzucił ją na stół.

– Co pan robi? – zapytał wreszcie Kyle.

– Niszczę dowody.

– Jakie dowody?

– Przeczytaj stronę numer dwa.

Kyle szybko przerzucił kartkę. Była pusta – ani jednego słowa, ani jednej litery, zupełnie nic. Następna strona, potem czwarta i piąta. Wszystkie puste. Wright z zapałem niszczył resztę odznak. Kyle trzymał fałszywy akt oskarżenia i gapił się na detektywa.

– Usiądź, proszę. – Detektyw z uśmiechem wskazał składane krzesło.

Kyle próbował coś powiedzieć, ale zdołał jedynie wydać odgłos podobny do jęku konającego. Potem ciężko opadł na krzesło.

– Nie ma aktu oskarżenia – ciągnął spokojnie Wright. – Żadnej wielkiej ławy przysięgłych, żadnych gliniarzy, żadnego aresztu, żadnej rozprawy. Nic prócz nagrania.

– Żadnych gliniarzy?

43

– Zgadza się. To wszystko lipa. – Machnął ręką nad stosem zniszczonych identyfikatorów. – Ja nie jestem z policji, ci chłopcy po drugiej stronie korytarza nie są z FBI.

Kyle odrzucił w tył głowę jak bokser trafiony silnym ciosem, potem przetarł oczy. Kartki spadły na podłogę.

– Kim pan jest? – zdołał wykrztusić.

– Bardzo dobre pytanie, Kyle, ale… za dużo by tłumaczyć.

Kyle z niedowierzaniem podniósł jedną z odznak. Należała do agenta federalnego Ginyarda.

– Przecież sprawdziłem tego faceta w sieci. On naprawdę pracuje w FBI.

– Bo to prawdziwe nazwiska. Po prostu je sobie wypożyczyliśmy na jeden wieczór.

– Więc pan tylko podawał się za detektywa?

– Oczywiście. Taki mały przekręt. Nie warto sobie tym zawracać głowy.

– Więc po co to wszystko?

– Aby przyciągnąć twoją uwagę, Kyle. Skłonić cię, żebyś tu przyjechał i odbył ze mną krótkie spotkanie. W przeciwnym razie mógłbyś od razu uciec. Poza tym chcieliśmy ci zaimponować naszymi możliwościami.

– My?

– Tak, ludzie z mojej firmy. Widzisz, Kyle, wynajęto nas, żebyśmy wykonali pewne zadanie. Potrzebujemy ciebie, a tak właśnie werbujemy ludzi.

Kyle wybuchnął nerwowym śmiechem. Jego policzki zaróżowiły się, krew zaczęła buzować w żyłach. Narastała w nim ogromna radość i ulga, że nie jest ścigany sądownie, że został ocalony przed egzekucją. Ale jednocześnie poczuł wzbierający gniew.

– Werbujecie za pomocą szantażu?

– Jeśli to konieczne. Mamy nagranie. Znamy tę dziewczynę. Ona naprawdę ma adwokata.

– Wie o nagraniu?

– Nie, ale gdyby je zobaczyła, twoje życie bardzo by się skomplikowało.

– Nie jestem pewien, czy pana dobrze rozumiem…

– Daj spokój, Kyle. W Pensylwanii sprawa o zgwałcenie ulega przedawnieniu po dwunastu latach. Zostało więc jeszcze siedem lat.

Jeśli Elaine i jej adwokat wiedzieliby o tym filmiku, pewnie zaczęliby grozić, że wniosą oskarżenie, żeby tylko wytargować ugodę. Byłoby to, jak sam mówiłeś, nic innego niż wymuszenie pieniędzy, ale ta gra mogłaby się okazać skuteczna. Twoje życie będzie o wiele łatwiejsze, jeśli pójdziesz nam na rękę. A my zatrzymamy to nagranie dla siebie.

– Więc chcecie mnie zwerbować?

– Tak.

– I co mam robić?

– Być prawnikiem.

5

Kyle poczuł, jak przytłaczający ciężar spada mu z serca. Znów zaczął prawie normalnie oddychać. Zerknął na zegarek. Minęła już północ. Spojrzał na Wrighta, czy jakkolwiek, do diabła, facet się naprawdę nazywał. Chciał się uśmiechnąć do tego człowieka, a nawet go uścisnąć za to, że nie jest gliniarzem z Pittsburgha i nie wręczył mu aktu oskarżenia. Nie będzie żadnego aresztowania, żadnej sprawy sądowej, żadnych upokorzeń i to wprawiało Kyle'a w euforię. Ale jednocześnie miał ochotę rzucić się na gościa i z całej siły rąbnąć go pięścią w twarz, a potem powalić na podłogę i kopać tak długo, aż przestałby się ruszać.

Zrezygnował z obu zamiarów. Wright był w dobrej formie i prawdopodobnie został dobrze wyszkolony, potrafiłby się obronić. A z wyglądu na pewno nie należał do osób, które chciałoby się uścisnąć. Kyle wygodnie rozsiadł się na krześle, założył prawą stopę na lewe kolano i odprężył się, po raz pierwszy od wielu godzin.

– Więc jak się pan naprawdę nazywa? – zapytał.

Wright przygotowywał nowy bloczek, do nowej partii notatek. Napisał datę w lewym górnym rogu.

– Nie marnujemy czasu na błahostki, Kyle.

– Och, dlaczego? Nie może mi pan nawet powiedzieć, jak się nazywa?

– Pozostańmy na razie przy Benniem Wrighcie. Zresztą to bez znaczenia, bo nigdy nie poznasz mojego prawdziwego imienia i nazwiska.

– Świetnie. Tajemnice, sekrety, cały ten szpiegowski szajs. Naprawdę wam się udało. Przez cztery godziny rzeczywiście wam wierzyłem i aż dostałem skrętu kiszek. Już nawet myślałem o tym, żeby znaleźć jakiś ładny most i z niego skoczyć. Naprawdę was nienawidzę. I nigdy wam tego nie zapomnę.

– Przestań gadać i przejdźmy do interesów.

– Mogę wyjść stąd natychmiast?

– Oczywiście.

– I nikt mnie nie złapie? Nie będzie już fałszywych odznak i lipnych agentów FBI?

– Nie. Idź. Jesteś wolnym człowiekiem.

– Och, dziękuję bardzo.

Przez minutę obaj milczeli. Wright ani na moment nie odrywał od twarzy Kyle'a małych groźnych oczu, a Kyle, choć mocno się starał, nie potrafił wytrzymać tego spojrzenia. Stopa mu drżała, oczy biegały niespokojnie, bębnił palcami w stół. Przez głowę przemykało mu sto scenariuszy, ale ani na moment nie pomyślał o tym, żeby opuścić pokój.

– Pomówmy o twojej przyszłości, Kyle – odezwał się wreszcie Wright.

– Jasne. Teraz, skoro nie będę aresztowany, moja przyszłość wygląda znacznie lepiej.

– Zamierzasz przyjąć pracę w Piemonckiej Pomocy Prawnej. Dlaczego chcesz stracić parę lat na zbawianie świata?

– Ja widzę to inaczej. W Wirginii jest bardzo dużo imigrantów. Wielu z nich przebywa w Stanach nielegalnie. Są ofiarami wszelkich nadużyć. Mieszkają w tekturowych pudłach, dwa razy dziennie jedzą ryż, pracują za dwa dolary za godzinę, często nie dostają zapłaty za katorżniczą robotę i tak dalej. Myślę, że przydałoby im się wsparcie.

– Ale czemu?

– Prawo służy interesowi społecznemu. Najwyraźniej pan tego nie rozumie. Adwokaci poświęcają swój czas, żeby pomagać innym. Na studiach prawniczych wciąż jeszcze tego uczą. A niektórzy z nas w to wierzą.

Na Wrighcie ta przemowa nie zrobiła zbyt dużego wrażenia.

– Porozmawiajmy o kancelarii Scully & Pershing.

– Po co? Na pewno sami już zebraliście informacje na ich temat.

– Oferowali ci pracę.

– Zgadza się.

– Począwszy od...?

– Drugiego września tego roku. W lipcu zdaję egzamin adwokacki i we wrześniu mógłbym tam zacząć.

– Jako współpracownik?

– Nie, jako pełnoprawny wspólnik. A może jako sekretarz albo pracownik biurowy? Daj spokój, Bennie, chyba znasz ustalony porządek.

– Nie denerwuj się. Mamy przed sobą jeszcze długą drogę.

– Rozumiem. Więc powinniśmy teraz współdziałać i zostać kumplami, ponieważ dążymy do wspólnego celu. Tylko ty i ja, zgadza się, Bennie? Dwaj starzy przyjaciele. Dokąd, do diabła, zmierzasz?

– Do Scully & Pershing.

– A jeśli ja nie chcę tam pracować?

– Chyba nie masz wielkiego wyboru.

Kyle oparł się na łokciach i potarł oczy. Składany stół był wąski, ich twarze dzieliło trochę ponad pół metra.

– Czy powiedziałeś „nie" w Scully & Pershing? – zapytał Wright.

– Sądzę, że już znasz odpowiedź. Przypuszczam, że od jakiegoś czasu podsłuchiwaliście moje rozmowy telefoniczne.

– Nie wszystkie.

– Pan jest zwykłym bandziorem.

– Bandziory łamią ludziom karki, Kyle. My jesteśmy na to za sprytni.

– Nie, nie odmówiłem Scully & Pershing. Poinformowałem ich, że poważnie zastanawiam się nad pracą udzielającego nieodpłatnej pomocy prawnej przez parę lat, i nawet omawialiśmy odroczenie. Dali mi dodatkowy czas do namysłu, ale muszę podjąć jakąś decyzję.

– Więc nadal cię chcą?

– Tak.

– I dają dwieście tysięcy dolarów na początek?

– Coś koło tego. Przecież doskonale pan wie.

– Jedna z największych i najbardziej renomowanych kancelarii adwokackich na świecie...

– Największa, tak przynajmniej sami twierdzą.

– Wielka spółka, ważni klienci, bogaci udziałowcy z rozległymi kontaktami. Dobrze wiesz, że to oferta, za którą większość studentów prawie gotowa byłaby zabić. Czemu jej nie przyjąć?

Kyle zerwał się na nogi i przeszedł do drzwi i z powrotem. Spiorunował Wrighta wzrokiem.

– Niech się upewnię, czy cię dobrze zrozumiałem. Chcesz, żebym przyjął posadę w Scully & Pershing z powodów, które na pewno będą sprzeczne z moim własnym interesem, i jeśli się nie zgodzę, wtedy zaczniesz mnie szantażować nagraniem i pomówieniami o zgwałcenie. Tak? Do tego zmierzamy, Bennie?

– Mniej więcej. „Szantaż" to takie nieprzyjemne słowo.

– Wybacz, stary. Nie wątpię, że bardzo wrażliwy z ciebie facet. Ale to jest szantaż albo wymuszenie. To jest przestępstwo, Bennie. A ty jesteś bandziorem.

– Zamknij się i przestań mnie nazywać bandziorem!

– Mógłbym jutro pójść na policję i cię udupić. Podawanie się za detektywa z wydziału śledczego, próba szantażu...

– Ale tego nie zrobisz.

– Może nie ja, ktoś inny.

Wright wstał powoli i – trwało to jedną straszną sekundę – zrobił taki ruch, jakby za moment miał zadać śmiertelny cios pięścią. Potem jakby od niechcenia wycelował palec w Kyle'a i mocnym, opanowanym głosem powiedział:

– Dzieciak z głową nabitą paragrafami. Chcesz lecieć na policję, proszę bardzo. Rozwiń swoje podręcznikowe teorie o dobrych i złych facetach. I wiesz, co się stanie? Powiem ci, Kyle. Nigdy więcej mnie już nie zobaczysz. Chłopcy z tamtej strony korytarza, agenci FBI, też już się wynieśli. Nie został po nich żaden ślad. Zniknęli na zawsze. A ja z adwokatem złożymy niedługo wizytę Elaine Keenan, pokażemy jej nagranie, przekonamy się, ile będą warte na czysto wyczyny Baxtera Tate'a, dostarczymy aktualne adresy, numery telefonów i e-maile twoje, Alana Strocka i Joeya Bernardo. Zachęcimy dziewczynę, żeby porozmawiała z prokuratorem w Pittsburghu. Zanim się zorientujesz, stracisz kontrolę nad całą sytuacją. Może oskarżenia zostaną wniesione, może nie. Ale wierz mi, zniszczę cię.

– Gdzie jest Elaine? Trzymasz ją w jakimś bunkrze?

– To nieważne. Mamy powody sądzić, że już sobie przypomniała wszystkie dramatyczne szczegóły imprezy w twoim mieszkaniu.

– Daruj sobie.

– To bomba zegarowa, Kyle, a nagranie ją zdetonuje. Jeszcze przez siedem lat będziesz się trząsł ze strachu.

Wright usiadł na krześle i zrobił kilka notatek. Kyle przysiadł na brzegu łóżka, naprzeciwko lustra.

– Cała ta historia może się naprawdę fatalnie skończyć – ciągnął Wright. – Pomyśl, Kyle. Najzdolniejszy student wydziału prawa Yale aresztowany pod zarzutem zgwałcenia. Feministki chcą wam wszystkim pourywać jaja. Nagranie przecieka do Internetu. Brutalna rozprawa sądowa. Możliwy wyrok skazujący. Zrujnowana kariera.

– Zamknij się!

– Nie. Więc jeśli myślisz, że się przejmuję twoimi marnymi pogróżkami, to jesteś w wielkim błędzie. Porozmawiajmy poważnie. Weźmy to nagranie i trzymajmy pod kluczem, tak żeby nikt nigdy go nie zobaczył. Co ty na to, Kyle?

W tym momencie propozycja wydawała się bardzo kusząca. Kyle podrapał swój zarost.

– Czego chcesz w zamian? – spytał.

– Żebyś przyjął posadę w Scully & Pershing.

– Dlaczego?

– Doskonale, Kyle. Wreszcie możemy porozmawiać poważnie. Już myślałem, że nigdy nie zapytasz: dlaczego?

– Dlaczego? Dlaczego? Dlaczego?

– Bo potrzebuję informacji.

– Wspaniale. To wszystko wyjaśnia. Wielkie dzięki.

– Cierpliwości, Kyle. Muszę ci nakreślić tło. Chodzi o dwie gigantyczne korporacje. Obie bezwzględnie ze sobą rywalizują. I obie są warte miliardy. Kiedyś jedna przeciw drugiej wniosła sprawę do sądu. To były paskudne, wielkie publiczne spektakle, w których nikt nie wygrał ani nie przegrał. Tak więc przez całe lata próbowały unikać sali sądowej. Do dziś. Teraz są niemal gotowe do pierwszego starcia w sądzie. Sprawa będzie wniesiona za parę tygodni do sądu federalnego w Nowym Jorku. Gra idzie o mniej więcej osiemset miliardów dolarów i pokonany może nie przetrwać. Wstrętny spór sądowy, na śmierć i życie. Żyła złota dla adwokatów. Obie strony korzystają z usług wielkich kancelarii z Wall Street i nie zgadniesz... one też nienawidzą się wzajemnie.

– Nie mogę się doczekać, kiedy dojdziesz do sedna.

– Tu właśnie zaczyna się twoja rola. Jedną kancelarią jest Scully & Pershing. Drugą Agee, Poe & Epps.

– Znana także pod nazwą APE.

– Tak.

– Miałem tam rozmowę kwalifikacyjną.

– Zaproponowali ci pracę?

– Sądziłem, że ty wszystko wiesz.

– Wiem tylko to, co muszę.

– Nie podobała mi się ta kancelaria.

– Brawo. Teraz możesz naprawdę jej nie lubić.

Kyle poszedł do łazienki, puścił zimną wodę, ochlapał sobie twarz i przez długą chwilę wpatrywał się w swoje odbicie w lustrze. Nie poddawaj się, nakazał sobie. Zwalcz zmęczenie i strach. Próbuj przewidzieć ruch przeciwnika, zaskoczyć jakimś pytaniem, wybij go z rytmu; zmuś do zmiany sposobu postępowania.

Usiadł przy stole naprzeciwko Wrighta.

– Gdzie znaleźliście nagranie? – zapytał.

– Kyle, Kyle, tracimy czas.

– Jeśli na rozprawie wykorzystasz nagranie, właściciel komórki będzie musiał zeznawać pod przysięgą. Nie zdołasz ukryć jego tożsamości. Czy on o tym wie? Wytłumaczyłeś mu to? To jeden z moich kumpli z bractwa i założę się, że odmówi zeznań.

– W sądzie? Ty chcesz procesu? Pamiętaj, możesz dostać wyrok skazujący, a więzienie nie jest przyjemne dla fajnych, przystojnych białych chłopców skazanych za zgwałcenie.

– Założę się, że Elaine nie będzie upierać się przy oskarżeniach.

– Nie masz co się zakładać. Ona potrzebuje pieniędzy. Jeśli może je wycisnąć od pana Tate'a i do tego trochę dolców od ciebie i tamtych dwóch, nie cofnie się przed niczym. Zaufaj mi, Kyle.

– Prędzej bym zaufał kieszonkowcowi recydywiście.

– Dość już tych obelg. Pójdę do jej adwokata i dokładnie wyjaśnię, jak to rozegrać. Albo nie. Może po prostu wprowadzę skróconą wersję nagrania do Internetu jeszcze dziś wieczorem. Wytnę gwałt i zostawię tylko sceny z imprezy. Potem wyślę link do wszystkich twoich przyjaciół, całej rodziny, potencjalnych pracodawców, całemu światu. Zobaczysz, jak to zadziała. Potem dodam trochę więcej scen, łącznie z tą z gwałtem. Kiedy Elaine to zobaczy, twoja twarz znajdzie się na łamach wszystkich gazet.

Kyle'owi opadła szczęka. Nie mógł znaleźć żadnej celnej riposty, ale jedna myśl uderzyła go z całą mocą – że jest załatwiony. Wright był bezwzględnym, bezlitosnym oprawcą na usługach jakiejś niezwykle zdeterminowanej grupy rozporządzającej nieograniczonymi środkami. Oni mogli wszystko. Zrujnować komuś życie. Nawet zabić.

Wright, jakby czytając w jego myślach, pochylił się do przodu i powiedział:

– Kyle, my nie jesteśmy harcerzykami. Mam już dosyć tych przekomarzań. Nie przyszedłem tu negocjować, tylko wydawać polecenia. Albo będziesz postępował zgodnie z nimi, albo zadzwonię do biura i każę swoim kumplom cię zniszczyć.

– Gardzę tobą.

– Trudno. Po prostu taką mam pracę.

– Co za żałosne zajęcie.

– Możemy porozmawiać o twojej nowej posadzie?

– Nie studiowałem prawa po to, żeby zostać szpiegiem.

– Nie nazywajmy tego szpiegowaniem, Kyle.

– Więc jak to nazwiesz, Bennie?

– Przekazywanie informacji.

– Nie pieprz. To nic innego jak szpiegowanie.

– Tak naprawdę nie obchodzi mnie, jak ty to nazywasz.

– Jakich informacji?

– Gdy tylko zacznie się proces, pojawi się milion dokumentów. Dziesięć milionów. Mnóstwo dokumentów i mnóstwo sekretów. Spodziewamy się, że każda z tych dwóch kancelarii oddeleguje do sprawy pięćdziesięciu prawników, w tym z dziesięciu wspólników i czterdziestu współpracowników. Ty znajdziesz się w dziale sporów sądowych, więc będziesz miał dostęp do bardzo wielu materiałów.

– Zabezpieczenia w takich kancelariach są wybitnie szczelne i niezawodne.

– Zgadza się. Ale nasi eksperci od zabezpieczeń są lepsi od ich specjalistów. Mógłbym napisać o tym książkę, Kyle. Mam wielką wiedzę w tym zakresie.

– O, na pewno. Mogę zapytać, o co walczą ze sobą te dwie firmy?

– O tajemnice. O technologię.

– Wspaniale. Dzięki. Czy te firmy mają nazwy?

– Są na liście „Fortune 500". Dam ci więcej informacji, gdy posuniemy się naprzód.

– Więc ty staniesz się na jakiś czas częścią mojego życia?

– Jestem twoim oficjalnym doradcą. Spędzimy razem wiele czasu.

– Więc ja w to nie wchodzę. No, dalej, zastrzel mnie. Nie będę szpiegował i nie będę kradł. W chwili gdy wyjdę z kancelarii Scully & Pershing z dokumentem albo dyskiem, którego nie nie wolno mi mieć, i dam go tobie albo komukolwiek innemu, złamię prawo i połowę zasad etyki zawodowej. Zostanę pozbawiony uprawnień adwokackich i oskarżony o przestępstwo.

– Tylko jeżeli cię przyłapią.

– Przyłapią.

– Nie. Jesteśmy zbyt sprytni, Kyle. Robiliśmy to już wcześniej. To nasza specjalność.

– Wasza firma zajmuje się kradzieżą dokumentów?

– Nazwijmy to wywiadem korporacyjnym. Mamy w tym bardzo duże doświadczenie.

– Więc możecie zaszantażować kogoś innego.

– Nie. Chodzi nam właśnie o ciebie. Pomyśl, Kyle. Przyjmujesz posadę, o jakiej zawsze marzyłeś, z nieprzyzwoicie wysoką pensją, używasz życia w wielkim mieście. Oni będą cię zmuszać do potwornego wysiłku przez parę lat, ale ci to wynagrodzą. Zanim dobiegniesz trzydziestki, będziesz starszym współpracownikiem zarabiającym czterysta tysięcy rocznie. Przyjemne mieszkanie w SoHo. Domek letniskowy w Hamptons. Porsche. Grono przyjaciół, a wszyscy zdolni, bogaci i pną się w górę tak samo szybko jak ty. Potem, któregoś dnia ta sprawa sądowa zostaje rozstrzygnięta. My znikamy. Sprawa z Pittsburgha ulega przedawnieniu. Nagranie idzie w niepamięć i w wieku trzydziestu dwóch lub trzydziestu trzech lat zostajesz pełnoprawnym wspólnikiem kancelarii Scully & Pershing. Zarabiasz milion albo dwa rocznie. Szczyt sukcesu. Przed tobą wielka kariera. Życie jest piękne. I nikt nie będzie wiedział o przekazywaniu informacji.

Ból głowy, który tlił się przez ostatnią godzinę, dojrzał w końcu i odezwał się z całą mocą w środku czoła. Kyle rozciągnął się na łóżku i zaczął masować skronie. Przymknął oczy.

– Posłuchaj, Bennie. Wiem, że ty nie przejmujesz się moralnością, etyką i takimi tam rzeczami, ale dla mnie one się liczą. Jak miałbym żyć w zgodzie z własnym sumieniem, jeśli zawiodę zaufanie swojej kancelarii i jej klientów? Zaufanie jest najważniejszą, najcenniejszą rzeczą dla prawnika. Nauczyłem się tego od ojca, kiedy byłem nastolatkiem.

– Interesuje nas tylko pozyskiwanie informacji. Nie tracimy czasu na dywagacje o moralności.

– Domyślam się.

– Potrzebne mi jest twoje zobowiązanie, Kyle. Musisz mi dać słowo.

– Masz tylenol?

– Nie. Zawarliśmy umowę?

– Masz coś na ból głowy?

– Nie.

– A pistolet?

– W marynarce.

– Daj mi go.

Następna minuta upłynęła w całkowitej ciszy. Wright nie spuszczał swojej ofiary z oczu. Kyle nadal delikatnie masował sobie czoło. Potem powoli usiadł na łóżku.

– Jak długo zamierzasz tu zostać? – spytał szeptem.

– Och, mam jeszcze mnóstwo pytań.

– Tego się obawiałem. Ja już pasuję. Głowa mi pęka.

– Jak chcesz, Kyle. Twoja sprawa. Ale muszę dostać odpowiedź. Czy zawarliśmy układ, porozumienie, umowę?

– A mam jakiś wybór?

– Ja go nie widzę.

– Ja też nie.

– Więc?

– Jeśli nie mam żadnego wyboru, to nie mam.

– Doskonale. Mądra decyzja, Kyle.

– Och, dziękuję bardzo.

Wright wstał i przeciągnął się, jakby długi dzień pracy w biurze wreszcie się skończył. Poprzekładał jakieś papiery, pomajstrował przy kamerze wideo, zamknął laptopa.

– Chciałbyś odpocząć, Kyle?

– Tak.

– Wynająłem kilka pokoi. Zdrzemnij się, możemy kontynuować jutro.

– Już jest jutro.

Wright stał przy drzwiach. Kyle do niego dołączył. Przeszli na drugą stronę korytarza do pokoju numer 222. To, co niedawno było centrum dowodzenia FBI, teraz znów zmieniło się w zwykły motelowy pokój za niecałe dziewięćdziesiąt dolców za noc. Ginyard, Plant i inni fałszywi agenci dawno stąd poszli i zabrali wszystko – teczki, komputery, powiększone fotografie, trójnogi, akta, przenośne stoły. Łóżko, starannie posłane, stało na środku pokoju.

– Obudzić cię za parę godzin? – zapytał miłym tonem Wright.

– Nie. Po prostu wyjdź.

– Będę naprzeciwko.

Gdy Kyle został sam, odciągnął narzutę, wyłączył światła i natychmiast zasnął.

6

WBREW NAJSZCZERSZYM CHĘCIOM, Kyle obudził się po kilku godzinach. Rozpaczliwie pragnął spać w nieskończoność i po prostu zostać zapomnianym. Ocknął się w ciepłym, ciemnym pokoju na twardym łóżku i przez sekundę nie wiedział, gdzie jest lub jak tu się znalazł. Głowa nadal go bolała i miał spieczone usta. Wkrótce jednak koszmar wrócił i Kyle gorąco zapragnął stąd uciec, znaleźć się gdzieś na zewnątrz, w miejscu, z którego mógłby spojrzeć wstecz na ten motel i przekonać samego siebie, że spotkanie z detektywem Wrightem nigdy się nie zdarzyło. Potrzebował świeżego powietrza. Chciał też z kimś porozmawiać.

Wyszedł z pokoju i na palcach ruszył korytarzem, potem po schodach w dół. W holu kilku akwizytorów popijało kawę; dyskutowali, niecierpliwie czekając, aż ruszą w teren. Słońce już wzeszło, śnieg przestał padać. Na zewnątrz powietrze było zimne i ostre. Kyle wdychał je tak, jakby się dusił. Wsiadł do jeepa, uruchomił silnik, włączył ogrzewanie i patrzył, jak topnieje śnieg na przedniej szybie.

Szok minął, ale teraz rzeczywistość wydawała się nawet gorsza.

Sprawdził wiadomości w komórce. Jego dziewczyna dzwoniła sześć razy, współlokator – trzy. Niepokoili się. Miał zajęcia na uczelni o dziewiątej i kupę roboty w redakcji. Ale w tym momencie zupełnie nic go nie obchodziło. Odjechał spod Holidaya i pędził autostradą numer 1 na wschód przez kilka kilometrów, dopóki New Haven nie zostało z tyłu. Dalej natknął się na pług śnieżny, ale był zadowolony, że może wlec się za nim z prędkością pięćdziesięciu kilometrów na godzinę. Inne samochody utworzyły długi rząd za jeepem i Kyle'owi po raz pierwszy przyszło do głowy, że ktoś może go śledzić. Zaczął zerkać w lusterko wsteczne.

W miasteczku Guilford zatrzymał się przy sklepie spożywczym, w którym na szczęście mieli środki przeciwbólowe. Łyknął tabletkę, popił jakimś napojem i już miał wracać do New Haven, kiedy zauważył tanią restaurację po drugiej stronie ulicy. Nie jadł nic od wczorajszego lunchu i nagle zdał sobie sprawę, że umiera z głodu. Prawie czuł zapach smażonego bekonu.

Restauracja pełna była mieszkańców Guilford, którzy zazwyczaj jedli tu śniadania. Kyle znalazł miejsce przy barze i zamówił jajecznicę na bekonie, tarte ziemniaki smażone z cebulą, tost, kawę i sok pomarańczowy. Jadł w milczeniu, a wokoło rozbrzmiewały głośne śmiechy i miejskie plotki. Ból głowy szybko ustępował, więc Kyle zaczął układać plan dnia. Ze swoją dziewczyną mógł mieć problem – nie kontaktował się z nią od dwunastu godzin, noc spędził poza domem, bardzo dziwne zachowanie jak na niego – osobę niezwykle zdyscyplinowaną. Z pewnością nie powinien mówić jej prawdy, a może jednak? Nie, prawda należała do przeszłości. Teraźniejsze i przyszłe życie miało być złożone z kłamstw, ciągłych prób tuszowania faktów, z kradzieży, szpiegowania i kolejnych kłamstw.

Olivia była studentką pierwszego roku prawa w Yale, Kalifornijką, absolwentką Uniwersytetu Kalifornijskiego, niezwykle zdolną i ambitną. Nie szukała nikogo na stałe. Spotykali się od sześciu miesięcy, ale był to tylko luźny związek. Mimo to na pewno nie zamierzał, jąkając się, opowiadać jakiejś bajeczki o nocy, która po prostu przeleciała nie wiadomo jak i gdzie.

Ktoś podszedł do niego z tyłu. Pojawiła się dłoń z białą wizytówką. Kyle zerknął w prawo i znalazł się oko w oko z mężczyzną, którego już poznał jako agenta specjalnego Ginyarda. Teraz facet miał na sobie sportową marynarkę z wielbłądziej wełny i dżinsy.

– Pan Wright chciałby się z panem zobaczyć o piętnastej, po zajęciach, w tym samym pokoju – oznajmił i zniknął, zanim Kyle zdążył się odezwać.

Wziął z blatu wizytówkę. Była pusta poza napisaną ręcznie wiadomością: „15.00, dzisiaj, pokój numer 225, Holiday Inn". Kyle wpatrywał się w nią przez parę minut. Nie dokończył już jedzenia, które przed nim stało. Stracił apetyt.

Tak ma wyglądać moja przyszłość? – pomyślał. Zawsze ktoś będzie mnie obserwował, śledził, czekał w mroku, podsłuchiwał.

Przy drzwiach tłum ludzi czekał, aż zwolnią się miejsca siedzące. Kelnerka wsunęła rachunek pod filiżankę Kyle'a i obdarzyła go szybkim uśmiechem, który mówił: „Czas minął". Kyle zapłacił w kasie i wyszedł. Zrezygnował ze sprawdzania innych samochodów i poszukiwania śladów swoich tropicieli. Zadzwonił do Olivii, która o tej porze jeszcze spała.

– Wszystko w porządku? – zapytała.

– Tak, w najlepszym.

– Powiedz tylko, że nie jesteś ranny. To mi wystarczy.

– Nie jestem ranny. Czuję się doskonale i przepraszam.

– Nie przepraszaj.

– Przepraszam, okay? Powinienem zadzwonić.

– Nie chcę nic wiedzieć.

– Chcesz. Przyjmiesz przeprosiny?

– Nie wiem.

– Spodziewałem się, że trochę się będziesz gniewała.

– Daj spokój.

– Co powiesz na lunch?

– Nie.

– Dlaczego?

– Mam dużo pracy.

– Nie możesz zrezygnować z lunchu.

– Gdzie się podziewasz?

– W Guilford.

– A gdzie to jest?

– Zaraz po drodze z New Haven. Mają tu świetny lokalik z pysznymi śniadaniami. Kiedyś cię tutaj przywiozę.

– Muszę kończyć.

– Spotkajmy się w południe w Grillu. Proszę.

– Jeszcze się zastanowię.

Kyle jechał do New Haven, przezwyciężając chęć zerkania w lusterko co każdy kilometr. Wśliznął się cicho do swojego mieszkania i wziął prysznic. Mitch, współlokator, przespałby nawet trzęsienie ziemi i kiedy w końcu wyszedł chwiejnie z sypialni, Kyle już popijał kawę przy kuchennym barze, czytając gazetę. Mitch zadał mu kilka ogólnikowych pytań na temat ostatniej nocy, ale Kyle grzecznie się wykręcił się od jednoznacznej odpowiedzi. Zasugerował jedynie, że spotkał fajną dziewczynę i było fantastycznie. Mitch wrócił do łóżka.

Parę miesięcy wcześniej obiecali sobie całkowitą wierność i gdy już Olivia przekonała się, że nie chodzi o zdradę, zaczęła się do Kyle'a odnosić życzliwiej. Przez kilka godzin układał historyjkę o tym, jak to zmagał się z decyzją, by podjąć pracę prawnika udzielającego nieodpłatnej pomocy prawnej, zamiast przyjąć ofertę wielkiej kancelarii. Nie wiązał swojej kariery z działalnością społeczną, więc po cóż miał ją w ogóle zaczynać? W końcu chciał pracować w Nowym Jorku, więc nie widział sensu odwlekać tego, co nieuniknione. I tak dalej. A wczoraj wieczorem, po meczu koszykówki, postanowił podjąć ostateczną decyzję. Wyłączył komórkę i wybrał się na długą przejażdżkę samochodem, na wschód autostradą numer 1 obok New London i na Rhode Island. Stracił poczucie czasu. Po północy, gdy zaczęła się prawdziwa śnieżyca, znalazł niedrogi motel i przespał się tam parę godzin. Już zdecydował. Pojedzie do Nowego Jorku do Scully & Pershing.

Powiedział jej to podczas lunchu, jedząc kanapkę w Grillu. Olivia słuchała ze sceptyczną miną, ale nie przerywała. Wyglądało na to, że uwierzyła w opowieść o ostatniej nocy, ale nie dała się nabrać na nagłą zmianę zawodowych planów.

– Żartujesz – wypaliła, gdy Kyle dotarł do puenty.

– Nie przyszło mi to łatwo. – Od razu zaczął się bronić.

– Ty, Pan Pro Publico Bono, Pan Prawo w Interesie Publicznym?

– No, wiem, wiem. Czuję się jak zdrajca.

– Jesteś zdrajcą. Sprzedajesz się zupełnie tak samo jak wszyscy studenci trzeciego roku.

– Proszę, mów trochę ciszej. – Kyle rozejrzał się wokoło. – Nie róbmy sceny.

Olivia ściszyła głos, ale nadal była poruszona.

– Powtarzałeś to setki razy, Kyle. Wszyscy zaczynamy studiować prawo pełni wielkich idei, by służyć dobru, pomagać innym, walczyć z niesprawiedliwością, ale gdzieś po drodze je tracimy. Lecimy na dużą forsę. Zmieniamy się w korporacyjne dziwki. To twoje słowa, Kyle.

– Brzmią znajomo.

– Po prostu nie wierzę.

Bez zapału przegryźli po kilka kęsów.

– Mamy trzydzieści lat na zrobienie pieniędzy – ciągnęła. – Czemu nie poświęcić kilku na pomaganie innym?

Kyle poczuł się przyparty do muru.

– Tak, tak – mamrotał nieprzekonująco. – Ale ważny jest czas. Nie wiem, czy w Scully & Pershing będą chcieli czekać.

Następne oszustwo, ale co, do diabła! Kiedy już raz zacząłeś, nie przestawaj. Kłamstwo rodzi kłamstwo.

– Och, na litość boską. Dostaniesz posadę w każdej kancelarii w kraju, teraz czy za pięć lat.

– Nie jestem tego taki pewien. Rynek pracy się kurczy. Niektóre wielkie kancelarie grożą zwolnieniami.

Olivia odsunęła talerz, skrzyżowała ręce i powoli pokręciła głową.

– Nie wierzę – powtórzyła.

Kyle też nie mógł w to uwierzyć, ale musiał stwarzać wrażenie, że starannie rozważył wszystkie za i przeciw, zanim podjął taką decyzję. Olivia była pierwszym testem. Potem przyjdzie czas na przyjaciół i ulubionych profesorów. Po przećwiczeniu tej bajeczki kilka razy, gdy kłamstwo będzie dokładnie wygładzone, oszlifowane, mógłby jakoś zebrać się na odwagę, złożyć wizytę ojcu i oznajmić mu nowinę, która wywoła okropną kłótnię. Johna McAvoya na pewno trafi szlag, że jego syn będzie pracował dla korporacyjnej kancelarii na Wall Street.

Kyle'owi nie udało się jednak przekonać Olivii. Po kilkominutowej wymianie złośliwości oboje zrezygnowali z jedzenia i każde poszło w swoją stronę. Nie było żadnego całusa na do widzenia, uścisku, żadnej obietnicy, że później zadzwonią. Kyle spędził godzinę w redakcji „Yale Law Journal", potem bardzo niechętnie wyszedł stamtąd i pojechał do motelu.

POKÓJ TROCHĘ SIĘ ZMIENIŁ. Kamera wideo i laptop zniknęły, nigdzie ani śladu elektroniki, choć Kyle był pewien, że każde słowo zostanie jakoś zarejestrowane. Składany stół przesunięto bliżej okna. Te same tandetne krzesła. Pomieszczenie przypominało policyjny pokój przesłuchań urządzony gdzieś głęboko w podziemiach.

Ból głowy wrócił.

Kyle rzucił na stół wizytówkę od Ginyarda.

– Przekaż temu sukinsynowi, żeby przestał mnie śledzić – powiedział na początek.

– Jesteśmy tylko trochę ciekawi, Kyle.

– Nie zgadzam się, żeby ktoś mnie śledził, rozumiesz?

Bennie uśmiechnął się jak przemądrzały dupek.

– Zrywam umowę – ciągnął Kyle. – Ani myślę żyć z bandą bandziorów na karku, którzy obserwują każdy mój ruch. Zapomnij o inwigilacji, o podsłuchach, ukrytych mikrofonach i szperaniu w e-mailach. Słyszysz, co mówię? Nie będę chodził po Nowym Jorku i zastanawiał się, kto za mną idzie. Nie będę gadał przez telefon i myślał ciągle, że jakiś palant może mnie podsłuchiwać. Właśnie rozwaliłeś mi życie, Bennie, więc przynajmniej pozwól, że zachowam choć odrobinę prywatności.

– Nie mamy zamiaru...

– Nie kłam. Oto nowa umowa, Bennie: ty i twoje bandziory będziecie się trzymać z dala od mojego prywatnego życia. Nie podsłuchujecie, nie łazicie za mną, nie kryjecie się po kątach, nie bawicie się w kotka i myszkę ani w inne wasze gierki. Zrobię, co chcecie, do diabła, ale musicie się ode mnie odczepić.

– Bo?

– Bo w przeciwnym razie zaryzykuję i zobaczę, jak mi pójdzie z Elaine i jej fałszywym oskarżeniem o zgwałcenie. Posłuchaj, Bennie, jeśli mam zostać załatwiony, to wszystko mi jedno. Sam wybiorę truciznę. Z jednej strony jest Elaine, z drugiej twoje bandziory.

Bennie powoli wypuścił powietrze z płuc i odchrząknął.

– Tak, Kyle, ale my musimy utrzymywać z tobą kontakt. Na tym polega nasza praca. Właśnie tym się zajmujemy.

– To szantaż.

– Och, Kyle, dajmy teraz temu spokój. W ten sposób piłka nie posuwa się do przodu.

– Proszę, przestań gadać o tej piłce. To się stało nudne.

– Po prostu nie możemy spuścić cię z oka w Nowym Jorku.

– Dla mnie to zasadnicza sprawa: nie będziecie za mną łazić, obserwować ani śledzić. Rozumiesz, Bennie?

– To może stanowić pewien problem.

– To już jest problem. Czego wy chcecie? Będziecie wiedzieli, gdzie mieszkam i gdzie pracuję. W zasadzie mowa o tym samym miejscu. Przez najbliższe pięć lat będę przecież spędzał w biurze osiemnaście godzin dziennie, jeśli nie więcej. A właściwie dlaczego musicie mnie obserwować?

– Takie są nasze metody działania.

– Więc je zmieńcie, do cholery. Ja nie ustąpię. – Kyle poderwał się i ruszył do drzwi. – Kiedy znów się spotkamy?

– Dokąd idziesz? – Bennie wstał.

– Nie twoja sprawa i nie śledź mnie – Kyle położył dłoń na klamce.

– Okay, okay. Chyba możemy być tutaj elastyczni. Rozumiem twój punkt widzenia.

– Kiedy i gdzie?

– Teraz.

– Nie. Muszę załatwić pewne sprawy. Bez świadków.

– Ale mamy jeszcze tyle do omówienia…

– Kiedy?

– Może o szóstej, dziś wieczorem?

– Przyjdę o ósmej i tylko na godzinę. A jutro mnie tu nie będzie.

7

NA DWORCU KOLEJOWYM W NEW HAVEN Kyle wsiadł do pociągu odjeżdżającego o siódmej dwadzieścia dwie do Grand Central. Miał na sobie lepszy ze swoich dwóch garniturów, zwyczajną białą koszulę z banalnym krawatem i czarne buty z dziurkami na czubkach. W ręku trzymał ładną skórzaną dyplomatkę, którą ojciec podarował mu na ostatnie Boże Narodzenie, i poranne wydanie „New York Timesa" i „Wall Street Journal". Niczym się nie wyróżniał wśród innych zwykłych pracowników, którzy zaspani spieszyli się do biur.

Za oknem rozmazywał się zamarznięty podmiejski pejzaż z zagajnikami, łąkami, stawami. Kyle nie sięgnął po gazety; zamyślił się. Zastanawiał się, czy któregoś dnia nie zamieszka na przedmieściu i będzie musiał jeździć pociągiem trzy godziny dziennie, żeby jego dzieci mogły chodzić do dobrych szkół i jeździć rowerami po ulicach pełnych zieleni. W wieku dwudziestu pięciu lat taka perspektywa nie wydawała się zbyt pociągająca. Ale teraz jego myśli o przyszłości były posępne. Będzie miał wielkie szczęście, jeśli go nie oskarżą i nie pozbawią uprawnień adwokackich. Praca w wielkiej kancelarii jest wystarczająco trudna, a jego czeka beznadziejna katorga. Będzie musiał harować przez pierwsze lata i jednocześnie wykradać poufne informacje, modląc się co rano, żeby nikt go na tym nie przyłapał.

Może dojeżdżanie do pracy mimo wszystko to nie taka zła opcja.

Po trzech dniach i wielu godzinach gadania, targowania się, odmawiania i grożenia Bennie Wright w końcu wyjechał z miasta. Zniknął w mroku, ale oczywiście wkrótce miał się znów pojawić. Kyle nienawidził jego głosu, twarzy, manieryzmu, zimnych owłosionych rąk, przylizanych włosów, pewności siebie i natarczywości. Nie cierpiał wszystkiego w Benniem Wrighcie i jego firmie. Wiele razy w ciągu ostatniego tygodnia zmieniał decyzję w środku nocy i mówił im wszystkim, żeby poszli do diabła.

Potem w ciemnościach, jak zawsze, czuł kajdanki na nadgarstkach, przed oczyma stawały mu jego zdjęcia policyjne w gazetach, twarze rodziców i, co najgorsze, widział, jak sam boi się spojrzeć na przysięgłych, którzy oglądają nagranie w nagłej ciszy, jaka zapada w sali sądowej.

„Jest przytomna?" – pyta Joey Bernardo, w momencie gdy Baxter Tate ma Elaine pod sobą na kanapie.

„Jest przytomna?" Słowa niosą się echem po sali sądowej.

Podmiejski krajobraz zniknął, pociąg pędził przez przedmieścia i miasta, potem wjechał pod ziemię, zanurkował pod East River i dotarł na Manhattan. Kyle wolno przeszedł przez Grand Central, przywołał taksówkę na rogu Lex i Czterdziestej Czwartej. Wcześniej kilka razy obejrzał się przez ramię.

Kancelaria Scully & Pershing wynajmowała górną połowę budynku przy Broad Street 110. Błyszczący, elegancki czterdziestoczteropiętrowy gmach wznosił się w sercu dzielnicy finansowej. Poprzedniego lata Kyle spędził tam dziesięć tygodni jako stażysta – standardowa procedura dla wielkich kancelarii. Typowy sposób kuszenia: kontakty towarzyskie, przerwy na lunch, wspólne zakupy, oglądanie Jankesów w akcji i tylko kilka godzin lekkiej pracy dziennie. To były żarty, nie praca i każdy, kto w tym uczestniczył, dobrze o tym wiedział. Jeśli ta wystawna promocja dawała właściwe rezultaty – a prawie zawsze dawała – stażyści po dyplomie stawali się współpracownikami i ich życie w zasadzie się kończyło.

Dochodziła dziesiąta i jechał windą sam. Prawnicy siedzieli przy biurkach już od paru godzin. Kyle zatrzymał się na trzydziestym piętrze, gdzie znajdowało się główne wejście do firmy. Przystanął na chwilę, by podziwiać ogromne litery z brązu informujące wszystkich gości, że znajdują się na terenie czcigodnej kancelarii adwokackiej Scully & Pershing. Bo była to największa kancelaria adwokacka na świecie. Pierwsza i wciąż jedyna, która mogła się szczycić współpracą z przeszło dwoma tysiącami prawników. Doradca i Obrońca, większej liczby firm z listy „Fortune 500" niż jakakolwiek kancelaria w historii amerykańskiego prawa. Biura w dziesięciu miastach Stanów Zjednoczonych i dwudziestu zagranicznych. Sto trzydzieści lat tradycji konserwatywnej. Magnes dla największych talentów prawniczych, jakie można kupić. Potęga, pieniądze, prestiż.

Kyle już się czuł jak intruz.

Na ścianach dzieła sztuki abstrakcyjnej, we wnętrzach eleganckie współczesne meble. Jakiś azjatycki spec dobrał wysokiej jakości tapety, a na stole leżała broszura opisująca je w szczegółach. Jakby ktoś, kto tu pracował, miał czas się zatrzymać i zastanawiać nad wystrojem.

Atrakcyjna drobna recepcjonistka w szpilkach zapisała jego nazwisko i poprosiła, by zechciał poczekać. Kyle rozglądał się, ze zdumieniem oglądając dzieła sztuki tak dziwaczne, że nie miał pojęcia, na co patrzy. Po paru minutach bezmyślnego gapienia się usłyszał wezwanie recepcjonistki:

– Pan Peckham zaprasza. Dwa piętra wyżej.

Kyle ruszył po schodach.

Jak wiele kancelarii na Manhattanie Scully & Pershing wydawała mnóstwo pieniędzy na windy, recepcje i sale konferencyjne – pomieszczenia na pokaz dla gości i klientów – ale na tyłach we wnętrznościach kancelarii, gdzie tyrały pilne mrówki, liczyła się wyłącznie efektywność. Wzdłuż korytarzy stały szafy na dokumenty. Sekretarki i maszynistki pracowały w ciasnych boksach, niemal jeden przy drugim. Kopiści i gońcy nie mieli żadnych stanowisk pracy; nieruchomości w Nowym Jorku były po prostu za drogie, by przydzielić tym ludziom jakiś kąt. Starszym współpracownikom i młodszym wspólnikom dawano małe gabinety przy zewnętrznych ścianach z widokiem na podobne budynki.

Nowi byli upychani w ciasnych pomieszczeniach bez okien; trzech lub czterech siedziało ściśniętych w małych boksach. Te „biura" były dobrze ukryte i nikt ich nie oglądał. Nędzne tymczasowe mieszkania, straszna liczba godzin pracy, sadystyczni szefowie, nieznośne napięcie – wszystko to stanowiło część doświadczeń pracowników tej jednej z najbardziej prestiżowych firm prawniczych. Kyle słyszał już te przerażające historie, zanim skończył pierwszy rok studiów w Yale. Scully & Pershing nie była wcale lepsza i z pewnością nie gorsza niż inne wielkie kancelarie, które wykładały mnóstwo forsy na najzdolniejszych studentów, a potem ich pożerały.

W narożnych pokojach każdego piętra, w największych biurach, zakotwiczyli się wspólnicy; oni podejmowali pewne samodzielne decyzje i nawet mieli coś do powiedzenia w sprawie wystroju. Jednym z nich był Doug Peckham, czterdziestojednoletni facet zajmujący się sporami sądowymi, absolwent Yale, który opiekował się Kyle'em w czasie stażu. Trochę się polubili.

Kyle został wprowadzony do biura Peckhama parę minut po dziesiątej, w momencie gdy wychodziło stamtąd dwóch współpracowników. Spotkanie najwyraźniej nie poszło najlepiej. Współpracownicy wyglądali na zirytowanych, a Peckham starał się opanować.

Przywitali się, wymienili uprzejmości i parę żartów o dobrym starym Yale. Kyle wiedział, że Peckham wystawiał rachunek za co najmniej dziesięć godzin dziennie po 800 dolarów za godzinę, dlatego też czas, jaki mu teraz zabierał, był niewątpliwie cenny.

– Nie jestem pewien, czy naprawdę chcę spędzić kilka lat, pracując pro publico bono – powiedział Kyle po kilku minutach spotkania.

– Nic dziwnego, Kyle – odparł szybko Peckham. – Masz zbyt wiele możliwości w prawdziwym świecie. To twoja przyszłość.

Rozłożył ramiona, by pokazać swoje imperium. Ładne biuro, duże w porównaniu z innymi, ale nie największe w firmie.

– Zamierzam się zajmować sporami sądowymi.

– Nie widzę żadnego problemu. Wypadłeś wspaniale latem. Wszyscy byliśmy pod wrażeniem. Ja sam o to poproszę. Wiesz jednak, że spory sądowe nie są dla każdego.

Wszyscy to powtarzali. Kariera prawnika tej specjalności trwa średnio dwadzieścia pięć lat. Tej pracy towarzyszy wielkie napięcie, ogromny stres. Peckham miał czterdzieści jeden lat, ale spokojnie wyglądał na pięćdziesiątkę. Zupełnie siwy, podkrążone oczy, zbyt pełne policzki i za wiele ciała w pasie. Pewnie od lat nie uprawiał żadnego sportu.

– Mój ostateczny termin na odpowiedź już minął – stwierdził Kyle.

– Kiedy?

– Tydzień temu.

– Nie ma problemu. Daj spokój, jesteś naczelnym redaktorem „Yale Law Journal". Chętnie pójdziemy ci na rękę. Porozmawiam z Woodym z działu personalnego i załatwimy sprawę. Nasza rekrutacja poszła doskonale. Będziesz w najlepszej od lat grupie nowych pracowników.

Dokładnie to samo mówiono o każdej grupie nowych pracowników w każdej ważnej kancelarii adwokackiej.

– Dzięki. I chciałbym rozpocząć praktykę w zespole zajmującym się procesami.

– Już tam jesteś, Kyle. Załatwione.

Peckham zerknął na zegarek – koniec spotkania. Dzwonił telefon, tuż za drzwiami biura słychać było ściszone głosy. Ściskając mu dłoń i mówiąc „do widzenia", Kyle pomyślał, że nie chce być drugim Dougiem Peckhamem.

Zupełnie nie wiedział, kim pragnąłby zostać ani czy rzeczywiście mógł się stać kimś innym niż prawnikiem pozbawionym prawa wykonywania zawodu, ale nie zamierzał zaprzedawać duszy, żeby pracować jako wspólnik kancelarii.

Współpracownicy czekali przy drzwiach, nienagannie ubrani młodzi ludzie, niewiele starsi od Kyle'a. Zadowoleni z siebie, ale spięci i zdenerwowani wkroczyli do jaskini lwa. Ledwo zamknęli za sobą drzwi, Doug podniósł głos. Co za życie. A to i tak nic w dziale sporów sądowych. Prawdziwy stres odczuwali w sali sądowej.

Gdy Kyle zjeżdżał windą, uderzyła go absurdalność wyznaczonego mu zadania. Opuszczając biura Scully & Pershing z setkami innych osób, miał przemycać ściśle tajne informacje należące do firmy, a w zasadzie do jej klientów. Potem przekazywać te cenne dane Bennie'emu z owłosionymi rękami, aby ten ich użył przeciwko kancelarii i jej klientowi.

Kogo ja oszukuję? – pomyślał. Oprócz niego w windzie były cztery osoby. Na czoło wystąpiły mu krople potu.

Więc tak ma wyglądać moje życie. Prawdopodobnie trafię do więzienia za zgwałcenie w Pensylwanii lub w Nowym Jorku za kradzież tajemnic. Tak czy inaczej, ryzykuję więzienie... Czemu nie ma trzeciej możliwości? Cztery lata college'u, trzy lata na wydziale prawa, otwarte wszelkie możliwości, jakie oferuje świat, a stanę się dobrze płatnym złodziejem.

I nie było nikogo, z kim mógłby o tym porozmawiać.

Chciał znaleźć się gdzie indziej, gdzieś na zewnątrz, daleko. Jak najszybciej opuścić tę windę, ten budynek, to miasto. Uwolnić się od tego wszystkiego. Przymknął oczy i zaczął rozmowę sam ze sobą.

Ale w Pensylwanii był dowód, w Nowym Jorku jeszcze nie. Mimo to miał pewność, że go nakryją. Kilka miesięcy przed popełnieniem przestępstwa wiedział, że go przyłapią.

Dwie przecznice dalej znalazł kawiarnię. Usiadł na barowym stołku przy oknie i przez długą chwilę patrzył ze smutkiem na 110 Broad, na wieżowiec, który wkrótce miał stać się jego domem lub więzieniem. Znał statystyki Scully & Pershing. Kancelaria zatrudniała stu pięćdziesięciu nowych współpracowników na całym świecie, stu w samym nowojorskim biurze. Płacili im dobre pensje, do stu dolarów za godzinę, a sami wystawiali swoim nadzianym klientom kilkakrotnie wyższe rachunki. Kyle, podobnie jak wszyscy rozpoczynający pracę na Wall Street, mógłby się spodziewać zapłaty za minimum dwa tysiące godzin w roku, choć – jeśli miało się sprawiać korzystne wrażenie – należało pracować więcej. Stugodzinny tydzień roboczy nie bywał rzadkością. Po dwóch latach współpracownicy zazwyczaj porzucali posady i rozglądali się za czymś lepszym. Połowa odchodziła w ciągu czterech lat. Dziesięć procent z każdej nowej grupy mogło przetrwać, robić karierę po trupach i po siedmiu lub ośmiu latach otrzymać w nagrodę status wspólnika. Tych, którzy nie odpadali po drodze, pozbywano się z kancelarii, jeśli uznano ich za nieodpowiedni materiał na wspólników.

Była to taka harówa, że kancelarie adwokackie zaczęły się promować jako przyjazne firmy. Nowi mieli pracować mniej godzin, otrzymywać dłuższe urlopy i tak dalej. W większości wypadków jednak to był po prostu reklamowy chwyt rekrutacyjny. W pracoholicznej kulturze każdej wielkiej kancelarii żółtodzioby musiały mieć na swoim koncie co najmniej dwa tysiące przepracowanych godzin rocznie, bez względu na to, co werbujący obiecywali w czasie lunchu parę miesięcy wcześniej.

Rzeczywiście, pieniądze były duże. Przynajmniej dwieście tysięcy na początek. Dwa razy więcej dostawało się po pięciu latach jako starszy współpracownik. I znowu dwukrotnie większe po siedmiu latach, gdy już ktoś został młodszym wspólnikiem. Dobrze ponad milion dolców, gdy się miało trzydzieści pięć lat i osiągnęło pozycję pełnoprawnego wspólnika z perspektywą jeszcze wyższych zarobków w przyszłości.

Liczby, liczby. Kyle miał już ich dość. Tęsknił za Blue Ridge Mountains i skromną pensją trzydziestu dwóch tysięcy dolarów bez stresu, napięcia i kłopotów. Pragnął wolności.

Zamiast tego miał kolejne spotkanie z Benniem Wrightem. Taksówka zatrzymała się przed Millenium Hilton przy Church Street. Kyle zapłacił kierowcy, skinął głową portierowi, potem pojechał windą cztery piętra w górę do pokoju, gdzie czekał jego „opiekun". Bennie zaprosił go gestem do okrągłego stolika z paterą jaskrawozielonych jabłek na środku, ale Kyle nie chciał usiąść ani zdjąć kurtki.

– Oferta jest wciąż aktualna – oznajmił. – Zacznę we wrześniu razem z innymi nowymi współpracownikami.

– Świetnie. Wcale się nie dziwię. I będziesz w dziale sporów sądowych?

– Peckham tak sądzi.

Bennie miał teczkę Douga Peckhama, tak jak teczki wszystkich wspólników działu sporów i wielu innych prawników z tej kancelarii.

– Ale nie dali mi żadnej gwarancji – dodał Kyle.

– To już zależy tylko od ciebie.

– Zobaczymy.

– Myślałeś o jakimś mieszkaniu tu, na Manhattanie?

– Nie, jeszcze nie.

– Za to my się rozejrzeliśmy.

– Dziwne, nie przypominam sobie, żebym prosił was o pomoc.

– I znaleźliśmy dwa mieszkania. Idealne.

– Idealne dla kogo?

– Dla ciebie, oczywiście. Obydwa są w Tribeca, dosyć blisko biura.

– Skąd wam przyszło do głowy, że zamieszkam tam, gdzie wy chcecie?

– I pokryjemy czynsz. A to nietani budynek.

– Och, rozumiem. Znajdujecie dla mnie mieszkanie i płacicie za nie, żebym nie potrzebował współlokatora. O to chodzi, Bennie? Dla was to jedna osoba z głowy. Łatwiej będzie mnie trzymać w izolacji. A do tego płacicie czynsz, czyli jesteśmy związani finansowo. Wy mi płacicie, ja przekazuję wam tajemnice, po prostu para zdolnych biznesmenów, zgadza się?

– Znalezienie mieszkania w tym mieście to cholerna sprawa. Ja tylko próbuję ci pomóc.

– Wielkie dzięki. I na pewno zorganizowaliście już punkt obserwacyjny, może nawet założyliście podsłuch lub inne urządzenia, których nawet nie umiem sobie wyobrazić. Brawo! Dobra robota, Bennie.

– Czynsz wynosi pięć tysięcy dolców za miesiąc.

– Zachowajcie je sobie. Nic z tego. Mogę być szantażowany, ale nie kupiony.

– Więc gdzie zamieszkasz?

– Gdziekolwiek, ale sam wybiorę miejsce. I obejdę się bez waszej pomocy.

– Jak sobie życzysz.

– Słusznie, cholera. O czym jeszcze chcesz ze mną rozmawiać?

Bennie podszedł do stołu, podniósł notatnik i przyglądał mu się uważnie, jakby już nie wiedział, co sam zapisał.

– Czy kiedykolwiek byłeś u psychiatry? – zapytał.

– Nie.

– A u psychologa?

– Nie.

– Psychologa studenckiego albo jakiegokolwiek innego terapeuty?

– Tak.

– A dokładniej?

– To właściwie nic takiego.

– Więc pomówmy o niczym. Co się stało?

Kyle oparł się o ścianę i złożył ręce na piersiach. Był niemal pewien, że Bennie wie o tym dużo. O wiele za dużo.

– Po incydencie z Elaine i po tym, jak policja zakończyła dochodzenie, rozmawiałem z psycholog ze studenckiej przychodni. Skierowała mnie do doktora Thorpa, specjalisty od uzależnień. Wymęczył mnie trochę, zalazł mi za skórę, zmusił, żebym popatrzył długo i uważnie w lustro, i przekonał mnie, że jeśli nie przestanę pić, zacznę się czuć jeszcze gorzej.

– Byłeś alkoholikiem?

– Nie. Doktor Thorp tak nie uważał. Ja z pewnością też nie. Ale za dużo piłem na imprezach. Trawkę paliłem rzadko.

– Jesteś już czysty?

– Przestałem pić. Dojrzałem, znalazłem innych współlokatorów, którzy nigdy mnie nie namawiali. Ale czasem jeszcze tęsknię za kacami.

– Nie łykniesz nawet piwa od czasu do czasu?

– Nie. Nigdy.

Bennie skinął głową, jakby to pochwalał.

– A co z tą dziewczyną?

– Jaką dziewczyną?

– Olivią. To poważny związek?

– Nie bardzo wiem, o co ci chodzi, Bennie. Możesz mi wyjaśnić?

– Twoje życie będzie wystarczająco skomplikowane i bez romansów. Stały związek mógłby stwarzać problemy. Najlepiej odłożyć to na parę lat.

Kyle się roześmiał. Z niedowierzaniem pokręcił głową i próbował znaleźć dobrą ripostę, ale nic nie wymyślił. Ze smutkiem musiał się zgodzić ze swoim dręczycielem. Związek z Olivią prowadził donikąd.

– Co jeszcze, Bennie? Mogę mieć jakichś przyjaciół? A odwiedzać rodziców?

– Nie starczy ci na to czasu.

Kyle nagle ruszył do drzwi, otworzył je gwałtownie i trzasnął nimi, wychodząc.

8

Na pierwszym piętrze budynku Wydziału Prawa Uniwersytetu Yale znajduje się studencki pokój wypoczynkowy. Ściany i drzwi od zewnętrznej strony obwieszone są plakatami i ogłoszeniami, promującymi staże, a nawet karierę zawodową w organizacjach prawnych działających pro publico bono. Studentów zachęca się, by przez kilka lat pomagali maltretowanym kobietom, zaniedbanym dzieciom, skazańcom oczekującym na wykonanie kary śmierci, imigrantom, nastolatkom, które uciekły z domu, ubogim podsądnym, bezdomnym, starającym się o azyl, uciekinierom z Haiti, Amerykanom siedzącym w zagranicznych więzieniach i cudzoziemcom siedzącym w więzieniach amerykańskich; walczyć w obronie praw gwarantowanych w Pierwszej Poprawce do Konstytucji Stanów Zjednoczonych Ameryki, praw niewinnie skazanych; wspierać obrońców praw zwierząt, działaczy ekologicznych i tak dalej, i tak dalej.

Wiara w służbę publiczną jest głęboko zakorzeniona na Uniwersytecie Yale. O przyjęciu na uczelnię często decydują dotychczasowa praca społeczna kandydata i zadeklarowane na piśmie zamiary wykorzystania prawniczych umiejętności w działaniach dla dobra ogółu. Studenci pierwszego roku nieustannie słyszą o wartościach służby publicznej i oczekuje się od nich, że zaangażują się w nią jak najszybciej.

I większość tak robi. Około osiemdziesięciu procent studentów pierwszego roku twierdzi, że do zawodu prawnika przyciąga ich chęć niesienia pomocy innym. W którymś momencie jednak, zazwyczaj w połowie drugiego roku, zaczyna się to zmieniać. W kampusie pojawiają się przedstawiciele wielkich kancelarii i zaczynają selekcję. Oferują letnie staże z przyzwoitym wynagrodzeniem, kusząc perspektywą dziesięciu tygodni świetnej zabawy w Nowym Jorku, Waszyngtonie czy w San Francisco. Co najważniejsze, to oni trzymają klucze do lukratywnych karier. Na wydziale prawa Yale dokonuje się podział podobnie jak na wszystkich innych prestiżowych uczelniach. Wielu studentów nagle porzuca szlachetne marzenia o niesieniu pomocy uciskanym i poniewieranym i zaczyna śnić o sukcesach w pierwszej lidze amerykańskiego prawa. Inni zrażają się tym uwodzeniem i uparcie trwają przy swoich ideałach. Podział jest wyraźny.

Kiedy jakiś redaktor „Yale Law Journal" podejmuje kiepsko płatną pracę polegającą na udzielaniu pomocy prawnej ubogim, staje się idolem dla tych, którzy są po tej samej stronie, i dla większości kadry akademickiej. A kiedy ostatecznie ulega presji Wall Street, ci sami ludzie patrzą na niego o wiele mniej przychylnie.

Życie Kyle'a stało się żałosne. Jego przyjaciele z drużyny „dobra publicznego" nie mogli uwierzyć w to, co się stało. No, a ci po stronie pracy na rzecz korporacji byli zbyt zajęci, żeby się interesować jego przemianą. Związek z Olivią ograniczył się teraz do seksu raz w tygodniu i trwał tylko dlatego, że oboje potrzebowali takich zbliżeń. Powiedziała mu, że się zmienił. Stał się humorzasty, markotny, ponury, posępny, ciągle był czymś pochłonięty, ale cokolwiek to było, nie powiedział jej.

Gdybyś tylko wiedziała, myślał.

Olivia zdecydowała się na letni staż w grupie przeciwników kary śmierci w Teksasie, była więc pełna zapału i wielkich planów, by zmieniać świat. Widywali się coraz rzadziej, ale za to kłócili się częściej.

Jednym z ulubionych profesorów Kyle'a był pewien stary radykał, który w latach sześćdziesiątych większość czasu spędził na demonstracjach za czymś lub przeciwko czemuś i nadal zawsze był pierwszy w organizowaniu petycji, jeśli uznał coś za niesprawiedliwość. Gdy usłyszał, że Kyle się sprzeniewierzył wspólnym ideałom, zadzwonił do niego i zażądał spotkania na lunchu. Nad meksykańskimi enchiladami w Taco Bar, tuż obok kampusu, kłócili się przez godzinę. Kyle udawał, że ma profesorowi za złe to, że się wtrąca w jego prywatne życie, ale w głębi serca wiedział, że sam nie ma racji. Profesor złościł się i uparcie atakował, lecz nic nie wskórał.

– Bardzo się tobą rozczarowałem – powiedział na odchodne.

– Dzięki – rzucił Kyle, ale idąc do kampusu, przeklinał siebie w duchu. Potem zaczął złorzeczyć na Benniego Wrighta i Elaine Keenan, i kancelarię Scully & Pershing, i cały świat. W tym czasie głównie mamrotał do siebie i przeklinał. Po kilku rundach nieprzyjemnych spotkań z przyjaciółmi nabrał w końcu odwagi, by pojechać do domu.

McAvoyowie osiedlili się we wschodniej Pensylwanii w końcu XVIII wieku, wraz z tysiącami innych szkockich osadników. Przez kilka pokoleń uprawiali ziemię, potem ruszyli do Wirginii, obu Karolin i nawet dalej na południe. Niektórzy zostali w Pensylwanii, wśród nich dziadek Kyle'a, prezbiteriański pastor, który zmarł przed narodzinami wnuka. Wielebny McAvoy prowadził kilka kościołów na peryferiach Filadelfii, zanim przeniesiono go do Yorku w 1960 roku. Jego jedyny syn John chodził tutaj do liceum. Do domu wrócił dopiero po college'u, służbie w Wietnamie i studiach prawniczych.

W 1975 roku John McAvoy porzucił marnie płatną posadę gryzipiórka w małej kancelarii w Yorku, specjalizującej się w sprawach dotyczących handlu nieruchomościami. Pomaszerował na drugą stronę Marked Street, wynajął dwupokojowy „apartament" w przebudowanym szeregowym domu, wywiesił swoją tabliczkę i ogłosił, że czeka na klientów, gotów reprezentować ich przed sądem. Prawo obrotu nieruchomościami było zbyt nudne. John pragnął sporów, dramatycznych procesów, werdyktów. On, były żołnierz piechoty morskiej, szukał walki.

Pracował bardzo ciężko i wszystkich traktował sprawiedliwie. Klienci mogli dzwonić do niego o każdej porze, a on spotykał się z nimi także w niedzielne popołudnia, jeśli było trzeba. Dzwonił do domów, do szpitali, do więzień. Nazywał siebie obrońcą ulicy, orędownikiem robotników, ludzi poszkodowanych, dyskryminowanych lub takich, którzy narazili się prawu. Jego klientami nie były banki ani towarzystwa ubezpieczeniowe, ani agencje handlu nieruchomościami czy korporacje. Swoim klientom nie wystawiał rachunków za godziny pracy. Zdarzało się, że w ogóle nie wystawiał rachunków.

Czasami otrzymywał honoraria w postaci drewna opałowego, jajek i drobiu, steków i darmowej pracy przy domu. Biuro się rozrastało w górę i w dół. W końcu John wykupił cały ten szeregowy dom. Młodsi adwokaci przychodzili, żeby u niego pracować, potem odchodzili, żaden nie został dłużej niż trzy lata. Pan McAvoy był wymagający wobec współpracowników. Milej odnosił się do swoich sekretarek. Jedna z nich, młoda rozwódka Patty wyszła za mąż za szefa po dwumiesięcznej znajomości i wkrótce zaszła w ciążę.

Kancelaria adwokacka Johna L. McAvoya specjalizowała się wyłącznie w reprezentowaniu ubogich klientów. John przyjmował każdego natychmiast, jeśli tylko był akurat wolny. Panował tam ciągły ruch; drzwi otwierały się wcześnie rano, a zamykano je późnym wieczorem, recepcja rzadko bywała pusta. Dzięki tak dużej liczbie klientów i wrodzonej prezbiteriańskiej oszczędności McAvoy bez problemu pokrywał koszty prowadzenia biura i zapewniał rodzinie dochody na poziomie wyższej klasy średniej Yorku. Gdyby John był bardziej zachłanny, mniej dostępny dla klientów lub nawet bardziej stanowczy w egzekwowaniu należności za usługi, mógłby podwoić dochody i stać się członkiem miejscowego country clubu. Ale on nie znosił golfa i nie lubił bogaczy z miasta. A co ważniejsze, uważał praktykę prawniczą za powołanie, misję niesienia pomocy tym, którym się gorzej w życiu powiodło.

Patty urodziła bliźniaczki w 1980 roku. W 1983 przyszedł na świat Kyle i zanim poszedł do zerówki, pałętał się po kancelarii. Po rozwodzie matki i ojca wolał atmosferę stabilności panującą w kancelarii od napięć, jakie wywoływała opieka sprawowana nad nim wspólnie przez rodziców. Każdego dnia, po szkole, siadał w małym pokoju na górze i tam kończył odrabiać lekcje. Jako dziesięciolatek, obsługiwał fotokopiarkę, robił kawę i sprzątał w małej bibliotece. Dostawał za to jednego dolara za godzinę. Zanim skończył piętnaście lat, umiał już wyszukiwać istotne informacje prawnicze i sporządzać notatki dotyczące podstawowych kwestii prawnych. W liceum, jeśli nie grał w koszykówkę, spędzał czas w kancelarii albo w sądzie z ojcem.

Kyle kochał tę kancelarię. Rozmawiał z klientami czekającymi na spotkanie z mecenasem McAvoyem. Flirtował z sekretarkami i dokuczał współpracownikom. Opowiadał kawały, kiedy atmosfera stawała się napięta, bo pan McAvoy złościł się na podwładnych. Robił kawały przychodzącym adwokatom. Każdy prawnik i nawet sędzia w Yorku znał Kyle'a. Nieraz wślizgiwał się do pustej sali sądowej, przedstawiał sędziemu wniosek, uzasadniał go, potem odchodził z podpisaną decyzją. Urzędnicy sądowi traktowali go jak prawnika.

Zanim poszedł do college'u, zawsze kręcił się gdzieś w pobliżu kancelarii ojca we wtorki o piątej po południu. Wtedy bowiem zatrzymywał się tam pan Randolph Weeks z dostawą produktów spożywczych – owoców i warzyw z własnego ogrodu wiosną i latem, a wieprzowiny, drobiu i dziczyzny jesienią i zimą. Pan Weeks przyjeżdżał przez ostatnie dziesięć lat, by spłacić część honorarium. Nikt dokładnie nie wiedział, ile wynosi dług, a ile już zostało uregulowane, ale pan Weeks najwyraźniej uważał, że ciągle jeszcze jest dłużnikiem pana McAvoya. Kilka lat wcześniej wyjaśnił Kyle'owi, że John McAvoy, wielki prawnik, dokonał cudu i uratował przed więzieniem jego najstarszego syna.

A Kyle, zaledwie nastolatek, był nieoficjalnym adwokatem panny Brily, zwariowanej staruszki, która obeszła już wszystkie kancelarie w Yorku. Panna Brily wałęsała się po ulicach z drewnianą skrzynią na kółkach. Woziła w niej mnóstwo papierów, które, jak twierdziła, jasno dowodziły, że jej ojciec, zmarły w wieku dziewięćdziesięciu sześciu lat – ona sama podejrzewała, że ktoś jednak skrócił mu życie – był prawowitym spadkobiercą ogromnego terenu ze złożami węgla we wschodniej Pensylwanii. Kyle przeczytał większość jej „dokumentów" i szybko doszedł do wniosku, że była jeszcze bardziej stuknięta, niż sądzili tutejsi adwokaci. Ale prowadził z nią rozmowy i wysłuchiwał jej teorii spiskowych. W tym czasie zarabiał już cztery dolary za godzinę i z pewnością zasługiwał na każdego centa. Ojciec często sadzał go w recepcji, by dokonywał wstępnej selekcji tych nowych klientów, którzy na pierwszy rzut oka sprawiali wrażenie, że mogą narazić pana McAvoya na stratę mnóstwa czasu.

Jeśli nie liczyć typowych młodzieńczych marzeń o karierze zawodowego sportowca, Kyle zawsze chciał zostać prawnikiem. Nie był pewny, w czym będzie się specjalizował ani gdzie otworzy praktykę. Jednak jeszcze zanim przeniósł się do Duquesne, wątpił, czy kiedykolwiek wróci do Yorku. John McAvoy też w to wątpił, chociaż, jak każdy ojciec, byłby bardzo dumny, gdyby jego kancelaria nosiła nazwę McAvoy & McAvoy. Żądał od syna solidnej pracy i doskonałych ocen, ale nawet jego samego trochę zaskoczyły sukcesy Kyle'a w college'u i na wydziale prawa Uniwersytetu Yale. Kiedy Kyle rozpoczął rozmowy kwalifikacyjne z wielkimi korporacyjnymi kancelariami, John miał mu w tej kwestii wiele do powiedzenia.

KYLE ZADZWONIŁ DO OJCA i poinformował, że przyjedzie do Yorku w piątek późnym popołudniem. Umówili się, że zjedzą razem obiad. Kiedy przyszedł do biura o siedemnastej trzydzieści, pracowano tam jak zawsze o tej porze. Większość kancelarii w piątki zamykano wcześniej, więc wielu prawników siedziało już w barach lub w country clubie. John McAvoy zostawał w pracy do późna, bo wielu klientów płaciło mu właśnie w końcu tygodnia, a niektórzy wstępowali, by pogadać o swoich sprawach lub wypisać czeki na nieduże kwoty. Kyle nie był w domu już przez sześć tygodni, od Bożego Narodzenia, i teraz biuro wydawało mu się jeszcze marniejsze. Dywan prosił się o wymianę. Półki aż trzeszczały pod ciężarem książek. Ojciec nie potrafił rzucić palenia; dlatego wolno tu było palić i gęsty dym unosił się pod sufitem do późnych godzin.

Sybil, szefowa sekretarek, natychmiast odłożyła słuchawkę, gdy Kyle stanął w drzwiach. Zerwała się na nogi, zapiszczała, chwyciła go w objęcia i przycisnęła do swoich gigantycznych piersi. Cmoknęli się w policzki i ten fizyczny kontakt przy powitaniu sprawił obojgu radość. John McAvoy przeprowadził już co najmniej dwie sprawy rozwodowe Sybil, a zanosiło się, że jej obecny mąż może wkrótce wylądować na ulicy. Kyle poznał szczegóły tej historii podczas bożonarodzeniowej przerwy. Kancelaria zatrudniała teraz trzy sekretarki i dwóch współpracowników; Kyle przechodził z pokoju do pokoju – zaczął od parteru, potem poszedł na górę, gdzie urzędowali młodzi adwokaci. Rozmawiał z pracownikami, którzy pakowali już swoje rzeczy i porządkowali biurka. Szef mógł sobie siedzieć tutaj do późna w piątki, ale reszta była już zmęczona.

Kyle popijał niskokaloryczny napój gazowany w barku kawowym i wsłuchiwał się w cichnące biurowe odgłosy. Teraz wyraźnie dostrzegał kontrasty. Tu, w Yorku, zespół tworzyli ludzie zaufani, przyjaciele. Czasami pracowano intensywnie, ale nigdy nie gorączkowo. Każdy uważał szefa za porządnego faceta i chętnie widziałby go w roli swojego obrońcy. Klienci mieli twarze, imiona i nazwiska. Prawnicy z kancelarii po drugiej stronie ulicy byli starymi kumplami. Zupełnie inny świat niż bezwzględny Nowy Jork.

Nie po raz pierwszy Kyle sobie zadał pytanie, dlaczego nic nie powiedział ojcu. Mógłby wyrzucić to z siebie. Zacząć od Elaine, jej fałszywych oskarżeń, gliniarzy i ich pytań. Pięć lat temu niewiele brakowało, a przyjechałby do domu i poprosił ojca o pomoc. Jednak się powstrzymał, a potem cała afera przycichła i spokój Johna McAvoya nigdy nie został zmącony tym paskudnym epizodem.

Nikt z całej czwórki – Kyle, Joey Bernardo, Alan Strock i Baxter Tate – ani słowem nie wspomniał swoim rodzicom o tej sprawie. Dochodzenie umorzono, zanim rozeszły się pogłoski.

Gdyby teraz powiedział, pierwsze pytanie brzmiałoby: „Dlaczego wtedy nic nie mówiłeś?" I Kyle nie wiedziałby, co odpowiedzieć. Potem nastąpiłby krzyżowy ogień trudniejszych pytań, stawianych przez zaprawionego w bojach sądowych prawnika, który zawsze poddawał syna takim przesłuchaniom. Znacznie łatwiej było Kyle'owi utrzymywać sprawę w sekrecie i liczyć na to, że jakimś cudem wszystko się dobrze skończy.

To, co miał za chwilę zakomunikować ojcu, wydawało się już wystarczająco trudne.

Kiedy wyszedł ostatni klient, a Sybil się pożegnała i zamknęła na klucz główne drzwi, ojciec i syn mogli się zrelaksować i porozmawiać o koszykówce i hokeju. Potem mówili o rodzinie, najpierw jak zawsze o siostrach Kyle'a, bliźniaczkach, później o Patty.

– Matka wie, że przyjechałeś? – zapytał John.

– Nie. Jutro do niej zadzwonię. Dobrze się czuje?

– Jest w świetnej formie. Jak zawsze.

Patty mieszkała i pracowała na strychu zaadaptowanego magazynu. Było to wielkie mieszkanie z licznymi oknami, które zapewniały światło, potrzebne jej do malowania. John opłacał czynsz, prąd, wodę i tak dalej. Każdego miesiąca otrzymywała od niego „pensję" w wysokości trzech tysięcy dolarów. Nie były to alimenty ani tym bardziej pieniądze na utrzymanie dzieci – po prostu czuł się w obowiązku zapewnić jej byt, bo sama nie mogła się utrzymać. Od dziewiętnastu lat nie sprzedała żadnego obrazu ani rzeźby.

– Dzwonię do niej w każdy wtorek wieczorem – powiedział Kyle.

– Wiem.

Patty nie znosiła komputerów ani telefonów komórkowych. Cierpiała na chorobę dwubiegunową. Miała wręcz zdumiewające zmiany nastroju. John nadal ją kochał i nigdy nie ożenił się po raz drugi, choć przyjaźnił się z kilkoma kobietami. Patty, z kolei, miała za sobą co najmniej dwa fatalne romanse, obydwa z artystami, mężczyznami znacznie od niej młodszymi, i John za każdym razem pomagał jej się pozbierać. Ich stosunki były, łagodnie mówiąc, dość skomplikowane.

– No więc jak tam studia? – zagadnął John.

– Już właściwie po wszystkim. Za trzy miesiące kończę.

– Jak ten czas leci…

Kyle przełknął ślinę i postanowił od razu chwycić byka za rogi.

– Zmieniłem decyzję co do zatrudnienia. Będę pracował w kancelarii na Wall Street. Scully & Pershing.

John powoli zapalił następnego papierosa. Miał sześćdziesiąt dwa lata, był tęgi, ale nie gruby; siwe włosy – wciąż gęste i faliste – zaczynały mu się nie dalej niż siedem centymetrów nad brwiami. Dwudziestopięcioletni Kyle zdążył już stracić więcej włosów niż ojciec.

John mocno zaciągnął się winstonem i przez chwilę uważnie przyglądał się synowi zza okularów w drucianych oprawkach.

– Jest jakiś konkretny powód?

Kyle nauczył się już na pamięć całej listy powodów, ale wiedział, że wszystkie brzmiały nieprzekonująco, niezależnie od tego, jak gładko by je wyrecytował.

– Występy w społecznej pomocy prawnej to strata czasu. I tak w końcu wyląduję na Wall Street, więc po co odkładać karierę?

– Nie mogę w to uwierzyć.

– Wiem, wiem. To dość gwałtowna zmiana.

– To zdrada. Nie ma żadnych powodów, żebyś zaczynał robić karierę w firmie korporacyjnej.

– To najwyższa liga, tato.

– Pod jakim względem? Finansowym? Chodzi o pieniądze?

– To bardzo dobry start.

– Wcale nie. Znam adwokatów, którzy broniąc klientów w sądzie, zarabiają dziesięć razy więcej każdego roku niż wspólnicy w korporacjach w Nowym Jorku.

– Tak, i na każdego z nich przypada pięć tysięcy głodujących adwokatów z jednoosobowych kancelarii. Przeciętnie biorąc, w wielkich kancelariach zarabia się lepiej.

– Będziesz nienawidził każdej minuty w wielkiej kancelarii.

– Może nie.

– Oczywiście, że tak. Dorastałeś tutaj, wśród ludzi z krwi i kości. W Nowym Jorku nie zobaczysz klienta przez dziesięć lat.

– To dobra kancelaria, tato. Jedna z najlepszych.

John jednym szarpnięciem wyrwał z kieszeni długopis.

– Pozwól, że sobie to zanotuję, żebym mógł ci przeczytać twoje własne słowa za rok.

– Proszę bardzo. Powiedziałem: „To dobra kancelaria. Jedna z najlepszych".

John zaczął zapisywać.

– Znienawidzisz tę kancelarię, jej prawników i sprawy. Prawdopodobnie znienawidzisz też sekretarki i innych współpracowników. Będziesz miał powyżej uszu tej harówki, rutyny, wszystkich głupich bzdetów, które na ciebie zwalą. No?

– Ja tak nie uważam.

– Wspaniale – powiedział John, wciąż notując. Potem zaciągnął się papierosem i wydmuchnął wielki obłok dymu. Odłożył długopis. – Sądziłem, że chciałeś spróbować czegoś innego i przy okazji pomagać ludziom. Czy nie tak mówiłeś jeszcze parę tygodni temu?

– Zmieniłem zdanie.

– No cóż, zmień je znowu. Jeszcze nie jest za późno.

– Nie.

– Dlaczego? Musi być jakiś powód.

– Po prostu nie mam ochoty spędzić trzech lat na zadupiu w Wirginii, starając się opanować hiszpański na tyle, żeby zrozumieć problemy ludzi, którzy są tam nielegalnie. To przede wszystkim.

– Wybacz, ale mnie się wydaje, że w ten sposób wspaniale spędziłbyś trzy najbliższe lata. Nie kupuję tego. Mów dalej.

John odepchnął się do tyłu na skórzanym obrotowym krześle i zerwał się na nogi. Kyle widział to już tysiące razy. Kiedy ojciec był wzburzony i zasypywał kogoś pytaniami, wolał chodzić i gwałtownie gestykulować. Stary nawyk z sali sądowej.

– Chciałbym zarobić trochę pieniędzy.

– Po co? Żeby kupować bzdury, nowe zabawki? Nie będziesz miał czasu, żeby się nimi bawić.

– Zamierzam oszczędzić...

– Oczywiście, życie na Manhattanie jest tak tanie, że uzbierasz majątek. – John kroczył wzdłuż ściany „Moje ego" obwieszonej dyplomami, certyfikatami, zdjęciami prawie do sufitu. – Nie dam się na to nabrać. – Policzki mu poczerwieniały. Szkocki temperament zaczynał dawać o sobie znać.

Mów łagodnym tonem, upomniał siebie Kyle. Jedno ostre słowo i pogorszysz sytuację. Przetrzymam to małe starcie, tak jak i inne, i pewnego dnia wszystkie ostre słowa staną się przeszłością, a ja będę w Nowym Jorku.

– I chodzi w tym wszystkim tylko o forsę, Kyle? – prychnął John. – Zostałeś lepiej wychowany, muszę zauważyć.

– Nie przyszedłem tutaj, żebyś mnie obrażał, tato. Już podjąłem decyzję. I proszę cię, żebyś ją uszanował. Wielu ojców byłoby zachwyconych taką posadą dla syna.

John McAvoy przestał krążyć po pokoju i przestał palić. Spojrzał z drugiego końca biura na przystojną twarz jedynego syna, który miał dwadzieścia pięć lat, był już zupełnie dojrzały, a przy tym niewiarygodnie zdolny, i dał za wygraną. Koniec. Powiedział już wystarczająco dużo. Gdyby powiedział coś więcej, mógłby powiedzieć za wiele.

– Okay – odparł. – Okay. Ty decydujesz. Masz dostatecznie dużo oleju w głowie, żeby wiedzieć, czego chcesz, ale ja zawsze będę miał własne zdanie o twojej kolejnej wielkiej decyzji i o następnej też. Po to właśnie jestem. Jeśli znowu schrzanisz coś w życiu, na pewno ci to wygarnę.

– Teraz nic nie chrzanię, tato.

– Nie będę się spierał.

– Możemy już iść na obiad? Umieram z głodu.

– Ja muszę się napić.

POJECHALI DO WŁOSKIEJ RESTAURACJI VICTORA – to był w piątkowe wieczory rytuał Johna od tak dawna, jak Kyle pamiętał. John pił martini, którym zawsze się raczył na koniec tygodnia. Kyle – jak zwykle – wodę sodową z cienkim plasterkiem cytryny. Zamówili makaron z klopsikami; po drugim martini John zaczął łagodnieć. Jego syn miał pracować w największej i najbardziej prestiżowej kancelarii adwokackiej w kraju. To mimo wszystko schlebiało ojcowskiej ambicji.

Nadal jednak intrygowała go ta nagła zmiana planów.

Gdybyś tylko wiedział, powtarzał sobie Kyle. I to, że nie mógł powiedzieć ojcu prawdy, sprawiało mu ból.

9

KYLE POCZUŁ ULGĘ, GDY MATKA NIE ODEBRAŁA TELEFONU. W sobotę rano czekał prawie do jedenastej, zanim do niej zadzwonił. Zostawił krótką, miłą wiadomość, że akurat przejeżdżał przez York i chciał wpaść na chwilę chociaż się przywitać. Albo spała, albo była pod wpływem lekarstw, albo – jeśli miała dobry dzień – siedziała w pracowni, pochłonięta tworzeniem jednego z tych okropnych dzieł sztuki, jakich nigdy nie oglądano w żadnej galerii ani na żadnej wystawie. Wizyty u matki były przykre. Nieczęsto opuszczała swoje poddasze, dlatego zawsze odrzucała propozycje, żeby się spotkali na kawie albo lunchu. Jeśli zażywała lekarstwa zgodnie z zaleceniami, mówiła bez ustanku i zmuszała Kyle'a do podziwiania jej najnowszych arcydzieł. Jeżeli brała je nie tak, jak powinna, leżała na kanapie z zamkniętymi oczami, nieumyta, zaniedbana, często przygnębiona lub pogrążona w rozpaczy. Wtedy wszelkie próby, by ją pocieszyć, nie dawały efektów. Rzadko pytała Kyle'a o jego życie – college, studia, dziewczyny, plany na przyszłość. Była zbyt pochłonięta swoimi smutnymi myślami. Siostry Kyle'a mieszkały daleko od Yorku.

Nagrał wiadomość na automatyczną sekretarkę i pospiesznie wyjechał z miasta; miał nadzieję, że matka nie oddzwoni w najbliższym czasie. I rzeczywiście, nie oddzwoniła w ogóle, co zdarzało się dość często. Cztery godziny później był w Pittsburghu. Joey Bernardo kupił bilety na mecz hokejowy Penguinsów z Red Wingsami na sobotni wieczór. Trzy, nie dwa.

Spotkali się w Bumerangu, ich ulubionej knajpie z czasów college'u. Kyle, od czasu gdy przestał pić (w przeciwieństwie do Joeya) w zasadzie unikał barów. Jadąc do Pittsburgha, Kyle miał nadzieję, że spokojnie spędzi trochę czasu ze swoim dawnym współlokatorem. Niestety się mylił.

Trzeci bilet był dla Blair, narzeczonej Joeya. Zanim wszyscy troje usiedli w ciasnym boksie i zamówili drinki, Joey podzielił się nowinami – właśnie się zaręczyli i teraz zastanawiają się nad datą ślubu. Oboje promieniowali miłością. Wyglądało na to, że wszystko inne się dla nich nie liczy. Trzymali się za ręce, siedzieli blisko siebie, chichotali, szeptali sobie coś do ucha i po pięciu minutach Kyle poczuł się nieswojo. Co się stało z jego przyjacielem? Gdzie był ten dawny Joey – twardy chłopak z południowego Pittsburgha, syn kapitana straży pożarnej, znakomity bokser i futbolista, kobieciarz, cyniczny mądrala i kawalarz, który uważał, że kobiety są towarem jednorazowego użytku, i przysięgał, że nie ożeni się przed czterdziestką?

Blair zmieniła go w ciepłe kluchy. Kyle'a zdumiała ta metamorfoza.

W końcu zakochani mieli już dość omawiania ślubnych planów i rozważania, gdzie spędzą miesiąc miodowy. Rozmowa zeszła na kariery i aspiracje zawodowe. Blair była gadułą, która każde zdanie zaczynała od „ja", „mnie", „moje". Pracowała w jakiejś agencji reklamowej i nieznośnie długo rozwodziła się nad szczegółami jednej z ostatnich kampanii reklamowych. Joey chłonął każde słowo narzeczonej, a Kyle zaczął zerkać na zegar wiszący wysoko nad rzędem okien. Blair paplała dalej, Kyle zadawał sobie wiele trudu, by utrzymywać z nią kontakt wzrokowy i udawać zainteresowanie, ale jego myśli i tak popłynęły w stronę nagrania.

„Jest przytomna?", pyta Joey, gdy Baxter uprawia seks z odurzoną Elaine Keenan.

– Blair bardzo często jeździ do Montrealu – powiedział Joey i Blair zaczęła się rozwodzić nad pięknem tego miasta. Uczyła się francuskiego!

„Jest przytomna?" Joey, siedzi teraz tutaj z ręką pod stołem – bez wątpienia dotyka Blair – nie ma zielonego pojęcia, że takie nagranie istnieje. Kiedy po raz ostatni Joey choćby pomyślał o tamtym zdarzeniu? Czy w ogóle kiedykolwiek o nim pomyślał? I co dobrego by z tego wynikło, gdyby Kyle teraz o tym wspomniał?

Po tym, jak policja po cichu zamknęła sprawę Elaine i gwałtu, bractwo Beta także o niej zapomniało. Kyle nie potrafił sobie przypomnieć, żeby w ciągu dwóch ostatnich lat w college'u choćby raz rozmawiano o tym epizodzie. Elaine zniknęła i szybko została wyrzucona z pamięci.

Jeśli Bennie Wright i jego agenci węszyli w Duquesne i Pittsburghu, Kyle chciał o tym wiedzieć. Może Joey coś zobaczył albo usłyszał. A może i nie. Teraz poza Blair widział niewiele.

– Rozmawiałeś ostatnio z Baxterem? – zapytał Joey, kiedy Blair wreszcie umilkła na chwilę, żeby złapać oddech.

– Od miesiąca nie.

Joey wyszczerzył zęby w uśmiechu, jakby zapowiadając coś zabawnego.

– W końcu zagrał w filmie.

– Słowo daję, nic mi nie powiedział.

Blair zachichotała jak pierwszoklasistka, bo niewątpliwie znała dalszy ciąg tej historii.

– Bo nie chciał, żebyś o tym wiedział – ciągnął Joey.

– To na pewno wspaniały film.

– Tak, Baxter upił się któregoś wieczoru... nawiasem mówiąc, chla teraz na umór... no i zadzwonił pochwalić się, że już zadebiutował. Generalnie marny film telewizyjny o jakiejś młodej dziewczynie, która znajduje na plaży ludzką nogę wyrzuconą przez ocean. Potem już do końca dręczą ją koszmarne sny, że jest ścigana przez jednonogiego zabójcę.

– Co tam robi wielki Baxter Tate?

– No cóż, trzeba naprawdę bardzo uważnie się przyglądać, żeby go nie przegapić. Jest taka scena na łodzi, gliniarze wpatrują się w ocean, prawdopodobnie szukając reszty ciała, chociaż nie wiadomo. W ogóle w filmie jest wiele niejasności. Jeden z zastępców szeryfa podchodzi do szefa i mówi: „Sir, kończy się nam paliwo". To właśnie nasz gwiazdor filmowy.

– Baxter jest zastępcą szeryfa?

– I to marnym. Ma tylko jedną kwestię, a mówi ją jak wystraszony uczeń drugiej klasy w szkolnym przedstawieniu.

– Był wtedy trzeźwy?

– Chyba tak. Po pijanemu zagrałby o wiele lepiej.

– Nie mogę się doczekać, żeby to zobaczyć.

– Tylko mu nie mów, że ci o tym wspomniałem. Zadzwonił następnego dnia, błagał, żebym tego nie oglądał, i groził, że pożałuję, jeśli komukolwiek o tym powiem. Jest strasznie zdołowany.

Blair przypomniała sobie teraz jakąś znajomą, która znała kogoś, kto dostał rolę w sitcomie, i zaczęła paplać. Kyle uśmiechał się i potakiwał, myśląc zupełnie o czymś innym. Spośród trzech jego dawnych współlokatorów jedynie Joey ewentualnie mógłby mu pomóc, jeśli rzeczywiście jakaś pomoc w ogóle wchodziła w rachubę. Baxter Tate pilnie wymagał intensywnej terapii odwykowej, Alana Strocka całkowicie pochłaniały studia medyczne w Ohio, a poza tym z całej czwórki on miał najmniej powodów, żeby się w to angażować.

W przeciwieństwie do Joeya. Ten był na nagraniu, zastanawiał się głośno, czy Elaine jest przytomna, gdy Baxter robił swoje, a potem on sam zmienił go na kanapie. Teraz prowadził księgowość w regionalnej firmie maklerskiej i już dwukrotnie awansował. Zupełnie oszalał z miłości do Blair i każda aluzja na temat dawnego gwałtu popsułaby ich doskonałe życie.

Z jednej strony Kyle czuł, że to z powodu Joeya znalazł się w tym fatalnym położeniu. Nawet nie dotknął wtedy Elaine, a mimo to nad jego życiem i karierą przejął kontrolę Bennie Wright wraz z tym paskudnym nagraniem. Czy Joey nie powinien przynajmniej o tym wiedzieć?

Z drugiej strony Kyle nie potrafił przekonać samego siebie, że trzeba wciągać w to Joeya. Jeśli przyjmie posadę w Scully & Pershing i spełni żądania Benniego Wrighta i nie zostanie przyłapany, istnieje realna szansa, że w końcu nagranie pójdzie w zapomnienie.

Parę godzin później, podczas przerwy w meczu, gdy Blair wyszła do toalety, Kyle zaproponował Joeyowi, żeby zjedli razem śniadanie w niedzielę. Powiedział, że musi wcześnie wyjechać z miasta, i zapytał, czy mogliby spędzić z godzinę bez Blair.

– Pozwólmy jej się wyspać – zakończył. – Co ty na to?

Poszli na bajgle w stoisku supermarketu, którego jeszcze nie było w czasach, gdy Kyle uczył się w Duquesne. Blair jeszcze nie wstała i Joey przyznał, że potrzebuje trochę od niej odpocząć.

– Miła dziewczyna – powtórzył Kyle kilkakrotnie i za każdym razem czuł się winny, że kłamie. Nie potrafił sobie wyobrazić życia z taką gadułą. Miała jednak świetne nogi, takie, jakie zawsze działały na Joeya.

Rozmawiali długo o Nowym Jorku – harówce w wielkiej firmie, życiu w mieście, drużynach sportowych, innych znajomych, którzy tam mieszkali i tak dalej, i tak dalej. Kyle w końcu skierował rozmowę na temat paczki z Bety i przez chwilę wspominali dawne czasy. Śmiali się z otrzęsin, różnych imprez i głupich numerów, które wycinali oni sami i ich kumple. Teraz obaj mieli po dwadzieścia pięć lat, szaleństwa pierwszych dni w college'u należały już do mglistej przeszłości i przez kilka minut poddawali się przyjemnej nostalgii. Kilkakrotnie wydawało się, że za chwilę wypłynie „sprawa Elaine", ale Joey nie wspomniał o niej ani razu.

Gdy się pożegnali, Kyle był już przekonany, że przyjaciel na zawsze pogrzebał ten epizod w pamięci i, co ważniejsze, nikt mu ostatnio o nim nie przypomniał.

Kyle pojechał na północ do autostrady międzystanowej numer 80, potem skierował się na wschód. Nowy Jork był niedaleko. I zbliżał się też dzień, w którym Kyle miał się tam przenieść. Jeszcze kilka tygodni w przytulnym świecie akademickim, potem dwa miesiące przygotowań do egzaminów adwokackich i na początku września zamelduje się w największej kancelarii prawniczej świata. Ruszy do pracy z grupą stu innych zdolnych chłopaków z najlepszych uczelni, wytwornych, wystrojonych w swoje najnowsze garnitury, pragnących jak najszybciej rozpocząć olśniewającą karierę.

Kyle z każdym dniem czuł się coraz bardziej samotny.

ALE WCALE NIE BYŁ SAM. Jego wyjazdy do Yorku i Pittsburgha, każdy krok w tych miastach, uważnie śledzili Bennie Wright i reszta bandy. Pod warstewką ziemi i błota w tylnym zderzaku czerwonego jeepa Kyle'a ukryto nadajnik rozmiarów męskiego portfela. Był podłączony do lewego tylnego światła, emitował ciągły sygnał GPS i przez cały czas dokładnie lokalizował samochód. Siedząc w swoim biurze na dolnym Manhattanie, Bennie doskonale wiedział, gdzie jeep się znajduje. Nie dziwiła go wizyta Kyle'a w domu, za to podróż na spotkanie z Joeyem Bernardo, owszem, bardzo go zainteresowała.

Bennie dysponował najróżniejszymi gadżetami – niektóre najnowocześniejsze, inne tradycyjne, ale wszystkie okazywały się skuteczne, bo śledził zwykłych ludzi, cywili, a nie szpiegów. Taka inwigilacja była znacznie łatwiejsza niż wojskowa czy ta prowadzona na rzecz bezpieczeństwa narodowego.

W komórce Kyle'a już dawno założyli podsłuch, monitorowali każdą jego rozmowę. Chłopak jak dotąd nikomu nie wspomniał przez telefon o swoich kłopotach. Podsłuchiwali też rozmowy Olivii i Mitcha, współlokatora Kyle'a. I na razie, nic.

Czytali e-maile Kyle'a. Przeciętnie dostawał ich dwadzieścia siedem każdego dnia i niemal wszystkie dotyczyły uczelni.

Inne formy śledzenia młodego McAvoya były o wiele trudniejsze. Pewien agent jadł podwieczorek w restauracji Victora w Yorku, sześć metrów od stolika Kyle'a i jego ojca, ale prawie nic nie słyszał. Innemu udało się zająć miejsce dwa rzędy dalej na meczu Penguinsów, ale jego wysiłki też okazały się daremne. W Bumerangu jednak jedna z gwiazd Benniego, dwudziestosześcioletnia blondynka w obcisłych dżinsach, sprytnie usadowiła się w boksie obok tego, który zajęli Kyle, Joey i Blair. Sączyła jedno piwo przez dwie godziny i czytała jakąś bzdetną książkę. Potem doniosła, że dziewczyna bez przerwy paplała o niczym. Bennie był w zasadzie zadowolony z rozwoju sytuacji. Kyle nagle zrezygnował z pracy w ośrodku pomocy prawnej w Wirginii. Wrócił do Nowego Jorku i pomyślnie załatwił wszystkie sprawy w Scully & Pershing. Rzadziej spotykał się z Olivią i Bennie nie miał wątpliwości, że ich związek nie ma przyszłości.

Jednak nagła podróż do Pittsburgha była trochę niepokojąca. Czy Kyle chciał się zwierzyć Joeyowi? A może już mu się zwierzył? Czy następny miał być Alan Strock? Czy Kyle spróbuje się skontaktować z Baxterem Tate'em?

Bennie nasłuchiwał we wszystkich właściwych miejscach i czekał. Wynajął prawie stumetrowe biuro w budynku po drugiej stronie Broad Street, dwie przecznice od kancelarii Scully & Pershing. Lokal wynajęła Fancher Group, mała firma zajmująca się operacjami finansowymi, z siedzibą na Bermudach. Jej przedstawicielem w Nowym Jorku był Aaron Kurtz, znany także jako Bennie Wright oraz jako dziesięć innych osób i dysponował doskonale podrobionymi dowodami tożsamości. Z okna biura Bennie mógł spoglądać w głąb Broad Street, a za parę miesięcy widzieć jak codziennie ich chłopiec, Kyle, wchodzi do pracy i stamtąd wychodzi.

10

Sprawa została wniesiona do wydziału sądu federalnego dla Manhattanu Południowego Okręgu Nowego Jorku, w piątek, o szesnastej pięćdziesiąt pięć, w porze, w której wzbudzi najmniejsze zainteresowanie prasy. Piątek, ostatnie minuty przed weekendem. Pozew podpisał znakomity specjalista od sporów sądowych, mecenas Wilson Rush, starszy wspólnik z kancelarii Scully & Pershing. Przez cały dzień wydzwaniał do pisarza sądowego, upewniając się, czy pozew będzie przyjęty zgodnie z każdym punktem regulaminu i wpisany do rejestru, zanim sąd skończy pracę w tym tygodniu. Jak wszystkie pozwy, ten też został wniesiony w formie elektronicznej. Wdrożenie postępowania nie wymagało osobistego stawienia się z grubym plikiem dokumentów przedstawiciela firmy w budynku amerykańskiego sądu przy Pearl Street, u sędziego Daniela Patricka Moynihana. Spośród około osiemdziesięciu spraw cywilnych wniesionych w tym dniu w Południowym Okręgu ta była zdecydowanie najpoważniejsza, najbardziej skomplikowana, najdłużej też czekano na jej wszczęcie. Zainteresowane strony toczyły spór od dwóch lat. Opinia publiczna wiedziała o samym konflikcie, ale większość kwestii z nim związanych z nim była zbyt poufna, by je upubliczniać. Pentagon, wielu ważnych członków Kongresu, a nawet Biały Dom usilnie próbowały nie dopuścić do rozprawy, ale ich starania się nie powiodły. Zaczęła się kolejna bitwa i nikt nie oczekiwał szybkiego rozstrzygnięcia. Obie strony i ich prawnicy przygotowały się na brutalną walkę aż do chwili, w której spór – po przebyciu długiej drogi przez kolejne instancje federalnego sądownictwa – w końcu trafi do Sądu Najwyższego po ostateczne orzeczenie.

Urzędnik sądowy bezzwłocznie umieścił pozew w bezpiecznym pojemniku, by nikt niepowołany nie poznał jego treści. Taką procedurę stosowano niezwykle rzadko i tylko na polecenie prezesa sądu okręgowego. Oświadczenie dla prasy – bardzo ogólnikowe – było już gotowe. Zostało zredagowane pod nadzorem pana Rusha i również zaaprobowane przez sędziego.

Stroną pozywającą był Trylon Aeronautics, powszechnie znany dostawca sprzętu i usług dla wojska, z siedzibą w Nowym Jorku, prywatna firma, która od czterdziestu lat projektowała i budowała samoloty wojskowe. Pozwanym – Bartin Dynamics, spółka z siedzibą w Bethesda, w stanie Maryland. Bartin zarabiał przeciętnie około piętnastu miliardów dolarów rocznie na rządowych kontraktach; było to dziewięćdziesiąt pięć procent jego rocznego dochodu. Korzystał z usług różnych adwokatów zależnie od potrzeb, ale w najważniejszych sporach broniła go kancelaria z Wall Street – Agee, Poe & Epps.

Scully & Pershing zatrudniała dwa tysiące stu prawników i utrzymywała, że jest największą firmą prawniczą na świecie. Agee, Poe & Epps mieli dwustu prawników mniej, ale za to większą liczbą biur na całym świecie; z tego powodu uważali, że to ich firma jest liderem. Obie kancelarie traciły stanowczo zbyt wiele czasu na walkę o pierwszeństwo i przechwalanie się swoją wielkością, potęgą, prestiżem, wysokością honorariów, sylwetkami wspólników i wszystkim, co mogło poprawić ich pozycję w rankingach.

Istotą sporu między Trylonem a Bartinem był najnowszy bezsensowny pomysł Pentagonu zbudowania B-10, hipersonicznego bombowca; samolotu na miarę XXI wieku, o którym marzono od dziesięcioleci. Pięć lat wcześniej siły powietrzne ogłosiły wśród swoich czołowych dostawców konkurs na projekt B-10, nowoczesnego bombowca mającego zastąpić przestarzałą flotę powietrzną, złożoną z B-52 i B-22. Nowe maszyny miały służyć armii do 2060 roku. Lockheed, największy dostawca wojskowy, wydawał się faworytem, ale szybko wyprzedziła go spółka joint venture utworzona przez Trylona i Bartina. Konsorcjum zagranicznych firm – brytyjskich, francuskich i izraelskich – też miało w nim niewielki udział.

Stawka była olbrzymia. Siły powietrzne oferowały zwycięzcy dziesięć miliardów, płatne z góry, za stworzenie nowoczesnych technologii i zbudowanie prototypu, a potem kontrakt gwarantujący nabycie od dwustu pięćdziesięciu do czterystu pięćdziesięciu samolotów B-10 w ciągu kolejnych trzydziestu lat. Ten kontrakt, szacowany w przybliżeniu na osiemset miliardów dolarów, byłby największym w historii Pentagonu. A nikt nie potrafił przewidzieć, na ile zostaną przekroczone szacunkowe koszty.

Projekt Trylona–Bartina był wręcz oszałamiający. Ich B-10 mógł wystartować z bazy w Stanach Zjednoczonych z takim ładunkiem jak B-52, lecieć z szybkością około dziesięciu tysięcy kilometrów na godzinę lub dziesięciu machów i zrzucić ten ładunek na drugim krańcu świata po godzinie, przy prędkości i z wysokości, które wykluczały możliwość obrony. W drodze powrotnej do bazy samolot nie musiałby uzupełniać paliwa czy to w powietrzu, czy na ziemi. B-10 mógłby dosłownie skakać wzdłuż granicy atmosfery ziemskiej. Po wzniesieniu się na wysokość czterdziestu tysięcy metrów, tuż na zewnątrz stratosfery, wyłączałby silniki i swobodnie opadał z powrotem ku powierzchni atmosfery. Gdy już by ją osiągnął, silniki zaczynałyby działać, a samolot wracał do pułapu czterdziestu tysięcy metrów. Taki ruch – samolot przypominałby płaski kamień puszczony na wodę – mógł być powtarzany do momentu, gdy B-10 znalazłby się nad wyznaczonym celem. Rejs bombowy rozpoczęty w Arizonie, a kończący się w Azji wymagałby około trzydziestu skoków przez atmosferę, dokonywanych co każde dziewięćdziesiąt sekund. Ponieważ silników używano by sporadycznie, maszyna nie potrzebowałaby dużej ilości paliwa. A dzięki temu, że opuszczałaby atmosferę i wlatywała w zimną przestrzeń kosmiczną, miałaby zapewnione odpowiednie chłodzenie.

Po trzech latach intensywnych, gorączkowych badań siły powietrzne wybrały projekt Trylona–Bartina. Sprawie nie nadawano zbytniego rozgłosu, bo planowano wydać oszałamiające sumy, kraj prowadził dwie wojny i Pentagon uznał, że byłoby nierozsądnie nagłaśniać tak ambitny plan. Siły powietrzne robiły, co mogły, by zapobiec ewentualnej wrzawie wokół programu B-10, ale okazało się to stratą czasu. Gdy tylko ogłoszono wynik konkursu, rozgorzała walka na wszystkich frontach.

Lockheed zaryczał wściekle ustami swoich senatorów, lobbystów i adwokatów. Trylon i Bartin, od lat zaciekli rywale, niemal natychmiast zaczęli się podgryzać, stosując chwyty poniżej pasa. Perspektywa tak wielkich pieniędzy sprawiła, że porzucono myśli o jakiejkolwiek współpracy. Obie firmy zagoniły do roboty swoich polityków i lobbystów i przystąpiły do walki o jak największy kawał tortu. Brytyjczycy, Francuzi i Izraelczycy usunęli się z linii strzału, ale na pewno nie zamierzali zrezygnować.

Zarówno Trylon, jak i Bartin utrzymywali, że projekt i technologie są ich własnością. Próby negocjacji początkowo przynosiły rezultaty, potem całkowicie zawiodły. Lockheed przyczaił się i czekał. Pentagon groził, że zerwie kontrakt i ogłosi nowy konkurs. Kongresmani przeprowadzali przesłuchania. Gubernatorzy chcieli nowych miejsc pracy i przyspieszenia rozwoju ekonomicznego. Dziennikarze pisali obszerne artykuły. Obrońcy środowiska pomstowali na B-10, jakby był promem kosmicznym na Marsa.

Prawnicy po cichu przygotowywali się do procesu.

Dwie godziny po tym, jak powództwo zostało wniesione, Kyle zobaczył je na witrynie sądu federalnego. Siedział przy biurku w redakcji „Yale Law Journal", redagując jakiś długi artykuł. Od trzech tygodni sprawdzał pozwy wnoszone do wszystkich sądów federalnych w Nowym Jorku i sądów stanowych. W czasie ostatniej, paskudnej rozmowy Bennie wspomniał, że wkrótce w sądzie w Nowym Jorku pojawi się niezwykle ważna sprawa, właśnie ta, do której Kyle ma się „włączyć". Od tego dnia przy każdym kolejnym spotkaniu Kyle próbował wyciągnąć z Bennie'ego jakieś szczegóły, ale ten zawsze kwitował to lekceważącym: „pogadamy o tym później".

Co dziwne, komunikat w sieci ujawniał tylko tytuł sprawy oraz nazwisko i imię, adres, kancelarię adwokacką i numer certyfikatu adwokackiego Wilsona Rusha. Po tytule wstawiono słowo „zabezpieczone" i Kyle nie miał dostępu do treści dokumentu. Spośród wielu złożonych pozwów w ciągu ostatnich trzech tygodni w Południowym Okręgu Nowego Jorku żaden nie był zablokowany.

W głowie Kyle'a zapaliło się czerwone światełko.

Przeszukał stronę www Agee, Poe & Epps i zaczął studiować pełną listę ich klientów. Od lat osiemdziesiątych kancelaria reprezentowała Bartin Dynamics.

Zapomniał o pracy nad ostatnim numerem czasopisma i bez reszty pogrążył się w Internecie. Przeszukując stronę Trylona, wkrótce dowiedział się o ich projekcie hipersonicznego bombowca B-10, a także o wszystkich związanych z tym problemach.

Kyle zamknął drzwi małego biura i sprawdził zapas papieru w drukarce. Był piątek, prawie ósma wieczorem i chociaż redaktorzy „Yale Law Journal" zazwyczaj pracowali o bardzo dziwacznych porach, teraz poznikali, bo każdy chciał się nacieszyć przerwą wiosenną. Kyle wydrukował wszelkie dostępne informacje dotyczące Trylona i Bartina, podane przez te firmy, potem dołożył kolejną ryzę papieru. Znalazł kilkadziesiąt artykułów zamieszczonych w dziennikach i czasopismach na temat fiaska B-10. Wydrukował wszystkie i zaczął czytać te najpoważniejsze.

Znalazł też setkę witryn wojskowych. Na jednej z nich, dotyczącej futurystycznych działań wojennych, były strony poświęcone B-10. Sprawdził wcześniejsze pozwy, by zobaczyć, jak często Scully & Pershing wnosiła sprawy w imieniu Trylona lub go broniła. Potem sprawdził pod tym kątem kancelarię Agee, Poe & Epps i Bartina. Siedział do nocy, szukał i szukał, a im grubsza stawała się teczka, tym ciężej mu się robiło na duszy.

Czy bada właściwą sprawę? Na to pytanie mógł odpowiedzieć tylko Bennie. Ale wiele wskazywało na to, że Kyle się nie pomylił. Gra toczyła się o miliardy. Dwie firmy, od dawna rywale. Dwie kancelarie, które się nienawidzą.

Tajemnice wojskowe. Kradziona technologia. Międzyfirmowe szpiegostwo przemysłowe. Obce wywiady. Groźby wniesienia spraw do sądu, nawet oskarżenia o przestępstwo. Jedno wielkie bagno. A teraz on, Kyle McAvoy, miał znaleźć się w samym środku tej piekielnej awantury.

W ostatnich tygodniach często się zastanawiał, jaka sprawa warta była tak wysokich kosztów i wymagała tak przemyślanych działań. Dwie rywalizujące ze sobą kancelarie, walczące o kupę złota, mogły zajmować się najróżniejszymi sporami. Sprawa antymonopolowa, kontrowersja dotycząca patentu albo walka dwóch firm farmaceutycznych o rejestrację preparatu odchudzającego. Najgorszym scenariuszem był ten, który właśnie odkrył – program dostaw dla Pentagonu, łącznie z tajnymi technologiami, awanturującymi się politykami, bezwzględnymi szefami i tak dalej, i tak dalej. Lista długa i przygnębiająca.

Czemu nie mógł po prostu wrócić do Yorku i pracować razem z ojcem?

O pierwszej w nocy upchał materiały do plecaka i w ciągu kilku sekund dokonał bezowocnego obrzędu porządkowania biurka. Rozejrzał się po pokoju, wyłączył światło, zamknął drzwi na klucz i znowu uświadomił sobie, że jakiś agent i tak może naruszyć jego prywatność. Nie miał nawet cienia wątpliwości, że Bennie i jego bandziory już złożyli tutaj wizytę, prawdopodobnie z pluskwami, kablami, mikrofonami i innymi bajerami, o których wolał nie myśleć.

Nie wątpił też, że go obserwowali. Mimo że zażądał, żeby Bennie zostawił go w spokoju, wiedział, że jest śledzony. Widział ich kilka razy. Byli dobrzy w swoim fachu, ale popełnili parę błędów. Rzecz polegała na tym, powtarzał sobie wielokrotnie, żeby zachowywać się jak gdyby nigdy nic. Należało po prostu udawać naiwnego, wyluzowanego studenta, który z plecakiem krąży po kampusie, i oglądać się za dziewczynami. Zachowywał się tak jak zwykle, chodził tak jak zwykle, nawet parkował tam gdzie zawsze. Lunch jadł prawie codziennie w tym samym miejscu. Od czasu do czasu spotykał się z Olivią po zajęciach, zawsze w jednej kawiarni. Był albo w uczelni, albo w mieszkaniu, czasami tylko wstępował gdzieś po drodze. A ponieważ jego zwyczaje się nie zmieniły, prześladowcy popadli w rutynę. Rozleniwili się, bo był łatwym obiektem do śledzenia. Naiwniak Kyle usypiał ich czujność, a kiedy dawali się na to nabrać, on ich przyłapywał. Jedną osobę zauważył już trzy razy – młody, rumiany facet, w coraz to innych okularach, czasami z wąsami, a czasami bez.

W księgarni niedaleko kampusu Kyle zaczął kupować stare powieści szpiegowskie w miękkiej oprawie, po dolarze za sztukę. Gdy już jakąś przeczytał, wrzucał ją do pojemnika na śmieci przy budynku uczelni i kupował następną.

Zakładał, że ani przez telefon, ani drogą elektroniczną nie może się z nikim swobodnie kontaktować. Komórka i laptop były kontrolowane – co do tego nie miał najmniejszych wątpliwości. Pomału wysyłał coraz więcej e-maili do Joeyego Bernardo, Alana Strocka i Baxtera Tate'a, ale ograniczały się one niemal wyłącznie do krótkich: „Cześć, co u ciebie?", i nie dotyczyły niczego ważnego. Podobnie było z e-mailami do innych członków Bety, wszystkie miały rzekomo służyć skłonieniu starych kumpli, by postarali się trochę ożywić wzajemne kontakty. Raz w tygodniu dzwonił do każdego z nich; gadali o sporcie, studiach i karierach zawodowych.

Gdyby Bennie rzeczywiście podsłuchiwał te rozmowy, nie usłyszałby ani jednego słowa, które świadczyłoby, że młody McAvoy cokolwiek podejrzewa.

Kyle tłumaczył sobie, że musi się nauczyć myśleć i działać tak jak jego przeciwnicy, aby przetrwać najbliższych siedem lat. Musiało być jakieś wyjście z tej sytuacji.

BENNIE WRÓCIŁ DO MIASTA. W sobotę spotkali się przy kanapce i ciastku tortowym w knajpce poza kampusem. Wright zapowiedział wcześniej, że będzie wpadał mniej więcej co tydzień przez całą wiosnę, do czasu gdy Kyle otrzyma dyplom w maju. Kyle zapytał, dlaczego jest to konieczne. Odpowiedź Bennie'ego była bełkotem bez sensu i bez znaczenia.

Z każdym kolejnym spotkaniem Bennie stopniowo łagodniał. Pozostawał jak zawsze trzeźwo myślącym, twardym agentem, który wykonuje swoją misję, ale zachowywał się teraz tak, jakby chciał stworzyć przyjazną atmosferę. „W końcu spędzimy razem jeszcze wiele godzin", mówił. Kyle kwitował to zmarszczeniem brwi, nie miał ochoty na miłe pogawędki z Benniem.

– Jakieś plany na wiosenną przerwę? – zapytał Wright, gdy zaczęli jeść.

– Praca – odparł.

Przerwa zaczęła się poprzedniego dnia i połowa Yale przebywała gdzieś na południu Florydy.

– Nie żartuj. To twoje ostatnie dni laby. Nie wybierasz się na plażę?

– Nie. W przyszłym tygodniu będę szukał mieszkania w Nowym Jorku.

Bennie wyglądał na zaskoczonego.

– Możemy ci pomóc.

– Już to mówiłeś. Nie potrzebuję waszej pomocy.

Obaj ugryźli potężne kęsy kanapek i przeżuwali je w milczeniu.

– Żadnych wiadomości na temat sprawy sądowej? – zapytał wreszcie Kyle.

Szybki, lekceważący ruch głową. Żadnych.

– Pozew nie został jeszcze złożony? – ciągnął Kyle. – Dlaczego nic mi o tym nie mówisz?

Bennie odchrząknął i sączył wodę.

– W przyszłym tygodniu. Spotkajmy się w Nowym Jorku. Wtedy zapoznam cię ze szczegółami.

– Nie mogę się doczekać.

Następne ogromne kęsy i znowu chwila ciszy.

– Kiedy zdajesz egzamin adwokacki? – odezwał się Bennie.

– W lipcu.

– Gdzie?

– W Nowym Jorku. Gdzieś na Manhattanie. I na to akurat nie czekam z niecierpliwością.

– Pójdzie ci doskonale. Kiedy będą wyniki?

Bennie znał terminy i miejsca egzaminów w Nowym Jorku. Wiedział, kiedy zostaną ogłoszone wyniki. Wiedział, co się działo z młodymi prawnikami, kiedy oblali egzamin adwokacki. Wiedział wszystko.

– Na początku listopada. Studiowałeś prawo?

Uśmiech, prawie chichot.

– Och, nie. Zawsze starałem się unikać prawników. Czasami jednak, no cóż… moja praca wymaga pewnej wiedzy.

Kyle słuchał uważnie, starając się wychwycić jego akcent, który pojawiał się i znikał. Pomyślał o Izraelitach, ich szczególnych językowych zdolnościach, a zwłaszcza o Mossadzie i wywiadzie wojskowym.

Nie po raz pierwszy zastanawiał się, dla kogo i kogo miał szpiegować.

Pięć dni później spotkali się w Ritz-Carltonie na dolnym Manhattanie. Kyle zapytał Benniego, czy ma biuro w mieście, czy może pracuje w apartamentach hotelowych. Nie dostał odpowiedzi. Przed tym spotkaniem Kyle obejrzał cztery mieszkania, wszystkie znajdowały się w SoHo i TriBeCa. Najtańsze, w budynku bez windy, miało siedemdziesiąt cztery metry kwadratowe, a czynsz wynosił cztery dwieście miesięcznie, najdroższe, niespełna stumetrowe, w odnowionym magazynie, kosztowało sześć pięćset. Czynsz musiałby opłacać samodzielnie, bo nie chciał żadnych współlokatorów. Jego życie miało być dostatecznie trudne i bez domowych napięć. Poza tym Benniemu nie podobał się pomysł szukania współlokatora.

Bennie i spółka śledzili Kyle'a i pośrednika wynajmu. Zanim Kyle przyszedł do hotelu, agenci już zadzwonili do faceta od nieruchomości, wypytali o te mieszkania i ustalili, kiedy je odwiedzą. Kyle rzeczywiście zamieszka tam, gdzie chce, ale lokal musi być wcześniej odpowiednio „przygotowany".

Na małym stole w pokoju hotelowym Benniego leżało parę grubych teczek.

– Pozew został złożony w zeszły piątek – zaczął. – W sądzie federalnym na Manhattanie. – Pozywa firma Trylon Aeronautics. Pozwanym jest Bartin Dynamics.

Kyle przyjął to z miną pokerzysty. Założona przez niego teczka tej sprawy i procesujących się stron zawierała trzy bardzo grube zbindowane pliki, ponad dwa tysiące stron i powiększała się z każdym dniem. Był pewien, że nie wie tak wiele jak jego kumpel Bennie, ale zebrał już cholernie dużo informacji.

I o tym też Bennie wiedział. Z wygodnego biura przy Broad Street, razem z technikami nieustannie monitorowali laptop Kyle'a i komputer w redakcji „Yale Law Journal". I kiedy Kyle przesyłał krótkiego e-maila któremuś z profesorów, Bennie o tym wiedział. Kiedy sporządzał i opracowywał notatki dotyczące różnych spraw sądowych, Bennie o tym wiedział. A kiedy przeglądał pozwy sądowe wnoszone w Nowym Jorku i grzebał w brudnych gierkach Trylona i Bartina, Bennie także o tym wiedział.

Siedź i udawaj głupiego, synu. Ja będę robił tak samo. Jesteś diabelnie inteligentny, ale za głupi, żebyś zdawał sobie sprawę, że porywasz się z motyką na słońce.

11

WIOSNA W KOŃCU ZAWITAŁA DO NOWEJ ANGLII. Kampus ożył i otrząsnął się po długotrwałym chłodzie i mroku zimy. Zakwitły sadzonki, trawa nabrała koloru, a w miarę jak dni stawały się coraz dłuższe, studenci znajdowali coraz więcej powodów, by przebywać poza murami uczelni. W powietrzu śmigały setki frisbee. Gdy świeciło słońce, urządzano długie lancze, a nawet pikniki. Profesorowie stali się bardziej leniwi, często skracali zajęcia.

Kyle nie uczestniczył w żadnych rozrywkach i imprezach. Całymi dniami przesiadywał w redakcji i intensywnie pracował, szlifując szczegóły czerwcowego „Yale Law Journal". Kyle chciał, żeby ten numer, jego ostatni, był najlepszy w dorobku. Poza tym praca stanowiła doskonały pretekst, by wyłączyć się z innych spraw. Olivia uznała w końcu, że ma go dość. Rozstali się bez kłótni. Jego przyjaciele – studenci trzeciego roku, wszyscy tuż przed dyplomem – podzielili się na dwie grupy. Ci z pierwszej pili, imprezowali i rozkoszowali się ostatnimi chwilami życia w kampusie, bo już niedługo opuszczą ten azyl i znajdą się w prawdziwym świecie. Ci z drugiej myśleli o swoich karierach, wkuwali do egzaminu adwokackiego i rozglądali się za mieszkaniami w wielkich miastach. Kyle bez problemu unikał towarzystwa ludzi z obu grup.

Pierwszego maja wysłał list do Joeya Bernardo.

„Cześć Joey,
kończę studia 25 maja. Przyjedziesz? Alan nie może, a Baxtera boję się zaprosić. Byłoby super spędzić razem trochę czasu. Bez dziewczyn, błagam. Odpowiedz zwykłą pocztą. Żadnych e-maili, żadnych telefonów. Później ci wyjaśnię.

Trzymaj się, Kyle"

List napisał odręcznie i wysłał pocztą z redakcji. Po tygodniu nadeszła odpowiedź:

„Sie masz Kyle,
co to za pomysł z tą ślimaczą pocztą? Twój charakter pisma jest do dupy. Ale i tak lepszy niż mój. Przyjadę na dyplomy, chyba zapowiada się niezły ubaw. Co to za tajemnica, do diabła, że nie możemy pogadać przez telefon albo e-mail? Odbiło ci? Bo Baxter już całkiem ześwirował. Totalny szajbus. Jeśli czegoś nie zrobimy, nie dożyje końca roku. O rany, ręka mnie zaczyna boleć i czuję się jak stary pierdoła, który kaligrafuje atramentem. Nie mogę się doczekać twojego następnego słodkiego liściku.
Pozdrawiam, Joey"

Kyle wysmażył kolejny, tym razem dłuższy list, pełen różnych szczegółów. Odpowiedź Joeya była znowu mocno sarkastyczna. Zadawał nawet więcej pytań niż poprzednio. Kyle zniszczył kartkę zaraz po przeczytaniu. Raz jeszcze wymienili listy i ustalili plany na weekend.

NIE UDAŁO SIĘ WYWABIĆ PATTY MCAVOY Z JEJ PODDASZA i nakłonić, by przyjechała na uroczystość wręczania dyplomu synowi. Zresztą nikt tak naprawdę specjalnie nie nalegał. W gruncie rzeczy John McAvoy i Kyle byli zadowoleni, że zdecydowała się zostać w domu, bo jej obecność w Yale skomplikowałaby sytuację. Nie zjawiła się na rozdaniu świadectw w Duquesne przed trzema laty, podobnie jak na uroczystościach z okazji ukończenia studiów obu córek. Krótko mówiąc, Patty nie uczestniczyła w takich wydarzeniach, nawet jeśli były ważne. Zdobyła się na obecność na ślubach bliźniaczek, ale nie brała udziału w przygotowaniach. John podpisywał czeki i rodzina jakoś przebrnęła przez obie uroczystości.

Joey Bernardo przyjechał do New Haven w sobotę po południu, dzień przed wręczeniem dyplomów absolwentom wydziału prawa, i tak jak mu polecono w liście – napisanym odręcznie i dostarczonym przez Pocztę Stanów Zjednoczonych – skierował się do ciemnej, ogromnej pizzerii U Santosa, półtora kilometra od kampusu. Dokładnie o piętnastej wśliznął się do boksu w prawym rogu przy ścianie naprzeciwko wejścia i czekał. Był rozbawiony i naprawdę zaciekawiony. Ciągle jeszcze się zastanawiał, czy jego przyjaciel nie zwariował. Minutę później z tyłu lokalu wyłonił się Kyle i przysiadł się do Joeya. Uścisnęli sobie dłonie. Kyle nerwowo zerknął w stronę drzwi wejściowych, daleko w głąb sali i w prawo. Restauracja była niemal pusta, z głośników leciała piosenka Bruce'a Springsteena.

– Mów, o co chodzi. – Joey był coraz mniej rozbawiony.

– Śledzą mnie.

– Odbiło ci stary. Za dużo stresu.

– Zamknij się i słuchaj.

Nastoletnia kelnerka przystanęła przy ich stoliku, by przyjąć zamówienie. Obaj poprosili o dietetyczną colę, a Kyle zamówił dużą pizzę pepperoni.

– Aż tak bardzo nie chce mi się jeść – powiedział Joey, kiedy dziewczyna odeszła.

– Jesteśmy w pizzerii, więc musimy zamówić pizzę. Inaczej wzbudzimy podejrzenia. Za parę minut pojawi się tu pewien facet w spranych dżinsach, ciemnozielonej koszuli i czapce golfowej khaki. Nie będzie na nas w ogóle zwracał uwagi i prawdopodobnie podejdzie do baru. Pokręci się trochę, nie dłużej niż dziesięć minut, potem sobie pójdzie. Ani razu nie spojrzy na nas, ale i tak będzie wszystko widział. Kiedy stąd wyjdziesz, on albo jeden z jego kolegów ruszy za tobą, sprawdzi twoje tablice rejestracyjne i już będą wiedzieli, że się spotykam ze swoim starym kumplem Joeyem Bernardo.

– Ci faceci to twoi znajomi?

– Nie. To szpiedzy, ale ja nie jestem doskonale wyszkolonym bandziorem, więc zakładają, że nie mam zielonego pojęcia o ich podchodach.

– Jasne. Ale dlaczego cię śledzą?

– To długa historia.

– Nie zacząłeś znowu pić? Nie wróciłeś do hery?

– Nigdy nie brałem hery i dobrze o tym wiesz. Nie, nie piję i nie, nie oszalałem. To bardzo poważna sprawa i potrzebuję twojej pomocy.

– Potrzebujesz psychiatry, Kyle. Przerażasz mnie, człowieku. Oczy ci płoną.

Drzwi się otwarły i do środka wszedł facet ubrany dokładnie tak, jak to opisał Kyle. Do tego nosił jeszcze okrągłe okulary w szylkretowej oprawce. Joeyowi opadła szczęka.

– Nie patrz na niego – szepnął Kyle.

Kelnerka przyniosła colę.

Agent podszedł do baru i zamówił piwo beczkowe. Z miejsca, gdzie siedział, mógł obserwować ich stolik w długich lustrach za półką z alkoholem, ale raczej nie słyszał tego, co mówią.

– Założył zwykłe okulary – powiedział Kyle z szerokim uśmiechem, jakby opowiadali sobie kawały. – Przeciwsłoneczne za bardzo rzucałyby się tutaj w oczy. Wybrał takie wielkie, okrągłe, żeby niepostrzeżenie spoglądać wokoło. Proszę, uśmiechaj się. Jesteśmy tylko starymi kumplami, którzy wspominają dawne dobre czasy. Nie rób poważnych min.

Osłupiały Joey nie potrafił zdobyć się na uśmiech. Kyle natomiast wybuchnął głośnym rechotem, a potem, gdy tylko pojawiła się pizza, odkroił sobie kawałek. Był ożywiony, rozpromieniony.

– Jedz, Joey i, błagam, uśmiechnij się. Wyduś z siebie parę słów.

– Co ty nawywijałeś? Śledzą cię gliny?

– To skomplikowana historia. Ty też jesteś w nią zamieszany. Porozmawiajmy o Piratach.

– Piraci są na ostatnim miejscu w tabeli i we wrześniu też tak będzie. Wybierz inny temat albo inną drużynę. – Joey w końcu wziął kawałek pizzy i ugryzł połowę. – Muszę mieć piwo. Nie mogę jeść pizzy bez piwa.

Kyle zatrzymał drobna, leniwą kelnerkę i zamówił piwo dla przyjaciela.

W rogu wisiał telewizor z wielkim ekranem. Kanał ESPN przedstawiał przegląd spotkań bejsbolowych. Przez kilka minut jedli i oglądali relację. Facet w ciemnozielonej koszuli popijał piwo, a po jakichś dziesięciu minutach opróżnił wielki kufel do dna. Zapłacił i wyszedł. Kiedy drzwi zamknęły się za nim, Joey zapytał:

– Co jest grane, do cholery?

– Musimy o tym pogadać, ale nie tutaj. To nam zajmie godzinę albo dwie. Tylko nie możemy tu zostać, bo, bo złapią nas jeszcze w ten weekend. Te typy spod ciemnej gwiazdy obserwują mnie i jeśli zobaczą, że prowadzimy poważną rozmowę, domyślą się, o co chodzi. Teraz skończymy pizzę, wyjdziemy głównymi drzwiami i nie spotkamy się na osobności do chwili, gdy jutro wyjedziesz z miasta.

– Dzięki za zaproszenie na uroczystość.

– Joey, nie zaprosiłem cię na wręczenie dyplomów. Przepraszam. Jesteś tu, bo muszę ci coś dać. – Kyle przesunął w stronę przyjaciela złożoną kartkę. – Schowaj to szybko.

Joey złapał kartkę, rozejrzał się, jakby zaraz mieli tu wpaść mordercy, i wepchnął ją do kieszeni dżinsów.

– Co to jest, Kyle?

– Zaufaj mi, Joey, proszę. Znalazłem się w trudnej sytuacji i nikt inny oprócz ciebie nie może mi pomóc.

– Ja też jestem w to zamieszany?

– Może. Skończmy pizzę i wyjdźmy stąd. Plan jest taki. Czwarty lipca jest tuż-tuż. Wpadniesz na wspaniały pomysł: spływ pontonem w dół New River w Wirginii Zachodniej, trzy dni na rzece, dwie noce na kempingu. Ty, ja i kilku z dawnej paczki z Duquesne. Urządzamy sobie męski weekend, póki jeszcze możemy. Na kartce wypisałem dziesięć nazwisk i e-maile chłopaków. Jest na niej też nazwisko dostawcy sprzętu turystycznego w Beckley.

Joey pokiwał głową, chociaż nadal nic nie rozumiał.

Kyle brnął dalej.

– Muszę się uwolnić od szpiegów. A na rzece będziemy mogli swobodnie rozmawiać. Bez obaw, że jesteśmy obserwowani.

– Tobie naprawdę odbiło.

– Zamknij się, Joey. Mówię bardzo poważnie. Jestem obserwowany dwadzieścia cztery godziny na dobę. Podsłuchują moje rozmowy telefoniczne, podłączyli się do komputerów.

– I to nie są gliniarze?

– Nie, gorzej. Jeśli będziemy teraz zbyt długo razem, zaczną coś podejrzewać i twoje życie mocno się skomplikuje. Zjedz trochę pizzy.

– Nie jestem głodny.

Nastąpiła długa przerwa w rozmowie. Kyle wciąż jadł, a Joey patrzył na przegląd ESPN. Springsteen nadal śpiewał.

– Słuchaj, musimy już iść – odezwał się Kyle po kilku minutach. – Mam ci mnóstwo do powiedzenia, ale nie teraz. Na spływie trochę się rozerwiemy i opowiem ci całą historię.

– Czy ty kiedykolwiek byłeś na spływie pontonem?

– Jasne. A ty?

– Nie. Nie lubię wody.

– Mają tam kamizelki ratunkowe. Daj spokój, Joey, zabawmy się trochę. Za rok będziesz żonaty i twoje życie się skończy.

– Dzięki.

– To tylko wycieczka starych kumpli z college'u. Roześlij e-maile i zmontuj to wszystko. Co ty na to?

– Jasne, Kyle. Jak chcesz.

– Ale w e-mailach musisz trochę ściemnić.

– Ściemnić?

– Tak, masz to na kartce. W e-mailach musisz napisać: „Wybieramy się nad Potomac w zachodnim Marylandzie". Nie możemy dać tym bandziorom zbyt wiele informacji.

– A co, popłyną za nami wyścigową motorówką?

– Nie, to tylko tak na wszelki wypadek. Nie chcę, żeby się koło mnie kręcili.

– Naprawdę dziwna sprawa, Kyle.

– Będzie jeszcze dziwniejsza.

Joey nagle odsunął pizzę, oparł się na łokciach i pochylił do przodu. Spojrzał ze złością na Kyle'a.

– Zrobię, jak chcesz, ale powiedz, o co w tym chodzi.

– Elaine wróciła, ze swoją historią o gwałcie.

Równie szybko jak przed chwilą pochylił się w przód, Joey cofnął się i wzdrygnął lekko. Elaine... jakaś tam? Zapomniał jej nazwiska, w gruncie rzeczy nigdy go nie znał. To było pięć, może sześć lat temu i nawet gliniarze zapomnieli o całej sprawie. A dlaczego? Bo nie było żadnego gwałtu. Seks, owszem; ale ona sama godziła się na wszystko. Na grudzień planował ślub z dziewczyną swoich marzeń i nic, absolutnie nic tego nie zepsuje. Ma zawód, przyszłość, dobrą reputację. Jak ten koszmar mógł nagle ożyć?

Z trudem powstrzymał się przed zadawaniem pytań. Wpatrywał się w Kyle'a, któremu zrobiło sięgo szkoda.

„Jest przytomna?", pyta Joey.

Żadnej odpowiedzi Baxtera. Ani słowa ze strony dziewczyny.

– Damy radę, Joey. To przerażająca sprawa, ale możemy się z nią uporać. Wszystko obgadamy, ale nie tutaj, nie teraz. Chodźmy stąd.

– Jasne.

TEGO WIECZORU KYLE SPOTKAŁ SIĘ Z OJCEM na obiedzie w greckiej restauracji Ateńska. Dołączył do nich Joey Bernardo, który wcześniej wypił parę drinków – wstęp do dalszej części wieczoru – i teraz siedział cichy i osowiały. A może po prostu był zaszokowany albo przestraszony. John McAvoy strzelił sobie dwa martini, zanim sięgnął po kartę dań, i wkrótce zaczął opowiadać historie o dawnych procesach i sprawach sądowych. Joey dotrzymywał mu kroku w piciu, język mu się trochę rozwiązał, ale nastrój się nie poprawił.

Kyle zaprosił przyjaciela na obiad, bo nie chciał, żeby ojciec podjął ostatnią rozpaczliwą próbę przekonania syna, żeby oparł się diabelskiej pokusie wielkiej kancelarii, i zajął się czymś naprawdę pożytecznym dla ludzi. Ale po kolejnym martini, kiedy Joey już bełkotał od rzeczy, John McAvoy i tak wrócił do tematu. Kyle postanowił się nie spierać. Jadł czosnkowe krakersy z sosem arabskim z grochu, ziaren sezamowych i soku z cytryny i słuchał. Przy czerwonym winie ojciec opowiedział następną historię o tym, jak za darmo reprezentował w sądzie jakiegoś biedaka. Oczywiście wygrał. John McAvoy był bohaterem wszystkich swoich historii. Biedni byli ratowani, ocalani, znajdowali skutecznego obrońcę.

Kyle niemal zatęsknił za matką.

Późnym wieczorem, już wiele godzin po obiedzie, szedł przez kampus Yale po raz ostatni jako student. Był zdziwiony, jak szybko minęły te trzy ostatnie lata, ale miał też już dość studiów. Nużyły go wykłady, aule, zajęcia, egzaminy i skromna studencka egzystencja. Był teraz dojrzałym młodym mężczyzną, doskonale wykształconym, zdrowym, bez żadnych nałogów.

W takim momencie przyszłość powinna budzić w nim wielkie nadzieje i radosne podniecenie.

Ale on nie czuł nic prócz obaw i lęku. Siedem lat nauki, wielki sukces na studiach i wszystko to nagle zostało sprowadzone do żałosnego życia szpiega mimo woli.

12

Z DWÓCH MIESZKAŃ, KTÓRE BRAŁ POD UWAGĘ KYLE, Bennie wolał to w starej dzielnicy Meatpacking, w pobliżu hotelu Gansevort, w budynku liczącym sobie sto dwadzieścia lat i pierwotnie przeznaczonym do jednego tylko celu – uboju tuczników i krów. Ale teraz te rzeźnie przeszły już do historii, a deweloper wykonał wspaniałą robotę: częściowo wyburzył i całkowicie zmodernizował budynek, stworzył galerię butików na parterze, najmodniejsze narożne biura na pierwszym piętrze i nowoczesne mieszkania wyżej. Benniego zupełnie nie obchodziła nowoczesna architektura czy moda, nie przywiązywał też żadnej wagi do lokalizacji. Cieszył go natomiast fakt, że mieszkanie nad numerem 5D też było do wynajęcia. Bennie zdobył to 6D za pięć tysięcy dwieście dolarów miesięcznie na sześć miesięcy, potem już tylko czekał, aż Kyle wynajmie 5D.

Kyle wolał jednak mieszkanie na pierwszym piętrze bez windy przy Beekman Street, w pobliżu City Hall i mostu Brooklińskiego. Było mniejsze i tańsze, choć i tak czynsz wynosił trzy osiemset, czyli nieprzyzwoicie dużo, biorąc pod uwagę metraż. W New Haven Kyle płacił tysiąc dolarów miesięcznie, owszem za norę, ale trzy razy większą niż wszystko, co widział na Manhattanie.

Scully & Pershing wypłaciła mu dwadzieścia pięć tysięcy dolarów premii za podpisanie kontraktu i Kyle zamierzał wykorzystać te pieniądze, by zapewnić sobie ładne mieszkanie dopiero wczesnym latem, gdy ceny wynajmu spadały. Chciał się zamknąć w nowym pokoju, zakuwać non stop przez sześć tygodni i zdać egzamin adwokacki w Nowym Jorku pod koniec lipca.

Gdy dla Benniego stało się oczywiste, że Kyle jest gotów wynająć mieszkanie przy Beekman Street, wysłał jednego ze swoich ludzi do pośrednika w obrocie nieruchomościami, żeby powiercił facetowi dziurę w brzuchu i zaoferował więcej pieniędzy. Akcja się powiodła i Kyle'owi zaproponowano lokal w dzielnicy Meatpacking. Kiedy młody McAvoy zadeklarował się, że wynajmie 5D na rok, od piętnastego czerwca, Bennie wysłał tam zespół techników, którzy „udekorowali" mieszkanie dwa miesiące przed wprowadzeniem się Kyle'a. Urządzenia podsłuchowe zostały zainstalowane na ścianach wszystkich pokoi. Założono podsłuch linii telefonicznej. Monitoring łącza internetowego podłączono do odbiorników w komputerach w lokalu 6D. Zamontowano także cztery ukryte kamery: w salonie, kuchni i obu sypialniach. Każda mogła być natychmiast usunięta w wypadku, gdyby Kyle lub ktoś inny zaczął przepatrywać mieszkanie. Kamery też podłączono do komputerów w 6D, więc Bennie i jego chłopcy mieli pełny wgląd we wszystko, co Kyle robił, poza braniem prysznica, goleniem się, myciem zębów i korzystaniem z toalety. Zostawili mu tę odrobinę prywatności.

Drugiego czerwca Kyle załadował swoje manatki do jeepa i wyjechał z Yale i New Haven. Przez kilkanaście kilometrów odczuwał nostalgię, żegnając się ze swoimi studenckimi latami, ale już przed Bridgeport myślał tylko o egzaminie adwokackim i o tym, co czekało go potem. Pojechał na Manhattan, gdzie zamierzał spędzić parę dni z przyjaciółmi, na piętnastego czerwca zaplanował przeprowadzkę do nowego mieszkania. Nie podpisał jeszcze umowy najmu i pośredniczka zaczynała się irytować. Nie przejmował się jej telefonami.

Zgodnie z umową trzeciego czerwca pojechał taksówką do hotelu Penisula w centrum miasta na spotkanie z Benniem Wrightem w apartamencie na dziewiątym piętrze. Jego „agent prowadzący" ubrany był jak zwykle – ciemny garnitur, biała koszula, nieciekawy krawat, czarne buty – ale w tym dniu dodał parę szczegółów. Bennie zdjął marynarkę i zapiął na koszuli lśniącą, czarną, skórzaną kaburę z berettą kaliber 9 milimetrów wtuloną pod lewą pachę. Szybki ruch prawą ręką i pistolet był gotowy do strzału. Kyle'owi przyszło do głowy wiele sarkastycznych uwag, jakie mógłby zrobić na widok takiej broni, ale w ostatniej sekundzie ugryzł się w język. To oczywiste, że Bennie chciał zademonstrować berettę, a może nawet pragnął, aby jego podopieczny to skomentował.

Ale Kyle nie odezwał się na ten temat ani słowem.

Usiadł, tak jak zawsze siadał na spotkaniach z Benniem – prawa kostka na lewym kolanie, ramiona złożone na piersi, wyraz całkowitej pogardy na twarzy.

– Gratulacje z okazji otrzymania dyplomu – powiedział Bennie i upił łyk kawy z papierowego kubka stojącego przy oknie z widokiem na Piątą Aleję. – Wszystko poszło dobrze?

Byliście tam, cholerny dupku. Twoi ludzie obserwowali mnie i Joeya, gdy jedliśmy pizzę. Wiesz, co mój ojciec zamówił na obiad i ile wypił kieliszków martini. Widzieliście, jak Joey wychodzi z greckiej restauracji nawalony jak stodoła. Kiedy robiono mi zdjęcie w stroju akademickim, twoje bandziory pewnie też strzeliły fotę.

– Świetnie – odparł.

– To doskonale. Znalazłeś już mieszkanie?

– Tak sądzę.

– Gdzie?

– Co cię to obchodzi? Chyba już uzgodniliśmy, że będziecie się trzymać ode mnie z daleka.

– Staram się tylko być uprzejmy, Kyle, to wszystko.

– Czemu? To mnie naprawdę wkurza, że wstawiasz te bzdurne gadki, jakbyśmy byli starymi kumplami. Nie przychodzę tutaj z własnej woli. Nie ucinam sobie z tobą pogawędek, bo mam na to ochotę. Wolałbym być w każdym innym miejscu na świecie. Jestem tu, bo mnie szantażujesz. Gardzę tobą, jasne? Nigdy o tym nie zapominaj. I nie sil się na uprzejmość. To sprzeczne z twoim charakterem.

– Och, mogę być sukinsynem.

– Jesteś sukinsynem.

Bennie upił łyk kawy i nadal się uśmiechał.

– No dobrze. Jedźmy dalej. Mogę spytać, kiedy masz egzamin adwokacki?

– Nie, ponieważ ty dokładnie to wiesz. Po co tu przyszedłem, Bennie? Jaki jest cel naszego spotkania?

– Po prostu chciałem ci po przyjacielsku powiedzieć „cześć". Witaj w Nowym Jorku. Gratulacje z okazji ukończenia studiów. Jak się czuje rodzina? Takie tam.

– Jestem wzruszony.

Bennie odstawił kawę i wziął gruby zbindowany plik komputerowych wydruków. Wręczył go Kyle'owi.

– To najnowsze dokumenty dotyczące sprawy Trylon–Bartin. Wniosek o odrzucenie pozwu, oświadczenia i załączniki na poparcie, pisma procesowe popierające i oponujące wnioskowi oraz postanowienie sądu oddalające wspomniany wniosek. Odpowiedź na pozew złożona przez pozwanego, Bartina i tak dalej. Jak wiesz, akta są poufne, więc to, co masz przed sobą, jest zdobyte nielegalnie.

– Jak je zdobyłeś? – zapytał Kyle.

Bennie jak zwykle w takich sytuacjach odpowiedział głupim uśmieszkiem.

– Może w przerwach w zakuwaniu do egzaminu dokładnie zapoznasz się z tym materiałem.

– Jedno pytanie. Wydaje się mało prawdopodobne, że firma przydzieli mnie do tej sekcji sporów sądowych, która będzie się zajmować sprawą Trylon–Bartin, a jeszcze mniej możliwe, że pozwolą przy niej pracować jakiemuś żółtodziobowi. Jestem pewien, że już o tym pomyślałeś.

– A pytanie brzmi...?

– Co się stanie, jeśli w ogóle mnie nie przydzielą do tej sprawy?

– Twoja grupa będzie liczyła stu nowych współpracowników, tak samo jak w ubiegłym roku i dwa lata temu. Z grubsza dziesięć procent oddelegują do sporów sądowych. Resztę skierują do pozostałych działów: fuzji, przejęć, podatków, spraw antymonopolowych, transakcji, papierów wartościowych, finansów, nieruchomości i innych. Ty zajaśniejesz jak gwiazda wśród nowo przyjętych, bo jesteś najinteligentniejszy, najzdolniejszy i gotów harować po osiemnaście godzin dziennie przez siedem dni w tygodniu. Będziesz wazeliniarzem i facetem wbijającym nóż w plecy. Zrobisz wszystko, żeby tylko odnieść sukces w wielkiej kancelarii. Będziesz chciał zajmować się tą sprawą, będziesz tego żądał, dlatego w końcu cię do niej przydzielą.

– Niepotrzebnie pytałem.

– A kiedy już się wkręcisz, zaczniesz nam dostarczać bezcenne informacje.

– Na przykład jakie?

– Za wcześnie o tym mówić. Teraz skoncentruj się na egzaminie.

– Och, dzięki. Nie pomyślałem o tym.

Tak sobie dogryzali przez następnych dziesięć minut, po czym Kyle odszedł naburmuszony jak zwykle. Z taksówki zadzwonił do pośredniczki i powiedział, że się rozmyślił co do mieszkania w dzielnicy Meatpacking. Kobieta trochę się zdenerwowała. Kyle nic dotychczas nie podpisał i ona nie miała żadnych podstaw prawnych, by cokolwiek od niego egzekwować. Obiecał, że zadzwoni w ciągu paru dni i wtedy na nowo zaczną szukać, ale czegoś mniejszego i tańszego.

Kyle przewiózł swoje graty do wolnego pokoju w mieszkaniu w SoHo należącym do Charlesa i Charlesa, dwóch absolwentów wydziału prawa Yale, którzy skończyli studia rok wcześniej i teraz pracowali w różnych wielkich kancelariach. Grali w lacrosse* w drużynie Uniwersytetu Hopkinsa i prawdopodobnie byli partnerami, chociaż utrzymywali to w tajemnicy, w każdym razie w Yale. Kyle'a nie interesowały ich relacje. Potrzebował na jakiś czas miejsca do spania i przechowania rzeczy. Chciał, żeby Bennie nie dotarł do jego lokum, jeśli to możliwe. Charlesowie zaproponowali, że odstąpią pokój za darmo, ale Kyle upierał się, że będzie im płacił dwieście dolarów tygodniowo. Mieszkanie idealnie nadawało się do nauki, bo Charlesowie rzadko w nim przebywali. Obaj tyrali po sto godzin na tydzień.

Operacja Benniego okazała się niewypałem, a koszty objęły sześciomiesięczny czynsz po pięć dwieście na miesiąc za apartament 6D w „rzeźni", kosztowną „dekorację" 5D pod nim, plus cztery sto miesięcznie przez rok za apartament przy Beekman Street. Bennie się wściekł, ale nie wpadł w panikę. Straty finansowe nie były najważniejsze. Zaniepokoiło go co innego – to, że tego nie przewidział. Przez ostatnie cztery miesiące Kyle robił niewiele, by ich zaskoczyć. Inwigilacja wydawała się dziecinnie prosta. Wyjazd do Pittsburgha

---

* Lacrosse – gra drużynowa uznawana za pierwowzór hokeja (przyp. red.).

w lutym został błyskawicznie rozpracowany. Ale teraz Kyle był w mieście, a tu śledzenie go stało się trudniejsze. Cywilna osoba zazwyczaj jest łatwym obiektem obserwacji, bo działa schematycznie i bardzo przewidywalnie. Ale czy tak samo będzie z Kyle'em? Czy chłopak coś wiedział albo podejrzewał?

Bennie lizał rany przez godzinę, potem zaczął planować następny krok – trzeba zebrać informacje o Charlesie i Charlesie i szybko zbadać ich mieszkanie.

DRUGA KURACJA ODWYKOWA Baxtera Tate'a zaczęła się od pukania w jego drzwi. Po chwili zapukano znowu. Baxter nie odbierał komórki. O czwartej nad ranem został przywieziony do domu taksówką z modnego nocnego lokalu w Beverly Hills. Kierowca pomógł mu dotrzeć do mieszkania.

Po czwartym stuknięciu w drzwi ktoś otworzył je bez żadnego trudu, bo Baxter nie pofatygował się, żeby przekręcić klucz w zamku. Dwaj mężczyźni, specjaliści od ratowania krnąbrnych członków rodziny nadużywających alkoholu i narkotyków, znaleźli Baxtera w łóżku ubranego w dziwaczny strój z ostatniej nocy – białą lnianą koszulę poplamioną jakimś mocnym alkoholem, czarną lnianą marynarkę Zegny, wytarte markowe dżinsy, mokasyny Bragano. Był otępiały, oddychał ciężko, ale nie chrapał.

Szybko przeszukali sypialnię i przylegającą do niej łazienkę. Sprawdzali, czy nie ma tam broni. Sami nosili pistolety pod marynarkami. Potem połączyli się przez radio z czekającym w pobliżu samochodem i do mieszkania wkroczył następny mężczyzna – Walter Tate, stryj Baxtera, zwany stryjem Wallym, jedyny spośród pięciorga rodzeństwa, który coś w życiu osiągnął. Majątek należący do rodziny od trzech pokoleń zmniejszał się w stałym, choć nie alarmującym tempie. Po raz ostatni Walter widział bratanka u prawnika w Pittsburghu, gdy ratował go z kolejnej opresji – Baxter znów prowadził samochód po pijanemu.

Ponieważ czwórka jego rodzeństwa nie potrafiła podjąć nawet najbardziej podstawowych decyzji, Walter od dawna przyjął rolę głowy rodziny. Pilnował inwestycji, spotykał się z adwokatami, załatwiał trudne sprawy, radził sobie z dziennikarzami, gdy to było konieczne, i niechętnie interweniował, kiedy ktoś z grona bratanic, bratanków, siostrzenic i siostrzeńców wpadał w tarapaty. Jego własny syn zginął, latając na lotni.

Była to jego druga interwencja w sprawie Baxtera i ta miała być ostatnia. Za pierwszym razem, przed dwoma laty, wyprawił chłopaka na ranczo w Montanie, gdzie ustatkował się, jeździł konno, nawiązał nowe przyjaźnie, wiele zrozumiał. Pozostawał trzeźwy raptem dwa tygodnie, po czym powrócił do Hollywood i znów próbował zostać gwiazdą filmową, chociaż nie miał na to absolutnie żadnych, nawet najmniejszych szans. Walter przyjął pewną zasadę: ograniczał się do finansowania dwóch terapii odwykowych. Po tych próbach winowajca mógł się zabić na własne życzenie, jego to przestawało obchodzić.

Baxter spał już z dziewięć godzin, gdy stryj Wally zaczął potrząsać jego nogą. Robił to na tyle mocno i uporczywie, że w końcu zbudził bratanka z pijackiego snu. Widok trzech obcych mężczyzn przestraszył Baxtera. Odsunął się od nich w drugi koniec łóżka; po chwili rozpoznał Wally'ego. Stryj stracił trochę włosów, przybyło mu parę kilogramów.

Jak dawno się nie widzieli? Rodzina właściwie nigdy się nie spotykała, wszyscy starali się unikać siebie nawzajem, jak mogli.

Baxter przetarł powieki i pomasował skronie. Piekielny ból rozsadzał mu czaszkę. Chłopak spojrzał na stryja, potem na dwóch nieznajomych.

– No, no – mruknął. – Jak się ma ciocia Rochelle?

Walter miał kilka żon, Rochelle była pierwszą i jedyną, którą Baxter w ogóle pamiętał. Przerażała go, gdy był dzieckiem.

– Umarła w zeszłym roku – odparł Walter.

– Straszne. Co cię sprowadza do Los Angeles?

Baxter zrzucił mokasyny i wtulił się w poduszkę. Teraz stało się jasne, po co ta wizyta.

– Wybieramy się w podróż, Baxter. My czterej. Zawieziemy cię do kliniki, wytrzeźwiejesz, wrócisz do normalnego stanu, a potem zobaczymy...

– Więc to jest interwencja?

– Tak.

– No i fajnie. W Hollywood to normalne. Wystarczy jeden film i już kolesie z grupy wsparcia kogoś zgarniają. Nie uwierzycie, ale dwa tygodnie temu sam brałem udział w takiej akcji. Wyobrażacie sobie? Siedzę w pokoju hotelowym z towarzystwem przymusowych abstynentów, a tu wchodzi biedny Jimmy z butelką piwa w ręku i wpada w zasadzkę. Jego brat każe mu siadać, po czym my krążymy po pokoju i mówimy nieszczęśnikowi, że jest żałosną kupą gówna.

Doprowadzamy go do płaczu, ale wtedy zawsze się płacze, no nie? Ja płakałem, prawda? Pamiętam to. Szkoda że nie słyszeliście, jak wygłaszałam Jimmy'emu kazanie na temat zgubnych skutków picia wódki i wciągania kokainy. Gdyby tak nie ryczał, może nawet by zrozumiał, co gadam. Mogę prosić o szklankę wody? Kim wy jesteście?

– Oni są ze mną – powiedział stryj Wally.

Jeden ze specjalistów podał Baxterowi butelkę wody. Chłopak opróżnił ją jednym długim, głośnym siorbnięciem, kilka kropli spłynęło mu po brodzie.

– Macie jakieś proszki przeciwbólowe? – zapytał z rozpaczą. – Podali mu dwie tabletki i następną butelkę wody. Przełknął wszystko. – Dokąd tym razem jedziemy?

– Do Nevady. Niedaleko Reno jest dobra klinika. Góry, piękna okolica, wspaniałe widoki.

– Znowu jakieś ranczo? Nie mogę przez kolejnych trzydzieści dni nie schodzić z konia. Jeszcze mnie boli tyłek po tym ostatnim odwyku.

Stryj Wally wciąż stał w nogach łóżka. Nie ruszył się na krok.

– Nie, żadnych koni. To zupełnie inne miejsce.

– Och, naprawdę. A podobno one wszystkie są takie same. Ludzie tutaj ciągle opowiadają o swoich odwykach. Wymieniają wrażenia. Niezły sposób na podryw w barze.

Baxter mówił z mocno zaciśniętymi powiekami, jakby ból przepływał mu strugą przez twarz.

– Nie, to miejsce jest inne.

– Jak to?

– Reguły są surowsze i zostaniesz tam trochę dłużej.

– To znaczy?

– Tak długo, jak będzie trzeba.

– Mogę po prostu obiecać, że przestanę pić już od teraz, i darować sobie tę cholerną kurację?

– Nie.

– I rozumiem, że nie mam wyboru, bo ty jesteś głową tego żałosnego rodu?

– Słusznie.

– Bo jeśli powiem: idź do diabła, wynocha z mojego domu, dzwonię na policję i nigdzie się stąd nie ruszę, wtedy ty napomkniesz o funduszu powierniczym. Zgadza się?

– Zgadza się.

Atak mdłości uderzył jak piorun. Baxter zerwał się z łóżka, zrzucił marynarkę i zataczając się, pognał do łazienki. Wymiotował głośno i długo, z małymi przerwami na serie przekleństw. Umył twarz, spojrzał w lustro na opuchnięte, zaczerwienione oczy i przyznał, że przydałoby mu się kilka dni trzeźwości. Ale nie potrafił sobie wyobrazić całego życia bez alkoholu i narkotyków.

Fundusz powierniczy utworzył jego pradziad. W tamtej epoce, zanim pojawiły się prywatne odrzutowce, luksusowe jachty, kokaina i niezliczone inne sposoby na zrujnowanie rodzinnego majątku, było rzeczą roztropną zabezpieczyć pieniądze dla przyszłych pokoleń. Ale już dziadek Baxtera wynajął prawników i zmienił zasady funduszu tak, że rada powiernicza mogła korzystać z ograniczonego prawa do podejmowania decyzji. Baxter otrzymywał co miesiąc pewną sumę, która pozwalała całkiem dobrze żyć bez pracy. Ale wypłaty dużych pieniędzy można było zatrzymać, tak jak zakręca się wodę w kranie, a stryj Wally dysponował nimi żelazną ręką.

Jeśli powiedział, że pójdziesz na leczenie, oznaczało to, że na pewno wkrótce zostaniesz poddany kuracji odwykowej. Baxter stał w drzwiach łazienki, oparty o framugę, i patrzył na gości. Żaden z nich nawet się nie poruszył. Baxter spojrzał na specjalistę stojącego najbliżej.

– A co, wy, panowie, połamiecie mi palce, jeśli się będę bronił?

– Nie – padła zwięzła odpowiedź.

– Nie traćmy czasu, Baxter – wtrącił się Walter.

– Mogę iść po swoje rzeczy?

– Nie.

– Zabierasz mnie swoim odrzutowcem?

– Tak.

– Poprzednim razem pozwoliłeś mi się nachlać.

– W klinice powiedzieli, że w drodze możesz pić do oporu. Barek jest dobrze zaopatrzony.

– Jak długo potrwa lot?

– Półtorej godziny.

– Będę musiał szybko pić.

– Na pewno sobie z tym poradzisz.

Baxter machnął rękami i rozejrzał się po sypialni.

– A co z moim mieszkaniem? Rachunkami, służącą, pocztą?

– Zajmę się wszystkim. Chodźmy już.

Baxter umył zęby, uczesał się, zmienił koszulę, potem poszedł za stryjem Wallym i dwoma innymi facetami do czarnej furgonetki. Jechali w milczeniu. Po paru minutach pełną napięcia ciszę przerwał szloch dobiegający z tylnego siedzenia.

13

KURS PRZYGOTOWAWCZY DO EGZAMINU ADWOKACKIEGO odbywał się na terenie Uniwersytetu Fordham przy Sześćdziesiątej Drugiej ulicy, w ogromnej sali wykładowej pełnej podenerwowanych absolwentów prawa. Od dziewiątej trzydzieści do trzynastej trzydzieści, przez siedem dni w tygodniu profesorowie różnych specjalności omawiali niuanse prawa konstytucyjnego, prawa spółek, prawa karnego, prawa rzeczowego, zawiłości postępowania dowodowego, kontrakty i wiele innych tematów. W zasadzie wszyscy obecni w sali znali już ten materiał i nie mieli problemów z jego zrozumieniem. Ale ilość tematów była przytłaczająca. Trzy lata intensywnych studiów prowadziły do koszmarnego egzaminu, który trwał dwa dni, łącznie szesnaście godzin. Trzydzieści procent tych, co przystępowali do niego po raz pierwszy, oblewało, dlatego mało kto się zastanawiał, czy jest sens wydawać trzy tysiące dolców na kurs przygotowawczy. Scully & Pershing zwróciła te pieniądze Kyle'owi i innym swoim nowym pracownikom.

Gdy Kyle po raz pierwszy wszedł do sali Fordham, wyczuł panujące tu napięcie. Tak było przez cały kurs. W trzecim dniu siedział z grupą kolegów z Yale i wkrótce stworzyli zespół do repetycji. Spotykali się każdego popołudnia i często pracowali aż do nocy. Przez trzy lata studiów bali się tego dnia, gdy będą musieli znów odwiedzić mroczny świat podatków federalnych lub znosić nudę jednolitego kodeksu handlowego. Ale ten dzień nadchodził wielkimi krokami. Przygotowania do egzaminu wysysały z nich siły.

Kancelaria Scully & Pershing postępowała rutynowo – wybaczała niepowodzenie przy pierwszym podejściu, przy drugim już nie. Dwa niepomyślne wyniki i wypadałeś z gry. Kilka bezwzględnych kancelarii stosowało zasadę tylko jednej próby, istniała też garstka bardziej rozsądnych – skłonni byli darować dwie wpadki, jeśli kandydat wydawał się obiecujący pod innymi względami. Mimo wszystko lęk przed porażką często nie pozwalał zasnąć.

Kyle chodził teraz na spacery po mieście o różnych porach dnia, by przerwać monotonię długich godzin nauki i odświeżyć umysł. Spacery były pouczające, a czasami fascynujące. Poznawał ulice, przejścia podziemne, sieć autobusową, zwyczaje przechodniów. Wiedział już, które kawiarnie są otwarte przez całą noc i które piekarnie mają ciepłe bagietki o piątej rano. Znalazł wspaniałą starą księgarnię w Village i wrócił do swojej pasji czytania powieści szpiegowskich.

Po trzech tygodniach znalazł w końcu odpowiednie mieszkanie. Pewnego ranka, o świcie, siedział przy oknie kawiarni przy Siódmej Alei w Chelsea, popijając podwójne cappuccino i czytając „Timesa", gdy nagle zobaczył, jak dwaj mężczyźni z firmy transportowej usiłują przecisnąć kanapę przez drzwi obok. Bardzo się złościli. W końcu wrzucili mebel na tył furgonetki i zniknęli. Po paru minutach znów się pojawili z wielkim skórzanym fotelem, który podzielił los kanapy. Mężczyźni spieszyli się i ta przeprowadzka najwyraźniej wcale ich nie cieszyła. Drzwi sąsiadowały ze sklepem ze zdrową żywnością, dwa piętra wyżej wisiała tablica, że mieszkanie jest do wynajęcia. Kyle szybko przeszedł na drugą stronę ulicy, zatrzymał jednego z mężczyzn, po czym ruszył z nim na górę, żeby obejrzeć lokal. Było to jedno z czterech mieszkań na drugim piętrze. Trzy małe pokoje i wąska kuchnia. Kyle dowiedział się, że facet, Steve, ma jeszcze ważną umowę najmu, ale musi natychmiast wyjechać z miasta. Zgodzili się na podnajem na osiem miesięcy po dwa tysiące pięćset dolarów za miesiąc. Po południu znów się spotkali w mieszkaniu, podpisali papiery i Kyle dostał klucze.

Podziękował Charlesom, załadował swoje rzeczy do jeepa i pojechał do lepszej dzielnicy; po dwudziestu minutach jazdy dotarł do rogu Siódmej i Zachodniej Dwudziestej Szóstej. Najpierw kupił na pchlim targu skromne meble – wysłużone łóżko i nocny stolik. Potem telewizor z płaskim pięćdziesięciocalowym ekranem. Nie zamierzał inwestować w umeblowanie i odnowienie mieszkania. Wątpił, czy zatrzyma się w tej klitce na dłużej niż osiem miesięcy, i nie potrafił sobie wyobrazić, że chciałby przyjmować tutaj gości. To odpowiednie miejsce na początek, potem znajdzie coś lepszego.

Przed wyjazdem do Wirginii Zachodniej starannie pozakładał pułapki. Przygotował kilka dziesięciocentymetrowych kawałków brązowej nici i poprzyklejał je od spodu do trzech wewnętrznych par drzwi i futryn. Kiedy stał i spoglądał w dół, upewnił się, że nici były prawie niewidoczne na tle bejcy pokrywającej dębowe drewno. Gdyby ktokolwiek wszedł, zerwałby nitki. Wzdłuż jednej ze ścian salonu ułożył sterty podręczników, notesów, teczek z różnymi papierami, w zasadzie rzeczy bezużytecznych, z którymi nie był jeszcze gotów się rozstać. Porozkładał wszystko na chybił trafił, ale potem sfotografował całość aparatem cyfrowym. Każdy, kto by to przeglądał, byle jak rzucałby rzeczy z powrotem na stos, a wtedy Kyle wiedziałby, że miał gościa. Poinformował swoją nową sąsiadkę, starszą panią z Tajlandii, że wyjeżdża na cztery dni i nie spodziewa się żadnych wizyt. Jeśli kobieta coś podejrzanego usłyszy, niech wezwie gliniarzy. Tajka zgodziła się, ale Kyle wątpił, czy zrozumiała chociaż jedno słowo.

Były to elementarne sposoby kontrwywiadowcze, ale w powieściach szpiegowskich sprawdzały się znakomicie.

NEW RIVER PŁYNIE PRZEZ GÓRY ALLEGHENY – w niektórych miejscach szybko, w innych wolniej, ale na każdym jej odcinku sceneria jest przepiękna. Mając w niektórych rejonach bystrza czwartej klasy, jest od dawna ulubioną rzeką zapalonych kajakarzy. A z kilometrowymi przedziałami o leniwym nurcie każdego roku przyciąga tysiące miłośników spływów pontonami. Ta popularność sprawia, że działa tu kilku sprzedawców sprzętu turystycznego o ustalonej pozycji. Kyle znalazł jednego z nich w pobliżu miasta Beckley.

Tego pierwszego wieczoru spotkali się w motelu: Joey, Kyle i czterech innych członków Bety. Wypili dwie skrzynki piwa, by uczcić Czwarty Lipca, i wstali z niezłym kacem. Kyle, oczywiście, pił tylko wodę sodową, a po przebudzeniu rozmyślał o prawie upadłościowym. Wystarczyło mu jedno spojrzenie na przyjaciół, by poczuł się dumny z tego, że jest trzeźwy.

Ich przewodnikiem był tutejszy mieszkaniec, raczej wiejski typ, niejaki Clem. Miał on kilka zasad dotyczących żeglugi siedmiometrową gumową tratwą stanowiącą jego źródło utrzymania. Kaski i kamizelki ratunkowe są obowiązkowe. W trakcie całego spływu nie wolno palić. Ani pić alkoholu na pokładzie. Ale na postojach na lunch albo na noc – proszę bardzo. Clem policzył skrzynki piwa – było ich dziesięć, więc zdał sobie sprawę, z kim ma do czynienia. Pierwszy poranek minął spokojnie. Słońce mocno grzało i załoga zachowywała się jak należy, niektórzy jeszcze cierpieli z powodu kaca. Późnym popołudniem zaczęli ochlapywać się wodą i skakać do rzeki. Przed piątą byli spieczeni na raka, Clem wybrał piaszczystą mierzeję, na której zatrzymali się na noc. Każdy wypił po parę piw, na jedno dał się namówić sam Clem. Rozbili cztery namioty. Clem przyrządził małe steki na grillu, a po kolacji załoga ruszyła zwiedzać okolicę.

Kyle i Joey szli z biegiem rzeki około kilometra. Kiedy się upewnili, że nikt ich nie zobaczy, usiedli na pniu i zanurzyli stopy w spokojnej wodzie starorzecza.

– No, zacznij wreszcie – powiedział Joey.

Od tygodni, nawet od miesięcy, Kyle'a dręczyła myśl o rozmowie, którą mieli za chwilę odbyć. Świadomość, że zburzy ona spokój przyjaciela, skomplikuje mu życie, budziła w nim opór, ale uznał, że nie ma wyboru, musi opowiedzieć całą historię. Od samego początku. Usprawiedliwiał tę decyzję, przekonując samego siebie, że w odwrotnej sytuacji on na pewno wolałby się dowiedzieć wszystkiego. Ale ważniejszym powodem jego decyzji – tym, który sprawiał, że czuł się egoistą – był fakt, że potrzebował pomocy. Opracował już zarys działania, ale sam by sobie nie poradził, zwłaszcza gdy Bennie czaił się gdzieś w mroku. Plan mógł oczywiście zakończyć się fiaskiem, a w dodatku stworzyć jakieś niebezpieczne sytuacje. Poza tym kto wie, czy Joey Bernardo od razu go nie odrzuci. Pierwszy krok wiązał się z Elaine Keenan.

Joey słuchał w skupieniu szczegółowej relacji Kyle'a z pierwszego spotkania z Benniem. Był już dostatecznie zaszokowany istnieniem nagrania. Szantaż Benniego całkowicie go oszołomił. Z przerażeniem myślał o tym, że jakaś dawno zapomniana dziewczyna może go oskarżyć o zgwałcenie i przedstawić dowód rzeczowy.

Kyle opowiedział o wszystkim z wyjątkiem swojego udziału w sporze sądowym. Jeszcze nie zdał egzaminu i nie dostał licencji adwokackiej, ale podpisał kontrakt ze Scully & Pershing i uważał za swój moralny obowiązek chronić interesy firmy. To śmieszne, bo przecież wkrótce zostanie szpiegiem w kancelarii, ale na razie działał zgodnie z etyką zawodową.

W pierwszym odruchu Joey próbował, choć bez większego przekonania, zaprzeczać, że w ogóle miał stosunek z Elaine, ale Kyle przerwał mu ruchem ręki.

– Jesteś na tym nagraniu – powiedział możliwe najłagodniej. – Uprawiasz seks z dziewczyną, która spiła się do nieprzytomności. W naszym mieszkaniu. Baxter wziął ją pierwszy, potem ty. I widziałem to na dwunastocalowym ekranie laptopa. Jeśli film kiedykolwiek trafi do sądu, zostanie pokazany na ogromnym ekranie. Będzie jak w kinie: obraz powiększony, dźwięki wzmocnione i nikt z obecnych, a zwłaszcza spośród przysięgłych, nie da się przekonać, że to nie ty. Przykro mi, Joey, ale jesteś tam na pewno.

– Zupełnie nagi?

– Całkowicie. Pamiętasz to?

– Minęło już pięć lat, Kyle. Bardzo się starałem o tym zapomnieć.

– Ale pamiętasz?

– Tak, jasne – odparł Joey z niechęcią. – Ale, do diabła, ona sama chciała uprawiać seks.

– Tego tak naprawdę nie widać na nagraniu.

– No cóż, ale najwyraźniej brakuje kilku ważnych szczegółów. Po pierwsze, kiedy gliniarze zjawili się tego wieczoru, całe towarzystwo się rozbiegło. Baxter i ja polecieliśmy do mieszkania Thelo naprzeciwko, gdzie też imprezowali, tylko trochę ciszej. Elaine tam była, wstawiona jak zwykle, i świetnie się bawiła. Pokręciliśmy się przez kilka minut, czekaliśmy, aż gliniarze się zmyją. Nagle Elaine mówi mi, że chce wrócić do naszego mieszkania na „sesję", jak to lubiła nazywać. Ze mną i z Baxterem. Taka właśnie była, Kyle, zawsze gotowa do bzykania. Nikt chętniej niż ona nie dawał w Duquesne. Wszyscy o tym wiedzieli. Bardzo fajna i bardzo łatwa dziewczyna.

– Dobrze to pamiętam.

– Nigdy nie widziałem tak napalonej i namolnej laski. Właśnie dlatego byliśmy zszokowani, kiedy zaczęła krzyczeć, że została zgwałcona.

– I dlatego policja umorzyła sprawę.

– Otóż to. I jeszcze coś, drobny szczegół, którego nie ma na nagraniu. Dzień przed tą imprezą, wieczorem, ty i Alan, z paroma innymi, poszliście na mecz Piratów, zgadza się?

– Tak.

– Elaine była w naszym mieszkaniu, prawie jak zawsze. I uprawialiśmy seks we troje: ja, Baxter i ona. Dwadzieścia cztery godziny później jest to samo mieszkanie, są ci sami faceci, a ona spija się do nieprzytomności, wstaje i robi aferę, że została zgwałcona.

– Tego sobie nie przypominam.

– Baxter i ja postanowiliśmy nie wspominać o tej wcześniejszej wizycie, bo Elaine mogła oświadczyć, że ją zgwałciliśmy dwukrotnie. Więc siedzieliśmy cicho. Kiedy policja zaczęła nas naciskać, w końcu im powiedzieliśmy. Elaine wyjechała do domu, sprawę zamknięto. Żadnego gwałtu.

Mały żółw płynący obok kłody zatrzymał się i zaczął ich obserwować. A oni patrzyli na niego przez długą chwilę. Obaj milczeli.

– Czy Baxter i Alan o tym wiedzą? – zapytał w końcu Joey.

– Nie, jeszcze nie. Poinformowanie ciebie było dla mnie wystarczająco trudne.

– Nie zamierzam dziękować.

– Przykro mi. Potrzebny mi przyjaciel.

– Do czego?

– Nie wiem. Na razie po prostu po to, żeby z kimś o tym pogadać.

– Czego ci faceci chcą od ciebie?

– To bardzo proste. Plan polega na tym, żeby mnie zainstalować jako szpiega w kancelarii adwokackiej, skąd będę wyciągał różne tajemnice potrzebne do wygrania pewnej sprawy w sądzie.

– Zupełnie proste. Co się stanie, jeśli cię nakryją?

– Zostanę pozbawiony uprawnień adwokackich i skazany na pięć lat więzienia. Stanowego, nie federalnego.

– To wszystko?

– Zrujnowany, poniżony, lista jest długa.

– Potrzebujesz czegoś więcej niż przyjaciół.

Żółw wpełznął na piasek i zniknął w korzeniach martwego drzewa.

– Lepiej już wracajmy – powiedział Kyle.

– Wrócimy do tematu, tylko muszę to przemyśleć.

– Później jeszcze się wymkniemy.

Ruszyli wzdłuż rzeki do obozowiska. Słońce zaszło za szczyty gór, szybko zapadała noc. Clem dołożył węgla i drewna do ognia. Załoga zebrała się wokoło, otworzono piwo, zaczęły się pogawędki. Kyle zapytał, czy ktoś ostatnio się kontaktował z Baxterem. Rozeszły się pogłoski, że rodzina zamknęła go w dobrze strzeżonej klinice odwykowej, ale nikt nie miał żadnej wiadomości od niego od już od trzech tygodni.

Zaczęto opowiadać historie o Baxterze.

Joey prawie cały czas milczał, wyraźnie przygnębiony.

– Kłopoty z dziewczyną? – zapytał go Clem w pewnym momencie.

– Nie, spać mi się chce, to wszystko.

O wpół do dziesiątej każdy był już śpiący. Piwo, słońce i czerwone mięso w końcu zrobiły swoje. Kiedy Clem opowiedział trzeci długi kawał z kiepską puentą, wszyscy nabrali już ochoty, żeby wejść do śpiworów. Kyle i Joey mieli wspólny namiot i kiedy przygotowywali dwa cienkie, nadmuchiwane materace, Clem wrzasnął na cały obóz: „Uważajcie, sprawdźcie, czy nie ma węży!" Potem się roześmiał, jakby właśnie opowiedział kolejny dowcip. Po dziesięciu minutach usłyszeli jego chrapanie. Szum płynącej rzeki wkrótce uśpił wszystkich obozowiczów.

O trzeciej dwadzieścia w nocy Kyle spojrzał na zegarek. Po trzech ciężkich tygodniach powtórki do egzaminu miewał kłopoty ze snem. Fakt, że w zasadzie leżał na ziemi, z pewnością nie pomagał.

– Obudziłeś się? – szepnął Joey.

– Tak. Ty też.

– Nie mogę spać. Chodź, porozmawiamy.

Cicho rozpięli tropik i wymknęli się z obozowiska. Kyle szedł przodem z latarką, poruszał się ostrożnie, wypatrując węży. Ścieżka prowadziła do skalistego szlaku i po paru minutach trudnej wędrówki przystanęli blisko ogromnego głazu. Kyle zgasił latarkę i ich oczy zaczęły się oswajać z ciemnością.

– Jeszcze raz – powiedział Joey. – Opisz mi to nagranie.

Kyle doskonale pamiętał każdy szczegół – podał dokładny czas kolejnych scen, miejsce, gdzie ustawiono komórkę, kąt, pod jakim rejestrowała obrazy, wymienił filmowane osoby, opisał przybycie policji i stan Elaine Keenan. Joey chłonął to wszystko znowu w całkowitym milczeniu.

– Okay – odezwał się w końcu. – Ty z tym żyjesz od lutego. Miałeś mnóstwo czasu, żeby to przetrawić. Ja w tej chwili nie potrafię jasno myśleć. Powiedz, co powinniśmy zrobić.

– Najważniejsza decyzja już zapadła. Jestem zatrudniony w Scully & Pershing i w pewnym momencie wezmę się do brudnej roboty. Ale są dwie rzeczy, które mnie jeszcze interesują. Pierwsza dotyczy Elaine. Wiem, gdzie mieszka, ale chciałbym się dowiedzieć, kim teraz jest. Czy znów zacznie aferę, czy się zmieniła? Czy żyje normalnie, teraźniejszością, czy wciąż rozpamiętuje przeszłość? Według Benniego ma adwokata i domaga się sprawiedliwości. Może tak, a może nie. Muszę znać prawdę.

– Dlaczego?

– Bo Bennie jest zawodowym kłamcą. Jeśli Elaine szaleje z wściekłości albo marzy o wyciągnięciu od nas pieniędzy, zwłaszcza od Baxtera, warto byłoby o tym wiedzieć. Takie informacje mogą mieć wpływ na to, co będę robił w kancelarii.

– Gdzie ona mieszka?

– Gdzieś w Scranton. Za mniej więcej dwa patyki wynajęlibyśmy prywatnego detektywa, żeby ją poobserwował. Wyłożę pieniądze, ale nie mogę tego załatwić, bo mnie śledzą.

– Więc chcesz, żebym ja to zrobił?

– Tak. Ale musisz być ostrożny. Żadnych telefonów ani e-maili. Znam w Pittsburghu dobrego detektywa, niedaleko twojego biura. Dam ci gotówkę, ty mu ją przekażesz, on powęszy i dostarczy nam informacji.

– A co potem?

– Chcę wiedzieć, kim jest Bennie i dla kogo pracuje.

– Powodzenia.

– To ryzykowna próba. Facet może pracować dla konkurencyjnej kancelarii, dla klienta zaangażowanego w wielką sprawę sądową albo też brać udział w jakiejś operacji wywiadowczej.

– Cholernie trudna i niebezpieczna sprawa.

– Owszem, ale można to zrobić.

– Jak?

– Tak daleko jeszcze nie planowałem.

– Wspaniale. Ale już się domyślam, że będę miał w tym swoją rolę do odegrania.

– Tylko ty możesz mi pomóc, Joey.

– Mam lepszy pomysł. Idź do FBI. Powiedz im, że ta menda cię szantażuje i zmusza, żebyś kradł tajemnice służbowe.

– Och, już o tym myślałem, wierz mi. Wiele godzin analizowałem ten scenariusz, ale… nic z tego. Wtedy Bennie natychmiast wykorzysta nagranie. Wyśle kopie do policji w Pittsburghu, do Elaine i do jej adwokata z jasnymi wskazówkami, jak wykorzystać film, żeby wyrządzić najwięcej szkody mnie, tobie, Alanowi, a zwłaszcza Baxterowi. Umieści nagranie w Internecie. I odtąd będzie ono istotną częścią życia nas wszystkich. Chcesz, żeby Blair dowiedziała się o twoich ekscesach w college'u?

– Nie.

– Ten facet jest bezwzględny, Joey. To zawodowiec, z nieograniczonym budżetem i mnóstwem ludzi, którzy zrobią wszystko, co im każe. Będzie się przyglądał, jak toniemy, i nieźle się bawił, z miejsca gdzie FBI go nie tknie.

– Prawdziwy książę. Lepiej zostaw go w spokoju.

– Nie robię niczego głupiego. Posłuchaj, Joey. Jest jeszcze szansa, że uda mi się to przetrzymać. Będę odwalał brudną robotę przez parę lat, a kiedy już przestanę być użyteczny, Bennie zniknie. Do tego czasu złamię wszystkie zasady etyczne i naruszę wiele przepisów, ale nikt mnie nie przyłapie.

– O rany, to strasznie.

Rzeczywiście, Kyle słuchał własnych słów i raz jeszcze poraziła go świadomość jego dramatycznej sytuacji, mroczne perspektywy przyszłości.

Rozmawiali przez dwie godziny, aż zaczęło świtać. Nie mieli ochoty wracać do namiotu. Na grani było chłodniej.

Dawny Joey, zawsze spragniony walki, natychmiast włączyłby się do akcji. Teraz zachowywał się o wiele bardziej rozważnie. Musiał teraz myśleć o ślubie i życiu z Blair. Już kupili nowe mieszkanie i Joey bez najmniejszego śladu zażenowania oznajmił, że tapetowanie sprawia mu przyjemność. Joey Bernardo tapetujący ściany?

Na śniadanie zjedli jajecznicę z gorącym sosem i bekonem z cebulą. Clem przyrządził ją nad ogniskiem, kiedy załoga zwinęła obóz i załadowała wszystko na tratwę. O ósmej opuścili miejsce ostatniego noclegu i płynęli powoli po New River, nie zmierzając do żadnego konkretnego celu.

Po miesiącu spędzonym w mieście Kyle rozkoszował się świeżym powietrzem i otwartą przestrzenią. Zazdrościł Clemowi, starszemu facetowi z gór, który zarabiał mało, a potrzebował jeszcze mniej. Clem pływał po tej rzece od dwudziestu lat i cieszył się każdą minutą spędzoną na wodzie. Jakie proste, nieskomplikowane życie. Kyle zamieniłby się z nim natychmiast, bez chwili wahania.

Na myśl o powrocie do Nowego Jorku robiło mu się niedobrze. Był już szósty lipca. Za trzy tygodnie egzamin adwokacki. Za dwa miesiące praca w kancelarii Scully & Pershing.

14

DRUGI WRZEŚNIA, WTOREK, GODZINA ÓSMA. Stu trzech elegancko ubranych i lekko podenerwowanych nowych współpracowników zebrało się na czterdziestym trzecim piętrze siedziby kancelarii na antresoli, przy kawie i soku. Po wpisaniu się na listę i otrzymaniu identyfikatorów rozmawiali nerwowo, przedstawiali się sobie i szukali przyjaznych twarzy. O ósmej piętnaście zaczęli jeden za drugim wchodzić do wielkiej sali konferencyjnej. Po drodze każdemu wręczano gruby notes z wydrukowanym na okładce – pogrubioną czcionką, gotykiem – logo Scully & Pershing. Zawierał on przydatne informacje – historię kancelarii, spis telefonów, liczne strony dotyczące strategii i zasad funkcjonowania firmy, form ubezpieczeń zdrowotnych i tak dalej, i tak dalej. W dziale „Różne" zaprezentowano podział ich grupy według rozmaitych kryteriów: mężczyźni – 71, kobiety – 32; osoby rasy białej – 75, Afroamerykanie – 13, Latynosi – 7, Azjaci – 5, inni – 3; protestanci – 58, katolicy – 22, żydzi – 9, mahometanie – 2, niezadeklarowani – 12. Każdy członek grupy miał tam wklejone czarno-białe zdjęcie z krótką biografią. Dominowali absolwenci ośmiu prestiżowych uniwersytetów ze wschodniej części Stanów Zjednoczonych, ale licznie reprezentowane były też inne znakomite szkoły wyższe: Uniwersytet Nowojorski, uczelnie z Georgetown, Stanford, Michigan, Teksasu, Chicago, Karoliny Północnej, Wirginii i uniwersytet Duke. Nie było nikogo z uczelni drugorzędnych.

Kyle siedział w grupce absolwentów Yale i przyglądał się tym liczbom. Piętnastu absolwentów Harvardu – w tym momencie nie do rozpoznania, ale już wkrótce reszta grupy miała się dowiedzieć, które to osoby. Pięciu absolwentów Yale. Ani jednego z Princeton, bo tam po prostu nigdy nie utworzono wydziału prawa. Dziewięć z Columbii.

Stu trzech współpracowników z pensją dwieście tysięcy dolarów rocznie; to oznaczało zainwestowanie przeszło dwudziestu milionów w nowe talenty prawnicze siedzące w tej sali. Mnóstwo pieniędzy, ale w ciągu następnych dwunastu miesięcy za każdego z nich firma miała wystawić klientom kancelarii rachunki za co najmniej dwa tysiące godzin pracy, po trzysta lub czterysta dolarów za godzinę. Śmiało więc można było przewidywać, że ta grupa nowo zatrudnionym przyniesie firmie co najmniej siedemdziesiąt pięć milionów zysku w nadchodzącym roku. Takich danych nie znalazłoby się w żadnej dokumentacji, ale łatwo dawało się to obliczyć.

Zabrakło tu także innych liczb. Z tych stu trzech osób piętnaście procent odejdzie z firmy po dwóch latach. Tylko dziesięć procent przetrwa i stanie się wspólnikami w ciągu siedmiu lub ośmiu lat. Odsiew był straszny, ale tym w Scully & Pershing nikt się nie przejmował. Istniały niewyczerpane źródła siły roboczej „jednorazowego użytku", nawet tej dostarczanej z Harvardu i Yale.

O wpół do dziewiątej do sali weszło kilku starszych mężczyzn. Zasiedli na krzesłach ustawionych na wąskiej scenie. Wspólnik zarządzający Howard Meezer wkroczył na podium i rozpoczął przemówienie powitalne, które bez wątpienia doskonale znał na pamięć, bo wygłaszał je od lat. Powiedział im najpierw, jak starannie zostali wybrani z grona kandydatów, po czym przez kilka minut rozwodził się nad wielkością firmy. Potem przedstawił pokrótce program na resztę tygodnia. Następne dwa dni nowi współpracownicy spędzą w tej sali, wysłuchując prelekcji na temat wszystkich aspektów ich zawodu i funkcjonowania w potężnej kancelarii Scully & Pershing. Cała środa upłynie na szkoleniu informatycznym. Na czwartek przewidziano, po podzieleniu ich na mniejsze grupy, krótkie wprowadzenie do obowiązków w specjalistycznych dziedzinach. Nuda nadciągała w szybkim tempie.

Kolejny mówca opowiadał o wynagrodzeniu i dodatkowych korzyściach. Potem głos zabrał archiwista, który przeszło godzinę ględził o poszukiwaniu materiałów prawniczych. Psycholog mówił o stresach i napięciu i uprzejmie doradzał wszystkim, żeby nie wstępowali w związki małżeńskie tak długo, jak to możliwe. W grupie osób poniżej trzydziestki, już zamężnych czy żonatych, w dziesięciu najlepszych kancelariach nowojorskich odsetek rozwodów wynosił obecnie siedemdziesiąt dwa procent.

Monotonię tych wykładów przerwał „zespół techniczny", wręczając każdemu z obecnych lśniące nowe laptopy. Potem nastąpiło długie seminarium. Następny doradca techniczny rozdał budzące postrach służbowe telefony komórkowe. Były podobne do większości powszechnie dostępnych na rynku „inteligentnych telefonów", ale zostały specjalnie zaprojektowane dla ciężko pracujących prawników z kancelarii Scully & Pershing – przygotowała je firma tworząca oprogramowanie i gadżety, której udziały kancelaria z dużym powodzeniem wprowadziła na giełdę dziesięć lat wcześniej. Te komórki umożliwiały kontakt ze wszystkimi prawnikami, a także asystentami prawnymi i sekretarkami zatrudnionymi w trzydziestu biurach firmy – prawie pięć tysięcy ludzi w samym Nowym Jorku. Zawierały też krótkie noty biograficzne tych osób. Baza danych obejmowała szczegółowe informacje o klientach S&P, mały katalog najczęściej stosowanych materiałów, ostatnie stanowe i federalne orzeczenia apelacyjne oraz wykaz wszystkich sędziów i urzędników sądowych w stanie Nowy Jork i New Jersey. Telefon umożliwiał szybki dostęp do Internetu i zawierał oszałamiającą gamę dzwonków i innych sygnałów. Był niezwykle cenny, a zarazem bezcenny. Jeśli został zgubiony, skradziony lub zniknął w jakiś inny sposób, właściciel ponosił bardzo przykre konsekwencje. Telefon musiał się znajdować przez dwadzieścia cztery godziny na dobę, siedem dni w tygodniu w zasięgu ręki użytkownika, aż do odwołania.

Krótko mówiąc, to wymyślne małe urządzenie miało teraz sterować ich życiem. W tradycji wielkiej kancelarii zachowało się wiele szokujących opowieści o nadużywaniu telefonu komórkowego i e-maili.

W tłumie rozległy się drwiące komentarze i pomruki, ale niezbyt głośne. Nikt z wesołków nie chciał za bardzo ryzykować.

Lunch zjedzono w bufecie na antresoli. Popołudnie ciągnęło się w nieskończoność, ale zainteresowanie prelekcjami nie gasło. To nie były nudne wykłady na uczelni. Wprowadzenie skończyło się o osiemnastej i kiedy w pośpiechu opuszczano budynek, wiele osób wyrażało chęć odwiedzenia któregoś z pobliskich barów.

W ŚRODĘ KYLE PRZESZEDŁ PIERWSZY TEST. Wraz z jedenastoma innymi nowymi współpracownikami został przydzielony do sporów sądowych. Całą grupę zaprowadzono do sali konferencyjnej na trzydziestym piętrze. Powitał ich tam Wilson Rush, główny specjalista od sporów sądowych i adwokat firmy Trylon Aeronautic w sporze z Bartin Dynamics, choć o tej sprawie nie wspomniano. Kyle tyle przeczytał o panu Rushu, że miał takie uczucie, jakby go już wcześniej poznał. Wielki człowiek opowiedział kilka historii o bojach, jakie stoczył podczas głośnych procesów w swojej wspaniałej karierze, po czym pospiesznie odszedł, niewątpliwie po to, żeby pozwać do sądu kolejną wielką korporację. Znów rozdano grube notesy. Następny wykład dotyczył podstawowych zasad przygotowania pozwów, odpowiedzi, wniosków i innych dokumentów, które albo przyspieszały przebieg sporu, albo miały go zahamować na zawsze.

Pojawił się pierwszy „nadgorliwiec". W każdej grupie, czy to studentów pierwszego roku prawa na zajęcia z umów, czy nowych pracowników na Wall Street, zawsze znajdzie się przynajmniej jeden taki. Siedzi w pierwszym rzędzie, zadaje skomplikowane pytania, podlizuje się każdemu wykładowcy, robi wszystko, żeby tylko się wyróżnić, jest gotów zabijać, by trafić na łamy „Law Review", chodzi na rozmowy kwalifikacyjne wyłącznie do najsłynniejszych kancelarii, bez względu na to jak fatalną mają reputację, i przychodzi do firmy z niezłomnym zamiarem, by jak najszybciej osiągnąć status wspólnika. Nadgorliwcy z reguły odnoszą sukcesy – większość z nich rzeczywiście zostaje wspólnikami.

Nazywał się Jeff Tabor i od razu stało się jasne, skąd przyszedł, bo już w połowie pierwszego pytania udało mu się powiedzieć: „No cóż, w Harvardzie uczono nas, że nie wszystkie znane fakty powinny być wymienione we wstępnej fazie rozprawy".

Na co współpracownik z pięcioletnim stażem w kancelarii, który wygłaszał wykład, zaripostował szybko:

– To nie Kansas, kolego. My robimy to po naszemu albo wcale.

Wszyscy wybuchnęli śmiechem – oprócz nadgorliwca.

W środę o dwudziestej pierwszej dwunastu nowych współpracowników z działu sporów sądowych zebrało się w trzygwiazdkowej restauracji w centrum miasta na „miłej kolacji z Dougiem Peckhamem", wspólnikiem, który sprawował opiekę nad Kyle'em zeszłego lata. Czekali w barze, wypili po drinku i o dwudziestej pierwszej piętnaście padła pierwsza uwaga na temat Douga i jego spóźnienia. Każdy współpracownik trzymał swoją służbową komórkę w kieszeni, tak naprawdę miał więc dwa telefony. Stara komórka Kyle'a była w prawej kieszeni spodni, służbowa w lewej. O wpół do dziesiątej zaczęto się zastanawiać, czy nie zadzwonić do pana Peckhama, ale ostatecznie zrezygnowano z tego pomysłu. Za piętnaście dziesiąta Peckham zadzwonił do Kyle'a z krótkimi przeprosinami. Był na rozprawie, która się przeciągnęła, i teraz siedział w biurze i zajmował się pewną pilną kwestią. Poprosił, żeby cała grupa spokojnie jadła kolację i nie przejmowała się rachunkiem.

Fakt, że wspólnik pracował w środę do dwudziestej drugiej, odebrał im apetyt. Nadał też ton dalszej rozmowie. Popijając wino, zaczęli sobie opowiadać najgorsze historie o dręczeniu nowych. Konkurs wygrał Tabor Nadgorliwiec, który nasączony alkoholem okazał się zupełnie kimś innym, nie tym dupkiem, jakiego z siebie robił przez cały dzień. W czasie wizyty rekrutacyjnej rok wcześniej Tabor wpadł do przyjaciela z college'u. Kumpel od dwóch lat był współpracownikiem w innej ogromnej kancelarii i czuł się tam bardzo nieszczęśliwy. Miał maleńkie biuro i podczas rozmowy próbował upchnąć śpiwór pod biurko. Tabor, zawsze ciekawy, zapytał: „Po co to?", choć odpowiedź szybko przyszła mu do głowy. Przyjaciel wyjaśnił z zakłopotaniem, że często jest tak przemęczony, że musi się przespać parę godzin. Kancelaria była beznadziejnym miejscem pracy. Większość nowych urzędowała na tym samym piętrze, które nazywano „obozowiskiem".

W DZIEWIĘĆDZIESIĄTYM DNIU ODTRUWANIA BAXTERA w klinice odwykowej Washoe Walter Tate wszedł do niedużej sali konferencyjnej i uścisnął dłoń bratankowi, a potem doktorowi Boone'owi, głównemu terapeucie. Walter kilka razy rozmawiał z Boone'em przez telefon, ale do tej pory nigdy się nie spotkali.

Baxter był opalony, w dobrej formie i stosunkowo niezłym nastroju. Miał za sobą trzy miesiące bez alkoholu i narkotyków, najdłuższy okres abstynencji od co najmniej dziesięciu lat. Na samym początku, na polecenie stryja Wally'ego, podpisał – choć niechętnie – dokument, który dawał prawo klinice trzymać go w zamknięciu przez pół roku. Teraz czuł się już gotowy do opuszczenia murów „więzienia". Stryj Wally miał jednak wiele wątpliwości.

Spotkanie nastąpiło z inicjatywy doktora Boone'a, który rozwlekle podsumował korzystne zmiany, jakie nastąpiły w stanie Baxtera. Kiedy chłopak już całkiem wytrzeźwiał, pomyślnie przeszedł wstępne etapy terapii. Miał świadomość swojego problemu. Dwudziestego trzeciego dnia kuracji przyznał, że nałogowo pije i ćpa. Wciąż nie potrafił jednak przyznać się do tego, że jest uzależniony od kokainy, swojego ulubionego narkotyku. Przez cały czas chętnie współpracował z opiekunami, pomagał nawet innym pacjentom. Uparcie i niestrudzenie ćwiczył każdego dnia i fanatycznie przestrzegał diety. Żadnej kawy, herbaty ani cukru. Krótko mówiąc, Baxter był i jest wzorem dobrego zachowania. Jego rehabilitacja okazała się skuteczna, jak dotąd.

— Czy rzeczywiście jest gotowy do wyjścia? — zapytał sceptycznie stryj Wally.

Doktor Boone zamilkł na chwilę, po czym spojrzał na Baxtera.

— Jesteś? — zapytał.

— Oczywiście. Czuję się wspaniale. Dobre życie to trudne życie. I takie sprawia mi radość.

— Już to kiedyś słyszałem, Baxter — mruknął Walter. — Ostatnim razem wytrzymałeś bez alkoholu, ile... dwa tygodnie?

— Większość uzależnionych potrzebuje więcej niż jednej kuracji — dodał doktor Boone.

— Wtedy było inaczej — zaprotestował Baxter. — Byłem na odwyku tylko trzydzieści dni i już w momencie, kiedy stamtąd wychodziłem, wiedziałem, że znów zacznę pić.

— W Los Angeles nie przestaniesz pić — stwierdził Walter.

— Mogę być trzeźwy wszędzie.

— Wątpię.

— Wątpisz we mnie?

— Właśnie tak. Musisz jeszcze dużo udowodnić, synu.

Obaj zaczerpnęli głęboko powietrza i spojrzeli na doktora Boone'a. Nadszedł czas na werdykt, na wyrok, na ostatnie słowo w tej straszliwie drogiej klinice.

— Chcę znać pana opinię. Proszę o całkowitą szczerość — powiedział Walter.

Doktor Boone skinął głową i nie spuszczając wzroku z Baxtera, zaczął:

— Nie jesteś gotowy. Jeszcze nie, Baxter, bo nie ma w tobie gniewu. Musisz osiągnąć punkt, w którym poczujesz wściekłość na samego siebie, na swoje nałogi. Musisz znienawidzić sposób dotychczasowego życia. I kiedy ta nienawiść i gniew zaczną cię trawić, będziesz wystarczająco zdeterminowany, by nie wracać do przeszłości. A na razie ty w to nie wierzysz, Baxter. Widzę to w twoich oczach. Wró-

122

cisz do Los Angeles, do tych samych przyjaciół, do imprez i wypijesz drinka. Powiesz: to tylko jeden drink, poradzę sobie z tym, nie ma problemu. Tak się właśnie stało poprzednio. Najpierw dwa piwa, potem trzecie i czwarte, spirala zacznie się nakręcać. Na początek alkohol, ale koka szybko do tego dołączy. Jeśli będziesz miał szczęście, wrócisz tutaj i spróbujemy raz jeszcze. Jeśli nie, sam się zabijesz.

– Nie wierzę w to – powiedział Baxter.

– Rozmawiałem z innymi psychologami. Wszyscy jesteśmy zgodni co do tego. Jeśli wyjdziesz stąd teraz, istnieje duże prawdopodobieństwo, że znów wszystko schrzanisz.

– Nie ma mowy.

– Więc jak długo jeszcze? – zapytał Walter.

– To zależy od Baxtera. Nie udało się nam doprowadzić do przełomu, bo on nie jest jeszcze wściekły na dawnego siebie. – Oczy Boone'a napotkały wzrok chłopaka. – Ty wciąż masz urojenia o wielkiej karierze w Hollywood. Chcesz być sławnym gwiazdorem; mnóstwo dziewczyn, imprez, zdjęcia na okładkach magazynów, wielkie filmy. Jeśli nie wyrzucisz tego ze swojej głowy, wkrótce zaczniesz pić.

– Ja ci znajdę porządną pracę – zaproponował Walter.

– Nie chcę twojej porządnej pracy.

– Rozumiesz teraz, co mam na myśli – zaatakował doktor Boone. – Siedzisz tutaj i próbujesz nas przekonać, że możemy cię wypuścić. A wtedy szybko wrócisz do Los Angeles i zaczniesz w tym samym miejscu, które opuściłeś. Nie jesteś pierwszą ofiarą Hollywood, jaką widziałem. Jeśli tam pojedziesz, już w najbliższym tygodniu trafisz na jakąś imprezę.

– A jeśli zabiorę go w inne miejsce? – zapytał Walter.

– Jeżeli w końcu go wypiszemy, z pewnością zalecimy, żeby trzymał się z dala od Hollywood, od dawnych przyjaciół i znajomych. Oczywiście, alkohol jest wszędzie, ale tu chodzi o zmianę trybu i stylu życia.

– Co pan sądzi o Pittsburghu? – spytał Walter.

– Och, nie, do diabła – zaprotestował Baxter. – Moja rodzina mieszka w Pittsburghu, popatrzcie tylko na nich. Wolałbym raczej skończyć w rynsztoku.

– Popracujmy tu jeszcze przez następnych trzydzieści dni – powiedział doktor Boone. – Potem ponownie ocenimy sytuację.

Przy kwocie tysiąc pięćset dolarów za dzień Walter miał swoje wymagania.

– Co będziecie robić przez tych trzydzieści dni? – spytał.

– Zintensyfikujemy pomoc psychologiczną. Im dłużej Baxter tu pozostanie, tym większe prawdopodobieństwo sukcesu w normalnym życiu.

– Normalne życie. Kocham to określenie – burknął Baxter. – Nie mogę uwierzyć, że tak się nade mną znęcacie.

– Zaufaj mi, Baxter. Spędziliśmy razem wiele godzin i wiem, że jeszcze nie jesteś gotowy.

– Właśnie że jestem. I to bardzo.

– Zaufaj mi.

– No więc zgoda, spotkajmy się za trzydzieści dni – zakończył rozmowę Walter.

15

Szkolenie wprowadzające ciągnęło się przez cały czwartek i stało się tak nudne jak większość sporów sądowych, do których nowi współpracownicy mieli być wkrótce przydzieleni. W piątek w końcu zajęto się kwestią wyraźnie pomijaną przez cały tydzień – przydziałów biur. Nie mieli wątpliwości, że dostaną małe skrawki przestrzeni, skąpo umeblowane i ukryte przed klientami. Tak więc w gruncie rzeczy pytanie brzmiało: jak bardzo złe będą warunki?

Dział sporów sądowych mieścił się na piętrach trzydziestym pierwszym, trzydziestym drugim i trzydziestym trzecim. Gdzieś tam, daleko od okien, znajdowały się boksy z nowymi nazwiskami na małych płytkach przytwierdzonych do ścian z dykty. Kyle'owi pokazano jego boks na trzydziestym drugim piętrze. Całe pomieszczenie było podzielone na cztery równe części płóciennymi przepierzeniami tak, że mógł siedzieć przy biurku, rozmawiać spokojnie przez telefon i posługiwać się laptopem, zachowując pewną dozę prywatności. Teoretycznie nikt nie go nie widział, ale jeśli Tabor, z prawej strony i doktor Dale Armstrong, z lewej, przesuwali swoje krzesła do tyłu trochę więcej niż o pół metra, mogli wtedy zobaczyć Kyle'a.

Blat biurka miał dostateczną powierzchnię, by pomieścić laptop, notatnik i telefon stacjonarny, ale niewiele więcej. Kilka półek dopełniało wystroju wnętrza. Kyle zauważył, że na podłodze zaledwie starczało miejsca, żeby przeciętnej budowy mężczyzna mógł rozłożyć śpiwór. W piątek po południu miał już dość tej firmy.

Doktor Dale uczyła matematyki w college'u, zanim zdecydowała się zostać prawnikiem. Trzydzieści lat, niezamężna, atrakcyjna, ale w ogóle się nie uśmiechała i zachowywała się wystarczająco lodowato, by każdy wolał zostawić ją w spokoju. Tabor był nadgorliwcem z Harvardu. Czwarty „lokator" ich niedużego pomieszczenia, Tim Reynolds, absolwent Uniwersytetu Pensylwańskiego, od środy nie spuszczał oczu z doktor Dale. Ale ona najwyraźniej w ogóle tego nie dostrzegała. Spośród imponującej liczby firmowych nakazów i zakazów, na które narzekano przez cały tydzień, najgłośniej mówiono o bezwzględnym zakazie romansowania na terenie kancelarii. Jeśli jakiś romans rozkwitł w pełni, jedna osoba albo i obie musiały odejść. Za przelotną przygodę wymierzano karę, choć w informatorze nie podano jaką. Już krążyła plotka, jak to rok wcześniej niezamężna współpracownik została wylana, a żonaty wspólnik, adorator, przeniesiony do biura w Hongkongu.

Całej ich czwórce przydzielono jedną sekretarkę. Sandra przepracowała w firmie już osiemnaście długich i stresujących lat. Niegdyś „grała w pierwszej lidze" jako sekretarka starszego wspólnika, ale napięcie okazało się zbyt duże i pomału schodziła po szczeblach hierarchii służbowej aż na sam dół, do ligi nowych, gdzie przez większość czasu prowadzała za rękę dzieciaki, które parę miesięcy wcześniej były tylko studentami.

Pierwszy tydzień się skończył. Kyle nie obciążył klienta nawet za jedną godzinę, choć mogło się to zmienić już w najbliższy poniedziałek. Złapał taksówkę i pojechał do hotelu Mercer w SoHo. Przez miasto brnęli w żółwim tempie, więc otworzył aktówkę i wyjął kopertę Fedeksu wysłaną z firmy maklerskiej w Pittsburghu. Napisana ręcznie przez Joeya notatka brzmiała: „To jest to sprawozdanie. Niewiele z tego rozumiem. Odpisz".

Kyle uznał za niemożliwe, by Bennie kontrolował lawinę korespondencji przychodzącej do Scully & Pershing i wychodzącej stamtąd każdego dnia – produkowało tu dokumenty tysiąc pięciuset prawników, bo na tym właśnie polegała ich praca. Dział korespondencji był większy niż urząd pocztowy w małym mieście. On i Joey postanowili zachować maksymalną ostrożność, więc wysyłali do siebie priorytety za pośrednictwem tradycyjnej poczty.

Raport przygotowała prywatna firma detektywistyczna z Pittsburgha. Liczył osiem stron i kosztował dwa tysiące dolarów. Dotyczył Elaine Keenan, teraz dwudziestotrzyletniej, która mieszkała w Scranton, w Pensylwanii, z inną kobietą. Pierwsze dwie strony mówiły o jej rodzinie, wykształceniu i przebiegu pracy zawodowej. Uczyła się w Duquesne tylko przez rok; z daty jej urodzin jasno wynikało, że nie była jeszcze pełnoletnia w dniu, kiedy doszło do tamtego wydarzenia. Po Duquesne kilkakrotnie podejmowała naukę w różnych szkołach w Erie i Scranton, ale jak dotąd nie ukończyła studiów. W poprzednim wiosennym semestrze uczęszczała na zajęcia na Uniwersytecie Scranton. Była zarejestrowana jako Demokratka i miała dwie nalepki kampanijne na tylnym zderzaku nissana 2004, zarejestrowanego na swoje nazwisko. Według dostępnych źródeł nie posiadała żadnej nieruchomości, broni palnej ani nie dysponowała kapitałem w zagranicznych bankach. Na jej koncie odnotowano dwa drobne wykroczenia, oba związane z piciem alkoholu, gdy była nieletnia, i oba szybko rozpatrzone przez sąd. Druga „wpadka" wymagała pomocy specjalisty w dziedzinie uzależnień. Pełnomocnikiem dziewczyny była miejscowa adwokat Micheline Chiz, znana szerzej jako Mike. Ten fakt był wart podkreślenia, bo teraz Elaine pracowała w niepełnym wymiarze godzin w kancelarii Michelin Chiz i Współpracownicy. Pani Mike Chiz miała opinię groźnego adwokata w sprawach rozwodowych, występującego zawsze po stronie żon i gotowej wykastrować niestałych w uczuciach mężów.

W pełnym wymiarze godzin Elaine pracowała w Urzędzie Miejskim Scranton jako zastępca dyrektora do spraw parków i rekreacji. Zarabiała dwadzieścia cztery tysiące dolarów rocznie. Była tam zatrudniona już prawie od dwóch lat. Przedtem przenosiła się z jednej pracy do drugiej.

Pewne sprawy w jej życiu wyglądały niejasno. Współlokatorka Elaine, dwudziestoośmioletnia kobieta, pracowała w szpitalu, również chodziła na zajęcia w miejscowym college'u, jak dotąd nie wyszła za mąż i miała czystą kartotekę policyjną. Elaine obserwowano z przerwami przez trzydzieści sześć godzin. Pierwszego dnia po pracy spotkała się ze swoją współlokatorką na parkingu w pobliżu ulubionego baru homoseksualistów. W chwilę potem, trzymając się za ręce, ruszyły do baru. W środku dołączyły do trzech innych kobiet siedzących przy stoliku. Elaine piła niskokaloryczny napój gazowany, żadnego alkoholu. Paliła cienkie brązowe papierosy. Kobiety obdarzały się czułościami i cóż, to, co zdawało się oczywiste, stało się jeszcze bardziej oczywiste.

Scranton miało schronisko dla kobiet o nazwie „Przystań", które ogłaszało, że jest azylem i placówką dydaktyczną dla ofiar przemocy w rodzinie i napaści na tle seksualnym. Było finansowaną prywatnie instytucją non profit, pracowały w nim wolontariuszki. Wiele z nich twierdziło, że kiedyś same padły ofiarą przemocy.

Elaine Keenan figurowała jako „doradca" w miesięcznym biuletynie „Przystani". Pracownica firmy detektywistycznej zadzwoniła z automatu telefonicznego z centrum Scranton do Elaine do domu, oświadczyła, że została zgwałcona, i powiedziała, że potrzebuje pomocy. Bała się zgłosić osobiście z bardzo wielu powodów. Ktoś w „Przystani" poradził jej, żeby zadzwoniła do Elaine. Rozmawiały prawie pół godziny. Wtedy Elaine przyznała, że ona sama też została zgwałcona, a sprawcy nigdy nie stanęli przed sądem. Kobiety umówiły się na spotkanie następnego dnia w biurze „Przystani". Cała ta rozmowa została nagrana, a następnego dnia oczywiście nie doszło do żadnego spotkania.

Wciąż uważa się za ofiarę, mruknął do siebie Kyle, siedząc na tylnym siedzeniu taksówki. Tamtej nocy, gdy uprawiał z nią seks, mniej więcej miesiąc przed domniemanym zgwałceniem, spokojnie spał w swoim łóżku, kiedy naga wśliznęła się pod kołdrę i szybko dostała to, po co przyszła.

Taksówka stanęła przed hotelem. Kyle wsunął raport do aktówki, zapłacił kierowcy i wszedł do środka. Bennie był w pokoju na trzecim piętrze. Sprawiał takie wrażenie, jakby czekał już od wielu godzin. Nie wymienili uprzejmości na powitanie.

– No więc, jak minął pierwszy tydzień?

– Wspaniale! Mnóstwo prelekcji wprowadzających. Przydzielono mnie do działu sporów sądowych – powiedział Kyle takim tonem, jakby miał powody do dumy.

– Bardzo dobra wiadomość. Znakomita. Jakieś sygnały o sprawie Trylona?

– Nie, jeszcze nie zajmowaliśmy się żadną sprawą. Zaczynamy w poniedziałek. Ten tydzień to była tylko rozgrzewka.

– Oczywiście. Dali ci laptop? – zapytał Bennie.

– Tak.

– Jaki?

– Och, na pewno już wiesz.

– Nie, nie wiem. Zmieniają sprzęt co sześć miesięcy. Chciałbym go zobaczyć.

– Nie przyniosłem go tutaj.

– Przynieś następnym razem.

– Pomyślę o tym.

– A telefon? BlackBerry?

– Coś w tym rodzaju.

– Pokaż.

– Też nie wziąłem.

– Ale firma wymaga, żebyś go miał przy sobie cały czas, prawda?

– Prawda.

– Więc dlaczego go nie masz?

– Z tego samego powodu, dla którego nie wziąłem laptopa. Bo ty chcesz je zobaczyć, a nie zobaczysz, dopóki nie będę gotowy. W tym momencie nie mają dla ciebie żadnej wartości, po prostu zamierzasz się upewnić, czy jestem podsłuchiwany, prawda? Gdy tylko ci coś przekażę, kiedy złamię prawo, naruszę zasady etyki zawodowej, masz mnie w ręku. Nie jestem głupi, Bennie. Nie będziemy się z tym spieszyć.

– Zawarliśmy umowę wiele miesięcy temu, Kyle. Zapomniałeś o tym? Już wtedy się zgodziłeś łamać prawo i wszelkie zasady, zgodziłeś się zrobić wszystko, czego zażądam. I jeśli będę potrzebował czegoś od firmy, ty musisz mi to dać. Teraz chcę mieć ten telefon i laptop.

– Nie. Jeszcze nie.

Bennie cofnął się w stronę okna.

– Baxter Tate jest na odwyku, wiesz o tym? – spytał po dłuższej chwili.

– Wiem.

– Już od pewnego czasu.

– Tak słyszałem. Może się opamięta i uratuje życie.

128

Bennie odwrócił się i podszedł do Kyle'a zaskakująco blisko.

– Chyba zapomniałeś, Kyle, kto tutaj dowodzi. Jeśli nie będziesz wykonywał moich poleceń, ja ci to trochę przypomnę. Teraz właśnie poważnie się zastanawiam nad ewentualnym puszczeniem w obieg pierwszej połowy nagrania. Umieszczę film w Internecie i powiadomię o nim wszystkich, którzy mogliby uznać to za interesujące. Niech mają trochę zabawy.

Kyle wzruszył ramionami.

– To tylko impreza pijanych gnojków z college'u.

– Słusznie, nic takiego. Ale czy ty, Kyle, naprawdę chcesz, żeby cały świat to zobaczył. Co pomyśleliby sobie twoi nowi koledzy z kancelarii Scully & Pershing?

– Prawdopodobnie to, że byłem po prostu rozrywkowym małolatem z college'u, tak jak oni sami kilka lat temu.

– Zobaczymy. – Bennie wziął jakąś cienką teczkę z komody i wyjął kartkę, na której widniała czyjaś twarz. – Znasz tego gościa? – Podał wydruk.

Kyle rzucił okiem i pokręcił głową. Nie. Biały mężczyzna, trzydziestoletni, porządnie ubrany, marynarka i krawat.

– Nazywa się Gavin Meade, od czterech lat pracuje w Scully & Pershing w dziale sporów sądowych. Jeden z około trzydziestu współpracowników harujących przy sprawie Trylon przeciwko Bartinowi. Jeśli wszystko pójdzie zwykłym trybem, na pewno poznasz go za parę tygodni, ale pan Meade ma właśnie być wylany.

Kyle wpatrywał się w przystojną twarz Gavina Meade'a i zastanawiał, jaki grzech popełnił ten człowiek.

– On też ma mały problem z przeszłości – powiedział Bennie, delektując się rolą kata. – Lubił być brutalny wobec dziewczyn. Ale nie gwałcił.

– Nikogo nie zgwałciłem, dobrze o tym wiesz.

– Może i nie.

– Zdobyłeś inne nagranie, Bennie? Znów czołgałeś się w rynsztoku, szukając następnej ofiary?

– Nie, nie ma żadnego nagrania. Tylko kilka oświadczeń. Pan Meade nie gwałci kobiet, on je bije. Dziesięć lat temu, jeszcze w czasach college'u, jego dziewczyna ciągle miała siniaki. Pewnej nocy zawiózł ją do szpitala. Ostatecznie wezwano policję, sprawa została rozwikłana. Pana Meade'a aresztowano, oskarżono, postawiono przed sądem. Potem doszło do ugody, pieniądze zmieniły właściciela, dziewczyna wolała uniknąć rozprawy. Meade wyszedł z tego bez szwanku, ale pozostał zapis w kartotece. Kiedy składał podanie o przyjęcie na studia prawnicze w Michigan, skłamał. Kiedy kancelaria zbierała o nim informacje, znowu kłamał. Automatyczne rozwiązanie umowy.

– Tak się cieszę, Bennie, z twojego sukcesu. Wiem, jak wiele te małe historyjki dla ciebie znaczą. Dopadnij go. Zniszcz. Brawo!

– Wszyscy mają swoje tajemnice, Kyle. Mogę zniszczyć każdego.

– Jasne, przecież jesteś strasznym twardzielem.

Kyle trzasnął drzwiami i opuścił hotel.

W SOBOTĘ O DWUNASTEJ TRZY WYNAJĘTE AUTOKARY ruszyły sprzed siedziby Scully & Pershing i wyjechały za miasto. Wiozły wszystkich stu trzech nowych współpracowników. W każdym autokarze był dobrze zaopatrzony bar z mnóstwem przekąsek, pito szybko i dużo. Trzy godziny później dotarli do jachtklubu w Hamptons. Pierwsze przyjęcie odbyło się pod namiotem w pobliżu Montauk Beach. Obiad zjedzono w innym namiocie, na terenie należącym do hotelu. Drugie i ostatnie przyjęcie zorganizowano w rezydencji jednego z potomków Scully'ego. Przy basenie grała kapela reggae.

Wycieczka była po to, żeby przełamać lody i dać odczuć nowym pracownikom, że należą już do grona wybrańców losu. Pojechało na nią wielu wspólników kancelarii, którzy spili się tak samo jak nowi współpracownicy. Noc była długa, a poranek niezbyt przyjemny. Po późnym śniadaniu połączonym z lunchem, z wieloma litrami kawy, młodzi zasiedli w małej sali balowej, gdzie mądrzy starsi ludzie zaczęli dzielić się sekretami swoich znakomitych karier. Emerytowani wspólnicy, legendarne postacie firmy, opowiadali historie o stoczonych bataliach, idiotyczne dowcipy i udzielali rozmaitych rad. Wszyscy mogli zabierać głos i zadawać pytania.

Kiedy stare capy już sobie poszły, pojawiła się zupełnie inna grupa i także rozpoczęła opowiadanie interesujących historii. Czarnoskóry mężczyzna, biała kobieta, Latynos i Koreańczyk – wszyscy byli wspólnikami – mówili o zaangażowaniu firmy w działania na rzecz tolerancji, równych praw i tak dalej, i tak dalej.

Później w ciągu dnia jedzono krewetki i ostrygi na prywatnej plaży, po czym wszyscy znów wsiedli do autokarów i ruszyli w powrotną drogę na Manhattan. Dotarli tam już po zmroku i znużeni młodzi prawnicy rozeszli się do domów na resztę krótkiej nocy.

Dopiero wkrótce mieli się przekonać, co tak naprawdę znaczy zmęczenie.

16

WSZELKIE NADZIEJE NA TO, ŻE DOSTANĄ JAKIEŚ POWAŻNE ZADANIA, prysły dokładnie o wpół do ósmej w poniedziałek, gdy całą dwunastkę nowych pracowników działu sporów sądowych wysłano w otchłań przeglądania dokumentów. Już na pierwszym roku prawa Kyle słyszał przerażające historie o zdolnych i pełnych zapału młodych współpracowników, których prowadzono do jakiegoś ponurego podziemia, przykuwano do biurek i dawano do przeczytania całą górę dokumentów pisanych gęstym drukiem. I chociaż wiedział, że w pierwszym roku pracy nie będzie mu oszczędzona potężna dawka tej mordęgi, nie był na to przygotowany. On i Dale – która wyglądała ładniej tego dnia, ale nadal zachowywała się lodowato – zostali przydzieleni do sprawy pewnego klienta, obsmarowanego przez prasę finansową.

Ich nowa szefowa na ten dzień, starszy współpracownik Karleen, wezwała oboje do swojego biura i wyjaśniła, na czym polega ich zadanie. Przez kilka następnych dni mieli przeglądać pewne istotne dokumenty, obciążając klienta za co najmniej osiem godzin pracy dziennie, po trzysta dolarów za godzinę. Tyle będzie wynosiła ich stawka godzinowa do momentu ogłoszenia wyników egzaminu adwokackiego w listopadzie. Wtedy, zakładając, że zdadzą, miała wzrosnąć do czterystu dolarów.

Nikt nie pomyślał nawet o krótkiej rozmowie o tym, co się stanie, gdyby oblali. W ubiegłym roku współpracownicy kancelarii Scully & Pershing osiągnęli w dziewięćdziesięciu dwóch procentach pomyślne rezultaty na egzaminie i po prostu przyjęto, że zdali go wszyscy.

Osiem godzin stanowiło minimum, przynajmniej na tym etapie. Z przerwą na lunch i kawę oznaczało to, z grubsza licząc, dziesięciogodzinny dzień pracy. Zaczynali nie później niż o ósmej rano i nikomu nawet nie przyszło do głowy wyjść z biura przed dziewiętnastą.

Gdyby ich to interesowało, Karleen w ubiegłym roku obciążyła klientów za dwa tysiące czterysta godzin. Pracowała w firmie od pięciu lat i działała tak, jakby była skazana na dożywocie. Przyszły wspólnik Kyle rozejrzał się po jej porządnie urządzonym biurze i zobaczył dyplom ukończenia wydziału prawa na Uniwersytecie Columbia. Zauważył też fotografię młodej Karleen na koniu, ale nie było tu żadnego jej zdjęcia z mężem, narzeczonym czy dziećmi.

Tłumaczyła im przez chwilę, że może się zdarzyć, iż któryś wspólnik będzie potrzebował pomocy przy pilnej sprawie. Przeglądanie dokumentów z pewnością nie należało do prestiżowym zajęć, ale stanowiło siatkę asekuracyjną dla wszystkich nowych.

– W archiwum zawsze znajdziecie zajęcie, za które można obciążyć klienta – oznajmiła Karleen. – Osiem godzin to minimum, ale nie ma żadnego maksimum.

Wspaniale, pomyślał Kyle. Jeśli komuś nie wystarczało dziesięć godzin dziennie, drzwi do archiwum stały otworem, żeby mógł sobie popracować dłużej.

Pierwsza ich sprawa dotyczyła firmy o nazwie Spokojna Hipoteka – bardzo zwodniczej, zdaniem Kyle'a, ale trzymał język za zębami. Karleen wymieniała najistotniejsze fakty. W roku 2001, gdy nowa fala rządowych nadzorców objęła władzę i przyjęła mniej restrykcyjną postawę, Spokojna Hipoteka i inne wielkie firmy oferujące kredyty hipoteczne ostro ruszyły w pogoń za nowymi kredytobiorcami. Intensywnie się reklamowały, zwłaszcza w Internecie, i przekonywały miliony Amerykanów z niższych i średnich warstw, że naprawdę mogą kupić sobie wymarzone domy, na które w rzeczywistości zdecydowanie nie mogli sobie pozwolić. Przynętę stanowiła dobrze znana hipoteka ze zmiennym oprocentowaniem, które oszuści, tacy jak Spokojna Hipoteka zmieniali sposobami, jakich dotąd nikt nie próbował. Firma wabiła klientów promocjami, nie za bardzo sprawdzała dokumenty, pobierała niezłe opłaty, a potem sprzedawała to całe gówno na rynku wtórnym. Nie miała z tym już nic wspólnego, gdy przegrzany rynek nieruchomości w końcu się załamał i nastąpił krach, ceny domów zjechały w dół i banki zaczęły przejmować mnóstwo nieruchomości.

Karleen w swojej skrótowej relacji używała znacznie łagodniejszych określeń. Kyle już od pewnego czasu wiedział, że jego kancelaria reprezentuje Spokojną Hipotekę. Czytał kilkanaście historii o krachu na rynku kredytów hipotecznych i często w tym kontekście widział nazwę Scully & Pershing, która broniła Spokojną Hipotekę w sprawach dotyczących jej ostatniego przekrętu.

Teraz adwokaci próbowali uporządkować ten bałagan. Spokojną Hipotekę ciągle bombardowano powództwami, ale najgorsze było powództwo zbiorowe, wniesione rok wcześniej w Nowym Jorku przez trzydzieści pięć tysięcy dawnych kredytobiorców.

Karleen zaprowadziła Kyle'a i Dale do długiego pokoju bez okien, z betonową podłogą i słabym oświetleniem. Pomieszczenie przypominało loch. Pod ścianami starannie ułożono stosy białych kartonowych pudeł z nalepkami „Spokojna Hipoteka" na grzbietach. To była ta góra, o której Kyle tak wiele słyszał. Pudła, jak wyjaśniła Karleen, zawierały teczki wszystkich trzydziestu pięciu tysięcy poszkodowanych. Każda teczka musiała być dokładnie przejrzana.

– Nie jesteście sami – powiedziała Karleen i uśmiechnęła się fałszywie, właśnie w momencie gdy oboje, Kyle i Dale, zamierzali już zrezygnować z wyznaczonego zadania. – W tym przeglądzie biorą udział też inni współpracownicy, a nawet niektórzy asystenci prawni.

Wyjęła z jednego pudła teczkę mniej więcej trzycentymetrowej grubości i wyjaśniła pokrótce, czego zespół sporów sądowych tu szuka.

– Któregoś dnia w sądzie – oznajmiła poważnym tonem – stanie się sprawą niezwykle istotną dla adwokatów reprezentujących naszego klienta, by mogli powiedzieć sędziemu, że zbadaliśmy każdy dokument dotyczący tej sprawy.

Kyle uznał, że rzeczą niezwykle istotną dla firmy było także posiadanie klientów, którzy chcieli płacić kupę pieniędzy za tak bezużyteczną pracę. Ale nagle też uświadomił sobie, że może odbić kartę i zacząć naliczać trzysta dolarów za każdą godzinę swojej pracy. Nie był wart takiej stawki. Nie był nawet jeszcze prawnikiem.

Karleen zostawiła ich w archiwum. Gdy szybko wychodziła, jej obcasy stukały o betonową podłogę. Kyle gapił się najpierw na pudła, potem na Dale, która sprawiała wrażenie tak samo oszołomionej jak on.

– To chyba żart – powiedział.

Ale Dale postanowiła stanąć na wysokości zadania. Chwyciła pierwszy z brzegu karton, rzuciła go na stół i wyszarpnęła z niego parę teczek. Kyle przeszedł w drugi koniec pomieszczenia, możliwie najdalej od koleżanki, i wybrał kilka teczek dla siebie.

Otworzył jedną i zerknął na zegarek – siódma pięćdziesiąt. Prawnicy ze Scully & Pershing wystawiali rachunki, przyjmując za podstawę części dziesiąte godziny. Jedna dziesiąta godziny to sześć minut. Dwie dziesiąte to dwanaście minut i tak dalej. Godzina i sześć dziesiątych to godzina i trzydzieści sześć minut. Czy powinien przyjąć, że jest dopiero siódma czterdzieści osiem, i mieć możliwość wystawienia rachunku za dwie dziesiąte godziny przed ósmą? Czy też rozsiąść się wygodnie, wypić łyk kawy i czekać do siódmej piędziesiąt cztery z rozpoczęciem swojej pierwszej dziesiątki, za którą także obciąży klienta. To było Wall Street, gdzie wszystko robiono agresywnie. Nie patrz na nic, tylko wystawiaj jak najwyższe rachunki. Jeżeli nie, zrobi to inny facet, i wtedy go nie dogonisz.

Uważne przeczytanie dokumentów z jednej teczki zajęło mu godzinę. A dokładnie: jedną i dwie dziesiąte. Nagle stopniała w nim niechęć do obciążenia Spokojnej Hipoteki za jedną i dwie dziesiąte godziny lub na kwotę trzysta sześćdziesiąt dolarów za przeprowadzony przegląd. Niedawno, mniej więcej dziewięćdziesiąt minut temu, trudno mu było uwierzyć, że jego trud jest wart trzysta dolarów za godzinę. Przecież jeszcze nie zdał egzaminu! Teraz jednak zmienił zdanie. Spokojna Hipoteka winna mu była pieniądze, bo zrobiła przekręt i dlatego została pozwana. Ktoś musiał przebrnąć przez cały jej śmietnik. On z zemsty będzie agresywnie obciążał tę firmę. W drugim końcu stołu Dale pracowała sumiennie, nie rozpraszając się ani na chwilę.

Gdzieś w połowie trzeciej teczki Kyle zrobił sobie przerwę na tyle długą, by móc pomyśleć nad paroma rzeczami. Przy włączonym zegarze zastanawiał się, gdzie znajduje się pomieszczenie z aktami sprawy Trylon–Bartin. Gdzie trzymano dokumenty opatrzone klauzulą tajności i jak były zabezpieczone? Czy przechowywano je w skarbcu? Ten „loch" raczej nie miał zabezpieczeń, ale któż by wydawał pieniądze na ochronę stosu bezwartościowych dokumentów dotyczących kredytów hipotecznych. Jeśli Spokojna Hipoteka prała brudne pieniądze, dokumenty na pewno nie znajdowały się w tak ogólnodostępnym miejscu.

Pomyślał o swoim życiu. Tu, zaledwie po trzech godzinach, był bliski szału. Jaki człowiek mógł ślęczeć nad tymi bzdetnymi papierzyskami przez całe godziny, dni i nie zwariować? Jak sobie wyobrażał życie współpracownika w pierwszym roku pracy? Czy w innej kancelarii mogło być choćby trochę lepsze?

Dale wyszła na dziesięć minut, prawdopodobnie do toalety. Zakład, że nie wyłączyła licznika.

Na lunch poszedł do firmowej stołówki na czterdziestym drugim piętrze. Zrobiono wiele, by zapewnić wysoką jakość dań. Konsultowano się ze znakomitymi szefami kuchni, używano najlepszych składników, oferowano oszałamiające menu i tak dalej. Można było opuścić budynek i pójść do restauracji, ale na to odważyło się niewielu współpracowników. Zasady obowiązujące w firmie były wyraźnie sformułowane w regulaminie i podane wszystkim do wiadomości. Istniało jednak wiele niepisanych reguł; jedna z nich mówiła, że nowi jadają na miejscu, chyba że czas przerwy na lunch można było doliczyć klientowi do rachunku. Wielu wspólników też korzystało ze stołówki. Ważne, żeby widzieli ich podwładni. Zachwalali świetne jedzenie i – przede wszystkim – pochłaniali lunch w kilkanaście minut, dając przykład efektywności. Wystrój stołówki był w stylu art déco, ale nastrój tu panujący przypominał więzienną kantynę.

Na wszystkich ścianach wisiały zegary i niemal słyszało się ich tykanie.

Kyle i Dale przysiedli się do Tima Reynoldsa, który zajął miejsce przy małym stoliku blisko ogromnego okna z przygnębiającym widokiem na inne wysokie budynki. Tim sprawiał wrażenie zaszokowanego – szkliste oczy, spojrzenie bez wyrazu, słaby głos. Opowiedzieli sobie wzajemnie o horrorze przeglądania dokumentów i zaczęli żartować, że rozważają możliwość rezygnacji z zawodu prawnika. Jedzenie było dobre, chociaż na lunch nie chodziło się głównie po to, żeby się najeść. Każdy przede wszystkim chciał choć na chwilę uciec od dokumentów.

We trójkę uzgodnili, że pójdą po pracy na drinka – był to pierwszy sygnał, że Dale jest żywą istotą – po czym wrócili do swoich lochów. Dwie godziny później Kyle zaczął mieć halucynacje. Wspominał te wspaniałe dni w Yale, gdy był redaktorem naczelnym prestiżowego uczelnianego czasopisma prawniczego, miał własny gabinet i kierował dziesiątkami innych bardzo zdolnych studentów. Długie godziny pracy przynosiły owoce – wciąż nowe numery ważnego czasopisma, wychodzącego osiem razy w roku i czytanego przez prawników, sędziów i profesorów prawa. Jego nazwisko widniało w stopce redakcyjnej pierwsze w kolejności. Niewielu studentów dostąpiło takiego zaszczytu. Przez jeden rok był Kimś.

Jak to się stało, że spadł tak szybko i tak nisko?

To tylko część zajęć w obozie dla rekrutów, powtarzał sobie. Szkolenie podstawowe.

Ale cóż za marnotrawstwo! Spokojna Hipoteka, jej akcjonariusze, wierzyciele i prawdopodobnie też amerykańscy podatnicy mieli stanąć wobec konieczności opłacania honorariów prawników, jakie kancelaria uzyska po części dzięki wymuszonej aktywności Kyle'a McAvoya, który po przejrzeniu dziewięciu spośród trzydziestu pięciu tysięcy teczek doszedł do przekonania, że klient jego firmy powinien trafić do więzienia. Dyrektor generalny, dyrektorzy działów, członkowie zarządu – wszyscy. Nie można osadzić w więzieniu całej korporacji, ale jeden wyjątek powinno się zrobić dla każdego, kto kiedykolwiek pracował w Spokojnej Hipotece.

Co by pomyślał John McAvoy, gdyby teraz zobaczył syna? Kyle ponuro zaśmiał się w duchu i wzdrygnął. W tym momencie wszelkie obelgi Kyle przyjąłby z pokorą. Teraz jego ojciec albo udzielał klientowi porady prawnej, albo w sali sądowej toczył walkę z innym adwokatem. Tak czy inaczej miał do czynienia z ludźmi, nie abstrakcyjnymi firmami, a w swoim życiu na pewno nigdy się nie nudził.

Dale siedziała piętnaście metrów od Kyle'a, odwrócona tyłem. Miała ładne plecy, szczupłe i kształtne. W tym momencie nie widział niczego więcej, ale już wcześniej dobrze się przyjrzał innym częściom jej ciała, zgrabnym nogom, wąskiej talii i niezbyt dużym piersiom, no ale nie można mieć wszystkiego. Co by się stało, jeśli: 1) powoli przez parę następnych tygodni próbowałby ją poderwać, 2) to by mu się udało, 3) postarałby się, żeby ich przyłapano? Zostałby wylany z firmy, co akurat teraz wydawało się czymś wspaniałym. Co powiedziałby na to Bennie? Przymusowe zwolnienie z kancelarii Scully & Pershing? Każdy młody mężczyzna ma prawo uganiać się za kobietami. A jeśli cię przyłapano, trudno. Przynajmniej cię wyrzucą za coś, co było warte zachodu.

Bennie straciłby szpiega. Jego szpieg zostałby wykopany, ale nie pozbawiony prawa wykonywania zawodu.

Interesujące.

Oczywiście, przy jego szczęściu prawdopodobnie pojawiłoby się inne nagranie, tym razem o Kyle'u i Dale. Bennie położyłby na nim swoją brudną łapę i... no cóż, kto wie?

Kyle rozmyślał o tych rzeczach przez godzinę, za którą oczywiście wystawił rachunek. Nawet nie zamierzał wyłączyć licznika, bo chciał puścić Spokojną Hipotekę z torbami.

Dowiedział się już wcześniej, że Dale zrobiła doktorat z matematyki w wieku dwudziestu pięciu lat, w samym MIT w Bostonie, a potem uczyła matematyki, zanim doszła do wniosku, że to ją nuży. Studiowała prawo na Uniwersytecie Cornell. Dlaczego sądziła, że sala sądowa jest lepsza od sali wykładowej, nie było sprawą jasną, przynajmniej dla Kyle'a. Teraz zajęcia z geometrii mogły się wydawać kolorową rewią. Dale miała trzydzieści lat, do tej pory nie wyszła za mąż i Kyle właśnie podjął próby zgłębienia tajników jej hermetycznej i skomplikowanej osobowości.

Wstał, żeby się przejść. Musiał pobudzić krew do zasilenia wyjałowionego mózgu.

– Masz ochotę na kawę? – zapytał Dale.

– Nie, dzięki – odparła i naprawdę się uśmiechnęła.

Dwie filiżanki mocnej kawy tylko trochę ożywiły umysł i późnym popołudniem Kyle zaczął się niepokoić, że w jego mózgu nastąpią nieodwracalne zmiany martwicze. Na wszelki wypadek on i Dale postanowili odbić karty dopiero o dziewiętnastej. Wyszli razem i w milczeniu zjechali windą na parter. Oboje myśleli o tym samym – naruszali inną niepisaną regułę – opuścili budynek za wcześnie.

Przeszli cztery przecznice i dotarli do irlandzkiego pubu, gdzie Tim Reynolds kończył już pić pierwsze duże piwo. Była z nim Everett, nowa współpracownik, absolwentka Uniwersytetu Nowojorskiego, którą przydzielono do grupy zajmującej się handlem nieruchomościami. Kiedy rozsiedli się wygodnie, wyciągnęli swoje służbowe komórki. Wszystkie cztery leżały na stole jak naładowane pistolety.

Dale zamówiła martini, Kyle wodę sodową.

– Nie pijesz? – zdziwił się Tim.

– Nie. Musiałem przestać pić w college'u.

To był stały tekst i Kyle znał już wszystkie pytania, jakie potem padały.

– Musiałeś przestać?

– Tak. Za bardzo dawałem czadu.

– Odwyk, anonimowi alkoholicy, terapia?

– Nie. Poszedłem do psychologa i on mnie przekonał, że jeśli nie przestanę pić, będzie ze mną coraz gorzej. Więc odstawiłem butelkę z dnia na dzień.

– To robi wrażenie – powiedział Tom i opróżnił duże ale.

– Ja też nie piję – wyznała Dale. – Ale po dzisiejszym dniu zajrzę do kieliszka.

W ustach kogoś całkowicie pozbawionego poczucia humoru takie oświadczenie zabrzmiało bardzo zabawnie. Pośmiali się więc szczerze, a potem zaczęli omawiać swój pierwszy dzień. Tim obciąży klienta za osiem i sześć dziesiątych godziny studiowania historii legislacji Nowego Jorku, mającej zniechęcać do wnoszenia pozwów grupowych. Everett spędziła dziewięć godzin na lekturze zasad zawierania umów najmu. Ale Kyle i Dale przelicytowali ich swoimi opisami lochu i trzydziestu pięciu tysięcy zebranych tam teczek.

Gdy podano drinki, wznieśli toast za Spokojną Hipotekę i czterysta tysięcy zajęć obciążonych nieruchomości, do których doprowadziła ta firma. Wypili za Tabora, który poprzysiągł, że wytrwa przy biurku do północy. Wypili też za Scully & Pershing i za wspaniałe pensje na starcie. W połowie kieliszka martini dżin uderzył Dale do głowy i zaczęła chichotać. Kiedy zamówiła następnego drinka, Kyle przeprosił wszystkich i wrócił do domu.

We wtorek o siedemnastej trzydzieści, po całym dniu spędzonym w tym samym lochu, szkicował w myśli swój list z rezygnacją. Z radością powiedziałby Benniemu, że może iść do diabła, i z wielką przyjemnością stawiłby czoło oskarżeniom Elaine w sali rozpraw w Pittsburghu. Wszystko byłoby lepsze od tego, co tutaj znosił.

Przetrzymał dotąd ten dzień tylko dzięki ciągłemu powtarzaniu mantry: „Ale oni płacą mi dwieście tysięcy dolarów za rok".

Jednak o siedemnastej trzydzieści przestało już mieć znaczenie to, ile mu płacą. Nagle zabrzęczała jego służbowa komórka. Wiadomość od Douga Peckhama: „Kyle, potrzebna mi pomoc. Moje biuro. Natychmiast, jeśli to możliwe".

Kyle zapomniał o rezygnacji, zerwał się na nogi i rzucił do drzwi. Przemykając obok Dale, powiedział: „Muszę lecieć; wezwał mnie Doug Peckham, wspólnik, specjalista od sporów sądowych. Ma dla mnie jakąś robotę". Jeśli te słowa były okrutne, trudno. Jeśli zabrzmiały jak przechwałki, nie przejmował się tym. Wyglądała na zaszokowaną i boleśnie dotkniętą, ale zostawił ją w lochu sam na sam ze Spokojną Hipoteką. Zbiegł po schodach dwa piętra i bez tchu wpadł w otwarte drzwi gabinetu Peckhama. Wspólnik rozmawiał przez telefon, wiercił się, wstawał, siadał; ręką wskazał Kyle'owi ładne skórzane krzesło naprzeciwko biurka.

– Dureń z ciebie, Slade, prawdziwy dureń – powiedział na koniec i odłożył słuchawkę. Spojrzał na Kyle'a i zmusił się do uśmiechu.

– Jak ci się tutaj układa?

– Przegląd dokumentów.

Nic więcej nie musiał dodawać.

– Przykro mi, ale wszyscy przez to przechodziliśmy. Słuchaj, potrzebuję pomocy. Jesteś gotowy? – Opadł gwałtownie na swoje krzesło i zaczął się kołysać, nie spuszczając wzroku z Kyle'a.

– Chętnie zrobię wszystko. W tej chwili nawet z przyjemnością wyczyszczę panu buty.

– Są wyczyszczone. Mamy sprawę sądową tu, w południowym okręgu Nowego Jorku, bardzo poważną. Bronimy Barksa, to jest pozew grupowy złożony przez krewnych ludzi, którzy zażywali jego tabletki na robaczycę serca i w końcu wykitowali. Nieprzyjemna, skomplikowana sprawa. Toczy się w kilku stanach. Stajemy przed sędzią Caffertym w czwartek rano. Znasz go?

Jestem tutaj zaledwie dwa dni, niemal wyrwało się Kyle'owi. Nie znam nikogo.

– Nie.

– Kofeinowy Cafferty. Cierpi na chroniczne zaburzenia równowagi chemicznej. Kiedy nie zażywa leków, wzywa adwokatów i wrzeszczy na nich, że sprawy posuwają się naprzód zbyt wolno. Kiedy bierze leki, też krzyczy, ale przynajmniej nie przeklina tak często. W każdym razie to facet rakieta. Wszystko przyspiesza. Dobry sędzia, ale potwornie upierdliwy. Tak czy inaczej, ta sprawa jeszcze się ciągnie i teraz sędzia grozi, że odda ją pod inną jurysdykcję.

Kyle błyskawicznie robił notatki. Gdy Peckham po raz pierwszy przerwał na moment, Kyle natychmiast się odezwał.

– Co to za lekarstwo na tę robaczycę?

– Niszczy zarazę w głównych naczyniach krwionośnych łącznie z komorami serca. Z medycznego punktu widzenia nie ma nic podejrzanego. Nasi dwaj wspólnicy są po medycynie i zajmują się tym aspektem sprawy. W sumie prowadzi ją czterech wspólników i dziesięciu współpracowników. Ja jestem wiodącym adwokatem.

Powiedział to ze zbyt silną nutą samozadowolenia w głosie. W następnej chwili zerwał się na nogi, poczłapał do okna i szybko spojrzał na miasto. Jego biała, wykrochmalona koszula była bardzo obszerna i dobrze spełniała swoje zadanie, kryjąc potężne, niezgrabne ciało.

Informacje Benniego tworzyły dość typowy obraz. Pierwsze małżeństwo Peckhama rozpadło się przed upływem trzynastu miesięcy od chwili, gdy zaczął pracować w Scully & Pershing, świeżo po studiach w Yale. Jego obecna żona, adwokat, była wspólnikiem w innej kancelarii z siedzibą przy tej samej ulicy. Również pracowała po kilkanaście godzin dziennie. Mieli dwoje małych dzieci. Ich mieszkanie przy Upper West Side szacowano na trzy i pół miliona dolarów; mieli też należny ich statusowi dom w Hamptons. W zeszłym roku Doug zarobił milion trzysta dolarów, żona milion dwieście. Uważano go za wybitnego specjalistę od sporów sądowych. Głównie zajmował się obroną wielkich firm farmaceutycznych, choć rzadko pokazywał się na rozprawach. Sześć lat temu omal nie przegrał w trudnej sprawie dotyczącej środka przeciwbólowego, który wywoływał ciężką depresję, a to prowadziło do samobójstw, przynajmniej według opinii ławy przysięgłych. Scully & Pershing wysłała Peckhama do uzdrowiska we Włoszech na dwutygodniowy odpoczynek.

– Cafferty chce się pozbyć tej sprawy – powiedział Peckham, rozprostowując obolałe plecy. – My, oczywiście, nie godzimy się na to. Ale, prawdę mówiąc, wolałbym ją widzieć w innej jurysdykcji. Są cztery możliwości: hrabstwo Duval na Florydzie, centrum Memphis, wiejski okręg w Nebrasce, zwany Fillmore, lub Des Plaines w stanie Illinois. Twoim zadaniem byłoby zebranie informacji o wszystkich czterech. – Znów opadł na fotel i zaczął się kołysać. – Muszę wiedzieć, jacy są tam przysięgli. Jakie wydają werdykty. Jak w tych okręgach traktuje się wielkie korporacje. Jest kilka firm, które gromadzą i sprzedają informacje o przysięgłych. Korzystamy z tych danych, ale nie zawsze są zgodne z rzeczywistością. Tam jest mnóstwo liczb, ale niewiele użytecznych wiadomości. Musisz kopać i kopać. Dzwonić do prawników w tych czterech okręgach i znaleźć jakieś haki. Bierzesz to?

Jakbym miał wybór, pomyślał Kyle.

– Oczywiście. Brzmi świetnie…

– Nie jestem taki pewien. Muszę mieć dane na czwartek, o siódmej trzydzieści rano. Pracowałeś już kiedyś całą noc?

– Nie. Jestem tutaj dopiero od…

– A tak, racja. No cóż, zabieraj się do roboty. Potrzebuje zwięzłej notatki służbowej, nic wymyślnego. Spotkamy się tutaj o siódmej trzydzieści z dwoma innymi współpracownikami. Będziesz miał dziesięć minut na swoje podsumowanie. Coś jeszcze?

– Na razie nie.

– Zostanę tu do dziesiątej wieczorem, więc w razie czego puść mi liścik.

– Dzięki i dzięki za uwolnienie mnie od przeglądania dokumentów.

– Co za marnotrawstwo.

Zadzwonił telefon na biurku i Kyle szybko opuścił gabinet Peckhama. Poszedł prosto do swojego boksu, chwycił laptopa i popędził do ogromnej głównej biblioteki firmy na trzydziestym ósmym piętrze. Były co najmniej cztery mniejsze biblioteki w różnych miejscach, ale Kyle, jak dotąd, jeszcze żadnej z nich nie znalazł.

Nie potrafił sobie przypomnieć, żeby kiedykolwiek tak podniecało go gromadzenie informacji. Prawdziwa sprawa sądowa, ostry sędzia, podejmowanie strategicznych decyzji. Notatka służbowa, którą zaraz zacznie przygotowywać, miała być wykorzystana przez adwokatów w ogniu bitewnym.

Kyle niemal współczuł biednym kolegom tyrającym przy przeglądaniu dokumentów. Wiedział jednak, że wkrótce tam wróci. Zapomniał o obiedzie i dopiero przed dziesiątą wieczorem zjadł kanapkę z automatu, czytając informacje o przysięgłych. O północy wyszedł z biblioteki – siedziało tam jeszcze przynajmniej dwudziestu współpracowników – i pojechał taksówką do domu. Spał cztery godziny, potem wrócił pieszo na Broad Street w ciągu zaledwie dwudziestu dwóch minut, a zwykle taki spacer zajmował mu pół godziny. Nie chciał przybierać na wadze. Firmowa sala gimnastyczna na trzydziestym dziewiątym piętrze przeważnie stała pusta. Kilka sekretarek korzystało z niej w porze lunchu, ale na pewno nie żaden prawnik.

Jego licznik ruszył punktualnie o piątej rano. Do dziewiątej Kyle dzwonił do adwokatów w hrabstwie Duval na Florydzie, w Jacksonville i jego okolicach. Miał już przygotowaną listę rozpraw i zamierzał rozmawiać z każdym obrońcą, którego uda się złapać telefonicznie.

Im więcej wykonał telefonów, tym dłuższa stawała się lista. Adwokaci z Florydy, Memphis i zachodniego Tennessee, Lincoln i Omahy oraz całe dziesiątki z okręgu Chicago. Znalazł więcej spraw i więcej procesów sądowych. Wytropił wszystkie procesy, jakie Barx miał w ciągu ostatnich dwudziestu lat, i porównał werdykty.

Dough Peckham nie odezwał się jak dotąd ani słowem, nie przesłał żadnego e-maila ani żadnej wiadomości na służbowej komórce, która zawsze leżała na stole obok notesu. Kyle był zachwycony, że aż tak popuszczono mu cugle i pozwolono choć w pewnym zakresie podejmować samodzielne decyzje. Dale przesłała mu e-maila z pytaniem o lunch. Spotkali się w stołówce o trzynastej, zamówił sałatkę i szybko ją pochłonął. Dale wciąż była uwięziona w grobowcu Spokojnej Hipoteki, ale na szczęście przysłano trójkę innych żółtodziobów do pomocy przy czarnej robocie. Wszyscy trzej myśleli o odejściu z firmy. Sprawiała wrażenie autentycznie zadowolonej, że ktoś, kogo znała, otrzymał prawdziwe zadanie.

– Zachowaj dla mnie kilka teczek Spokojnej Hipoteki – powiedział Kyle, gdy wychodzili ze stołówki. – Jutro wrócę.

Opuścił bibliotekę w środę o północy, po obciążeniu Barksa rachunkiem za osiemnaście godzin. Poprzedniego dnia obciążył go za sześć. Dodał jeszcze dwie w czwartek rano, kiedy szlifował piętnastostronicową notatkę służbową i przygotowywał się do dziesięciominutowego wystąpienia przed Peckhamem i zespołem starszych współpracowników. Dokładnie o siódmej trzydzieści podszedł do drzwi gabinetu wspólnika. Były zamknięte.

– Pan Peckham czeka na mnie – powiedział grzecznie do sekretarki.

– Zawiadomię go – odparła, ale nie sięgnęła po telefon.

Przez następnych pięć minut Kyle próbował opanować nerwy i zachowywać stoicki spokój. Czuł, że zaciska mu się żołądek, a krople potu zbierają wokół kołnierzyka koszuli. Dlaczego? Zadawał sobie to pytanie wciąż od nowa. To tylko krótka prezentacja dla przyjaźnie nastawionych słuchaczy. Gramy w tej samej drużynie, prawda? Dziesięć minut, piętnaście. Dobiegły do niego głosy z gabinetu Peckhama. W końcu jeden ze współpracowników otworzył drzwi i Kyle wszedł do środka.

Peckham wydawał się zdziwiony jego widokiem.

– Och, tak, Kyle, zupełnie zapomniałem. – Pstryknął palcami i lekko wzruszył ramionami. – Powinienem ci wysłać wiadomość. Rozprawę odroczono. Masz teraz święty spokój. Zachowaj tę notatkę. Może mi być później potrzebna.

Kyle rozdziawił usta i rozejrzał się wokoło. Dwaj współpracownicy przycupnęli przy małym stole zawalonym papierami. Dwaj inni siedzieli blisko biurka. Wszyscy czterej sprawiali wrażenie rozbawionych.

Fałszywy deadline.

Kyle, oczywiście, słyszał o tej drobnej manipulacji. Nieszczęsny współpracownik zostaje przepuszczony przez młynek, każą mu opracować bezużyteczną notatkę służbową lub streszczenie sprawy w możliwie najkrótszym czasie, ale jego praca nigdy nie będzie wykorzystana. Klient mimo wszystko dostanie rachunek, więc te starania – choć niepotrzebne – i tak przynoszą zyski.

Kyle dobrze znał określenie „fałszywy deadline" i wiedział, co to znaczy, ale nie zorientował się, że coś takiego spotyka teraz jego samego.

– Och, jasne, nie ma problemu – mruknął, robiąc krok do tyłu.

– Dzięki – odparł Peckham i przewrócił stronę następnego dokumentu. – Do zobaczenia.

– Oczywiście.

Kyle był już przy drzwiach, gdy Peckham zapytał:

– A które miejsce, twoim zdaniem, byłoby najlepsze do poprowadzenia sprawy Barksa?

– Nebraska, Fillmore – wyrecytował Kyle z przejęciem.

Dwaj współpracownicy parsknęli śmiechem, dwóch pozostałych ta odpowiedź też bardzo ubawiła.

– Nebraska? – odezwał się jeden z nich. – Nikt się nie stara, by jego sprawy rozpatrywano w Nebrasce.

– Dzięki, Kyle – powiedział Peckham protekcjonalnym tonem. – Porządna robota. – I proszę, wyjdź już stąd, mówiła jego twarz.

Za dwieście tysięcy dolarów rocznie plus premie w tej pracy naturalnie mogą się zdarzać momenty upokorzenia. Płacą ci za to, powtarzał sobie Kyle, wchodząc powoli po schodach. Nie przejmuj się. Bądź twardy. To zdarza się każdemu.

Gdy znów znalazł się w lochu, zdobył się na uśmiech.

– Jak poszło? – spytała Dale.

– Trudno powiedzieć – odparł.

W przeciwległym końcu pomieszczenia dwaj współpracownicy mozolili się nad teczkami kredytów hipotecznych. Kyle skinął im głową na powitanie, potem zajął miejsce w pobliżu Dale, przygotował długopis, notes i służbową komórkę. Otworzył pudło, wyjął teczkę i z powrotem wkroczył w świat Spokojnej Hipoteki. Był to już znajomy teren i tutaj czuł się dziwnie bezpiecznie. W archiwum nikt go nie mógł skrzywdzić ani upokorzyć. Dnie i tygodnie pracy w charakterze przeglądacza dokumentów to niewątpliwie straszna nuda, ale nic się nie ryzykowało.

17

WYCHODZĄC Z BIURA W PIĄTEK późnym popołudniem, Kyle uznał, że swój pierwszy tydzień może ocenić jako sukces, choć dość ponury. Wystawił rachunki dla Spokojnej Hipoteki za trzydzieści, a dla Barx Biomedu za dwadzieścia sześć godzin. Chociaż, praktycznie rzecz biorąc, cały ten cenny wysiłek mógł przynieść niewiele pożytku obu klientom, nie płacono mu za to, by się przejmował takimi rzeczami. Był tu po to, żeby robić jedno: obciążać. Gdyby utrzymał to tempo i osiągał wydajność tylko pięćdziesięciu godzin tygodniowo, uzyskałby przez rok dwa tysiące pięćset godzin, co stanowiło przyzwoity rezultat dla osoby pracującej pierwszy rok i mogło zwrócić uwagę przełożonych.

W tym samym tygodniu Tabor Nadgorliwiec wystawił rachunki za pięćdziesiąt godzin, Dale czterdzieści cztery, a Tim Reynolds czterdzieści trzy.

Zdumiewające, jak bardzo czuli się wyczerpani już po pięciu dniach pracy.

Kyle poszedł do domu, przebrał się w dżinsy, wepchnął po jednym telefonie do obu kieszeni i ruszył w stronę stadionu bejsbolowego. Metsi grali na swoim boisku z Piratami, którzy mieli już zapewniony kolejny marny sezon. Metsów czekało jeszcze siedemnaście spotkań, a byli na pierwszym miejscu w tabeli z dwoma zwycięstwami więcej niż Philliesi.

Kyle kupił dwa bilety od pośrednika poleconego przez jednego z asystentów pracujących w kancelarii. Idąc w stronę stadionu Shea, dostrzegł swój cień w momencie, gdy ten zauważył też jego.

Miał miejsce piętnaście rzędów za ławką rezerwowych przy trzeciej bazie. Wieczór był gorący, stadion pełny. Wyliczył dokładnie czas swojego wejścia i usiadł chwilę po tym, jak rzucono piłkę po raz pierwszy. Po prawej siedział młody chłopak w rękawicach bejsbolowych, który jadł lody. Po lewej prawdziwy kibic w czapce Metsów, koszuli Metsów, niebiesko-pomarańczowej opasce na czole i nawet w idiotycznych okularach Metsów. To Joey Bernardo, który spędził całe życie w Pittsburghu i nienawidził Metsów prawie tak samo jak Philliesów.

– Nie witaj się ze mną – wymamrotał Kyle, patrząc w stronę boiska.

– Z przyjemnością. W tej chwili szczerze cię nienawidzę. Prawie tak samo jak Metsów.

– Dzięki. Fajne masz okulary.

– Mogę je zdjąć? Cholera, nic nie widzę.

– Nie.

Rozmawiali półgłosem, ledwo otwierając usta. Stadion wybuchał entuzjazmem przy każdym rzucie i było mało prawdopodobne, że ktoś ich podsłucha.

Joey pociągnął solidny łyk piwa.

– Nadal cię śledzą?

– O tak. Zawsze i wszędzie.

– Wiedzą, że ty wiesz?

– Nie sądzę.

– Ale czemu za tobą łażą?

– Potrzebują informacji. Im dłużej obserwują i podsłuchują, tym więcej o mnie wiedzą. Jeśli się orientują, co jem, co piję, jak się ubieram, na co patrzę, czego słucham, z kim rozmawiam i przebywam, gdzie lubię robić zakupy, co oglądam, gdzie się wymykam, wtedy któregoś dnia mogą to wszystko wykorzystać przeciwko mnie. Cholernie nudne zajęcie, ale nie dla tych facetów.

Joey przetrawił słowa przyjaciela, łykając kolejne porcje piwa.

Piłka odbiła się od ściany po lewej stronie, drużyna zarobiła bieg i tłum zerwał się z miejsc. Kyle i Joey zachowywali się jak inni kibice.

– W śródmieściu znalazłem cudowny mały sklep z różnymi szpiegowskimi gadżetami – podjął Kyle, gdy sytuacja na boisku się uspokoiła. – Miniaturowe kamery, mikrofony, podsłuchy i trochę nowoczesnych aparatów, których armia już nie używa. Sklep prowadzi para odmieńców. Twierdzą, że pracowali kiedyś w CIA, ale przecież ludzie, którzy naprawdę byli agentami CIA, nie rozpowiadają o tym. Trafiłem na ten sklep w Internecie; jest w pobliżu kancelarii. Wpadłem tam już dwa razy, kiedy tylko udało mi się pozbyć ogonów. Może mi się przydać pewnego dnia, ale wolę, żeby te bandziory się dowiedziały, że odkryłem to miejsce.

– Upiorne.

Jakaś kobieta siedząca przed Joeyem odwróciła się i obrzuciła go zaciekawionym spojrzeniem. Nie rozmawiali już do końca pierwszej rundy.

– Co myślisz o raporcie na temat Elaine? – szepnął Joey.

– Martwi mnie.

– Więc co dalej?

– Myślę, że powinieneś się z nią zobaczyć.

– Mowy nie ma.

– O rany, po prostu wpadnij na nią na ulicy i zobacz, co z tego wyniknie.

– Jasne! Jadę do Scranton, w którym nie byłem chyba od dziesięciu lat, jakoś ją znajduję, rozpoznaję, zakładam, że ona rozpoznaje mnie i co potem? Gawędzimy sobie przez chwilę o starych dobrych czasach? Wspominamy ze śmiechem wspólne imprezy? Do diabła, Kyle, ona oskarżyła mnie o gwałt.

– Ćśśś – zasyczał Kyle.

Słowo „gwałt" jakby zawisło w gęstym powietrzu, ale nikt na nie zareagował.

– Przepraszam – szepnął Joey.

Przez dłuższy czas obserwowali mecz.

W pierwszej bazie, po decyzji sędziego wybuchła zażarta kłótnia i każdy spośród pięćdziesięciu tysięcy kibiców wyraził własną opinię na temat zajścia.

– To byłoby ciekawe spotkanie – powiedział Kyle, niemal przekrzykując przeraźliwy krzyk. – Zobaczyłbyś, jak ona zareaguje. Czy będzie chciała z tobą rozmawiać. Czy jest rozgoryczona, wściekła i żądna zemsty. Wyznasz, że tamten wasz kontakt zawsze cię dręczył i że chętnie byś z nią o tym pogadał. Może zechce pójść z tobą na drinka. Nie przyznasz się do niczego, sprawdzisz tylko, jakie ma nastawienie. Czego możemy się po niej spodziewać?

– A jeśli mnie rozpozna, wyciągnie pistolet i trach?!

– Zaopiekuję się Blair. – Kyle zdobył się na tę odzywkę z uśmiechem, choć perspektywa spędzenia choćby minuty z dziewczyną Joeya wcale go nie bawiła.

– Dzięki. Wiesz, ona jest w ciąży. To miłe, że o niej pomyślałeś.

– Jak to, w ciąży?

– Elementarna biologia. Chociaż trochę nas to zaskoczyło.

– Gratulacje, tatusiu.

– Ożenić się to jedno, ale nie wiem, czy mam ochotę zostać ojcem.

– Myślałem, że chce jak najszybciej zrobić karierę.

– Tak. Ja też tak myślałem. Powiedziała, że bierze pigułki, ale... Kyle wolał już skończyć ten temat. Nie powinni ze sobą tyle rozmawiać.

– Idę do toalety – powiedział.

– Przynieś mi piwo.

– Nie. Przecież cię nie znam, pamiętasz?

– Daj spokój, Kyle. Myślisz, że ktoś cię tutaj obserwuje?

– Przez lornetkę. Przynajmniej dwóch. Szli za mną, kupili bilety od konika przed wejściem i teraz śledzą każdy mój ruch.

– Ale dlaczego?

– Elementarna inwigilacja, Joey. Jestem dla nich cenny, ale mi nie ufają. Powinieneś przeczytać parę powieści szpiegowskich.

– To właśnie twój problem. Za dużo beletrystyki, stary.

Kyle wykorzystał czas między rundami. Wstąpił do toalety, potem kupił napój gazowany i orzeszki arachidowe. Kiedy wrócił na swoje miejsce, zagadał do dzieciaka po prawej stronie, wiernego kibica Metsów, który znał wszystkich zawodników i ich formę. Ojciec chłopaczka pracował jako grafik w agencji reklamowej i Kyle'owi udało się sprawiać wrażenie zafascynowanego tym zawodem. Gryzł orzeszki, rozrzucał po ziemi łupiny i przez długi czas nie zwracał uwagi na przyjaciela.

Joey, nadal w ogromnych okularach Metsów, cierpiał w milczeniu. Piraci przegrywali czterema punktami po czterech rundach i Joey miał chęć opuścić stadion. Kyle w końcu znowu zmienił

147

obiekt zainteresowania i zaczął studiować tablicę wyników na środku boiska.

– Masz jakąś wiadomość od Baxtera? – wycedził z zaciśniętymi szczękami.

– Żadnej. Myślę, że go zamknęli w jakiejś jaskini.

– Znam to uczucie. Siedziałem w lochu przez cały tydzień.

– Daj spokój, tyle ci płacą, że nie powinieneś na nic narzekać.

– Okay, okay. Oni wiedzą, że Baxter jest na kuracji odwykowej, a prawdopodobnie nawet to, gdzie przebywa – powiedział Kyle, gdy długa górna piłka została złapana poza boiskiem.

– Oni?

– Te bandziory. Słyszałem to od ich szefa w ubiegłym tygodniu.

– Jak często spotykasz się z tym facetem?

– Za często.

– Przekazałeś mu już jakieś tajemnice?

– Nie. Jeszcze się nie zeszmaciłem.

Joey pociągnął łyk piwa, przełknął powoli i zasłonił usta.

– Jeśli wiedzą o Baxterze, czy mają też oko na mnie?

– Możliwe. Więc uważaj. Zmieniaj swoje trasy. Bądź ostrożny przy wszelkiej korespondencji.

– No pięknie!

– W moim mieszkaniu jest pełno kamer i mikrofonów. Oni wchodzą i wychodzą, kiedy chcą. Nie mam systemu alarmowego, ale wiem, kiedy byli. Wszystko, co robię u siebie w domu, jest obserwowane i filmowane. Ale oni nie wiedzą, że ja o tym wiem.

– Więc ty przechytrzasz tych zawodowych agentów wywiadu?

– Tak myślę.

Następna długa przerwa w rozmowie, kiedy Piraci znowu zmieniali miotaczy.

– Jaki będzie koniec tej rozgrywki?

– Nie mam pojęcia. Robię małe, bezpieczne kroki. Na razie nawiążemy kontakt z Elaine i ustalimy, jakie stanowi dla nas zagrożenie.

– Bardzo duże, jak sądzę.

– Zobaczymy.

Kyle sięgnął do swojej wibrującej kieszeni i wyszarpnął komórkę. Przewinął menu w dół, znalazł wiadomość i zaklął pod nosem.

– Co jest? – zapytał Joey, starając się nie patrzeć na telefon.

– To z firmy. Jeden ze wspólników przygotował jakiś projekt. Chce mnie widzieć w biurze o siódmej rano.

– Jutro jest sobota, Kyle.

– To tylko kolejny dzień pracy.

– Czy ci faceci są szaleni?

– Nie, tylko cholernie chciwi.

W czasie siódmej rundy Kyle wstał i ruszył w stronę bramy. Joey został do ósmej rundy i w końcu też wyszedł, gdy jego ukochani Piraci przegrali dziewiętnasty mecz.

W SOBOTY I W NIEDZIELE DOZWOLONE BYŁY DŻINSY. Fakt, że w weekend obowiązywały normy dotyczące stroju, choć mniej rygorystyczne, mówił wiele o obyczajach panujących w środowisku prawniczym na Wall Street.

Kyle miał na sobie dżinsy. Dale też, tylko że obcisłe, i wyglądała w nich bardzo atrakcyjnie. Tim Reynolds włożył wykrochmalone khaki. Wszyscy troje byli oszołomieni faktem, że znaleźli się w małej sali konferencyjnej na trzydziestym trzecim piętrze o siódmej rano, w drugą sobotę od chwili rozpoczęcia pracy. Dołączyli do czterech współpracowników o nieco dłuższym stażu, młodych mężczyzn, których Kyle nie miał przyjemności poznać ani nawet widzieć w ciągu dwóch tygodni pracy. Dokonano pobieżnej prezentacji.

Spotkanie zaaranżował wspólnik Tobias Roland. Na razie nieobecny. Ze wszystkich pikantnych plotek, jakie dotąd Kyle słyszał, najgorsze dotyczyły Toby'ego. Historii o Tobym było bardzo wiele, ale tylko nieliczne przedstawiały go w odrobinę korzystniejszym świetle. Licencjat Yale, absolwent wydziału prawa Uniwersytetu Columbia, biedny chłopak z niebezpiecznej dzielnicy, z ogromnymi pretensjami do całego świata. Błyskotliwy, bezwzględny, przebiegły został wspólnikiem w ciągu zaledwie pięciu lat przede wszystkim dlatego, że tyrał jeszcze ciężej niż pozostali pracoholicy i nigdy nie odpoczywał. Dla niego pojęcie czasu wolnego sprowadzało się do dziesięciominutowych figli z sekretarką na kanapie w gabinecie. Większość sekretarek bała się go śmiertelnie, ale były zbyt przerażone, żeby się skarżyć. Niektóre jednak uznały faceta za dostatecznie seksownego na szybkie numerki. Dla zabawy gromił młodych współpracowników, często obrzucał ich najbardziej ordynarnymi wyzwiskami za najdrobniejsze błędy. Onieśmielał innych wspólników, bo okazywał się inteligentniejszy od nich i zawsze lepiej przygotowany. W wieku czterdziestu czterech lat był najbardziej wydajnym i dochodowym specjalistą od sporów sądowych w kancelarii. Przez pięć lat nie przegrał żadnej sprawy przed ławą przysięgłych. Rozchwytywały go najważniejsze firmy. Rok wcześniej Kyle przeczytał i wyciął sobie artykuł z „Fortune" wychwalający „najbardziej niesamowitego speca od sporów sądowych w kancelarii Scully & Pershing".

Kiedy Toby wzywał, każdy biegł natychmiast, choć z wielkim niepokojem lub, ściśle biorąc, ze strachem.

Tego ranka w sali pojawił się starszy współpracownik Bronson, który, jak to wyjaśnił bez krzty entuzjazmu, przyszedł w zastępstwie, bo pan Roland pracował teraz kilka pokoi dalej nad innym aspektem sprawy sądowej, którą właśnie trzeba się zająć. Ale Roland mógł tu wpaść w każdej chwili i ta perspektywa sprawiała, że każdy zachowywał maksymalną czujność.

Klientem była duża firma naftowa, przeciwko której wkrótce wystąpi pewien holenderski przedsiębiorca. Rzecz dotyczyła spornych zasobów ropy w Zatoce Meksykańskiej. Sprawa miała być wniesiona w Nowym Orleanie, ale pan Roland postanowił wyprzedzić ten ruch i złożyć pozew w Nowym Jorku. Zaplanowano wniesienie go jako pierwszy w poniedziałek rano. To była swojego rodzaju zasadzka. Ta śmiała taktyka mogła przynieść odwrotny skutek, ale Toby słynął z ryzykownych posunięć.

Kyle, słuchając opisu sprawy, dokonanego w słowach kojarzących się z operacją lądowania aliantów w Normandii, po pięciu minutach zdał sobie sprawę, że jego sobota i niedziela są definitywnie stracone i że spędzi te dni, zbierając informacje procesowe w bibliotece prawniczej. Zerknął na służbowy telefon, przewinął otrzymane wiadomości i coś przyciągnęło jego uwagę. O wpół do ósmej rano w sobotę kancelaria wysłała e-mail do wszystkich prawników, zawiadamiając o rezygnacji Gavina Meade'a, współpracownika z czteroletnim stażem, z działu sporów sądowych. Żadnych szczegółów. Żadnych komentarzy. Ciche i szybkie odejście.

Każdy ma swoje tajemnice, powiedział Bennie. Jak on to zrobił? Może jakaś anonimowa przesyłka dotarła do kogoś w dziale kadr. Pisemne oświadczenie złożone pod przysięgą, policyjne akta. Biedny Meade, dziesięć lat wyroku zamienił na harówkę za czterysta tysięcy rocznie i nagle w przyspieszonym trybie pokazują mu drzwi.

Bronson nawijał dalej. Mówił, że jest piastą drewnianego koła z siedmioma szprychami, biegnącymi w dół do siedmiu współpracowników, którzy teraz mu podlegają, i kilkoma biegnącymi w górę do pana Rolanda i innych wspólników z działu sporów sądowych. On, Bronson, będzie pośredniczył między tymi grubymi rybami a żółtodziobami, organizował pracę, nadzorował zbieranie informacji i zajmował się korespondencją ze wspólnikami. Wszystko przejdzie przez jego biurko.

Czas miał tu decydujące znaczenie. Jeśli na zewnątrz przeciekłoby chociaż jedno słowo, firma holenderska i jej adwokaci mogliby dokonać potwornych rzeczy. Na szali ważyły się narodowe zasoby ropy, być może nawet losy zachodniej cywilizacji.

Poszli do biblioteki.

18

Po serii rozmów telefonicznych, które stawały się coraz bardziej nerwowe, doktor Boone i stryj Wally w końcu osiągnęli porozumienie. Doktor postawił jednak pewien warunek. Baxter opuści ośrodek wcześniej, ale najpierw spędzi trzy noce w pewnym miejscu w Reno, zanim wróci do normalnego świata. Po stu pięciu dniach od chwili, gdy przyjechał tu z alkoholem we krwi i znaczną pozostałością kokainy w organizmie, Baxter znalazł się za bramą kliniki, swojego azylu. Był już czysty, ważył pięć kilo mniej i nie tylko rzucił picie i narkotyki, ale przestał nawet palić. W dobrej formie fizycznej, opalony, z jasnym umysłem i głęboką wiarą, że pokonał swoje demony. Doktor Boone i inni psycholodzy nauczyli go, jak ma walczyć z nimi w przyszłości i zachowywać trzeźwość. W wieku lat dwudziestu pięciu zaczynał nowe życie. To napawało go dumą, ale i niepokojem, a nawet strachem. W miarę jak przejeżdżali kolejne kilometry, czuł się coraz bardziej nieswojo. Jego pewność siebie szybko topniała.

Już tyle razy ponosił porażki, na tak wielu polach. Cóż, rodzinna tradycja. Czy miał to zapisane w genach?

Sanitariusz zawiózł go z ośrodka Washoe w górach Nightingale do Reno. W czasie dwugodzinnej jazdy niewiele rozmawiali. Zbliżając się do miasta, minęli zachlapany billboard reklamujący importowane piwo. Seksowna młoda kobieta z zimną zieloną butelką w ręku mogła nakłonić każdego mężczyznę do zrobienia niemal wszystkiego. Baxter poczuł jeszcze silniejszy, dławiący strach. Krople potu pokryły mu czoło. Chciał wrócić do kliniki, gdzie nie było alkoholu i żadnych pokus. Ale nic nie powiedział.

Miasteczko Nadziei znajdowało się w podupadłej części Reno, w otoczeniu opuszczonych budynków, podrzędnych kasyn i barów. To było królestwo brata Manny, pastora, założyciela i szefa Miasteczka. Brat czekał przy krawężniku przed drzwiami kościoła. Gdy Baxter wysiadł na gorący chodnik, chwycił jego dłoń i uścisnął mocno.

– Panie Tate, mogę mówić do pana Baxter?

Pytanie sugerowało odpowiedź. Był Baxterem, nie panem Tate.

– Oczywiście – wydusił chłopak, zesztywniały po tym fizycznym ataku.

– Jestem brat Manny – przedstawił się pastor i położył grubą rękę na ramieniu gościa, uzupełniając w ten sposób prymitywne powitanie. – Witam w Miasteczku Nadziei.

Był Latynosem, miał około pięćdziesiątki, brązową cerę, siwe włosy zebrane w długi kucyk opadający aż do pasa, ciepłe spojrzenie, szeroki uśmiech, małą bliznę obok lewego nozdrza i większą na prawym policzku. Twarz ozdabiała mu biała miękka kozia bródka, pielęgnowana od wielu lat.

– Następny zbieg z kliniki Washoe – powiedział głębokim, melodyjnym głosem. – Jak tam sobie radzi dobry doktor Boone?

– Świetnie – odparł Baxter. Nos brata Manny'ego dzieliło około dziesięciu centymetrów od jego nosa. Bliski kontakt najwyraźniej w niczym nie przeszkadzał pastorowi, ale Baxtera trochę krępował. – Przesyła pozdrowienia.

– Wspaniały człowiek. Chodź, oprowadzę cię. Będziesz u nas trzy noce, jak rozumiem.

– Zgadza się.

Ruszyli powoli naprzód. Brat Manny trzymał jedną rękę na plecach Baxtera. Był potężnie zbudowanym mężczyzną z dużym torsem. Nosił ogrodniczki i białą lnianą koszulę rozpiętą pod szyją, z długimi połami na wierzchu, które unosiły się za nim w powietrzu. Na gołych stopach miał sandały.

Kościół należał kiedyś do jakiejś zamożnej kongregacji białych. Gdy Baxter, powłócząc nogami, kroczył przed siebie prowadzony przez gospodarza, usłyszał opowieść o jego przeszłości. Manny Lucera odnalazł Pana w czasie swojego drugiego pobytu w więzieniu za napad z bronią w ręku – skradzione pieniądze zamierzał przeznaczyć na kupno narkotyków do osobistej konsumpcji. Gdy tylko uzyskał zwolnienie warunkowe, Duch Święty powiódł go do Reno. Tu został kapłanem. W ciągu siedemnastu lat kościół się rozrósł i teraz mieścił schronisko dla bezdomnych w podziemiach, jadłodajnię dla ubogich, świetlicę dla biednych dzieci z okolicy, a także ośrodek opieki dla kobiet i dzieci, które uciekły od dręczących ich agresywnych mężczyzn. Planowano też stworzenie sierocińca. Stare sąsiednie budynki zostały odkupione i odnowione. W Miasteczku roiło się od ludzi – pracowników, wolontariuszy, bezdomnych – i wszyscy z poważaniem chylili czoła na widok brata Manny'ego.

Usiedli przy ogrodowym stole w cieniu i sączyli lemoniadę z puszki.

– Co brałeś? – zapytał Manny.

– Kokę. I piłem alkohol. Ale mogłem brać i pić cokolwiek – przyznał się Baxter. Po paru tygodniach obnażania swojej duszy przed ludźmi z ośrodka nie wahał się powiedzieć prawdy.

– Od jak dawna?

– Zacząłem powoli, w wieku czternastu lat. Nabrałem rozpędu, gdy podrosłem. Teraz mam dwadzieścia pięć, więc to już jedenaście lat.

– Skąd pochodzisz?

– Z Pittsburgha.

– Jakie środowisko?

– Ludzie dobrze sytuowani.

Brat Manny zadawał pytania i przyjmował odpowiedzi tak spokojnie, że po piętnastu minutach Baxter poczuł, iż mógłby z nim rozmawiać godzinami i nie zatajać absolutnie niczego.

– To twój pierwszy odwyk?

– Drugi.

– Ja brałem wszystkie narkotyki, jakie możesz sobie wyobrazić, i kilka takich, o których z pewnością nigdy nie słyszałeś. Przez dwadzieścia lat. Kupowałem, sprzedawałem, przemycałem i produkowałem. Cztery razy dostałem nożem, trzy razy mnie postrzelili i dwa razy siedziałem w więzieniu za narkotyki. Straciłem żonę i dwoje dzieci, bo piłem i ćpałem. Straciłem szansę na zdobycie jakiegoś wykształcenia. Straciłem osiem lat, siedząc w więzieniu. Prawie przegrałem swoje życie. Wiem wszystko o uzależnieniach, bo sam poznałem to na wylot. Jestem dyplomowanym doradcą i na co dzień pracuję z uzależnionymi. Jesteś uzależniony?

– Tak.

– Niech Bóg cię błogosławi, bracie. Wiesz, kim był Chrystus?

– No... tak. Matka zabierała mnie do kościoła w każde Boże Narodzenie.

Brat Manny uśmiechnął się i powoli uniósł swoją wydatną tylną część ciała.

– Pozwól, że ci pokażę twój pokój. Nie jest to Ritz, ale musi ci wystarczyć.

Schronisko dla bezdomnych mieściło się w obszernym podziemnym pomieszczeniu podzielonym prowizoryczną ścianką działową na dwie części; jedna dla kobiet, druga dla mężczyzn. Polowe łóżka z demobilu stały w równych rzędach.

– Większość tych ludzi w ciągu dnia pracuje. To nie włóczędzy – powiedział brat Manny. – Zaczną tu napływać gdzieś około szóstej po południu. To twój pokój.

W pobliżu pryszniców znajdowały się dwa małe pojedyncze pokoje z ładniejszymi łóżkami polowymi i przenośnymi wentylatorami. Brat Manny otworzył drzwi do jednego z nich.

– Możesz dostać osobny pokój, ale musisz na niego zapracować, więc będziesz pomagał w kuchni, a w trakcie posiłków wspomagał ochronę. – Pastor wypowiedział te słowa tak stanowczo, że jakakolwiek myśl o proteście gasła natychmiast, nie wchodziła w ogóle w rachubę.

Baxterowi kręciło się w głowie. Zaczął ten dzień w pięknych pokojach czterogwiazdkowej kliniki, ciesząc się, że w końcu jednak stąd wyjdzie. Teraz znajdował się w dusznych podziemiach starego kościoła – domu dla pięćdziesięciu dwóch najbiedniejszych dusz w Ameryce i miał mieszkać z nimi przez następne trzy dni. I gotować dla nich, i pilnować, żeby się nie pobili.

Baxter Tate z pittsburskiej dynastii Tate'ów. Bankierów, którzy mieli w żyłach błękitną krew i mieszkali w rezydencjach przekazywanych przez jedno żałosne pokolenie następnemu. Dumnych, aroganckich ludzi, którzy wżeniali się w inne podobne klany i płodzili potem jeszcze gorsze kreatury.

Jak dotarł do tego momentu swojego młodego życia?

Z prawnego punktu widzenia mógł odejść stąd w każdej chwili. Otworzyć drzwi, złapać taksówkę, nie obejrzeć się za siebie. Żaden nakaz sądowy nie ograniczał jego swobody. Stryj Wally poczułby się rozczarowany, ale to najmniej martwiłoby Baxtera, gdyby zechciał uciec.

– Dobrze się czujesz? – zapytał brat Manny.

– Nie. – To, że był tak szczery, sprawiało mu teraz przyjemność.

– Zdrzemnij się trochę. Jesteś blady.

Nie mógł zasnąć z powodu gorąca. Po godzinie wymknął się z pokoju. Dopiero po pewnym czasie zdał sobie sprawę, że błądzi w centrum Reno. Zjadł późny lunch w restauracji – pierwszego hamburgera z frytkami od miesięcy. Miał pieniądze, by wynająć pokój w hotelu na dzień albo dwa. Nie mógł się uwolnić od tej myśli, gdy kroczył teraz zygzakiem po ulicach. Mijał kasyna i znów wracał pod ich drzwi. Nigdy nie był hazardzistą, ale w każdym kasynie jest bar, prawda? Oczywiście miał zakaz wstępu do barów, ale zdecydował nie wracać do Miasteczka Nadziei, przynajmniej na razie.

Przy stole do black jacka wyciągnął z kieszeni pięć dwudziestodolarowych banknotów, wziął trochę zielonych żetonów i grał przez parę minut. Podstarzała kelnerka zapytała, co mu przynieść do picia.

– Butelkę wody, poproszę – powiedział bez wahania.

Jedynym oprócz niego graczem przy stole był jakiś kowboj w czarnym kapeluszu. Przed nim stało piwo. Baxter pił wodę, grał i od czasu do czasu zerkał na butelkę piwa. Wyglądała tak niewinnie. I tak pięknie.

Kiedy już jego żetony przeszły do krupiera, wstał od stołu i zaczął krążyć po kasynie. Przerażające miejsce, z nielicznymi gośćmi, którzy w ogóle nie powinni się tu pojawiać i ryzykować, że przegrają ostatnie pieniądze. Przeszedł obok baru. Na szerokich ekranach puszczano nagrania dawnych meczów futbolowych. Usiadł na stołku i zamówił wodę.

155

Co powiedziałby na to doktor Boone? Jeszcze nie minęło sześć godzin od opuszczenia kliniki, a ich podopieczny już spędzał czas w barze. Spokojnie, doktorze. To tylko woda. Jeśli mogę się oprzeć pokusie tutaj, w jaskini zła, w innych miejscach będzie mi łatwiej. Sączył mineralną gazowaną i od czasu do czasu rzucał okiem na półki z mocnymi trunkami. Czemu istniało aż tyle kształtów i rozmiarów butelek? Tak wiele różnych rodzajów alkoholi? Cały jeden rząd tworzyły gatunkowe wódki, wyborne napoje, które kiedyś pił hektolitrami.

Dzięki Bogu, ten czas już się skończył.

Gdzieś w kasynie zawyła syrena i rozległy się dzwonki. Szczęśliwy gracz przy automacie zgarnął pulę i hałas miał uzmysłowić innym graczom, jak łatwo można się wzbogacić. Barman napełnił szklankę beczkowym piwem, po czym z hukiem postawił ją przed Baxterem.

– Na koszt firmy! – oznajmił. – Superpula! Kumulacja!

Darmowe drinki dla każdego gościa w barze, czyli dla jednego, dla Baxtera. Już niemal powiedział: „Hej, koleś, zabieraj to. Ja nie piję". Ale barman akurat odszedł, a zresztą głupio by to zabrzmiało. Ilu niepijących podchodzi do baru o trzeciej po południu?

Szklanka była oszroniona, piwo lodowato zimne. Miało ciemny kolor. Baxter spojrzał na beczułkę – Nevada Pale Ale. Takiego nigdy jeszcze nie próbował. Miał zaschnięte wargi, więc pociągnął łyk wody. Przez sto pięć dni doktor Boone i cała masa psychologów z kliniki Washoe wbijali mu do głowy, że następny drink doprowadzi go z powrotem do uzależnienia. Przyglądał się i słuchał, jak inni goście – w ośrodku tak nazywano pacjentów – brnęli przez odwyk i opowiadali swoje historie o kolejnych porażkach. Nie daj się nabrać, ostrzegali, nie uda ci się wypić tylko jednego drinka. Konieczna jest całkowita abstynencja.

Może i tak.

Drobne pęcherzyki piany zaczęły spływać na serwetkę pod szklanką.

Miał dwadzieścia pięć lat i nigdy tak naprawdę nie wierzył, nawet w swoich najlepszych chwilach w Washoe, że może przeżyć resztę życia bez alkoholu. Gdzieś w głębi duszy wiedział, że potrafiłby znaleźć w sobie taką siłę, że wypije jednego drinka, najwyżej dwa, a potem przerwie picie tego wieczoru, zanim straci nad sobą kontrolę. Jeśli zamierzał pić, czemu nie zacząć teraz. Ostatnim razem męczył się długo i załamał dopiero po czternastu dniach. Przez dwa tygodnie oszukiwał samego siebie, a zwłaszcza przyjaciół, że podoba mu się życie w trzeźwości, choć przez cały czas, w każdym momencie marzył o drinku. Po co znów przechodzić przez to piekło?

Piwo powoli stawało się ciepłe.

Słyszał rady swoich psychologów. Pamiętał łzy i wyznania towarzyszy niedoli. Sam modlił się o życie w trzeźwości: „Jestem alkoholikiem, jestem słaby, potrzebuję siły płynącej od Istoty Najwyższej".

Oni byli słabi, ci inni nieudacznicy w klinice Washoe. Ale on, Baxter, nie. On mógł poradzić sobie z paroma drinkami. Usprawiedliwiał się, że w żadnym wypadku nie ulegnie pokusom kokainy. Ani nie będzie sobie pozwalał na mocny alkohol. Tylko małe piwo, od czasu do czasu, na pewno nie wino.

Nic takiego. Żadna sprawa.

Mimo to nie mógł wyciągnąć dłoni po szklankę. Stała pół metra od niego, w zasięgu ręki; z jednej strony przypominała zwiniętego grzechotnika gotowego do zabijania, ale z drugiej – nęciła, zawierała smakołyk, który wywoływał przyjemne dreszcze. Zło przeciwko dobru.

– Musisz nawiązać nowe przyjaźnie – powtarzał stale doktor Boone. – I nie możesz wrócić do dawnych ulubionych miejsc spotkań. Znajdź sobie nowe.

No dobrze, a co pan sądzi o tym, doktorze Boone? Siedzę pierwszy raz w życiu w tym podupadłym kasynie w Reno, nawet nie pamiętam jego nazwy. Nigdy tu dotąd nie byłem. Ha, ha.

Nagle uświadomił sobie, że prawa ręka lekko mu drży. Oddychał ciężko, z trudem.

– Dobrze się czujesz, stary? – zapytał barman, przechodząc obok.

Tak, nie. Baxter wykonał nieokreślony ruch głową, ale nie mógł wydusić ani słowa. Jego wzrok przywarł do szklanki z piwem. Co ja robię? – pytał siebie w duchu. Sześć godzin po opuszczeniu kliniki siedział w barze, spierał się sam ze sobą o to, czy powinien napić się drinka. Już przegrywał.

Wyciągnął lewą rękę, dotknął szklanki, potem powoli zaczął ją przesuwać do siebie. Przestał, gdy znalazła się w odległości piętnastu centymetrów od niego. Już czuł zapach jęczmienia i chmielu. Szklanka była wciąż zimna lub wystarczająco zimna.

Walka dobra ze złem zmieniła się w starcie między chęcią ucieczki a pragnieniem, żeby tu zostać. Prawie zdołał odepchnąć się od baru i pobiec do drzwi. Dziwne, to Keefe pomógł mu podjąć decyzję – jego najlepszy kumpel w Washoe, facet z bogatej rodziny, na trzeciej kuracji odwykowej. Dwie pierwsze się nie udały, bo Keefe przekonywał samego siebie, że mała puszka piwa nie zaszkodzi.

– Jeśli to wypiję i znów popłynę, zawsze mogę wrócić do Washoe – szepnął do siebie Baxter. – A po dwóch porażkach będę miał pewność, że konieczna jest całkowita abstynencja. Tak jak Keefe. Ale w tej chwili naprawdę mam chęć na piwo. – Objął dłońmi szklankę, uniósł powoli i powąchał. Uśmiechnął się, kiedy zimne szkło dotknęło jego warg. Pierwszy łyk był cudowny. Nevada Jasne Ale – najwspanialszy nektar, jaki kiedykolwiek pił. Przymknął oczy i delektował się nim z rozjaśnioną twarzą.

– Więc tu jesteś, Baxter! – krzyknął ktoś nagle z tyłu.

Chłopak zakrztusił się i niemal upuścił szklankę. Odwrócił się gwałtownie – brat Manny zbliżał się szybko, wyraźnie niezadowolony.

– Co ty robisz? – Położył ciężką rękę na ramieniu Baxtera. Wyglądał tak, jakby zamierzał za chwilę uderzyć go pięścią w twarz.

Baxter nie bardzo wiedział, co robi. Pił piwo, a to na pewno było zakazane, ale teraz z przerażenia nie mógł mówić. Brat Manny delikatnie wziął od niego szklankę i popchnął ją po blacie baru.

– Zabierz to – warknął do barmana. Usiadł na sąsiednim stołku i przysunął się do Baxtera tak, że nos raz jeszcze miał nie dalej niż dziesięć centymetrów od twarzy chłopaka. – Posłuchaj, synu – odezwał się cicho. – Nie mogę cię zmusić, żebyś natychmiast stąd wyszedł. Decyzja należy do ciebie. Ale jeśli chcesz, żebym ci pomógł, powiedz. Zaprowadzę cię z powrotem do mojego kościoła, zrobię trochę kawy i pogadamy sobie.

Baxterowi zapadły się ramiona i opadł podbródek. Piwo wciąż jeszcze atakowało jego kubki smakowe.

– To może być najważniejsza decyzja w twoim życiu – ciągnął brat Manny. – Właśnie teraz, w tym momencie. Zostać czy odejść. Jeśli zostaniesz, umrzesz w ciągu pięciu lat.

Baxter przymknął oczy.

– Jestem taki słaby – wyszeptał.

– Tak, ale ja nie jestem. Pozwól, żebym cię stąd zabrał.

– Proszę.

Brat Manny właściwie podniósł go ze stołka, potem objął potężnym ramieniem. Powoli przeszli obok automatów i pustych kół ruletek, byli już prawie przy głównych drzwiach, gdy brat Manny zdał sobie sprawę, że Baxter płacze. Uśmiechnął się. Uzależniony musi sięgnąć dna, zanim zacznie piąć się w górę.

BIURO PASTORA MIEŚCIŁO SIĘ W DUŻYM ZAGRACONYM POKOJU obok pomieszczeń schroniska. Sekretarka, żona brata Manny'ego, przyniosła im dzbanek mocnej kawy i dwa różne kubki. Baxter siedział nisko na starej skórzanej kanapie i łapczywie pił małymi łykami, jakby chciał zmyć smak piwa. Łzy przestały mu płynąć z oczu, na razie.

Brat Manny usiadł blisko na drewnianym bujanym fotelu i kołysząc się powoli, zaczął opowiadać:

– Siedziałem w więzieniu w Kalifornii. To był ten drugi raz. Należałem do bandy i robiłem rzeczy gorsze dla swojej duszy niż te, jakie wyczynialiśmy na ulicach. Któregoś dnia zachowałem się nieostrożnie i wyszedłem poza mój teren. Zostałem napadnięty przez rywalizujący z nami gang. Ocknąłem się w więziennym szpitalu z połamanymi kośćmi, z ranami ciętymi. Z pękniętą czaszką. Ból straszny. Pamiętam, że wolałem już umrzeć. Miałem dość swojego żałosnego życia, dość siebie. Wiedziałem, że jeśli przeżyję i znów wyjdę warunkowo, wyląduję z powrotem na ulicach i będę robił to samo, co dotychczas. Tam, gdzie dorastałem, albo się szło do więzienia, albo umierało młodo. Wydaje się, że ty żyłeś zupełnie inaczej, prawda?

Baxter wzruszył ramionami.

– Pod wieloma względami tak, pod wieloma nie. Całe moje życie skupiało się tylko na mnie samym, bardzo podobnie jak twoje. Lubiłem zło tak samo jak ty. Przyjemności, rozrywki, egoizm, duma, to był nasz żywioł.

– O, tak.

– Wszystko to jest grzechem i prowadzi do nieszczęść, bólu, ruiny, potem śmierci. Tam właśnie zmierzałeś, synu, i to bardzo dużymi krokami.

Baxter lekko skinął głową.

– Więc co się stało? – spytał.

159

– Miałem szczęście i przeżyłem, a niedługo potem poznałem więźnia, recydywistę, który nigdy nie mógł się ubiegać o zwolnienie warunkowe, a był najbardziej delikatnym, uroczym, najszczęśliwszym człowiekiem, z jakim kiedykolwiek rozmawiałem. Nie miał żadnych zmartwień, cieszył się każdym dniem, życie było dla niego wspaniałe. W więzieniu o zaostrzonym rygorze spędził piętnaście lat. Kapłan więzienny pokazał mu Ewangelię Chrystusa i ten przestępca stał się człowiekiem wierzącym. Powiedział, że modli się za mnie, tak jak za wielu złych ludzi. Pewnego wieczoru zaprosił mnie do studiowania Biblii i słuchałem, jak inni więźniowie opowiadali swoje historie i wychwalali Boga za jego miłosierdzie i miłość, potęgę i obietnicę zbawienia. Wyobraź sobie tylko: banda zatwardziałych przestępców zamkniętych w ponurym więzieniu, śpiewająca pieśni ku chwale Pana. Bardzo mocna rzecz i ja czegoś takiego potrzebowałem. Przebaczenia, bo w przeszłości popełniłem wiele grzechów. Pokoju, bo przez całe życie toczyłem walkę. Miłości, bo nienawidziłem wszystkich. Mocy, bo w głębi duszy wiedziałem, jak jestem słaby. Szczęścia, bo tak długo byłem nieszczęśliwy. Więc modliliśmy się razem, ja i ci przestępcy, którzy byli jak małe owieczki. I przyznałem się Bogu, że grzeszyłem i że pragnę być zbawionym przez Jezusa Chrystusa. Moje życie zmieniło się w jednej chwili, Baxter. To tak pełna, wszechogarniająca siła, że jeszcze dziś nie mogę w nią uwierzyć. Duch Święty wszedł w moją duszę i dawny Manny Lucera umarł. Narodził się nowy, ten któremu wybaczono przeszłość i darowano wieczne życie.

– A co z narkotykami?

– Przestałem brać, moc Ducha Świętego jest o wiele większa niż ludzkie pragnienia. Widziałem to tysiące razy u uzależnionych, którzy wcześniej próbowali wszystkich metod zerwania z nałogami: kliniki odwykowe, leczenie, psychoterapie. Ale pozostawali bezsilni wobec alkoholu i narkotyków. Siła przychodzi skądinąd. Według mnie bierze się z mocy Ducha Świętego.

– Ja nie czuję się teraz bardzo silny.

– Bo nie jesteś. Spójrz na siebie. Z kliniki Washoe trafiłeś do marnego baru w podupadłym kasynie zaledwie w ciągu paru godzin. To mógłby być rekord, Baxter.

– Nie zamierzałem tam wejść.

– Oczywiście, że nie. Ale wszedłeś.

– Dlaczego? – spytał Baxter cichym, słabnącym głosem.

– Bo nigdy nie powiedziałeś „nie".

Łza potoczyła się po policzku Baxtera, otarł ją grzbietem dłoni.

– Nie chcę wracać do Los Angeles.

– Nie możesz, synu.

– Pomożesz mi? Cały się trzęsę. Jestem naprawdę przerażony.

– Pomódlmy się razem, Baxter.

– Spróbuję.

19

SZEŚĆ MIESIĘCY PO ZŁOŻENIU POZWU W SPRAWIE TRYLON–BARTIN pole bitwy było określone, a wojska stanęły już na placu. Obie strony złożyły pompatyczne wnioski, obliczone na zdobycie lepszej pozycji, ale na razie nikt nie uzyskał żadnej przewagi. Oczywiście targowano się o ostateczne terminy, harmonogramy, kwestie do rozważenia, ich ujawnienie, o to, kto będzie oglądał jakie dokumenty i kiedy.

Zastępy prawników pracowały synchronicznie, a sprawa się wlokła. Wciąż nikt nie wiedział, kiedy proces się zacznie, ale co z tego. Skoro miesięcznie adwokaci wystawiali Trylonowi rachunki na pięć i pół miliona, po co przyspieszać rozwiązanie sprawy?

Z drugiej strony Bartin Dynamics płacił tyle samo za energiczną obronę, koordynowaną przez wybitnych, bezwzględnych specjalistów od sporów sądowych z kancelarii Agee, Poe & Epps. APE skierowała do prowadzenia tej sprawy czterdziestu prawników i podobnie jak Scully & Pershing dysponowała taką ławką rezerwowych, że w razie konieczności mogła wysłać następny zespół na pole bitwy.

Najbardziej istotna kwestia nie przyniosła na razie jakiejkolwiek niespodzianki dla żadnej z obu drużyn adwokatów. Kiedy przymusowy mariaż Trylona i Bartina rozpadł się, gdy ich sztuczna spółka przestała nagle istnieć, zaczęła się ostra walka o dokumenty. W trakcie tworzenia hipersonicznego bombowca B-10 powstały dziesiątki tysięcy, a nawet miliony dokumentów. Poszukiwacze i projektanci zatrudnieni przez Bartina zagarniali wszystkie papiery, jakie wpadły im w ręce. Ludzie z Trylona postępowali dokładnie tak samo. Oprogramowania były wysyłane, odsyłane i znów wysyłane w cyberprzestrzeń, zmieniały trasę, niektóre ulegały zniszczeniu. Sprzęt komputerowy kontrolowany przez jedną firmę trafiał do drugiej. Zniknęły tysiące dobrze zabezpieczonych teczek. Całe skrzynki ważnych wydruków zostały ukryte. I w trakcie tej walki i zamieszania obie firmy oskarżały się wzajemnie o kłamstwa, szpiegostwo i zwyczajną kradzież. Kiedy sytuacja się wyklarowała, żadna ze stron nie wiedziała, jakimi materiałami dysponuje przeciwnik.

Ze względu na niezwykle delikatny charakter badań i informacji Pentagon z przerażeniem przyglądał się skandalicznemu zachowaniu obu firm. Zarówno Pentagon, jak i różne agencje wywiadowcze mocno naciskały na Trylona i Bartina, by nie wyciągały na wierzch swoich ciemnych sprawek, ale te starania nie dały żadnych rezultatów. Teraz kontrolę nad walką przejęli adwokaci.

Głównym zadaniem pana Wilsona Rusha i jego zespołu z kancelarii Scully & Pershing było zgromadzenie, skatalogowanie, skopiowanie i przechowanie wszystkich dokumentów znajdujących się w posiadaniu Trylona. Przeznaczono na ten cel magazyn w Willington w Karolinie Północnej, położony półtora kilometra od ośrodka badawczego Trylona, w którym dokonano większości badań nad B-10. Budynek wydzierżawiono, całkowicie odremontowano i zabezpieczono przed działaniem ognia, wody i wiatru. Zlikwidowano wszystkie okna i zastąpiono je piętnastocentymetrowym murem z pustaków. Firma ochroniarska z Waszyngtonu wyposażyła magazyn w dwadzieścia wewnętrznych kamer. Na czterech parach wielkich drzwi zamontowano alarmy działające na podczerwień i wykrywacze metali. Uzbrojeni strażnicy patrolowali pusty magazyn na długo przed tym, zanim pojawiły się tam dokumenty.

Przywozili je w nieoznakowanych ciężarówkach inni uzbrojeni strażnicy. W ciągu dwóch tygodni, w połowie września wykonano dziesiątki dostaw. Magazyn żartobliwie nazwany Fort Rush ożył, gdy kolejne tony papierów starannie układano w białych kartonowych pudłach, gdzie czekały na rozmieszczenie według systemu, który rozumieli jedynie adwokaci z Nowego Jorku.

Magazyn wynajęła firma Scully & Pershing. Wszystkie umowy – dotyczące renowacji, instalacji urządzeń zabezpieczających, transportu dokumentów – podpisywał Wilson Rush. Gdy dokumenty znalazły się już w magazynie, zostały uznane za PPA – Produkt Pracy Adwokatów – a więc za przedmiot, wobec którego obowiązywały inne reguły dotyczące ujawniania ich drugiej stronie.

Pan Rush wybrał dziesięciu współpracowników ze swojego zespołu specjalistów od sporów sądowych, najbystrzejszych i najbardziej zaufanych. Ci nieszczęśnicy zostali przywiezieni do Willington i wprowadzeni do Fortu Rush, długiego budynku bez okien, z lśniącymi betonowymi podłogami i ostrym gryzącym zapachem. Na samym środku wznosiła się góra pudeł. Po obu stronach biegły rzędy pustych składanych stołów, a za nimi stało dziesięć groźnie wyglądających kserokopiarek omotanych drutami i kablami biegnącymi we wszystkie strony. Kopiarki były oczywiście kolorowe, supernowoczesne, mogły natychmiast skanować, segregować i zszywać.

Tu, z dala od nowojorskich biur, współpracownikom pozwolono nosić dżinsy i buty sportowe, obiecano większe premie i inne rzeczy. Ale nic im nie mogło zrekompensować beznadziei pracy nad kopiowaniem i skanowaniem miliona dokumentów. A do tego w Willington! Większość oddelegowanych miała rodziny, było więc bardzo prawdopodobne, że Fort Rush stanie się przyczyną kolejnych małżeńskich problemów.

Zaczęli swoją straszną robotę pod osobistym nadzorem pana Rusha. Każdy dokument był dwukrotnie kopiowany w ułamku sekundy i natychmiast skanowany do komputerowej bazy danych firmy. Po kilku tygodniach, gdy praca dobiegnie końca, specjaliści zabezpieczą dostęp do elektronicznej biblioteki, a adwokat, który dostanie kod, będzie mógł znaleźć każdy dokument w ciągu paru sekund. Informatycy z kancelarii, twórcy oprogramowania, byli absolutnie przekonani, że zabezpieczeń nikt nie zdoła sforsować.

By uświadomić współpracownikom wagę ich pozornie bezmyślnych czynności, pan Rush pozostał na miejscu trzy dni i osobiście brał udział w rozpakowywaniu, sortowaniu, skanowaniu, kopiowaniu i ponownym pakowaniu. Po jego odjeździe kierownictwo przejęli dwaj inni wspólnicy z działu sporów sądowych. Taką prozaiczną robotę zwykle zlecano firmie zajmującej się kopiowaniem, a pomocniczy personel kancelarii jedynie nadzorował działania, ale w wypadku tych dokumentów byłoby to stanowczo zbyt ryzykowne. Dlatego teraz kserokopiarki obsługiwali prawnicy, a każdy z nich zarabiał przeciętnie czterysta tysięcy dolarów rocznie i miał przynajmniej jeden dyplom z którejś z najbardziej prestiżowych uczelni w kraju. W żadnym momencie w czasie studiów nie przyszło im do głowy, że będą zajmowali się kserowaniem, ale po czterech czy pięciu latach spędzonych w kancelarii Scully & Pershing byli uodpornieni na wstrząsy.

Rotacja zaczęła się po pierwszym tygodniu. Osiem dni w magazynie, następnie cztery dni w Nowym Jorku, potem powrót do Willington. Zmieniano zadania i w końcu wykorzystano wszystkich piętnastu współpracowników. Zabroniono im wszelkich rozmów o jakimkolwiek aspekcie działań Fortu Rush z kimkolwiek w Nowym Jorku. Bezpieczeństwo i dyskrecja były sprawą najwyższej wagi.

Pierwszy etap zajął sześć tygodni. Skopiowano, skatalogowano i włączono do biblioteki ponad dwa miliony dokumentów. Współpracowników uwolniono z Fortu Rush i przewieziono z powrotem do Nowego Jorku wynajętym odrzutowcem.

Ale wtedy Bennie już dokładnie wiedział, gdzie jest magazyn. Miał też ogólne pojęcie o zainstalowanych tam zabezpieczeniach, ale one interesowały go tylko trochę. Najbardziej pragnął dostępu do komputerowej bazy danych. A to mógł uzyskać dzięki swojemu szpiegowi.

20

ZA NASTĘPNY TYSIĄC DOLARÓW agencja detektywistyczna z Pittsburgha obserwowała Elaine Keenan wystarczająco długo, by ustalić jej rozkład dnia. Zazwyczaj jadała lunch z którąś z koleżanek z pracy w barze kanapkowym w pobliżu centrum handlowego, gdzie pracowała.

Przypadkowe spotkanie musiałoby wypaść wiarygodnie, a Joeyowi niezbyt odpowiadał pomysł, żeby wpaść na nią w barze lesbijek, gdzie bywała ze współlokatorką. Poza tym wątpił, czy uda mu się namówić Elaine na pogawędkę przy kawie. W zasadzie prawie jej nie znał. Bliski kontakt miał z nią tylko wtedy na imprezie. Była jedną z kilku fanek Bety, a on starał się zapomnieć o nich wszystkich.

Agencja detektywistyczna zrobiła trzy kolorowe zdjęcia. Joey studiował je godzinami i nie był przekonany, że kiedykolwiek spotkał tę dziewczynę. Ale Kyle też je obejrzał i oświadczył, że doskonale ją pamięta.

Teraz miała dwadzieścia trzy lata, włosy ufarbowane na kasztanowo i bardzo krótko obcięte. Nie malowała się, nawet ust, nic oprócz tatuaży wokół przedramion. Jeśli choć trochę starała się wyglądać atrakcyjnie, nie było tego widać. Po prostu fajna dziewczyna, ale niezbyt pociągająca.

Joey przełknął ślinę, raz jeszcze przeklął Kyle'a i wszedł do baru. Stanął za Elaine w kolejce i po paru minutach, gdy ludzie powoli przesunęli się do przodu, lekko ją popchnął.

– Przepraszam – powiedział szybko z szerokim, fałszywym uśmiechem.

Odwzajemniła uśmiech, ale nic nie powiedziała. Zrobił krok w jej stronę.

– Hej, byłaś w Duquesne parę lat temu, prawda? – zapytał.

Jej dwie koleżanki obejrzały się bez większego zainteresowania.

– Krótko – odparła i przyjrzała mu się uważnie.

Joey pstryknął palcami i zrobił minę, jakby próbował sobie coś przypomnieć.

– Elaine? Zgadza się? Nie pamiętam nazwiska.

– Tak, zgadza się. A ty?

– Joey Bernardo. Byłem w Becie.

Na jej twarzy pojawiło się przerażenie, spuściła wzrok. Przez chwilę stała w milczeniu jak wryta. Potem przesunęła się o krok w kolejce. Odwróciła się plecami do chłopaka, który kiedyś ją zgwałcił, a potem nie tylko nie poniósł żadnej kary, ale został całkowicie oczyszczony z zarzutów. Joey obserwował ją kątem oka i poczuł niepokój z kilku powodów. Przede wszystkim była najwyraźniej przestraszona jego widokiem, ale skoro uważała siebie za ofiarę, a jego za gwałciciela, trudno się dziwić. Czuł się też nieswojo, stojąc tak blisko kogoś, z kim kiedyś przypadkowo miał stosunek.

– Co ty tu robisz? – syknęła przez ramię.

– To co ty, przyszedłem zjeść lunch.

– Mógłbyś stąd wyjść?

Ledwo było ją słychać, ale jedna z jej towarzyszek odwróciła się i spiorunowała Joeya wzrokiem.

– Nie. Właśnie zamawiam kanapkę.

Nic więcej do siebie nie powiedzieli. Szli w róg bufetu, by odebrać zamówienia. Elaine zajęła miejsce przy stole daleko od Joeya i jadła szybko w towarzystwie dwóch koleżanek. Joey jadł sam przy małym stoliku blisko drzwi. Miał już przygotowany krótki list: „Elaine, chciałbym z tobą o tym porozmawiać. Proszę, zadzwoń do mnie na komórkę, numer 412-866-0940. Będę w Scranton do jutra, do dziewiątej rano. Joey Bernardo". Odniósł tacę, potem podszedł do stołu Elaine, podał list bez jednego słowa i natychmiast się ulotnił.

Po dwóch godzinach zadzwoniła.

Punktualnie o siedemnastej, jak się umówili, Joey wrócił do baru kanapkowego. Zastał Elaine przy tym samym stole, przy którym siedziała w czasie lunchu, ale teraz zamiast dwóch przyjaciółek była z nią jakaś kobieta. Nastąpiła lodowata prezentacja, po czym Joey usiadł naprzeciwko nich, z zaciśniętym gardłem i ogromną chęcią, żeby dokopać Kyle'owi McAvoyowi. Gdzie, tak w ogóle podziewa się, Kyle, do diabła? To on jest prawnikiem.

Adwokat Elaine była atrakcyjną kobietą w średnim wieku. Wszystko miała czarne – garsonkę, grube korale, buty, cienie na powiekach i co najgorsze – nastrój. Aż się rwała, żeby rzucić się do gardła. Z wizytówki, na którą Joey spoglądał, wynikało, że to Michelin „Mike" Chiz. Od razu przeszła do rzeczy.

– Moje pierwsze pytanie panie Bernardo brzmi: co pan tutaj robi?

– Ile pytań zamierza mi pani zadać? – odparował Joey w swoim najlepszym cwaniackim stylu.

Jego pseudoadwokat i prawie współoskarżony, Kyle McAvoy, upewniał go do znudzenia, że przypadkowe spotkanie z Elaine Keenan niczym mu nie grozi. Wszelkie prawne działania, które chciałaby podjąć, powinny być wszczęte dawno temu. Minęło już pięć i pół roku.

– No cóż, panie Bernardo... mogę mówić do pana Joey?

Nie było niemal żadnej szansy, żeby pozwoliłaby mu zwracać się do siebie Mike, więc ostro odpowiedział: „nie".

– W porządku, panie Bernardo, mam tylko parę pytań. Reprezentuję panią Keenan już od pewnego czasu. Tak naprawdę ona pracuje w niepełnym wymiarze godzin w moim biurze, jest dobrą asystentką i znam jej historię. A teraz, co pan tutaj robi?

– Po pierwsze, nie muszę pani nic wyjaśniać, do cholery. Ale postaram się być miły, przynajmniej przez następnych sześćdziesiąt sekund. Pracuję w firmie maklerskiej w Pittsburghu, mamy kilku klientów w Scranton. Jestem tutaj, żeby się z nimi spotkać. Poczułem się głodny dzisiaj w południe. Zgłodniałem. Przypadkowo wybrałem tę czterogwiazdkową restaurację, wszedłem, zobaczyłem panią Keenan, powiedziałem jej „cześć", a ona się wkurzyła. Chciałem z nią tylko pogawędzić, a teraz jej adwokat zadaje mi pytania. Po co właściwie potrzebny ci adwokat, Elaine?

– Zgwałciłeś mnie, Joey – wyrzuciła z siebie Elaine. – Ty i Baxter Tate, a może i Kyle McAvoy.

Zanim skończyła, jej oczy stały się wilgotne. Oddychała ciężko, jakby za moment miała się na niego rzucić.

– Może to, może tamto. Ciągle coś przekręcasz w swojej historii.

– Dlaczego chciał pan rozmawiać z moją klientką? – zapytała pani Chiz.

– Bo to było nieporozumienie i chciałem za nie przeprosić. To wszystko. Po tym, jak zaczęła krzyczeć o gwałcie, nigdy się już nie widzieliśmy. Gliniarze zaczęli dochodzenie, ale niczego nie znaleźli, bo nic nigdy się nie stało, a potem Elaine zniknęła.

– Zgwałciłeś mnie, Joey, i wiesz o tym.

– Nieprawda, Elaine. Uprawialiśmy seks: ty i ja, ty i Baxter, ty i większość innych chłopaków z Bety, ale sama na wszystko się godziłaś.

Elaine zamknęła oczy i zaczęła drżeć.

– Dlaczego ona potrzebuje adwokata? – zapytał Joey panią Chiz.

– Wiele wycierpiała.

– Nie wiem, ile wycierpiała, proszę pani, ale na pewno nie cierpiała w Duquesne. Za dużo imprez zaliczała, żeby mieć czas na cierpienie. Mnóstwo alkoholu, narkotyków i seksu; wielu chłopaków, i wiele dziewczyn może to potwierdzić. Niech pani lepiej pozna swoją klientkę, zanim podejmie pani jakiekolwiek pochopne działania. Elaine ma sporo na sumieniu.

– Zamknij się! – warknęła Elaine.

– Chce pan ją przeprosić? – zapytała prawniczka.

– Tak. Elaine, przepraszam za nieporozumienie, cokolwiek wtedy było, do diabła. I myślę, że ty powinnaś przeprosić nas za oskarżenie o coś, co się nie wydarzyło. A w tym momencie chcę cię przeprosić nawet za to, że tutaj jestem. To nie był dobry pomysł. Na razie!

Wyszedł szybko z baru, pomaszerował do samochodu i opuścił Scranton. W drodze powrotnej do Pittsburgha, w chwilach gdy nie przeklinał Kyle'a McAvoya, wciąż słyszał jej słowa. „Zgwałciłeś mnie, Joey". Głos pełen bólu i pozbawiony jakiejkolwiek wątpliwości. Pięć i pół roku temu mogła nie wiedzieć dokładnie, co się zdarzyło w ich mieszkaniu, ale na pewno wiedziała teraz.

Nikogo nie zgwałcił. Po prostu zaczęli uprawiać seks, a teraz Elaine miała zupełnie inną wizję tamtych wydarzeń.

Jeśli dziewczyna zgadza się na seks, czy może się rozmyślić w trakcie stosunku? Albo jeśli godzi się na seks i w połowie film jej się urywa, jak może później twierdzić, że zmieniła zdanie? Trudne pytania i Joey zmagał się z nimi w czasie jazdy.

„Zgwałciłeś mnie, Joey".

Sam ton, jakim wypowiedziała to oskarżenie, świadczył, że była naprawdę przekonana, że to zrobił. Joey po raz pierwszy nabrał wątpliwości wobec własnych odczuć i oceny tamtej sytuacji. Czy on i Baxter rzeczywiście wykorzystali tę dziewczynę?

CZTERY DNI PÓŹNIEJ Kyle wstąpił do kancelarii w swojej firmie i odebrał list od Joeya. Był w nim szczegółowy opis spotkania, łącznie z informacją, kto jakie kanapki zamówił, oraz opisem koloru włosów i tatuaży Elaine. Po przedstawieniu faktów Joey wyraził swoją opinię.

„EK całkowicie przekonała samą siebie, że została zgwałcona przez kilku z nas, JB i BT na pewno i »być może« KM. Jest słaba, rozdygotana, niezrównoważona emocjonalnie, znękana, ale jednocześnie widać, że w pewnym stopniu zadowolona z roli ofiary. Wybrała sobie właściwego adwokata, twardą kobitkę, która wierzy klientce i bez wahania poszłaby do sądu, gdyby znalazła jakikolwiek dowód. Trzyma palec na cynglu. Jeśli nagranie jest nawet w połowie tak niebezpieczne, jak mówisz, użyj wszelkich dostępnych środków, by pozostało poza ich zasięgiem. To dwie wkurzone kobry gotowe do ataku".

Joey zakończył list tak:

„Nie wiem, jakie ma być moje następne zadanie, ale wolałbym nigdy więcej nie zbliżać się do Elaine. Nie lubię, kiedy nazywa się mnie gwałcicielem. Całe to wydarzenie było mocno denerwujące, a do tego musiałem nakłamać Blair, żeby móc wyjechać z miasta. Zdobyłem dwa bilety na mecz Steelersów z Gigantami na dwudziestego szóstego października. Mam zadzwonić i powiedzieć ci to tak, żeby twoje bandziory o tym wiedziały? Naprawdę myślę, że powinniśmy pójść na ten mecz i zdecydować, co robić dalej. Twój wierny sługa, Joey".

Kyle przeczytał ten list w bibliotece głównej ukryty między półkami starych ksiąg prawniczych. Potwierdziły się jego najgorsze obawy, ale nie miał czasu się nad tym zastanawiać. Spokojnie podarł kartki na sto kawałeczków i przed opuszczeniem biblioteki wrzucił je do kosza na śmieci. Natychmiast niszcz wszelką korespondencję, tak uczył Joeya.

Chelsea Garden znajdował się blisko jego mieszkania, piętnaście minut drogi spacerem. O jedenastej wieczorem Kyle wlókł się wzdłuż Siódmej Alei, szukając tego hotelu. Gdyby nie był tak wyczerpany, mógłby się cieszyć chłodnym jesiennym powietrzem, widokiem liści opadających na chodnik, i mieszkańców miasta, których połowa jeszcze nie spała i spieszyła gdzieś, w różne strony. Ale otępiały ze zmęczenia potrafił myśleć teraz tylko o jednej rzeczy, a i to chwilami przychodziło mu z dużym trudem.

Bennie siedział w apartamencie na trzecim piętrze i czekał od dwóch godzin, ponieważ jego „skarb" nie mógł wyjść z biura. Trudno. Kyle należał do firmy i im więcej czasu tam spędzał, tym szybciej mógł wykonać swoją robotę.

Mimo wszystko Bennie zaczął spotkanie od złośliwej uwagi:

– Spóźniłeś się.

– Pozwij mnie do sądu. – Kyle wyciągnął się na łóżku.

To było ich czwarte spotkanie w Nowym Jorku, a Kyle nie przekazał jeszcze niczego takiego, czego Bennie nie powinien już wiedzieć. Na razie nie naruszył żadnych zasad. Nie złamał prawa.

Więc czemu się czuł jak zdrajca?

Bennie stukał w wielki arkusz na clipboardzie.

– Teraz uważaj – powiedział. – To nie potrwa długo. Mam trochę kawy, jeśli chcesz.

Kyle zerwał się na nogi, sam nalał sobie kawy do papierowego kubka i usiadł na brzegu łóżka.

– Jedźmy.

– To zespół zmontowany do sprawy Trylona. Na samej górze jest Wilson Rush, pod nim ośmiu wspólników z działu sporów sądowych: Mason, Bradley, Weems, Cochran, Green, Abbot, Etyheridge i Wittenberg. Ilu z nich poznałeś?

Kyle studiował osiem kwadratów z wypisanymi w środku nazwiskami i zastanawiał się przez chwilę.

– Wilson Rush rozmawiał z nami na spotkaniu wprowadzającym, ale od tamtego czasu go nie widziałem. Dla Abotta napisałem notatkę służbową w sprawie dotyczącej papierów wartościowych; z Wittenbergiem byłem któregoś dnia na lunchu. Spotkałem Bradleya, Weemsa, być może Etheridge'a, ale trudno powiedzieć, że ich poznałem. To wielka firma.

Kyle codziennie widział nowe twarze – na korytarzach, w windach, w stołówce, bibliotekach i kawiarniach. Próbował nawiązać kontakty towarzyskie, a przynajmniej mówić „cześć", bo zegar tykał bez przerwy i wystawianie rachunków było najważniejsze.

Kyle odetchnął z ulgą, że na tablicy nie ma nazwiska jego bezpośredniego przełożonego i opiekuna Douga Peckhama.

Pod kwadratami wspólników była grupa mniejszych kwadratów. Bennie stuknął przy nich palcem wskazującym.

– To szesnastu starszych współpracowników i szesnastu młodszych. Nazwiska znajdują się tu, w tym segregatorze. Nie musisz uczyć się ich na pamięć.

– Jasne, Bennie. – Kyle zerknął na gruby niebieski segregator. Trzy poprzednie były czarne i jeszcze grubsze. Potem zaczął przyglądać się nazwiskom na tablicy.

– Z iloma spośród nich pracowałeś?

– Z pięcioma, sześcioma, może siedmioma. – Kyle w ogóle nie silił się na dokładność.

Skąd Bennie mógł wiedział, kto z kim pracuje? I jak zdobył nazwiska wszystkich czterdziestu jeden prawników przydzielonych do sprawy Trylona? Kyle nawet nie chciał się nad tym dłużej zastanawiać. Kilka nazwisk mogło się znaleźć w dokumentach sądowych, ale tylko tych najważniejszych. Jak wiele źródeł miał ten facet?

Bennie wskazał jeden z mniejszych kwadratów.

– To starsza współpracownik Sherry Abney. Poznałeś ją?

– Nie.

– Wschodząca gwiazda, szybko zostanie wspólnikiem. Dwa dyplomy z Harvardu i staż adwokacki na szczeblu federalnym. Podlega bezpośrednio Masonowi, który jest odpowiedzialny za kody dostępu. Ona z kolei ma pod sobą współpracownika z dwuletnim stażem, Jacka McDougle'a. McDougle bierze kokainę. Na razie nikt w kancelarii o tym nie wie, ale to tylko kwestia czasu. Szybko stąd odejdzie.

Kyle patrzył na kwadrat z nazwiskiem McDougle'a i przyszło mu do głowy tyle pytań, że nie wiedział, od czego zacząć. Skąd Bennie brał informacje o czymś takim?

– I ty chcesz, żebym to ja zajął jego miejsce?

– Chcę, żebyś pogadał o tym z Sherry Abney. Poznaj ją, wywiedz się wszystkiego na jej temat. Skończyła trzydzieści lat, jest niezamężna, ale związała się z bankierem z Chase, który pracuje tyle godzin co ona, więc nie mają w ogóle czasu na żadne przyjemności. Jak dotąd, nie wyznaczyli daty ślubu. Ona lubi grać w squasha, a jak wiesz, firma dysponuje dwoma kortami na trzydziestym dziewiątym piętrze, obok sali gimnastycznej. Grasz w squasha?

– Trochę. – Kyle grał kilka razy w Yale. – Nie bardzo wiem, kiedy znajdę na to czas.

– Wymyśl coś. Właśnie Sherry może zapewnić ci wstęp do zespołu Trylona.

Dołącz do nich, aha... Kyle zamierzał unikać Trylona i zespołu zajmującego się tą sprawą tak skrzętnie, jak to tylko możliwe.

– Jest tu mały problem, Bennie – powiedział. – Dobrze wykonałeś swoją robotę, ale przeoczyłeś istotny szczegół. Przy tej sprawie nie pracuje ani jeden nowy. Z przynajmniej dwóch powodów. Po pierwsze, my nic nie nie umiemy, bo pięć miesięcy temu byliśmy jeszcze studentami, a po drugie, mądrzy faceci od Trylona prawdopodobnie przykazali swoim adwokatom, żeby trzymali nas od tej sprawy z daleka. To się zdarza. Nie wszyscy klienci kancelarii są na tyle głupi, żeby płacić po trzysta dolców za godzinę bandzie żółtodziobów. Więc, Bennie, gdzie jest plan B?

– To wymaga cierpliwości, Kyle. I intryg biurowych. Zacznij zabiegać o udział w sprawie Trylona, nawiąż kontakty ze starszymi współpracownikami, podlizuj się komu trzeba, a może los się do nas uśmiechnie.

Kyle nie skończył jeszcze rozmowy na temat McDougle'a. Postanowił ją kontynuować, ale w tym momencie z saloniku przylegającego do sypialni wszedł inny mężczyzna. Kyle był tak zaskoczony, że niemal upuścił kubek z niedopitą kawą.

– To Nigel – oznajmił Bennie. – Poświęci teraz kilka minut systemowi.

Nigel wysunął rękę do uścisku.

– Bardzo mi miło – zaśpiewał w radosnym brytyjskim stylu.

Podszedł do clipboardu i umieścił na nim własną prezentację.

Salonik miał mniej więcej cztery na cztery metry, Kyle zajrzał do niego przez otwarte dwuskrzydłowe drzwi. Nigel siedział tam ukryty i słyszał każde słowo.

– Scully & Pershing stosuje system wsparcia zespołu sporów sądowych nazwany „Ławą Przysięgłych" – zaczął prędko.

Wszystkie jego ruchy były szybkie i precyzyjne. Brytyjczyk, ale mówiący z dziwnym akcentem. Czterdziestoletni. Sto siedemdziesiąt pięć centymetrów wzrostu. Siedemdziesiąt kilogramów wagi. Krótkie szpakowate włosy. Piwne oczy. Nic charakterystycznego w rysach twarzy, oprócz lekko wystających kości policzkowych. Wargi wąskie. Żadnych okularów.

– Ile panu powiedziano o „Ławie Przysięgłych"? – spytał.

– Nauczono mnie podstawowych rzeczy. Używałem tego przy różnych okazjach. – Kyle wciąż jeszcze nie mógł dojść do siebie po niespodziewanym pojawieniu się agenta.

– To typowy system wspomagania w dziale sporów sądowych. Wszystkie informacje są skanowane i wczytywane do elektronicznej bazy danych, do której ma dostęp każdy prawnik pracujący nad daną sprawą. Błyskawiczne wyszukiwanie dokumentów, przeszukiwanie wyrazów hasłowych, zwrotów języka umów. Nadąża pan?

– Tak.

– Dosyć bezpieczny, obecnie standardowy system. Ale jest jeszcze inny, lepiej zabezpieczony, do poufnych dokumentów i spraw. Nosi nazwę „Adwokat". Zapoznano z nim pana?

– Nie.

– Nic dziwnego. Trzymają go w tajemnicy. Funkcjonuje bardzo podobnie jak „Ława Przysięgłych", ale dostęp lub włamanie się do niego są znacznie trudniejsze. Niech pan ma uszy otwarte na wszystko, co o nim mówią.

Kyle skinął głową, jakby zamierzał postępować dokładnie z poleceniami. Począwszy od lutego, od tego okropnego wieczoru, gdy wpadł w zasadzkę na zimnych ulicach New Haven po meczu koszykówki ligi młodzieżowej, spotykał się tylko z Benniem Wrightem. Bez głębszego namysłu przyjął, że tylko Bennie, jako agent prowadzący, będzie uczestniczył w tej operacji. Oczywiście byli też inni, w szczególności kilku facetów, którzy śledzili go nocą i dniem i do tej pory popełnili tyle błędów, że Kyle już potrafił ich rozpoznawać. Ale nie przyszło mu wcześniej do głowy, że zostanie przedstawiony jeszcze komuś innemu.

I po co ten facet tu przyszedł? Bennie z całą pewnością sam potrafiłby zrobić taki mały wykład na temat systemów.

– A teraz mamy sprawę Trylona – śpiewał Nigel. – I obawiam się, że to całkiem inna kwestia. O wiele bardziej skomplikowany i lepiej zabezpieczony system. W rzeczywistości zupełnie odmienne oprogramowanie. Prawdopodobnie stworzone specjalnie na użytek tego procesu przez informatyków odizolowanych w magazynie na południu, z uzbrojonymi w uzi strażnikami przy każdych drzwiach. Ale my poczyniliśmy znaczne postępy. – Przerwał i posłał Benniemu szybki uśmiech pełen samozadowolenia. Jesteśmy zdolni, co? – Wiemy, że program nosi kryptonim „Sonic", od hipersonicznego bombowca B-10, niezbyt to pomysłowe, moim zdaniem, ale tacy już oni są, prawda? Ha, ha. Do „Sonica" nie można się dostać z żadnego z tych ładnych małych laptopów, jakie rozdano wam, nowym pracownikom, pierwszego dnia. O nie, sir. – Przeskoczył na drugą stronę clipboardu. – W waszym budynku na siedemnastym piętrze znajduje się tajny pokój, doskonale, bardzo pieczołowicie zabezpieczony, z zespołem komputerów biurkowych, niesamowicie wymyślnym sprzętem. I tam właśnie znajduje się „Sonic". Kody dostępu zmienia się co tydzień. Hasła codziennie, czasami dwa razy na dzień. Trzeba mieć koniecznie właściwy kod identyfikacyjny przed zalogowaniem się, a jeśli spróbujesz się wylogować z pominięciem procedur, spiszą cię i być może pokażą drzwi.

Pokaż mi drzwi, omal nie powiedział Kyle.

– „Sonic" jest prawdopodobnie zmodyfikowaną wersją „Adwokata", a pan musi go opanować natychmiast, jak tylko nadarzy się ku temu sposobność.

Powoli, mimo szoku i zmęczenia, Kyle uświadamiał sobie, że przekracza pewną granicę i dzieje się to w sposób, którego nie przewidział. To był jego nocny koszmar: wychodzi z gmachu kancelarii z tajemnicami, których znać nie powinien, i przekazuje je Benniemu jak Judasz za trzydzieści srebrników. A teraz właśnie poznawał sekrety firmy z zewnętrznego źródła. Nie wykradł jeszcze niczego, ale na pewno nie powinien wiedzieć o „Sonicu" i tajnym pokoju na siedemnastym piętrze. Może to nie było przestępstwem ani naruszeniem zasad etyki zawodowej, ale odczuwał to jako coś bezwzględnie złego.

— Na dziś wystarczy — oznajmił Bennie. — Widać, że jesteś wykończony. Odpocznij trochę.

— Och, dziękuję.

Gdy Kyle znów znalazł się na Siódmej Alei, spojrzał na zegarek. Dochodziła północ.

21

O PIĄTEJ RANO — czyli teraz o zwykłej porze pobudki — budzik zabrzęczał pełnym głosem i Kyle musiał go trzepnąć dwa razy, zanim zamilkł. W pośpiechu wziął prysznic, ogolił się i piętnaście minut później kroczył już chodnikiem w modnym ubraniu, bo obecnie oczywiście było go stać na eleganckie ciuchy. Jego życie szybko się zmieniło w spustoszony obszar udręki i zmęczenia, ale postanowił sobie, że przedzierając się przez kolejne dni, będzie przynajmniej wyglądał przyzwoicie. Kupił kawę, bajgla i egzemplarz „Timesa" w swoim ulubionym całodobowym barze, potem złapał taksówkę na rogu Siódmej i Dwudziestej Czwartej. Po dziesięciu minutach jazdy, w czasie której zdążył skończyć śniadanie, przejrzeć gazetę i wypić pół kawy, znalazł się przy wejściu do budynku kancelarii od strony Broad Street. O szóstej, zgodnie z harmonogramem. Bez względu na porę nigdy sam nie jechał windą do góry. Zazwyczaj wiozła jeszcze dwóch lub trzech współpracowników z zapuchniętymi oczami i wymizerowanymi twarzami. Wszyscy byli niewyspani i unikali kontaktu wzrokowego z kimkolwiek. I kiedy winda, bucząc i kołysząc się łagodnie, sunęła coraz wyżej, zadawali sami sobie kilka pytań: Co myślałem, wybierając studia prawnicze? Jak długo wytrzymam w tym cholernym młynie? Co za dureń wymyślił taką metodę praktyki prawniczej?

Rzadko padało jakieś słowo, bo nie było o czym mówić. Jak skazańcy prowadzeni na szubienicę, woleli rozmyślać i zachowywać dystans.

We wspólnym boksie Kyle'a nie zdziwił widok kolejnego młodego prawnika. Tim Reynolds pierwszy zaczął korzystać ze śpiwora, nowego, specjalnie ocieplonego firmy Bauer. Twierdził, że ma go od lat i używa w czasie wypraw po całym kraju. Ale śpiwór pachniał nowością. Tim – bez butów, krawata, marynarki, w starym T-shircie – zwinął się częściowo pod swoim małym biurkiem i spał jak zabity. Kyle szturchnął go nogą w stopy, obudził i powitał miło:

– Wyglądasz jak psie gówno, kolego.

– Dzień dobry. – Tim zerwał się na nogi i sięgnął po buty. – Która godzina?

– Prawie piąta. O której zasnąłeś?

– Nie pamiętam. Gdzieś po drugiej. – Tim szybko wciągnął na siebie koszulę, jakby budzący postrach wspólnik mógł pojawić się w każdej sekundzie i odnotować jego przewinienie. – Cholera, zaspałem. O siódmej muszę dać notatkę służbową Toby'emu Rolandowi.

– Uspokój się i wystawiaj rachunki – powiedział Kyle bez odrobiny współczucia, otwierając aktówkę i wyciągając swojego laptopa.

Tim skończył się ubierać i chwycił teczkę z dokumentami.

– Będę w bibliotece – mruknął. Wyglądał już jak wrak człowieka.

– Nie zapomnij umyć zębów – rzucił Kyle.

Gdy Reynolds wyszedł, Kyle zalogował się na witrynie: www.szybkatwarz.com. Istniało kilka serwisów, które pozwalały detektywom amatorom łączyć różne elementy twarzy w domniemany portret. Kyle zbadał je wszystkie. „Szybka twarz" odznaczała się zdecydowanie największą precyzją. Zaczął od oczu Nigela, oczy są zawsze najważniejsze. Uzyskaj właściwy obraz oczu, a już w połowie zidentyfikujesz twarz. Witryna prezentowała ponad dwieście różnych rodzajów oczu – wszystkie rasy, kolory i ich połączenia. Kyle przejrzał je szybko, znalazł zestaw najbliższy zapamiętanemu wizerunkowi i zaczął konstruować twarz. Nos – cienki, spiczasty. Brwi – średnio gęste, po bokach trochę dłuższe niż przeciętnie. Wargi – bardzo wąskie. Kości policzkowe – wysokie i szeroko rozstawione. Podbródek – niezbyt długi, bardzo płaski, bez dołeczka. Uszy – ściśle przylegające do głowy. Dodał włosy, po czym wrócił do oczu, dobrał inną parę, potem jeszcze inną. Uszy były za wysoko, więc je obniżył. Tworzył i poprawiał portret do wpół do siódmej – pół godziny bez rachunku, postanowił nadrobić to w ciągu dnia. Kiedy skończył i można było tę twarz zidentyfikować z odległości dwunastu metrów, zrobił wydruk, po czym szybko udał się do biblioteki, niosąc pod pachą jakąś grubą teczkę, bo wszyscy wnosili do biblioteki takie teczki. Jego własne, dyskretne miejsce znajdowało się w ciemnym rogu, w rzędzie na trzeciej półce, gdzie przechowywano opasłe tomy komentarzy, nietknięte od dziesiątków lat. Podniósł trzy książki stojące na drugiej półce od dołu i zdjął nieoznakowaną szarą kopertę. Otworzył ją i wyjął trzy inne domniemane portrety – świetną podobiznę swojego wroga numer jeden, Benniego, i dwie bandziorów, którzy włóczyli się za nim po ulicach Nowego Jorku. O ile mógł się zorientować, nigdy się nie znalazł w odległości mniejszej niż piętnaście metrów od nich, ale widział obu przy kilku okazjach i był przekonany, że jego artystyczne dzieło stanowiło przynajmniej przyzwoity punkt wyjścia. Dołączył okropną twarz Nigela do tej koszmarnej kolekcji.

Ukrył kopertę i wrócił do boksu, w którym Tabor Nadgorliwiec hałaśliwie przygotowywał się do kolejnego dnia pracy. Kwestia, czyja kariera zapowiada się najlepiej, została rozstrzygnięta już parę tygodni wcześniej. Tabor był tym człowiekiem, gwiazdą, on najszybciej zostanie wspólnikiem, nikt inny nie miał na to większych szans. Udowodnił, jaki jest zdolny, wystawiając rachunek za dwadzieścia jeden godzin pracy w jednym dniu. Pokazał swoją klasę, gdy w pierwszym miesiącu wystawił rachunki za większą liczbę godzin niż wszyscy inni nowi z działu sporów sądowych, choć Kyle ustępował mu tylko o cztery godziny.

– Ostatniej nocy spałem w bibliotece – powiedział, gdy tylko zobaczył Kyle'a.

– Dzień dobry, Tabor.

– Dywan w bibliotece głównej jest cieńszy niż dywan w bibliotece na dwudziestym drugim piętrze. Zdecydowanie wolę spać na dwudziestym drugim, chociaż potem trochę gadają. A ty?

– My wszyscy już dostajemy świra, Tabor.

– Tak, to prawda.

– Tim skorzystał tej nocy ze swojego śpiwora.

– A co, on i doktor Dale w końcu doszli do porozumienia?

– Tego nie wiem. Obudziłem go godzinę temu.

– Więc ty poszedłeś do domu? Spałeś we własnym łóżku?

– O, tak.

– No cóż, ja mam przygotować dwa raporty na dziś w południe, oba niezwykle ważne i pilne, więc mnie nie stać na luksus spania w domu.

– Jesteś najlepszy, Tabor. Ruszaj supermanie.

Po tych słowach Tabor wyszedł.

DALE ARMSTRONG JAK ZWYKLE ZJAWIŁA SIĘ PUNKTUALNIE O SIÓDMEJ. Choć sprawiała wrażenie trochę śpiącej, jak zawsze była dopięta na ostatni guzik. Najwyraźniej większość pensji oddawała projektantom mody i zarówno Kyle, jak Tim i Tabor nie mogli się doczekać jej codziennego komentarza na temat strojów.

– Wyglądasz wspaniale – powiedział Kyle z uśmiechem.

– Dziękuję.

– Prada?

– Dolce & Gabbana.

– Zabójcze buty. Blahnik?

– Jimmy Choo.

– Pięćset dolców?

– Lepiej nie pytaj.

Podziwiając ją każdego dnia, Kyle szybko uczył się nazwisk najwyższych guru mody. Był to jeden z nielicznych tematów, które można było z nią poruszać. Po sześciu tygodniach spędzonych w jednym boksie nadal wiedział o niej bardzo mało. Czasami mówiła jeszcze tylko o sprawach związanych z kancelarią prawniczą i opłakanym życiu żółtodziobów. Jeśli kiedyś miała jakiegoś przyjaciela, nigdy o nim nie wspomniała. Dwukrotnie zgodziła się pójść na drinka po pracy, ale z reguły odrzucała takie propozycje. Wszyscy nowi narzekali na ogromną liczbę godzin pracy i ciągłe napięcie, ale wydawało się, że Dale Armstrong odczuwała to napięcie szczególnie dotkliwie.

– Gdzie jesz dzisiaj lunch? – zapytał Kyle.

– Nie jadłam jeszcze śniadania – odparła chłodno i wycofała się do swojej części boksu.

22

Światła zapalano w schronisku każdego ranka o szóstej i większość bezdomnych budziła się, po czym zaczynała przygotowywać do kolejnego dnia. Regulamin nie pozwalał, by pozostawali w pokoju po godzinie ósmej. Wielu miało pracę, a reszta powinna być już w mieście i poszukiwać zatrudnienia. Brat Manny i jego personel doskonale dawali sobie radę ze znajdowaniem zajęcia dla swoich „przyjaciół", nawet jeśli było w niepełnym wymiarze godzin i za liche pieniądze.

Śniadanie podawano na górze w sali parafialnej, gdzie wolontariusze prowadzili małą kuchnię i przygotowywali jajka, tosty, owsiankę i płatki zbożowe na mleku. Podawano to wszystko z uśmiechem i ciepłym „dzień dobry". Gdy już wszyscy usiedli do stołu, odmawiano szybką modlitwę dziękczynną. Brat Manny zawsze chodził bardzo późno spać, wolał więc przekazywać poranne obowiązki w swoim królestwie innym osobom. Przez ostatnie miesiące kuchnią zajmował się Baxter Tate, uśmiechnięty młody mężczyzna, który w swoim poprzednim wcieleniu nigdy nawet nie gotował wody. Teraz smażył tuziny jajek, opiekał kromki białego chleba, przyrządzał owsiankę – prawdziwą, nie błyskawiczną – a także uzupełniał zaopatrzenie, zmywał talerze. I on, Baxter Tate, często odmawiał modlitwę. Działał zachęcająco na innych wolontariuszy, miał miłe słowo dla każdego i znał nazwiska i imiona większości bezdomnych, którym tak uprzejmie podawał do stołu. A gdy już zjedli, prowadził ich do trzech starych kościelnych furgonetek – jedną z nich sam prowadził – i zawoził do różnych miejsc pracy wokół Reno. Zabierał ich stamtąd późnym popołudniem.

Anonimowi Alkoholicy spotykali się w Miasteczku Nadziei trzy razy w tygodniu – w poniedziałki i czwartki wieczorem oraz w południe w środy. Baxter nigdy nie opuścił żadnego spotkania. Został serdecznie przyjęty przez kolegów, innych uzależnionych. Skład grupy go zdumiewał. Były tam osoby wszystkich ras, w każdym wieku, mężczyźni i kobiety, fachowcy w różnych dziedzinach i bezdomni, bogaci i biedni. Alkoholizm żłobił szerokie koryto o postrzępionych brzegach biegnące przez wszystkie warstwy, przez każdy segment społeczeństwa. Byli tam starzy, pewni siebie pijacy, którzy chwalili się, że pozostają trzeźwi już od dziesiątków lat; nowi, tacy jak on, którzy sami przyznawali, że wciąż się jeszcze boją powrotu do nałogu. Weterani ich pocieszali. Baxter spaprał swoje życie, ale jego historia wydawała się dziecinnie prosta w porównaniu z tymi, jakie czasami usłyszał. Niektóre były frapujące, często szokujące, zwłaszcza opowieści dawnych więźniów.

Podczas trzeciego spotkania AA – brat Manny obserwował je z boku – Baxter wyszedł krok do przodu, odchrząknął i oznajmił:

– Nazywam się Baxter Tate i jestem alkoholikiem z Pittsburgha. – Po tych słowach otarł z policzków łzy i usłyszał gorące oklaski.

Zgodnie z metodą Dwunastu Kroków stworzył listę wszystkich osób, którym wyrządził kiedyś krzywdę, po czym ułożył plan naprawy tego złego, co zrobił. Lista była długa i dotyczyła przede wszystkim członków jego rodziny. Ale wcale się nie palił do powrotu do Pittsburgha. Kontaktował się ze stryjem Wallym, więc bliscy wiedzieli, że nadal nie pije, i tylko to miało dla nich znaczenie.

Po miesiącu zaczął w nim narastać niepokój. Perspektywa rozstania się z bezpiecznym miejscem wcale go nie cieszyła, wiedział jednak, że ten czas nadchodzi. Brat Manny zachęcał Baxtera, by przygotował sobie jakiś plan na przyszłość – był zbyt młody, bystry i zdolny, by spędzić życie w schronisku dla bezdomnych.

– Bóg ma wobec ciebie wielkie plany – oznajmił brat Manny. – Zaufaj mu tylko, a zostaną ci objawione.

Ponieważ istniała szansa, że w piątkowy wieczór mogliby ulotnić się o przyzwoitej godzinie, Tim Reynolds i inni skrzyknęli się na małą popijawę i szybko opuścili biuro. Sobota miała być rzadko zdarzającym się wolnym dniem. Żaden z członków grupy sporów sądowych kancelarii Scully & Pershing nie powinien się zjawić w pracy, bo w tę sobotę organizowano coroczny rodzinny piknik w Central Parku. Dlatego właśnie w piątek wieczorem dozwolone było porządne picie.

Kyle odmówił udziału w tej imprezie, Dale też nie przyjęła zaproszenia. Około dziewiętnastej oboje już kończyli załatwiać ostatnie sprawy w tym długim tygodniu. Gdy wokoło nie było już nikogo, Dale wychyliła się zza płóciennego przepierzenia i zapytała:

– Co powiesz na kolację?

– Wspaniały pomysł – odparł bez wahania Kyle. – W jakimś konkretnym miejscu?

– U mnie. Możemy się odprężyć, porozmawiać i… robić w zasadzie wszystko. Lubisz chińszczyznę?

– Uwielbiam.

Słowa „robić wszystko" krążyły gdzieś w przyćmionym umyśle Kyle'a. Dale miała trzydzieści lat, była singlem, atrakcyjną, najwyraźniej normalną, ładną kobietą, samotną w wielkim mieście. W którymś momencie musiała pomyśleć o seksie. Kyle poczuł przygnębienie, gdy sobie uświadomił, jak mało ostatnio miał intymnych kontaktów.

Czy go podrywała? Trudno w to uwierzyć, była tak nieśmiała i skryta.

– Może kupisz jakieś chińskie danie po drodze? – zaproponowała.

– Oczywiście.

Mieszkała sama w Greenwich Village, na czwartym piętrze w budynku bez windy. Porozmawiali chwilę o różnych restauracjach oferujących potrawy na wynos, po czym razem opuścili biuro. Godzinę później Kyle wspiął się po schodach z torbą smażonego ryżu z krewetkami i kurczakiem. Zapukał do drzwi. Dale otworzyła je z uśmiechem i zaprosiła gościa do środka. Dwa pokoje, kuchnia połączona z salonem i jedna sypialnia, mała, ale ładnie urządzona, w stylu minimalistycznym, z motywami ze skóry i chromu oraz czarno-białymi fotografiami na ścianie. Dale także wyglądała interesująco, dopasowała się do wystroju wnętrza, w myśl zasady „im mniej, tym lepiej". Jej biała bawełniana spódniczka, niezwykle krótka, odsłaniała teraz znacznie większą część smukłych nóg, które Kyle i inni zapaleńcy tak podziwiali. Kyle zerknął na luksusowe pantofle z czerwonej skóry na niskich obcasach.

– Jimmy Choo – strzelił.

– Prada.

Pod czarnym obcisłym bawełnianym sweterkiem nie miała stanika. Po raz pierwszy od zdecydowanie zbyt wielu tygodni Kyle zaczął odczuwać podniecenie.

– Przyjemne mieszkanie – powiedział, spoglądając na fotografie.

– Cztery tysiące za miesiąc, uwierzysz? – Otworzyła lodówkę rozmiarów dużego komputera i wyjęła białe wino.

– Tak, uwierzę. To Nowy Jork. Ale nikt nas nie zmuszał, żebyśmy tu przyjechali.

Trzymała w ręku butelkę Chardonnay.

– Przykro mi, ale nie mam żadnej wody sodowej. Jest albo wino, albo zwykła woda.

– Napiję się trochę wina – powiedział tylko z lekkim wahaniem. I natychmiast zadecydował, że nie będzie się dręczył, tocząc bez końca wewnętrzny spór o to, czy powinien wypić drinka po pięciu i pół roku abstynencji. Nigdy nie był na odwyku, nigdy nie poddawano go odtruwaniu, nigdy tak naprawdę nie uważał się za alkoholika. Po prostu przestał pić, bo trochę przesadzał, a teraz miał ochotę na kieliszek wina.

Jedli na małym kwadratowym stoliku, ich kolana prawie się stykały. Nawet teraz, po pracy, we własnym domu, matematyczka Dale nie radziła sobie z prowadzeniem gładkiej rozmowy. Kyle nie potrafił wyobrazić jej sobie w sali wykładowej stojącej przed pięćdziesięcioma studentami. A już na pewno nie w sali sądowej przed ławą przysięgłych.

– Umówmy się, że nie będziemy rozmawiać o kancelarii – zaproponował Kyle, przejmując inicjatywę. Wypił czwarty łyk wina.

– Zgoda, ale przedtem pewna naprawdę ciekawa plotka.

– Posłuchajmy więc.

– Słyszałeś już o rozłamie?

– Nie.

– Krąży pogłoska, że Toby Roland i czterej inni wspólnicy, wszyscy z działu sporów sądowych, zamierzają lada dzień odejść i założyć własną kancelarię. Mogą pociągnąć za sobą około dwudziestu współpracowników.

– Jaki powód?

– Spór o honoraria. Jak zawsze.

Firmy prawnicze słyną z tego, że rozpadają się nagle, łączą ze sobą i przekształcają na różne sposoby. Fakt, że jacyś niezadowoleni wspólnicy chcieli działać na własny rachunek, nie był niczym zaskakującym ani w Scully & Pershing, ani w żadnej innej kancelarii.

– Czy to oznacza, że teraz otworzą się przed nami większe możliwości?

– Tak przypuszczam.

– Widziałaś się z Tobym?

– Tak. I wydaje mi się, że pogłoski są prawdziwe.

– Kto jest największym sukinsynem z tych, których do tej pory poznałaś?

Dale wypiła łyk wina i zastanawiała się przez moment.

– Trudno powiedzieć. Jest wielu kandydatów.

– Zbyt wielu. Pomówmy o czymś innym.

Kyle'owi udało się skierować rozmowę na temat jej osoby. Pochodzenia, dzieciństwa, rodziny, college'u. Nigdy nie wyszła za mąż. Przeżyła pewien niedobry romans, o którym wspomnienia wciąż jeszcze sprawiały jej ból. Po pierwszym kieliszku wina nalała sobie następny, alkohol ją rozluźnił. Kyle zauważył, że prawie nic nie jadła, on natomiast pożerał wszystko, co miał przed sobą na talerzu. Zmieniła temat, teraz on opowiadał o sobie, o Duquesne i Yale. Od czasu do czasu padały jakieś zdania dotyczące firmy i przyznawali, że trudno im się uwolnić od rozmyślań o kancelarii.

– Obejrzyjmy jakiś film – zaproponowała, gdy już wszystko zjedli i wypili.

– Świetny pomysł.

Zaczęła przeglądać swoje DVD. Kyle zerknął na zegarek. Dwadzieścia po dziesiątej. W tym tygodniu przepracował całe dwie noce – miał już teraz swój śpiwór w biurze – i sypiał przeciętnie po cztery godziny na dobę. Był wyczerpany fizycznie i psychicznie, a dwa i pół kieliszka wyśmienitego wina całkowicie rozmiękczyły resztkę jego mózgu.

– Romans, film akcji, komedia? – zawołała, wertując całkiem bogatą kolekcję.

Klęczała na podłodze, spódniczka ledwo zakrywała jej pośladki. Kyle wyciągnął się na kanapie, bo krzesła nie wydawały mu się zbyt wygodne.

– Cokolwiek, byle nie jakiś babski film.

– Może być *Sok z żuka?*

– Doskonale.

Wsunęła płytę, potem zrzuciła buty, chwyciła pled i położyła się obok Kyle'a na kanapie. Kręciła się, wierciła i mościła, wreszcie przykryła ich pledem. Kyle czuł dotyk jej ciała, wdychał zapach włosów i myślał o tym, jakie to wszystko łatwe.

– Czy to nie jest przypadkiem niezgodne z regulaminem firmy? – zapytał.

– My tylko oglądamy film.

I oglądali. Rozgrzani winem, ogrzani pledem i wzajemnym ciepłem patrzyli w telewizor całe dziesięć minut. Później nie potrafili ustalić, które z nich zasnęło pierwsze. Dale obudziła się długo po zakończeniu filmu. Otuliła Kyle'a pledem, a sama przeniosła się do łóżka. Kyle obudził się w sobotę rano o wpół do dziesiątej w pustym mieszkaniu. Zostawiła mu karteczkę, że jest w kawiarni na rogu ulicy i czyta gazety, więc niech tam wpadnie coś zjeść.

RAZEM POJECHALI METREM DO CENTRAL PARKU, dotarli tam około południa. Dział sporów sądowych urządzał w trzecią sobotę każdego października rodzinny piknik w pobliżu hangaru dla łodzi. Głównym punktem programu był turniej softballa, ale grano także w rzucanie podkowami, krykieta i bocce. Nie brakowało zabaw i gier dla dzieci. Pracownik firmy gastronomicznej smażył na grillu żeberka i kurczaki. Zespół rapowy wydawał rytmiczne odgłosy. Ustawiono cały rząd z mrożonych beczek heinekena.

Piknik miał zacieśniać koleżeńskie więzi i udowadniać, że firma naprawdę popiera dobrą zabawę. Obecność obowiązkowa. Nie wolno było używać telefonów. Większość współpracowników wolałaby przeznaczyć ten czas na sen. Ale przynajmniej nie zmuszano ich do pracy przez całą kolejną dobę. A na to mogli liczyć jeszcze tylko w Boże Narodzenie, Nowy Rok, Święto Dziękczynienia, Rosz haSzana i Jom Kipur.

Dzień był bezchmurny, pogoda wspaniała. Znużeni prawnicy otrząsnęli się szybko ze zmęczenia i już po chwili grali z wielkim zapałem, a pili z jeszcze większym. Kyle i Dale, żeby nie dać nawet najmniejszego powodu do plotek, wkrótce się rozdzielili i wtopili w tłum.

Po kilku minutach Kyle usłyszał wiadomość, że Jack McDougle współpracownik z przeszło rocznym stażem, absolwent Duke, został aresztowany poprzedniego wieczoru. Brygada antynarkotykowa rozwaliła kopniakami drzwi jego mieszkania w SoHo i znalazła ukryty znaczny zapas kokainy. Siedział w areszcie i miał tam prawdopodobnie zostać aż do poniedziałku, do momentu gdy będzie można załatwić zwolnienie za kaucją. Firma użyła swoich wpływów, by go stamtąd wyciągnąć, ale poza tym nie zrobiła nic więcej. W takich sytuacjach Scully & Pershing zajmowała twarde stanowisko. McDougle miał być wysłany na urlop bezpłatny do czasu, gdy prokurator postawi mu zarzuty. Gdyby pogłoski okazały się prawdziwe, znalazłby się w gronie bezrobotnych w ciągu paru tygodni.

Kyle pomyślał o Benniem. Sprawdziła się jego mrożąca krew w żyłach przepowiednia.

Dział sporów sądowych liczył dwudziestu ośmiu wspólników i stu trzydziestu współpracowników. Dwie trzecie miało rodziny, dlatego na pikniku było wiele małych, ładnie ubranych dzieci, biegających wokoło. Pan Wilson Rush, jako najwyższy rangą, rozpoczął turniej softballa. Wcześniej poinformował, jaki jest podział na grupy wiekowe i jakie są zasady gry. Ogłosił też, że będzie sędzią. Kilku prawników odważyło się go wygwizdać, ale w końcu w ten piękny dzień można było sobie na więcej pozwolić. Kyle zdecydował się wziąć udział w grze – tu każdy miał prawo wyboru. Znalazł się w marnej drużynie. Znał w niej dwie osoby, siedem widział po raz pierwszy. Role ich trenera odgrywał wspólnik Cecil Abbott – z zespołu Trylona – który włożył czapkę Jankesów i koszulkę piłkarską z podobizną Dereka Jetera. Wkrótce stało się oczywiste, że trener Abbott sam nigdy w życiu nie dobiegł do pierwszej bazy. Ze szklanką zimnego heinekena w dłoni przygotował skład. Źle zaplanował rozstawienie zawodników, więc ich drużyna nie miałaby szans nawet z dzieciakami z podstawówki, ale przecież kto by się tym przejmował? Kyle, niewątpliwie as w tej grupie, utknął na prawej stronie boiska. Na środku grała Sherry Abney, współpracownik z pięcioletnim stażem, którą Bennie śledził jako osobę mogącą umożliwić Kyle'owi dostęp do sprawy Trylon–Bartin. Kiedy rozpoczęli rozgrzewkę, Kyle przedstawił się Sherry i zaczął ją podrywać. Była wyraźnie zmartwiona aresztowaniem McDougle'a. Pracowali razem dwa lata. Nie, nie miała pojęcia, że brał narkotyki.

Nowych zachęcano do rozmów i nawiązywania jak najliczniejszych kontaktów, więc kiedy zespół trenera Abbotta został ostatecznie ocalony w czwartej rundzie przez miłosierny przepis, Kyle wmieszał się w tłum i mówił „cześć" każdej nieznanej osobie, jaką spotykał. Wiele nazwisk obiło mu się już o uszy. W końcu przez sześć tygodni studiował biografie. Owiany złą sławą wspólnik, Birch Mason, także ubrany w strój Jankesów i już o czternastej mocno podpity, objął Kyle'a jak starego kumpla, przedstawił swojej żonie i dwojgu nastoletnim dzieciom. Doug Peckham poprowadził go przez tłum, by poznał kilku wspólników. Wszystkie rozmowy były podobne – Jaką kończyłeś uczelnię?, Jak ci się pracuje?, Czy denerwujesz się wynikami egzaminu?

I wreszcie: „Możesz uwierzyć, że McDougle...?"

Turniej softballa oparty jest na zasadzie eliminacji po dwóch przegranych. Drużyna trenera Abbotta pierwsza została wyeliminowana. Kyle odnalazł Dale przy grze w bocce i poszli razem w stronę namiotu z jedzeniem. Z talerzami potraw z grilla i butelkami z wodą w ręku dołączyli do Tabora i jego mało atrakcyjnej dziewczyny, siedzących przy stole w cieniu pod rozłożystym drzewem. Tabor, oczywiście, był w zwycięskiej drużynie i jak dotąd brał udział w największej liczbie biegów do bazy. Miał jakąś pilną pracę w biurze i zamierzał tam być nazajutrz o szóstej rano.

Wygrywasz, miał chęć powiedzieć Kyle. Wygrywasz. Czemu nie pójdą dalej i nie ogłoszą cię wspólnikiem?

Późnym popołudniem, gdy słońce już gasło za strzelistymi apartamentowcami w Central Park West, Kyle wymknął się z tłumu i znalazł ławkę na pagórku pod dębem. Złote liście opadały wokół niego. Przyglądał się grze z oddali, słyszał wesołe głosy, czuł zapach resztek snującego się dymu z grillów. Gdyby się naprawdę postarał, mógłby prawie przekonać samego siebie, że do nich należy, że jest jednym z wielu odnoszących sukcesy prawników, którzy korzystają z krótkich chwil wytchnienia w swoim zapracowanym życiu.

Ale rzeczywistość zawsze czaiła się gdzieś niedaleko. Jeśli szczęście mu dopisze, popełni obrzydliwe przestępstwo i nie zostanie nakryty. Lecz jeśli powinie mu się noga, któregoś dnia podczas takiego rodzinnego pikniku będą o nim mówili, jak teraz mówią o McDougle'u.

23

W NIEDZIELĘ, gdy większość prawników z działu sporów sądowych zmagała się z kacem, Kyle wstał wcześnie, z jasnym umysłem. Wypił dużą kawę, włożył sportowe buty i przez pięć godzin nie robił nic, tylko wędrował pieszo po mieście. Miał w kieszeni służbową komórkę, ale aparat milczał, bo niedziela po pikniku była także wolna. Paru nadgorliwców i innych twardzieli pewnie siedziało w biurze, ale większość osób z jego działu rozkoszowała się kolejnym pięknym jesiennym dniem, bo mogła sobie pozwolić na nieprzepracowanie nawet jednej godziny.

Poszedł w kierunku południowym przez Village do TriBeCa, a potem na wschód do tętniącego życiem Chinatown. W SoHo udało mu się znaleźć miejsce przy barze w popularnej restauracji Balthasar wzorowanej na paryskich bistro, którą zachwycały się wszystkie przewodniki. Zjadł jajka po benedyktyńsku, popił je sokiem pomidorowym. Bardzo mu opowiadała tutejsza mało wykwintna klientela. Potem dotarł do mostu Brooklyńskiego, wspiął się na promenadę i powędrował wzdłuż East River do Brooklynu. Zajęło mu to czterdzieści minut. Drugie tyle trwał powrót na Manhattan. Tam Kyle udał się na Broadway i pomaszerował wzdłuż galerii handlowej, centrum teatralnego, Times Square, do Columbus Circle.

Późne śniadanie z lunchem było wyznaczone na jedenastą trzydzieści u Douga i Shelly Peckhamów na Upper West Side. Mieszkali w starym budynku przy Sześćdziesiątej Trzeciej ulicy, dwie przecznice od Central Parku. Jadąc duszną windą na drugie piętro, Kyle zdał sobie sprawę, że robi to, co zwykle robią nowojorczycy w wolnym czasie i nawet wtedy, gdy pracują – rozmyśla o pośrednictwie w handlu nieruchomościami ziemskimi. Doug Peckham, czterdziestojednoletni wspólnik firmy zarobił w ubiegłym roku milion trzysta dolarów. Jego dochody nie były tajemnicą. Scully & Pershing podobnie jak większość megafirm publikowała takie dane. Peckham mógł liczyć na zbliżone zarobki przynajmniej do końca swojej kariery, nic więc dziwnego, że pozwolił sobie na kupno mieszkania w ładnej okolicy. Ale milion trzysta rocznie w Nowym Jorku nie zapewniało miejsca w czołówce. Taki dochód nie był nawet bliski czołówce. Stanowili ją bankierzy inwestycyjni i inni eksperci od funduszy specjalnych, przedsiębiorcy stosujący najnowocześniejsze technologie i członkowie zarządów wielkich spółek. Oni obracali miliardami. Dla nich wydanie dwudziestu milionów na apartament w środku miasta było niczym. I oczywiście każdy z nich posiadał obowiązkowo jeden dom weekendowy w Hamptons na lato i drugi w Palm Beach na zimę.

Peckhamowie mieli letni dom w East Hampton. Przynajmniej Shelley i dzieci z niego korzystały i przyjemnie spędzały w nim czas, bo na pewno nie Doug. Większość sobót, a często i niedziele spędzał w biurze.

Shelly powitała Kyle'a uściskiem jak jeszcze jednego starego przyjaciela, i zaprosiła go do dużego i bezpretensjonalnego mieszkania. Doug w dżinsach, bez skarpetek i nieogolony dolewał gościom krwawą mary. Oprócz Kyle'a było czterech innych współpracowników, znajdujących się także pod opiekuńczymi skrzydłami wspólnika Peckhama. Późne śniadanie z lunchem stanowiło kolejny krok na drodze do zatarcia podziałów między pracownikami i nadania kancelarii Scully & Pershing bardziej ludzkiego wizerunku, mimo wszystko. Spotkanie miało skłonić gości do otwartej, szczerej rozmowy. Doug pragnął poznać problemy i troski podopiecznych, ich pomysły i plany, wrażenia i cele. Chciał także jak najszybciej skończyć lunch, aby mogli wspólnie obejrzeć przy piwie mecz drużyny Gigantów z 49ersami, transmisja zaczynała się o trzynastej.

Shelly sama przygotowała potrawy, a Doug pomagał je podawać i rozlewał wino. Po godzinie beznadziejnej paplaniny o tych samych nudnych sprawach sądowych, nad którymi ślęczeli przez ostatni tydzień, przyszła pora na Gigantów. Kyle, jedyny nowy współpracownik w tym gronie, włączał się do rozmowy najrzadziej. W połowie śniadania-lunchu obmyślał już, jak będzie wracał do centrum. Po deserze wszyscy zebrali się w salonie, gdzie mały płomień w kominku tworzył przytulną atmosferę. Doug już nastawiał telewizor z płaskim ekranem o dużej rozdzielczości. Próbując ożywić gasnące przyjęcie, Kyle oznajmił, że jest zagorzałym fanem 49ersów i nie cierpi Gigantów, udało mu się w ten sposób doprowadzić do bzdurnej wymiany zdań. Dwaj starsi współpracownicy zasnęli przed końcem pierwszej kwarty. Doug także zaczął przysypiać, więc w czasie przerwy po pierwszej połowie meczu Kyle wymknął się po angielsku i ruszył ulicą w stronę swojego domu.

W poniedziałek był w biurze już o piątej rano i zaczął następny wielogodzinny tydzień pracy.

KOLEJNY MECZ GIGANCI GRALI NA WYJEŹDZIE, w Pittsburghu. Dwie godziny przed rozpoczęciem meczu Kyle i Joey Bernardo usadowili się na trybunie przy linii czterdziestu metrów i próbowali nie zwracać uwagi na chłód. Zimny front przepędził jesień i marznąca mgła wisiała nad nowym stadionem. To nie miało żadnego znaczenia. Jako niezłomni kibice Steelersów w swoim czasie dygotali z zimna podczas wielu meczów rozgrywanych na nieistniejącym już stadionie Three Rivers.

Na szczęście Blair nie interesowała się futbolem. Teraz, w piątym miesiącu, bardzo przybrała na wadze i źle znosiła ciążę. Joey nabrał wątpliwości, czy chce się żenić, ale z jakiegoś powodu czuł się złapany w pułapkę. Kyle nie miał dla niego żadnych pożytecznych rad. Gdyby dziewczyna nie była w ciąży, doradziłby przyjacielowi, żeby od niej uciekł. Ale nie można porzucić ciężarnej narzeczonej. To po prostu nieuczciwe. Chociaż Kyle wolał nie rozstrzygać kwestii natury moralnej.

Kiedy tłum zapełniał trybuny i obie drużyny miały rozgrzewkę, postanowił już zacząć rozmowę.

– Mów cicho i opowiedz mi o Elaine Keenan – szepnął.

Joey wziął ze sobą piersiówkę z wódką – płynem przeciwko zmarznięciu. Pociągnął łyk i skrzywił się mocno.

– Same kłopoty – powiedział.

Ich korespondencja na temat Elaine ograniczyła się do opisu spotkania, a Kyle potrzebował szczegółów. Musieli opracować plan.

– Jest rozgoryczoną, zawziętą młodą kobietą – ciągnął Joey. – Ale na pewno nie tak cholernie wredną jak jej adwokat.

– Opowiedz mi wszystko od początku.

Następny łyk, głośne cmoknięcie, szybkie spojrzenie wokoło i Joey powoli, z namysłem zaczął szczegółowo odtwarzać swoją podróż do Scranton. Kyle co jakiś czas przerywał pytaniami. Tuż przed losowaniem stron boiska, gdy stadion już się zapełnił, Joey wreszcie zakończył ostrzeżeniem:

– Jeśli będą miały choćby najmniejszą możliwość, zaatakują nas z furią. Nie dajmy im takiej możliwości. Zapomnijmy o całym wydarzeniu.

Przez jakiś czas oglądali mecz i rozmawiali wyłącznie o futbolu. W czasie krótkiej przerwy Joey zapytał:

– Więc jaki jest plan?

– Możesz przyjechać do Nowego Jorku w następny weekend? Steleersi grają z Jetsami. O czwartej w niedzielę na Meadowslands. Kupię bilety.

– O rany, nie wiem.

Był problem z Blair, ale chodziło też o pieniądze. Joey nieźle zarabiał, dostawał prowizje, mimo to wcale mu się nie przelewało. A teraz jeszcze dziecko w drodze, potem ślub albo odwrotnie, jeszcze nie mogli się zdecydować. Jednego dnia Blair chciała odłożyć uroczystość, dopóki nie urodzi i nie odzyska figury. Następnego dnia wolała się pospieszyć, żeby dziecko w chwili narodzin nie było nieślubne. Joey znalazł się między młotem a kowadłem. Musieli spłacać nowe drogie mieszkanie. Nie stać go było za bardzo na bilety na mecze; poza tym krucho stał z czasem.

– Po co mam przyjechać do Nowego Jorku? – zapytał.

– Bo chcę spróbować zrobić zdjęcie Benniemu.

– Do czego ci ono? Ci ludzie są niebezpieczni, prawda?

– O, tak. Śmiertelnie niebezpieczni.

– Więc po cholerę z nimi zadzierać?

– Chcę wiedzieć, kim są.

Joey pokręcił głową i spojrzał w bok na tablicę wyników, potem pociągnął łyk i pochylił się do Kyle'a.

– Słuchaj, zostawmy ich w spokoju. Mówię ci, rób to, co każą, nie daj się nakryć, niech to przeklęte nagranie zniknie i życie znów stanie się piękne.

– Może. Przyjedziesz do Nowego Jorku?

– No nie wiem. Muszę się zastanowić.

– To bardzo ważne. Proszę.

– A jak ty zamierzasz zrobić zdjęcie temu gościowi? To zawodowy tajny agent.

– No tak jakby.

– Ty jesteś prawnikiem. Ja maklerem giełdowym. Możemy się wpakować w niezłe gówno.

– Owszem, możemy.

Kyle wyjął małą paczkę z kieszeni swojej obszernej czarno-złotej ocieplanej kurtki Steelersów.

– Weź to. – Trzymał paczuszkę tak nisko, że nikt nie mógł jej zobaczyć.

Joey sięgnął po nią i wepchnął do kieszeni swojej takiej samej czarno-złotej kurtki.

– Co to jest?

– Kamera wideo.

– Nie wygląda…

– Takich nie zobaczysz na sklepowej wystawie.

Steelersom udało się zdobyć pierwsze punkty po dłuższym podaniu i tłum wiwatował przez pięć minut. W czasie krótkiej przerwy Kyle mówił dalej:

– Jest niewiele większa od długopisu. Wkładasz ją do kieszeni koszuli albo kurtki, cienki przewód biegnie od niej do wyłącznika, który masz w lewej ręce. Możesz rozmawiać z kimś, kto stoi bardzo blisko, na wprost ciebie, i potajemnie nagrywać całą rozmowę.

– Więc po prostu podchodzę do Benniego, który prawdopodobnie jest świetnie uzbrojony i ma w pobliżu kilku swoich ludzi też ze spluwami, przedstawiam się i proszę o przyjemny wyraz twarzy.

– Nie. Jest lepszy sposób. Ale w tym tygodniu musisz z tym poćwiczyć.

– Czy to się jakoś nazywa?

– Wszystko tam masz: opis techniczny, instrukcję. Przeczytaj i naucz się posługiwać tą zabawką. Jeśli wszystko się ułoży, będziesz miał około trzech sekund na sfilmowanie Benniego.

– A jeżeli się nie ułoży?

– Wtedy przyjdę ci z pomocą.

– Wspaniale. – Długi nerwowy łyk z butelki. – Dobra, Kyle, załóżmy, że już mamy Benniego na wideo. Jak ty, nie ja, ale ty, zamierzasz go zidentyfikować?

– Jeszcze tego nie rozwiązałem.

– Jest wiele rzeczy, których jeszcze nie rozwiązałeś.

– Wyślę do ciebie e-mail we wtorek, powiem ci, że zdobyłem bilety, jak zawsze. Wchodzisz w to, stary?

– Nie wiem. Myślę, że jesteś stuknięty i robisz ze mnie wariata.

– Daj spokój. Co ci szkodzi się zabawić, jeśli nadarza się okazja.

W CZWARTEK PO POŁUDNIU Kyle pracował ciężko w głównej bibliotece, gdy jego służbowy telefon zadzwonił cicho. E-mail, oznaczony jako pilny, nakazywał wszystkim nowym współpracownikom zebrać się na czterdziestym trzecim piętrze, na antresoli, największym pomieszczeniu firmy. Wiadomość zawierała tylko jedno wyjaśnienie – nadeszły wyniki egzaminu adwokackiego. A fakt, że Kyle został wezwany, oznaczał, że on egzamin zdał.

Od tygodni ciężko harowali, w ogromnym tempie i dużym stresie, którego chwilami nie sposób było wytrzymać – musieli przystosować się do życia w wielkiej firmie prawniczej, a na dodatek dręczył ich lęk o wyniki egzaminu. Po egzaminie rzadko o nim rozmawiali, bo nie chcieli jeszcze bardziej psuć sobie życia. Ale myśl o wynikach rozbudzała ich właśnie wtedy, gdy rozpaczliwie potrzebowali snu, dopadała znienacka w czasie posiłków i natychmiast odbierała apetyt. Egzamin adwokacki. Co się stanie, jeżeli go obleją?

Rytuał bywał różny w różnych kancelariach, ale w Scully & Pershing mieli raczej miły sposób ogłaszania wyników. Wydawali przyjęcie i zapraszali na nie tych, którym dopisało szczęście. Choć miała to być niby-niespodzianka, każdy nowy współpracownik znał już przyjętą w firmie zasadę. Okrucieństwo polegało na tym, że pechowców zwyczajnie nie zapraszano na fetę. Pozostawieni samym sobie wymykali się z budynku i wałęsali po ulicach przez resztę dnia.

Wspinając się szybko po schodach i pędząc korytarzami, Kyle szukał wzrokiem swoich kolegów. Było przybijanie piątek, rozbrzmiewały radosne okrzyki. Kyle zauważył Dale, uściskał ją i dalej szli już razem. Na antresoli panował wesoły nastrój, zachowywano się hałaśliwie. W pewnym momencie na małe podium wszedł mister Howard Meezer, wspólnik z zarządu i powiedział:

– Gratulacje. Zaczynamy przyjęcie.

Po chwili wystrzeliły korki od szampana. Barmani mieli pełne ręce roboty, kelnerzy zaczęli roznosić przepyszne antipasto. Zapanowała powszechna euforia – wreszcie koszmar się skończył i obecni stali się odtąd już na zawsze prawdziwymi prawnikami.

Kyle, Dale i kilka innych osób raczyli się szampanem, rozmowa zeszła na temat mniej szczęśliwych kolegów.

– Czy ktoś widzi Garwooda?

Wszyscy zaczęli się rozglądać, ale wkrótce uznali, że chyba znalazł się na innej liście.

Podszedł do nich Tim Reynolds, uśmiechając się złośliwie, z drinkiem w jednym ręku i wydrukiem w drugiej.

– Tabor oblał – oznajmił z satysfakcją. – Możecie w to uwierzyć? Ofiara Harvardu.

Kyle nie cieszył się z tego tak jak Tim. Jasne, Tabor to okropny oportunista, zgoda, ale dzielił z nimi boks, a oblanie egzaminu mogło go załamać. Nie był złym chłopakiem.

Wiadomość już się rozeszła, liczba ofiar rosła. W sumie nie zdało osiem spośród stu trzech osób; zaliczyło 93 procent – wspaniały wynik dla każdej grupy nowych pracowników, w każdej kancelarii. Raz jeszcze stało się oczywiste, że byli najznakomitszymi gwiazdami, teraz mogli liczyć na jeszcze większe sukcesy.

Spili się do granic możliwości i rozjechali do domów w wynajętych przez firmę sedanach. Kyle wypił tylko dwa drinki i poszedł pieszo do Chelsea. Po drodze zadzwonił do ojca ze wspaniałą nowiną.

24

Piątkowe spotkanie Kyle'a z Dougiem Peckhamem o dwunastej jego zwierzchnik określił jako roboczy lunch, na którym mieli omówić nową sytuację, ale gdy Kyle przyszedł dziesięć minut przed dwunastą, Peckham powiedział:

– Trzeba to uczcić.

Wyszli z budynku i wsunęli się na tylne siedzenia lincolna sedana, jednej z niezliczonych czarnych limuzyn, które stale przemierzały ulice i uwalniały prawników zatrudnionych w kancelarii od konieczności korzystania z taksówek. Firma dysponowała całą flotą czarnych aut – ich kierowcy non stop byli pod telefonem.

– Byłeś już w Eleven Madison Park? – zapytał Doug.

– Nie, ostatnio rzadko wychodziłem na miasto, Doug, bo pracuję tu pierwszy rok i zazwyczaj jestem zbyt zmęczony, żeby cokolwiek jeść; albo nie mam czasu, albo po prostu zapominam.

– Użalamy się?

– Oczywiście, że nie.

– Gratulacje z powodu zdania egzaminu.

– Dziękuję.

– Spodoba ci się ten lokal. Doskonałe jedzenie, piękny wystrój. Zróbmy sobie długi lunch, napijmy się wina. Znam klienta, którego możemy obciążyć rachunkiem.

Kyle skinął głową. Po dwóch miesiącach w firmie wciąż czuł się skrępowany naciąganiem klientów. Sporządzaniem zbędnych dokumentów, zawyżaniem rachunków, powiększaniem kosztów. Chciał zapytać, czy klient zapłaci tylko za lunch, czy dostanie też rachunek za dwie godziny jego czasu i dwie godziny czasu Peckhama? Ale nie zapytał.

Restauracja znajdowała się w holu starego Metropolitan Life Building, z widokiem na Madison Square Park. Wystrój był współczesny, wysokie stropy, szerokie okna. Doug pochwalił się, że zna szefa, starszego kelnera i kelnera podającego wino, Kyle nie zdziwił więc się, że posadzono ich przy stoliku z widokiem na park.

– Miejmy już za sobą sprawę oceny – powiedział Doug, rwąc kromkę chleba i sypiąc okruchy na nieskazitelnie biały obrus.

– Oceny?

– Tak, jako nadzorujący partner, muszę cię ocenić po otrzymaniu wyników egzaminu. Oczywiście, gdybyś oblał, nie siedzielibyśmy tutaj i nie miałbym nic miłego do powiedzenia. Prawdopodobnie przystanęlibyśmy przy wózku ulicznego handlarza, wybralibyśmy tłustą kiełbasę, poszli na spacer i odbyli nieprzyjemną rozmowę. Ale zdałeś, więc będę miły.

– Dziękuję.

Kelner nalał im wody do szklanek, wręczył menu. Doug oderwał kawałek chleba, następne okruchy posypały się na stół.

– Wystawiasz rachunki powyżej przeciętnego poziomu, to imponujące.

– Dziękuję.

Nie było żadnym zaskoczeniem, że każda ocena w kancelarii Scully & Pershing zaczynała się od tego, ile ktoś zarobił pieniędzy.

– Słyszałem od innych wspólników i starszych współpracowników wyłącznie pochlebne opinie na twój temat.

– Drinki? Aperitif? – zapytał kelner.

– Zamówimy wino przy lunchu – odezwał się Doug opryskliwie i kelner zniknął. – Czasami jednak wydaje się, że brakuje ci zaangażowania, jakbyś nie czuł się do końca związany z firmą.

Kyle pokręcił głową i zastanowił się nad odpowiedzią. Doug wyglądał na rzeczowego człowieka, więc czemu nie uderzyć w podobny ton?

– Mieszkam, jem i śpię w firmie jak wszyscy inni nowo zatrudnieni współpracownicy, bo taki jest styl pracy, który jakiś gość wymyślił ileś lat temu. Na tej samej zasadzie rezydenci w szpitalach zasuwają przez dwadzieścia godzin, żeby udowodnić siłę charakteru. Dzięki Bogu my nie udzielamy pomocy medycznej. Nie wiem, co jeszcze mógłbym zrobić, żeby udowodnić swoje zaangażowanie.

– Słuszna uwaga – odparł Doug, nagle z wielkim zainteresowaniem studiując menu. Kelner trzymał się w pobliżu, czekał. – Już wybrałeś? – zapytał Doug. – Umieram z głodu.

Kyle musiał spojrzeć na menu, a ciągle jeszcze czuł się dotknięty krytyką jego zaangażowania.

– Oczywiście – odparł.

Wszystko wydawało się wyśmienite. Złożyli zamówienie, kelner pochwalił ich wybór i pojawił się inny kelner podający wino. Doug poprosił o butelkę białego burgunda.

– Jedno z moich ulubionych – powiedział Doug. – Będziesz zachwycony.

– Na pewno.

– Jakieś problemy, skargi?

Z doskonałym wyczuciem czasu zawibrowała służbowa komórka.

– Zabawne, że właśnie o tym wspomniałeś. – Wyciągnął telefon z kieszeni i odczytał wiadomość. – To Karleen Sanborn, szuka kogoś na parę godzin, żeby trochę uporządkować bałagan w dokumentach Spokojnej Hipoteki. Co odpisać?

– Że jesz ze mną obiad.

Kyle wysłał informację, potem zapytał:

– Mogę wyłączyć telefon?

– Oczywiście.

Pojawiło się wino. Doug spróbował pierwszy, zrobił rozanieloną minę i kelner napełnił dwa kieliszki.

Kyle brnął dalej.

– Moja skarga to ten cholerny telefon. Zawładnął moim życiem. Kiedy piętnaście lat temu ty byłeś współpracownikiem, nie istniały inteligentne komórki, dlatego...

– Pracowaliśmy równie ciężko – przerwał Doug z lekceważącym gestem, który mówił: „Przestań narzekać. Bądź twardy”. Drugą ręką uniósł kieliszek, by ocenić jego zawartość. W końcu upił łyk i aprobująco skinął głową.

– Cóż, mnie ten telefon przeszkadza.

– Okay, coś jeszcze?

– Nie, tylko zwykłe skargi na maltretowanie współpracowników. Słyszałeś je już tysiące razy, więc nie chcesz znów ich wysłuchiwać.

– Masz rację, Kyle. Nie chcę. Widzisz, wszyscy wspólnicy wiedzą, co się dzieje. Wiemy, w co się gra. Sami to przetrwaliśmy i teraz zbieramy nagrody. Owszem, to niedobry model pracy, bo powoduje, że wszyscy są nieszczęśliwi. Myślisz, że mam ochotę zrywać się z łóżka każdego ranka o piątej i gnać do biura na dwanaście zwariowanych godzin, żebyśmy na koniec roku mogli podzielić łupy i być na szczycie w rankingach? W ostatnim roku wspólnicy Age, Poe & Epps wypracowali zysk przeciętnie po milion czterysta. My dobiliśmy do miliona trzystu i wszyscy wpadli w panikę. Musimy zmniejszyć koszty! Musimy więcej fakturować! Musimy zatrudnić większą liczbę współpracowników i zaprząc ich do tej harówki, bo my jesteśmy przecież firmą numer jeden! To obłęd. Nikt nigdy się nie zatrzyma i nie powie: „Hej, słuchajcie, ja mogę żyć, mając milion dolców rocznie, będę wtedy spędzał więcej czasu ze swoimi dzieciakami albo częściej odpoczywał na plaży". Nie, sir. My musimy być najlepsi.

– Mnie wystarczy milion dolców rocznie.

– Będziesz tyle miał? Ocena zakończona.

– Jedno szybkie pytanie.

– Strzelaj.

– Jest pewna fajna nowa współpracownik i ona mi się podoba. Czy to poważny problem?

– Romanse są surowo zabronione. Jak fajna?

– Z każdym dniem coraz fajniejsza.

– Nazwisko?

– Przykro mi.

– Zamierzasz robić to w naszym biurze?

– Tak daleko jeszcze nie zaszedłem, choć śpiworów nie brakuje.

Doug nabrał tchu i pochylił się do przodu, wsparty na łokciach.

– Jest u nas dużo seksu. W końcu to biuro. Zbiera się w jednym miejscu pół tysiąca mężczyzn i kobiet i takie są skutki. Niepisana zasada głosi: Nie pieprz się z sekretarkami, asystentkami, personelem pomocniczym, urzędniczkami, osobami stojącymi niżej w hierarchii.

Nazywamy je „nieprawnikami". Jeśli chodzi o prawników, współpracowników czy wspólników i tak dalej, nikt tak naprawdę nie zwraca na to uwagi dopóty, dopóki nie zostaniesz przyłapany.

– Słyszałem o kilku poważnych wpadkach.

– Tak, zrujnowane kariery... W zeszłym roku dwoje wspólników, on żonaty, ona mężatka, nawiązali namiętny romans, sprawa wyszła na jaw i wylano oboje. Do tej pory szukają pracy.

– A jak sprawa wygląda w przypadku dwojga wolnych współpracowników?

– Po prostu nie daj się przyłapać.

Gdy podano pierwsze dania, przestali rozmawiać o seksie. Kyle jadł tartę serową z porami, Doug potrawę trochę cięższą – sałatkę z homara z włoskim koprem i czarnymi grzybami. Kyle pił mniej wina, więcej wody. Doug chciał osuszyć pierwszą butelkę i zabrać się do drugiej.

– Zapowiada się mały wstrząs – powiedział między dwoma kęsami. – Na pewno już o tym słyszałeś.

Kyle przytaknął z pełnymi ustami.

– Prawdopodobnie rzeczywiście do tego dojdzie. Pięciu naszych wspólników z działu sporów sądowych zamierza odejść, zabierają ze sobą grupę współpracowników i kilku klientów. Buntowi przewodzi Toby Roland i to nie jest fair z jego strony.

– Ilu współpracowników? – zainteresował się Kyle.

– Według porannych danych dwudziestu sześciu. Awantura jeszcze się nie skończyła. Oni wymachują forsą i wywierają naciski. Nikt nie wie, ilu ostatecznie odejdzie, w dziale sporów z pewnością powstanie dziura, ale przeżyjemy to.

– Jak wypełnimy tę lukę?

– Pewnie zrobimy nalot na inną firmę. Nie uczyli cię tego na uniwersytecie?

Obaj wybuchnęli śmiechem i na chwilę zajęli się jedzeniem.

– Czy ci, którzy zostaną, będą obciążeni dodatkowymi obowiązkami? – zapytał Kyle.

Doug wzruszył ramionami, co w tym kontekście raczej znaczyło „tak".

– Jeszcze za wcześnie, żeby to stwierdzić. Zabierają paru wielkich klientów i zarazem kilka wielkich spraw. Właściwie to powód, dla którego odchodzą.

– Trylon odchodzi czy zostaje?

– Trylon jest naszym starym klientem i znajduje się pod troskliwą opieką pana Wilsona Rusha. Co wiesz na temat Trylona? – Doug przyglądał się teraz Kyle'owi bardzo uważnie, jakby wkraczali na zakazany teren.

– Tylko to, co wyczytałem w gazetach. Pracowałeś dla nich kiedykolwiek?

– Oczywiście, kilka razy.

Kyle zdecydował się jeszcze trochę podrążyć temat. Jeden kelner sprzątnął ze stołu talerze; drugi dolał wina.

– O co toczy się ten cały spór z Bartinem? „Journal" napisał, że dokumenty przesłane do sądu są niedostępne, bo zawierają zbyt poufne informacje.

– Tajemnice wojskowe. W grę wchodzą olbrzymie pieniądze. Za tym wszystkim stoi Pentagon. Próbowali za wszelką cenę powstrzymać obie firmy od walki, ale niestety to się nie udało. Sprawa dotyczy sekretów technologicznych, nie mówiąc już o kilkuset miliardach dolarów.

– Pracujesz nad nią?

– Nie. Przekazałem innym osobom. Tworzą całkiem dobry zespół.

Przyniesiono świeży chleb. Pierwsza butelka była już pusta, Doug zamówił następną. Kyle pił znacznie mniej i wolniej.

– Ilu z tych, którzy zamierzają odejść, pracuje nad sprawą Bartina? – zadał kolejne pytanie.

– Nie wiem. Dlaczego to ciebie tak interesuje?

– Bo ja nie chciałbym nad tym pracować.

– Czemu nie?

– Bo uważam, że Trylon jest nieuczciwym konkurentem. Produkował tandetny sprzęt dla wojska i naciągał rząd i podatników, a do tego eksportował broń po dumpingowych cenach do różnych krajów na całym świecie, zabijał niewinnych ludzi, podsycał konflikty zbrojne, popierał parszywych dyktatorów, wszystko po to, żeby zwiększyć zyski i móc się wykazać wobec akcjonariuszy.

– Coś jeszcze?

– Bardzo wiele.

– Nie lubisz Trylona? Ta firma jest niezwykle cennym klientem.

– Doskonale. Niech ktoś inny dla nich pracuje.

– Współpracownicy nie mogą sobie wybierać klientów.

– Wiem. Ja tylko dzielę się swoją opinią.

– No dobrze, zachowaj ją dla siebie, okay? Takie uwagi popsują ci reputację.

– Nie martw się. Będę wykonywał robotę, która zostanie mi przydzielona. Ale proszę cię jako opiekuna, zrób mi przysługę i daj mi coś innego.

– Zobaczę, co się da zrobić, ale ostateczne decyzje podejmuje pan Rush.

Po łyku drugiego wina Pinot Noir z Afryki Południowej Doug znowu zrobił rozgoryczoną minę. Dania główne – duszoną łopatkę wieprzową i doskonałe żeberka wołowe – podano wkrótce po winie i obaj zabrali się na serio do jedzenia.

– Wiesz, twoja stawka wzrosła teraz do czterystu dolarów za godzinę – oznajmił Doug, przeżuwając mięso.

– Ty wciąż masz osiemset?

– Tak.

Kyle nie bardzo wiedział, czy ma na tyle mocne nerwy, by obciążyć klienta, licząc mu czterysta dolarów za godzinę swojej pracy, niezależnie od wielkości jego korporacji. Był przecież jeszcze niedoświadczonym prawnikiem.

– Skoro mowa o wystawianiu rachunków – podjął Doug. – Oszacuj liczbę godzin przepracowanych przeze mnie przy sprawie Banku Ontario w październiku. Byłem bardzo zajęty i straciłem rachubę.

Kyle omal się nie udławił małym kawałkiem duszonej wieprzowiny. Czy on powiedział: „oszacuj moje godziny?" Na pewno tak, a to coś nowego. Ani w prelekcjach, ani w informatorze, nigdzie nic nie wspominano o „oszacowywaniu" godzin. Wręcz przeciwnie. Uczono ich, by traktowali wystawianie rachunków jako najważniejszy aspekt swojej pracy. Bierzesz teczkę z dokumentami, spojrzyj na zegar. Wykonujesz telefon, odnotuj czas. Siedzisz na spotkaniu, sumuj minuty. Rozlicz każdą godzinę, a rachunek wystawiaj od razu. Nigdy nie należało tego odkładać i wyliczenie musiało być dokładne.

– Jak się szacuje godziny? – zapytał ostrożnie Kyle.

– Przejrzyj dokumenty. Sprawdź, za które godziny obciążyłeś klienta. Potem spójrz, co ja zrobiłem, i oszacuj mój czas za październik. Nic wielkiego.

Godzina za osiemset dolarów, to jest coś wielkiego.

– Tylko nie zaniżaj. – Doug zakręcił winem w kieliszku.

Oczywiście, że nie. Jeśli mamy się bawić w oszacowywanie, jasne, że wszystko musi być policzone na naszą korzyść.

– Wszyscy tak robią? – zapytał Kyle.

Doug parsknął z niedowierzaniem i przełknął kawałek wołowiny. „Nie bądź głupi. Wszyscy i ciągle". Po chwili rzucił:

– A skoro już mowa o Banku Ontario… – Między zębami miał mięso. – Wystaw im rachunek za ten obiad.

– Zamierzałem sam uregulować… – Kyle próbował zażartować.

– Oczywiście, że nie. Zapłacę kartą, a kosztami obciążę bank. Mam na myśli nasz czas. Dwie godziny dla ciebie, teraz po czterysta dolarów, i dwie dla mnie. Ontario miał w ubiegłym roku rekordowe zyski.

Miło słyszeć. Bez odpowiednich zysków nie mogliby kontynuować związku ze Scully & Pershing. Dwa tysiące czterysta dolarów za obiad, i to nie licząc wina i napiwku.

– Teraz, gdy już należysz do palestry – Doug wziął następny kęs do ust – masz prawo korzystać z czarnych aut i obciążać klientów rachunkami za obiad. Zasada jest taka: Jeśli pracujesz do ósmej wieczorem, dzwonisz po samochód. Dam ci numer i kod. Tylko nie zapomnij obciążyć klienta za kurs. Możesz też pojechać do restauracji, wydać nie więcej niż sto dolców na siebie i także włączyć to do rachunku dla klienta.

– Żartujesz.

– Dlaczego?

– Bo ja prawie w każdy wieczór jestem w biurze do ósmej.

– Brawo!

– To nieco kosztowne…

– Co?

– Kasowanie klientów za drogie obiady, lunche i samochody.

Pinot zawirował, Doug z zadumą wpatrzył się w czerwony płyn, pociągnął spory łyk.

– Kyle, mój chłopcze, spójrz na to od tej strony. Naszym największym klientem jest BXL, siódma w kolejności najbogatsza firma na świecie. W ubiegłym roku ich obroty wyniosły dwieście miliardów dolarów. Bardzo zdolni biznesmeni, mają preliminarze wydatków na wszystko. Budżet to dla nich najważniejsza sprawa. Są fanatykami budżetu. W ubiegłym roku preliminarz wydatków na honoraria dla prawników przewidywał kwotę stanowiącą jeden procent ich sprzedaży, około dwóch miliardów dolarów. Nie zgarnęliśmy całej tej sumy, bo oni korzystają z usług dwudziestu różnych kancelarii adwokackich z całego świata, ale dostaliśmy swoją część. Jak sądzisz, co się dzieje, kiedy nie wydają kwoty przewidzianej w budżecie. Jeśli wypłaty za usługi prawnicze są zbyt niskie? Prawnicy zatrudnieni w ich firmie kontrolują nasze rachunki i jeśli kwoty są niskie, dzwonią do nas i robią piekło. Pytają: co my wyprawiamy? Czy może bronimy ich nie tak, jak powinniśmy? Rzecz w tym, że oni planują wydanie tej kasy. Jeśli my jej nie weźmiemy, to popsujemy im budżet i mogą zacząć rozglądać się za inną kancelarią, taką, która obciąży ich na większe sumy. Rozumiesz?

Tak, Kyle już rozumiał. To zaczynało mieć sens. Kupowanie drogich dań okazywało się konieczne nie tylko po to, by głodni prawnicy mogli sprawnie funkcjonować, ale też po to, by gwarantować zgodność sprawozdań finansowych klientów z preliminarzami wydatków. Teraz wydawało się to niemal rozważnym postępowaniem.

– Jasne. – Kyle po raz pierwszy poczuł, że wino ożywiło jego umysł i podziałało odprężająco.

Doug rozpostarł ramiona i potoczył wzrokiem wokoło.

– I spójrz, gdzie się znajdujemy, Kyle. Wall Street. Absolutny szczyt sukcesu w Ameryce. Jesteśmy tutaj na szczycie, mądrzy, twardzi, utalentowani i zarabiamy duże pieniądze. Mamy prawo wiele wymagać, Kyle. Nasi klienci płacą nam, bo nas potrzebują, a my oferujemy najlepsze porady prawne, jakie można kupić za pieniądze. Nigdy o tym nie zapominaj.

John McAvoy jadał lunch każdego dnia przy tym samym stoliku w starej restauracji na Queen Street w Yorku i odkąd Kyle skończył dziesięć lat i zaczął pałętać się po kancelarii, bardzo chętnie towarzyszył ojcu podczas posiłków. Jako swoją specjalność restauracja serwowała bukiet jarzyn, zawsze inny, podawany z bułkami domowego wypieku i mrożoną herbatą bez cukru. Nie kosztowało dużo. Lokal przyciągał adwokatów, bankierów i sędziów, ale przychodzili tu również mechanicy i murarze. Przez cały czas słychać było głośne plotki, dowcipy i kpiny. Prawnicy zawsze żartowali: „Kto płaci za lunch?", i chwalili się bogatymi klientami, których wrobili w płacenie rachunku czekiem na trzy dolary i dziewięćdziesiąt dziewięć centów.

Kyle wątpił, czy jego ojcu kiedykolwiek przeszła przez głowę myśl, żeby obciążyć klienta rachunkiem za lunch.

Doug uparł się, żeby zjedli deser. W sumie po dwóch godzinach wyszli z restauracji i wcisnęli się do czarnego samochodu. Obaj przysnęli w czasie piętnastominutowej drogi powrotnej do biura.

25

PO RAZ PIERWSZY w trakcie tej trwającej od dziewięciu miesięcy „operacji" Kyle skontaktował się z Benniem i zaproponował, żeby się spotkali. Wszystkie poprzednie spotkania inicjował wyłącznie „agent prowadzący". Przyjęto więc, że Kyle ma nareszcie coś cennego do przekazania. Był piątek, prawie osiemnasta, Kyle pracował w głównej bibliotece na trzydziestym ósmym piętrze. Bennie w e-mailu zaproponował hotel 60 Thompson w SoHo. Kyle się zgodził, jak zawsze, bo nie mógł się sprzeciwić ani zasugerować innego miejsca spotkania. Ale teraz było mu wszystko jedno, bo nie zamierzał pojawić się w ten piątek wieczorem. Joey jeszcze nie przyjechał do Nowego Jorku.

Cztery godziny później Kyle siedział w grobowcu Spokojnej Hipoteki i bezmyślnie przerzucał dokumenty dotyczące zajęć obciążonych nieruchomości – już za czterysta dolarów za godzinę. Właśnie wysłał do Benniego smutną wiadomość o tym, że nieprędko opuści biuro. Może będzie musiał pracować nawet przez całą noc. Chociaż wcale nie miał ochoty tego robić, nie znosił archiwum i niemal nie potrafił uwierzyć, że z własnej woli przesiaduje w biurze do tak późnych godzin w piątkowy wieczór. Trochę go rozbawiła wizja Benniego czekającego niecierpliwie w pokoju hotelowym na spotkanie, które nie dojdzie do skutku, bo jego „skarb" zabunkrował się w biurze. Agent prowadzący nie mógł narzekać, że informator ciężko pracuje.

Kyle zaproponował spotkanie w sobotę, późno po południu i Bennie połknął przynętę. Po paru minutach przesłał instrukcję:

siódma, sobota, hotel Wooster w SoHo, pokój numer 42. Jak dotąd każde spotkanie odbywało się w innym hotelu.

Z telefonu biurowego Kyle zadzwonił pod numer nowej komórki Joeya i podał mu szczegóły. Samolot z Pittsburgha miał wylądować na lotnisku La Guardia w sobotę o czternastej trzydzieści. Plan był taki: Joey weźmie taksówkę do hotelu Mercer, zamelduje się i jakoś spędzi ten czas, kiedy jego przyjaciel będzie zajęty w kancelarii w sobotnie popołudnie. Powałęsa się po ulicach, będzie wchodził do barów głównymi drzwiami i wychodził tylnymi, przeglądał książki w księgarniach, wskakiwał szybko to tu, to tam do taksówek. A kiedy się upewni, że nikt go nie śledzi, wpadnie do hotelu Wooster i zacznie się przechadzać w holu. Miał w kieszeni wydruk z podobizną Benniego Wrighta, którą Kyle udoskonalał tygodniami. Joe studiował portret w sumie przez parę godzin i nie wątpił, że wszędzie rozpozna tego człowieka. Teraz Kyle chciał mieć Benniego na kolorowej fotografii.

O dziewiętnastej trzydzieści Kyle przeszedł przez hol hotelowy, wsiadł do windy i pojechał na trzecie piętro. Bennie zajął tym razem mały pokój, nie apartament. Kyle rzucił swój trencz i teczkę na łóżko, po czym zerknął do toalety.

– Sprawdzam tylko, czy nie zobaczę Nigela albo jakiejś innej niespodzianki – wyjaśnił, naciskając wyłącznik światła.

– Tym razem jestem tylko ja – odparł Bennie. Odpoczywał w aksamitnym fotelu. – Zdałeś egzamin adwokacki. Moje gratulacje.

– Dzięki.

Kyle skończył kontrolę i usiadł na brzegu łóżka. Stwierdził, że nie ma nikogo prócz Benniego, ale nie zobaczył też żadnego bagażu, przyborów do golenia, niczego, co by wskazywało, że Bennie po wyjściu Kyle'a zostanie w pokoju.

– Pracujesz całymi dniami. – Bennie znów próbował nawiązać towarzyską rozmowę.

– Jestem teraz prawnikiem pełną gębą, więc najwyraźniej powinienem tyrać jeszcze więcej niż dotąd.

Uwagę Kyle'a przyciągnęła koszula Benniego – jasnoniebieska, bawełniana, bez żadnych deseni, bez guzików przy kołnierzyku. Zdziwił go brak krawata. Widocznie marynarka wisiała w szafie obok toalety i Kyle zwymyślał się w duchu, że jej nie zauważył. Bennie miał na sobie ciemnobrązowe wełniane spodnie z zaprasowanymi zaszewkami. Czarne, zdarte buty, naprawdę brzydkie.

– A teraz ta sensacyjna wiadomość – powiedział Kyle. – Pięciu wspólników z działu sporów sądowych chce się odłączyć: Abraham, DeVere, Hanrahan, Roland i Bradley. Otwierają własny biznes i kradną przy okazji co najmniej trzech klientów. Według ostatnich obliczeń razem z nimi odchodzi dwudziestu sześciu współpracowników. Spośród tych wspólników tylko Bradley pracuje nad sprawą Trylona. Jednak zostało do niej przydzielonych co najmniej siedmiu ze wspomnianych współpracowników.

– Jestem pewien, że masz notatkę na ten temat.

Kyle wyciągnął kartkę złożoną na troje i wręczył ją Benniemu. Był to pospiesznie przygotowany wykaz wszystkich prawników odchodzących z kancelarii Scully & Pershing. Wiedział, że Bennie będzie chciał mieć tę listę na piśmie – mógł ją przechować w teczce i trzymać jako dowód zdrady Kyle'a. Dobrze. W końcu to zrobił. Przekazał na zewnątrz tajemnice firmy i teraz nie miał już odwrotu.

Tyle tylko, że informacje nie były całkowicie zgodne z prawdą. Co godzina krążyły nowe pogłoski i wyglądało na to, że nikt dokładnie się nie orientuje, kto zamierza odejść. Kyle pozwolił sobie na pewną swobodę przy wyliczaniu nazwisk, zwłaszcza współpracowników. A przekazane dane nie były znowu takie poufne. „New York Lawyer", dziennik branżowy, zamieścił co najmniej dwa krótkie artykuły na temat zmian w dziale sporów sądowych firmy Scully & Pershing. Biorąc pod uwagę fakt, że personel kancelarii prawniczych często przechodził z firmy do firmy, nie były to wiadomości nadające się na pierwszą stronę gazet. Poza tym Bennie wiedział już tyle samo co Kyle. I Kyle wiedział, że on wie.

Notatka nie zawierała żadnych szczegółów dotyczących któregokolwiek klienta. Tak naprawdę w ogóle nie wymieniała nazwisk klientów. Chociaż wyglądała na sporządzoną w pośpiechu, Kyle poświęcił jej sporo czasu i był przekonany, że nie naruszył zasad etyki zawodowej.

Bennie rozłożył kartkę i zaczął ją uważnie studiować. Kyle przyglądał mu się przez chwilę.

– Muszę skorzystać z toalety – odezwał się w końcu.

– Tam. – Bennie, nie patrząc, wskazał kierunek.

Kyle przeszedł obok szafy; drzwi były uchylone. Zobaczył na wieszaku tanią granatową marynarkę sportową i ciemnoszary trencz.

– Nie jestem pewien, czy to ma jakiekolwiek znaczenie – powiedział, kiedy wrócił do pokoju. – Adwokaci Trylona bardzo praktycznie podchodzą do rzeczy i wolą doświadczonych współpracowników. Tych, którzy odchodzą, prawdopodobnie zastąpią ludzie pracujący w firmie trzeci i czwarty rok. Ja jestem ciągle żółtodziobem.

– Kto zajmie miejsce Bradleya?

– Nie mam pojęcia. Krążą bardzo różne pogłoski.

– Poznałeś już Sherry Abney?

– Tak, graliśmy razem w softball na pikniku w Central Parku. Polubiliśmy, ale ona nie decyduje o tym, którzy współpracownicy będą przydzieleni do tej sprawy. Wyboru dokonuje Wilson Rush.

– Cierpliwości, Kyle, cierpliwości. Dobry wywiad opiera się na długotrwałej obecności w danym miejscu i tworzeniu zażyłych relacji z innymi ludźmi. Dostaniesz się.

– O, nie wątpię, zwłaszcza jeśli powystrzelasz współpracowników, którzy mnie wyprzedzają. Jak się pozbyłeś McDougle'a? Podrzuciłeś mu narkotyki do mieszkania?

– Daj spokój, Kyle. Ten młody człowiek miał naprawdę poważne problemy z kokainą.

– Nie potrzebował twojej pomocy.

– Jest teraz na dobrej drodze do wyzdrowienia.

– Ty dupku! Jest na dobrej drodze do więzienia.

– Handlował koką, Kyle. Stanowił zagrożenie dla społeczeństwa.

– Co ciebie obchodzi społeczeństwo?

Kyle wstał i zaczął zbierać swoje rzeczy.

– Muszę lecieć. Mój stary kumpel Joey Bernardo przyjechał z Pittsburgha na jutrzejszy mecz Jetsów.

– Jak to miło. – Bennie też wstał. Znał numery lotów Joeya w obie strony, znał nawet numery ich miejsc na jutrzejszym meczu.

– Pamiętasz Joeya? To ten drugi na twoim krótkim filmiku.

– To nie jest mój film, Kyle. Ja go nie nakręciłem. Ja go tylko znalazłem.

– Ale mogłeś nic z nim nie robić. Nara.

Kyle trzasnął drzwiami za sobą i pospiesznie ruszył korytarzem. Zbiegł cztery piętra i wszedł do holu w pobliżu wind. Uchwycił wzrok Joeya, potem poszedł prosto do męskiej ubikacji za rogiem.

Po prawej stronie wisiały trzy pisuary. Stanął z rozstawionymi nogami przy środkowym. Po dziesięciu sekundach dołączył do niego Joey i ustawił się z lewej strony. Prócz nich nie było nikogo.

– Jasnoniebieska koszula, bez krawata, granatowa marynarka sportowa, ciemnoszary trencz. Okulary do czytania w czarnych oprawkach, ale prawdopodobnie nie będzie ich miał, gdy zejdzie na dół. Żadnej teczki, aktówki, kapelusza ani parasola. Powinien być sam. Nie zostaje tu na noc, więc myślę, że wkrótce pojawi się na dole. Powodzenia.

Kyle nacisnął przycisk spłuczki, wyszedł z toalety i opuścił hotel. Joey odczekał dwie minuty, wrócił do holu, podniósł gazetę z krzesła i usiadł. Jego ciemne włosy, krótko obcięte poprzedniego dnia, teraz były prawie zupełnie siwe. Założył okulary w grubych czarnych oprawkach. Kamera, na pierwszy rzut oka przypominająca długopis, znajdowała się w kieszeni jego brązowej sztruksowej kurtki.

Hotelowy ochroniarz w eleganckim czarnym garniturze uważnie obserwował Joeya, ale nie dlatego, że coś podejrzewał, po prostu trochę się nudził – hol był w tym momencie stosunkowo pusty. Pół godziny wcześniej Joey wyjaśnił facetowi, że czeka na przyjaciela, który jest na górze. Dwaj recepcjoniści zajmowali się swoimi sprawami. Siedzieli z opuszczonymi głowami, nie spoglądali w żadną stronę, ale wszystko mieli na oku.

Minęło dziesięć minut, piętnaście. Za każdym razem, gdy drzwi windy się otwierały, Joey spinał się trochę. Trzymał gazetę na kolanach, tak żeby wydawało się, że czyta, a jednocześnie żeby kamerze nic nie zasłaniało widoku.

Dzwonek, drzwi windy po lewej otworzyły się i Bennie, agent prowadzący, pojawił się w całej okazałości w długim szarym trenczu. Jego komputerowy portret był zdumiewająco wierny – przylizane resztki czarnych włosów, parę kosmyków zaczesanych na uszy, długi wąski nos, kwadratowy podbródek, gęste brwi nad ciemnymi oczami. Joey przełknął ślinę i ze spuszczoną głową nacisnął przycisk ukryty w lewej dłoni. Bennie szedł prosto w jego stronę, zrobił osiem kroków, po czym skręcił na marmurowej posadzce do głównego wejścia i zniknął. Joey tak się obrócił, żeby kamera jak najdłużej filmowała agenta. Potem wyłączył urządzenie, odetchnął głęboko i zatopił się w lekturze gazety. Podnosił wzrok za każdym razem, gdy drzwi windy się otwierały. Po dziesięciu strasznie długich minutach wstał i znów poszedł do męskiej toalety. Po półgodzinnym daremnym oczekiwaniu udał wyraźną irytację zachowaniem spóźnialskiego przyjaciela i z wściekłą miną opuścił hotel. Nikt za nim nie poszedł.

Joey pogrążył się w wieczornym chaosie Dolnego Manhattanu, spacerował bez celu w gęstym tłumie przechodniów, oglądał wystawy, wpadał do sklepów muzycznych i kafejek. Był przekonany, że zgubił swój ogon już dwie godziny temu, ale nie chciał ryzykować. Skręcał szybko za róg domów i raptownie przecinał wąskie ulice. W jakimś antykwariacie, do którego zajrzał późnym wieczorem, zamknął się w maleńkiej toalecie i zmył z włosów prawie całą siwiznę. Trochę farby zostało, więc włożył czarną czapkę Steelersów. Okulary wrzucił do kosza na śmieci. Kamera tkwiła głęboko w jego prawej przedniej kieszeni.

Zdenerwowany Kyle czekał na przyjaciela przy barze w Gotham Bar and Grill przy Dwunastej ulicy. Sączył kieliszek białego wina i od czasu do czasu gawędził z barmanem. Mieli rezerwację na dwudziestą pierwszą.

Najgorszy scenariusz – w istocie istniała tylko jedna możliwość, by schrzanili tę operację – wyglądał tak: Bennie rozpoznaje Joeya i dochodzi między nimi do starcia w holu hotelu Wooster. Było to jednak mało prawdopodobne. Bennie wiedział, że Joey jest w Nowym Jorku, ale nie rozpoznałby go w przebraniu; nie mógł też się spodziewać, że chłopak znajdzie się gdzieś blisko hotelu. Poza tym był sobotni wieczór, a przez ostatnie dwa miesiące Kyle nie zrobił nic podejrzanego, więc prawdopodobnie Bennie zredukował do minimum liczbę swoich ludzi na ulicy.

Joey zjawił się punktualnie o dziewiątej. Jego włosy miały już prawie naturalny kolor. W jakiś sposób zmienił brązową wysłużoną sztruksową kurtkę na czarną, bardziej elegancką. Uśmiech zadowolenia na jego twarzy nie pozostawiał wątpliwości.

– Dorwałem gościa – oświadczył, usiadł na stołku i zaczął się rozglądać za jakimś drinkiem.

– No i? – zapytał cicho Kyle, podejrzliwie zerkając w kierunku drzwi.

– Podwójny absolut z lodem – zwrócił się Joey do barmana, potem, znacznie ciszej, do Kyle'a: – Myślę, że go mam. Czekał szesnaście minut, skorzystał z windy i filmowałem go przez co najmniej pięć sekund, zanim mnie minął.

– Spojrzał na ciebie?

– Nie wiem. Czytałem wtedy gazetę. Ostrzegałeś, żebym nie nawiązywał kontaktu wzrokowego. Ale nie zwolnił nawet na moment.

– Poznałeś go bez problemu?

– Oczywiście. Ten portret od ciebie jest niesamowity.

Pili przez jakiś czas; Kyle nadal bardzo dyskretnie obserwował drzwi i fragment chodnika. W końcu szef sali zaprowadził ich w głąb restauracji. Gdy dostali menu, Joey oddał Kyle'owi kamerę.

– Kiedy będziemy mogli to obejrzeć? – zapytał.

– Za parę dni. Zrzucę na komputer w biurze.

– Tylko nie wysyłaj mi nagrania e-mailem – zastrzegł Joey.

– Spokojnie. Skopiuję na płytę i wyślę ci pocztą.

– A co teraz?

– Świetna robota, chłopie. Teraz cieszmy się dobrym jedzeniem, doskonałym winem...

– Jestem z ciebie dumny.

– A jutro obejrzymy, jak Steelersi niszczą Jetsów.

Stuknęli się kieliszkami i rozkoszowali się swoim tryumfem.

BENNIE ZWYMYŚLAŁ TRZECH AGENTÓW, którzy stracili z oczu Joeyego po jego przyjeździe do miasta. Najpierw zgubił im się późnym popołudniem, niedługo po tym, jak zameldował się w hotelu Mercer i zaczął krążyć po ulicach. Odnaleźli go w Village, zanim zapadł zmrok, potem znowu im zniknął. Teraz jadł kolację z Kyle'em w Gotham Bar and Grill, ale i tak wiedzieli że tam będzie. Agenci przysięgali, że chłopak musiał się orientować, że jest śledzony. Specjalnie starał się ich zgubić.

– I cholernie dobrze sobie z tym poradził – wrzasnął Bennie.

Dwa mecze, jeden w Pittsburghu, teraz drugi, w Nowym Jorku. Częstsza wymiana e-maili między tą dwójką. Joey był jedynym przyjacielem z college'u, z którym Kyle utrzymywał obecnie stały kontakt. To było alarmujące. Coś się działo, coś planowali.

Bennie postanowił wzmocnić inwigilację Joeya Bernardo.

Obserwowali także Baxtera Tate'a i jego zdumiewającą przemianę.

26

O CZWARTEJ TRZYDZIEŚCI W PONIEDZIAŁEK RANO Kyle szybko wysiadł z windy na trzydziestym drugim piętrze i poszedł do swojego boksu. Jak zwykle światła się paliły, drzwi były pootwierane, parzono kawę, ktoś pracował – jak zawsze, niezależnie od dnia i godziny. Recepcjoniści, sekretarki, personel pomocniczy przychodzili dopiero o dziewiątej, ale oni mieli stałe godziny urzędowania i pracowali czterdzieści godzin tygodniowo. Wspólnicy przeciętnie około siedemdziesięciu godzin. Współpracownicy natomiast czasami dochodzili do stu.

– Dzień dobry, panie McAvoy – zagadnął Alfredo, jeden z ubranych po cywilnemu ochroniarzy, który krążył po korytarzach o dziwnych porach.

– Cześć, Alfredo. – Kyle zwinął płaszcz i rzucił w róg boksu obok swojego śpiwora.

– Co pan powie o tych Jetsach? – zapytał Alfredo.

– Wolałbym o nich w ogóle nie mówić – odparował Kyle. Przed dwunastoma godzinami Jetsi nieźle dołożyli Steelersom w ulewnym deszczu.

– Życzę miłego dnia – powiedział radośnie Alfredo, odchodząc. Jemu dzień oczywiście zaczął się znakomicie, bo nie tylko ukochana drużyna rozgromiła Steelersów, ale, co ważniejsze, trafiła się okazja, by przypomnieć o tym komuś, kogo to wcale nie ucieszyło.

Ech, ci nowojorscy kibice, wymamrotał Kyle, otworzył szufladę i wyjął laptopa. Czekając, aż system się uruchomi, rozejrzał się wokoło, żeby sprawdzić, że na pewno jest sam. Dale nie miała ochoty odbijać karty przed szóstą, Tim Reynolds nie znosił wczesnego wstawania, wolał przychodzić około ósmej i siedzieć za to do północy. Biedny Tabor. Nadgorliwiec oblał egzamin i nie pokazał się od chwili ogłoszenia wyników. Następnego dnia po fecie, w ostatni piątek, zadzwonił, że jest chory. Najwyraźniej przez weekend jeszcze nie doszedł do siebie. Ale nie było czasu przejmować się Taborem. Musi sobie poradzić sam.

Kyle szybko wsunął do czytnika maleńką kartę z nagraniem z wideo. Odczekał parę sekund, kliknął dwukrotnie i zamarł, gdy pojawił się obraz: Bennie w idealnie wiernych kolorach stał w drzwiach windy, czekając cierpliwie, aż się całkowicie otworzą, potem spokojnie ruszył przed siebie jak człowiek, który niczego się nie obawia, nigdzie się nie spieszy; cztery kroki po marmurowej posadzce, rzut oka w stronę Joeya, ale bez żadnych podejrzeń, pięć kolejnych kroków i zniknął z pola widzenia. Ekran pusty. Kyle cofnął nagranie, obejrzał ponownie i jeszcze raz, coraz wolniej. Kiedy po czwartym kroku Bennie spojrzał mimochodem na Joeya, Kyle wybrał stop-klatkę i przez chwilę wpatrywał się w twarz agenta. Obraz był klarowny, najlepszy w całym nagraniu. Kyle kliknął przycisk „drukuj" i szybko otrzymał pięć odbitek.

Miał więc swojego prześladowcę, przynajmniej na nagraniu. I co, Bennie? Nie tylko ty potrafisz robić różne numery z ukrytą kamerą. Kyle szybko wziął kopie z drukarki stojącej przy biurku Sandry. Wszystkie wydruki należało zarejestrować i obciążyć nimi klienta, ale sekretarka nie robiła afery, jeśli ktoś zużył kilka stron na prywatne potrzeby. Kyle, trzymając w dłoni pięć kopii, pogratulował sobie. Wpatrywał się w twarz szantażysty, śmierdzącego sukinsyna, który teraz władał jego życiem.

Dziękował w myśli Joeyowi za tak wspaniałą robotę. Przyjaciel okazał się mistrzem kamuflażu, który zmylił agentów, i świetnym operatorem.

Gdzieś w pobliżu rozległ się czyjś głos. Kyle szybko odłożył laptopa na miejsce, schował kartę pamięci i poszedł po schodach sześć pięter w górę do głównej biblioteki. Tam zniknął wśród rzędów półek, a po chwili dołożył cztery kopie do swojej ukrytej koperty. Piątą zamierzał wysłać Joeyowi z gratulacjami.

Z balkonu okalającego pomieszczenie spojrzał w dół na główną salę. Rzędy stołów i wyciszonych kabin, stosy książek rozrzuconych wokół pilnych projektów. Naliczył ośmiu współpracowników tyrających w pocie czoła, pogrążonych w poszukiwaniach właściwych informacji z przeszłości, niezbędnych do przygotowania notatek służbowych, streszczeń i wniosków. Godzina czwarta rano, poniedziałek, wczesny listopad. Co za koszmarny początek tygodnia.

Kyle jeszcze nie zdecydował, co ma dalej robić. Czy może cokolwiek zrobić. Mimo to był zadowolony z małego zwycięstwa. Mógł trochę odetchnąć i wierzyć, że istnieje jakieś wyjście.

KILKA MINUT PO OTWARCIU GIEŁD, w poniedziałek, gdy Joey rozmawiał z klientem, który chciał się wyzbyć pewnej liczby akcji firm naftowych, na biurku zadzwonił drugi telefon. Joey był przyzwyczajony do prowadzenia kilku rozmów telefonicznych naraz, ale gdy w słuchawce drugiego aparatu usłyszał: „Hej, Joey, mówi Baxter. Jak się masz?", natychmiast pozbył się klienta.

– Gdzie jesteś? – zapytał.

Baxter wyjechał z Pittsburgha przed trzema laty, po tym jak skończyli college w Duquesne, i rzadko tu wracał. Ale gdy już się pojawiał, na siłę zbierał dawną paczkę i wydawał szalone przyjęcie, burzące wszystkim weekend. Im dłużej przebywał w Los Angeles, próbując osiągnąć sukces jako aktor, tym bardziej nieznośny się stawał, gdy wracał do domu.

– Tutaj, w Pittsburghu – odparł. – Nie biorę i nie piję już od stu sześćdziesięciu dni.

– Super. Cudownie, Baxter. Słyszałem o twoim odwyku.

– Tak, znów stryj Wally wkroczył do akcji. Niech go Bóg błogosławi. Miałbyś czas na szybki lunch? Muszę z tobą o czymś pogadać.

Od czasu college'u nigdy nie jedli razem lunchu. Kiedy Baxter spotykał przyjaciół, zawsze szli do baru i siedzieli tam do późna.

– Jasne. O co chodzi?

– O nic. Tak po prostu chcę z tobą pobyć. Weź kanapkę i spotkamy się w Point State Park. Posiedzimy na świeżym powietrzu, popatrzymy na łodzie.

– Oczywiście, Baxter. – Ponieważ to wszystko było najwyraźniej zaplanowane, Joey zaczął nabierać nieokreślonych podejrzeń.

– Dwunasta, okay?

– No to do zobaczenia.

W południe Baxter pojawił się w umówionym miejscu, nie miał przy sobie niczego oprócz butelki wody. Miał na sobie stary kombinezon, spłowiały granatowy sweter i czarne wojskowe buty – wszystko ze sklepu z używaną odzieżą mieszczącego się nad schroniskiem dla bezdomnych brata Manny'ego. Minęła era najmodniejszych dżinsów, marynarek Armaniego i mokasynów z krokodylej skóry. Dawny Baxter przeszedł do historii.

Uściskali się, obrzucili na powitanie epitetami i znaleźli ławkę w pobliżu miejsca, gdzie łączą się rzeki Allegheny i Monongahela. Za nimi rozpryskiwały cienkie strumyki wody spadające z wielkiej fontanny.

– Nic nie jesz – zauważył Joey.

210

– Nie jestem głodny. Jedz, proszę.

Joey odłożył swoją kupioną w barze kanapkę i zaczął się przyglądać wojskowym butom przyjaciela.

– Widziałeś się ostatnio z Kyle'em? – zapytał Baxter.

Przez następnych kilka minut rozmawiali o Kyle'u, Alanie Strocku i paru innych kolegach z bractwa. Baxter mówił cicho, powoli i patrzył na drugi brzeg. Wyglądało, jakby w ogóle myślał o czymś innym. Gdy mówił Joey, Baxter słuchał, ale tak naprawdę nie słyszał słów przyjaciela.

– To chyba niezbyt cię interesuje – stwierdził Joey, szczery jak zawsze.

– Widzisz, po prostu tak dziwnie wrócić tutaj. Wszystko wydaje się inne, gdy patrzę na trzeźwo. Jestem alkoholikiem, Joey, prawdziwym strasznym alkoholikiem, i teraz, kiedy przestałem pić i się odtrułem, patrzę na życie inaczej. Nigdy więcej nie tknę alkoholu, Joey.

– Skoro tak mówisz.

– Nie jestem już tym Baxterem Tate'em, którego kiedyś znałeś.

– Bardzo dobrze, ale tamten Baxter nie był takim złym facetem.

– Tamten Baxter był samolubną, nadętą, egoistyczną, zapijaczoną świnią, i dobrze o tym wiesz.

– To prawda.

– Wykończyłby się w ciągu pięciu lat.

Przez parę minut przyglądali się w milczeniu starej barce, która sunęła powoli po rzece. Joey rozpakował swojego indyka z ryżem i zaczął jeść.

– Teraz wychodzę z nałogów – oznajmił Baxter spokojnym tonem. – Znasz program Anonimowych Alkoholików?

– Trochę. Mam wujka, który zerwał z nałogiem pięć lat temu i nadal chodzi na spotkania AA.

– Mój opiekun i pastor też kiedyś pił, nazywają go bratem Manny. Znalazł mnie w barze kasyna w Reno sześć godzin po tym, jak opuściłem klinikę odwykową.

– Proszę, oto dawny Baxter.

– Tak. Przeszedłem z nim dwunastostopniowy program wychodzenia z nałogu. Kazał mi zrobić listę osób, które kiedyś skrzywdziłem. To było przerażające. Musiałem siedzieć przy stole i myśleć o tych wszystkich ludziach…

– I ja jestem na liście?

– Nie. Ty nie. Przepraszam.

– Cholera.

– To głównie członkowie mojej rodziny. Ale pewnie ja też byłbym na ich listach, gdyby kiedykolwiek poważnie się zastanowili nad swoim życiem. Nieważne, następny krok to zadośćuczynienie tym osobom. Jeszcze większy koszmar. Brat Manny bił swoją pierwszą żonę, zanim trafił do więzienia. Rozwiodła się z nim, a po latach, kiedy przestał pić, odszukał ją, żeby przeprosić. Miała bliznę nad wargą, jego dzieło, i kiedy w końcu zgodziła się z nim spotkać, zaczął błagać o przebaczenie. Ona wciąż pokazywała mu tę bliznę. Płakała, a on razem z nią; straszne, co?

– Jasne.

– Kiedyś skrzywdziłem pewną dziewczynę. Ona jest na mojej liście.

Indyk z ryżem utknął Joeyemu w gardle.

– Nie mów – wykrztusił Joye, kiedy już z trudem przełknął.

– Elaine Keenan, pamiętasz? Twierdziła, że ją zgwałciliśmy na imprezie w naszym mieszkaniu.

– Jak mógłbym nie pamiętać?

– Myślałeś o niej kiedyś, Joey? Poszła na policję. Cholernie nas przestraszyła. Już niemal dzwoniliśmy po adwokatów. Bardzo się starałem o tym zapomnieć i prawie mi się udało. Ale teraz, kiedy jestem trzeźwy i mam jasny umysł, wszystko pamiętam lepiej. Wykorzystaliśmy tę dziewczynę.

Joey odłożył kanapkę.

– Może twoja pamięć nie jest tak dobra, jak ci się wydaje. Ja pamiętam, że to była szalona laska, uwielbiała balować, pić i wciągać kokę, ale najbardziej lubiła się bzykać, z kim popadnie. Nikogo nie wykorzystaliśmy. Przynajmniej ja. Jeśli chcesz wracać do historii i coś prostować, proszę bardzo, ale beze mnie.

– Ona straciła przytomność. Ja byłem pierwszy i kiedy to robiłem, zdałem sobie sprawę, że dziewczynie urwał się film. I pamiętam, że potem podszedłeś do kanapy i spytałeś: „Jest przytomna?" Kojarzysz, Joey?

– Nie.

Joey już niczego nie był pewien. Tak bardzo się starał zapomnieć o tamtym wydarzeniu, potem przeżył szok, gdy słuchał opowieści Kyle'a o nagraniu.

– Twierdziła, że została zgwałcona. Może to prawda?

– Mowy nie ma, Baxter. Pozwól, że odświeżę ci pamięć. Ty i ja uprawialiśmy z nią seks poprzedniej nocy. Najwyraźniej to się Elaine spodobało, bo gdy ją spotkaliśmy następnego wieczoru, na imprezie, powiedziała: „Chodźcie ze mną". Zgodziła się, zanim wróciliśmy do naszego mieszkania.

Nastąpiła kolejna dłuższa przerwa w rozmowie; każdy z nich próbował odgadnąć, co teraz usłyszy.

– Zamierzasz porozmawiać z Elaine? – zapytał Joey.

– Może. Muszę coś zrobić, stary. Nie czuję się w porządku po tym, co się wtedy stało.

– Daj spokój, Baxter, wszyscy byliśmy totalnie pijani. Nie pamiętam już prawie nic z tamtego wieczoru.

– Och, ten cud niepamięci po alkoholu. Krzywdzimy innych przez nasz egoizm. Ale kiedy już w końcu trzeźwiejemy, musimy przynajmniej ich przeprosić.

– Przeprosić? No to coś ci opowiem, bracie Baxter. Spotkałem Elaine parę tygodni temu. Mieszka teraz w Scranton. Przejeżdżałem tamtędy w interesach, zobaczyłem ją w barze w porze lunchu. Próbowałem być miły, wkurzyła się na mnie, nazwała gwałcicielem. Zaproponowałem, żebyśmy się spotkali za parę godzin i pogadali spokojnie przy kawie. Przyszła ze swoją adwokat, naprawdę twardą zołzą, która uważa, że wszyscy faceci to śmiecie. Więc załóżmy, że pojedziesz do Scranton, odnajdziesz Elaine i powiesz, że ją przepraszasz, bo może jednak mówiła prawdę, i że chcesz poczuć się lepiej, ponieważ przestałeś pić i pragniesz być dobrym alkoholikiem. Wiesz, co wtedy się stanie, Baxter? Usłyszysz zarzuty od prokuratora, zostaniesz osądzony i skazany na więzienie. I nie tylko ty, bracie Baxter, ale też niektórzy twoi przyjaciele.

Joey przerwał, by zaczerpnąć powietrza. Przyparł Baxtera do muru, należało jeszcze zadać ostatni cios.

– Jej adwokat wyjaśniła, że w Pensylwanii w sprawie o zgwałcenie przedawnienie następuje dopiero po dwunastu latach, więc jeszcze ten czas nie minął. Podejdziesz do niej z przeprosinami, żeby poprawić swoje samopoczucie, a ostatecznie wylądujesz za kratkami. – Joey zerwał się na nogi, przeszedł przez deptak i splunął do rzeki. Wrócił do ławki, ale nie usiadł. Przyjaciel nie ruszył się z miejsca, tylko kręcił głową. – Ona chciała seksu, Baxter, i my z przyjemnością zaspokoiliśmy jej pragnienie. A ty robisz z tego dramat.

– Muszę z nią porozmawiać.

– Do diabła, nie! Nie próbuj się do niej zbliżyć, dopóki my czterej: ty, ja, Kyle i Alan, nie omówimy całej sytuacji.

– Spotkam się z Kyle'em. On ma więcej rozsądku niż reszta nas.

– Tak, ma, ale ma też teraz potwornie dużo beznadziejnej roboty. Wyjątkowo stresującej.

Joey próbował sobie wyobrazić to spotkanie. Kyle myślałby o nagraniu, podczas gdy Baxter ze swoją zdumiewającą nową pamięcią potwierdzałby szczegóły. Katastrofa.

– Pojadę do Nowego Jorku – oznajmił Baxter.

– Nie rób tego.

– Dlaczego? Chciałbym się zobaczyć z Kyle'em.

– Okay, ale w takim razie porozmawiaj też z Alanem. Dokładnie omówmy tę sprawę we czterech, zanim pojedziesz do Scranton, żeby popełnić głupi błąd i spieprzyć nam wszystkim życie. Mówię ci, Baxter, ta dziewczyna jest żądna krwi i nie odpuści.

Jeszcze jedna długa chwila ciszy. Joey usiadł w końcu i trzepnął kumpla w kolano. Po prostu dwaj dawni kumple z bractwa, którzy nadal się lubią.

– Nie możesz tego zrobić, Baxter – powtórzył Joey z tak wielkim przekonaniem, jakie tylko potrafił z siebie wykrzesać. W tym momencie myślał o własnej skórze. Jak miałby o całej aferze powiedzieć Blair, która teraz jest w piątym miesiącu ciąży? „Cześć, kochanie, właśnie dostałem telefon. Muszę wyjechać. Jestem oskarżony o gwałt. Mogę nie wrócić do domu na kolację. Ktoś powiedział, że czekają reporterzy. Obejrzyj to na czwartym kanale. Do zobaczenia. Ściskam i całuję".

– Nie jestem pewien, co się wtedy stało, Joey – powiedział Baxter, znów cicho i wolno. – Ale wiem, że to, co zrobiłem, było złe.

– Mój wujek alkoholik też zrobił listę. Ukradł kiedyś strzelbę mojemu ojcu i potem oszczędzał pieniądze, żeby mu odkupić inną. Przyniósł ją któregoś wieczoru do domu; wielka niespodzianka, wielka scena. Ale jeśli dobrze pamiętam, kiedy alkoholik uczestniczy w programie Dwunastu Kroków, nie może rekompensować krzywd, jeśli tym samym zaszkodzi innym osobom. Zgadza się?

– Tak.

– Więc masz odpowiedź. Jeśli pojedziesz do Elaine i poprosisz o przebaczenie, ona i jej adwokat rzucą się na nas wszystkich, nie tylko na ciebie. Nie możesz się z nimi spotkać, bo nas wkopiesz.

– Jeśli nie zrobiłeś nic złego, nie masz się o co martwić. Ja stawiam czoło własnym błędom.

– To szaleństwo, Baxter. Posłuchaj, nie bierzesz, nie pijesz, jesteś natchniony Dobrą Nowiną i bardzo dobrze. Tak trzymaj. Rysuje się przed tobą wspaniała przyszłość, ale ty chcesz zmarnować to wszystko i ryzykować, że trafisz na dwadzieścia lat do więzienia. Daj spokój! To obłęd.

– Więc co powinienem zrobić?

– Zabierz dupę z powrotem do Reno albo gdzieś daleko stąd i zapomnij o tej sprawie. Żyj swoim nowym wspaniałym życiem, ale nie tutaj. I nas, cholera, zostaw w spokoju.

Dwaj policjanci ze śmiechem przeszli obok; Joey zapatrzył się na kajdanki przy ich pasach.

– Nie możesz, Baxter – powtórzył. – Wstrzymaj się na jakiś czas. Módl się. Powiedz o tym pastorowi.

– Już mówiłem.

– I co on radzi?

– Powiedział, żebym był ostrożny.

– Mądry gość. Posłuchaj, teraz jesteś w stadium przejściowym. Powoli wchodzisz w nowe życie. Opuściłeś Los Angeles, nie bierzesz, nie pijesz. Cudownie, naprawdę świetnie. Jestem z ciebie dumny. Ale nie spiesz się, żebyś nie narobił głupot.

– Przejdźmy się. – Baxter powoli wstał z ławki. Poszli na spacer wzdłuż rzeki, niedużo mówili, przyglądali się łodziom. – Muszę się zobaczyć z Kyle'em – powtórzył na koniec Baxter.

27

Kyle mieszkał już cztery i pół miesiąca w swoim niedużym lokum i jakoś udawało mu się, jak dotąd, uniknąć gości. Dale parę razy dawała mu do zrozumienia, że ma ochotę go odwiedzić, potem odpuściła temat. Kyle opisał swoje mieszkanie w sposób, który nie zachęcał do składania wizyt – nora, prawie bez żadnych mebli, z zaledwie letnią wodą, pluskwami, nieocieplona. Mówił, że rozgląda się za czymś ładniejszym, ale czy młody prawnik świeżo zatrudniony w wielkiej kancelarii ma czas na poważne szukanie mieszkania? Prawda była taka, że nora mu odpowiadała właśnie z tego powodu – odstraszała ewentualnych gości i dzięki temu unikał ryzyka, że rozmowy z nimi będą podsłuchane i nagrane. Choć nie próbował usunąć mikrofonów i elektronicznych pluskiew, wiedział, że gdzieś tam są. Podejrzewał, że zamontowano też miniaturowe kamery rejestrujące non stop. Ponieważ uśpił czujność swoich prześladowców, którzy sądzili, iż nie wie o ich inwigilacji, udawał, że żyje niemal jak mnich. Intruzi wchodzili tutaj, przynajmniej raz w tygodniu, ale nie pojawiali się żadni zaproszeni goście.

Dale była zadowolona, że spotykali się u niej. Bała się pluskiew. Gdybyś tylko wiedziała, myślał Kyle. W moim mieszkaniu są wszystkie gatunki pluskiew znane podziemnemu światu.

Udało im się w końcu pójść razem do łóżka i nie zasnąć, zanim stało się to, czego oboje pragnęli. Chwilę później spali już jak zabici. Złamali zasady obowiązujące w firmie co najmniej czterokrotnie i wcale nie zamierzali na tym poprzestać.

Gdy Baxter zadzwonił i zapytał, czy mógłby nocować u niego przez parę dni, Kyle miał już przygotowany komplet przekonujących kłamstw. Joey puścił mu sygnał ostrzegawczy kilka minut po tym, jak pożegnał się z Baxterem.

– Coś musimy z tym zrobić – powtarzał Joey, dopóki Kyle nie kazał mu się przymknąć.

Wizja Baxtera, który rozsiada się w jego mieszkaniu i mówi bez końca o zgwałceniu Elaine, niemal przekraczała granice wyobraźni Kyle'a. Przed oczami miał obraz Benniego i jego techników – trzymają kurczowo słuchawki na uszach, wyłapują każde słowo Baxtera, a ten wygłasza kazanie o potrzebie stawienia czoła przeszłości, przyznania się do wszystkiego i tak dalej, i tak dalej. Gdyby „sprawa Elaine" znów nabrała rozgłosu w Pittsburghu, Kyle z pewnością zostałby w nią wciągnięty i Bennie musiałby się liczyć z tym, że straci możliwość wywierania nacisku na swój „skarb".

– Przykro mi, Bax – odparł Kyle, ściskając komórkę. – Mam tylko jedną sypialnię, jeśli można to tak nazwać, a na kanapie sypia od miesiąca moja siostra. Przyjechała do Nowego Jorku starać się o pracę... no cóż, i tak jest tu dość ciasno.

Baxter zameldował się w hotelu Soho Grand. Umówili się na późną pizzę w całodobowym lokaliku przy Bleecker Street w Village. Kyle wybrał to miejsce, bo był tu już kiedyś i, jak zawsze, zrobił rozpoznanie. Knajpa nadawała się do wykorzystania w przyszłości. Miała jedne drzwi, wielkie okna od frontu z widokiem na chodnik i ciągle panował w niej hałas. Poza tym była za mała, by któryś z ludzi Benniego mógł wejść niezauważony. Kyle przyszedł na spotkanie o dziewiątej czterdzieści pięć, piętnaście minut przed czasem – wybrał odpowiedni boks i usiadł twarzą w stronę drzwi. Udawał, że jest pochłonięty lekturą grubego dokumentu – niezmordowany współpracownik, zawsze oddany swojej pracy.

Baxter miał na sobie to samo ubranie – kombinezon, sweter i wojskowe buty – które opisał Kyle'owi Joey. Uścisnęli się, potem, cały czas rozmawiając, zajęli miejsca w boksie. Zamówili napoje bezalkoholowe.

– Rozmawiałem z Joeyem – zaczął Kyle. – Gratuluję pomyślnej kuracji odwykowej. Wyglądasz wspaniale.

– Dzięki. Ostatnio dużo o tobie myślałem. Przestałeś pić na drugim roku, prawda?

– Zgadza się.

– A dlaczego? Bo nie pamiętam.

– Psycholog mi powiedział, że będzie już tylko gorzej, jeśli się nie opamiętam. Alkohol nie stanowił jeszcze dla mnie poważnego problemu, ale zdecydowanie mógł się nim stać. Więc rzuciłem picie. Przez te wszystkie lata nawet nie zajrzałem do kieliszka, dopiero parę tygodni temu wypiłem trochę wina. Na razie wszystko jest w porządku. W razie czego znów całkowicie odstawię alkohol.

– Miałem trzy krwawiące wrzody żołądka, kiedy mnie zabrali do kliniki. Myślałem o samobójstwie, ale tak naprawdę nie chciałem się zabić, bo wtedy nie mógłbym pić wódki ani brać kokainy. Kompletne dno.

Zamówili pizzę i długo rozmawiali o przeszłości, głównie Baxtera, który wyrzucał z siebie jedną po drugiej opowieści o ostatnich trzech latach spędzonych w Los Angeles – o swoich próbach załapania się do branży filmowej, przyjęciach i imprezach, o świecie narkotyków, o cudownych młodych dziewczynach z małych miast, które gotowe były zrobić wszystko, żeby zaistnieć w Hollywood albo wyjść bogato za mąż. Kyle słuchał uważnie, jednocześnie obserwując drzwi wejściowe i okna od frontu. Nic.

Rozmawiali o dawnych kolegach i przyjaciołach, o pracy Kyle'a i nowym życiu Baxtera. Po godzinie, kiedy pizza już zniknęła z talerzy, przeszli w końcu do tematu, który od początku wisiał w powietrzu.

– Myślę, że Joey powiedział ci o Elaine – zaczął Baxter.

– Oczywiście. To zły pomysł, żeby do niej jechać, Baxter. Ja wiem, jak działa system prawny, a ty nie. Wchodzisz na grząski teren i możesz nas pociągnąć za sobą.

– Ale ty niczego nie zrobiłeś? Czym się przejmujesz?

– Scenariusz wygląda tak. – Kyle pochylił się ku Baxterowi, żeby jak najciszej przedstawić mu coś, nad czym się zastanawiał od czterech godzin. – Jedziesz zobaczyć się z Elaine, szukasz odkupienia, przebaczenia, czegoś, co, jak ci się wydaje, mógłbyś od niej uzyskać. Przepraszasz, że ją kiedyś skrzywdziłeś. Może nadstawi drugi policzek, przyjmie przeprosiny i obejmiecie się na pożegnanie. Ale do tego raczej nie dojdzie. O wiele bardziej prawdopodobne jest to, że ona wybierze inne, niechrześcijańskie podejście i za radą swojej jędzowatej adwokat zacznie się domagać sprawiedliwości. Będzie szukała potwierdzenia słuszności swoich oskarżeń. Kiedyś już krzyczała o gwałcie i nikt jej wtedy nie chciał słuchać. A teraz ty swoimi niezgrabnymi przeprosinami tylko potwierdzisz jej oskarżenia. Elaine uważa się za pokrzywdzoną i dobrze się czuje w roli ofiary. Jej adwokat zacznie na nią naciskać i sprawy nabiorą rozpędu. W Pittsburghu jest prokurator, który lubi oglądać swoją twarz na pierwszych stronach gazet. Jak wszyscy prokuratorzy ma już dość prozaicznych historii, strzelanin gangów, zwykłych ulicznych przestępstw. I nagle nadarza mu się okazja ścigania czterech białych chłopaków z Duquesne, i w dodatku tak się składa, że jednym z nich jest ktoś z klanu Tate'ów. Nie tylko jeden Wielki Biały Oskarżony, ale aż czterech! Nagłówki na pierwszych stronach, konferencje prasowe, wywiady. On będzie bohaterem, a my przestępcami. Oczywiście, mamy prawo do obrony, ale na proces trzeba czekać z rok. W tym czasie przeżyjemy piekło. Nie możesz tego zrobić, Baxter. Skrzywdzisz zbyt wiele osób.

– A jeśli zaoferuję pieniądze? Sprawa tylko między mną a nią?

– To mogłoby być dobre. Jestem pewien, że Elaine i jej adwokat z radością podjęłyby temat. Ale w ten sposób zasugerujesz, że czujesz się winny. Nie znam Elaine, ty też jej nie znasz, ale jeśli wziąć pod uwagę jej zachowanie na spotkaniu z Joeyem, można chyba uznać, że jest trochę niezrównoważona. Trudno przewidzieć, jak zareaguje. Więc to zbyt ryzykowne.

– Nie mogę żyć w zgodzie z własnym sumieniem, dopóki z nią nie porozmawiam, Kyle. Czuję się tak, jakbym ją skrzywdził.

– Rozumiem. To wygląda wspaniale w poradniku dla AA, ale sprawa przedstawia się inaczej, jeśli rzecz dotyczy również innych osób. Musisz o tym zapomnieć i nigdy do tego nie wracać.

– Nie wiem, czy potrafię.

– Jest w tym trochę egoizmu, Baxter. Chcesz pozbyć się wyrzutów sumienia. No cóż, bardzo dobrze. A co z nami? Twoje życie stanie się doskonalsze, nasze będzie zrujnowane. Popełniłbyś fatalny błąd. Zostaw tę sprawę w spokoju.

– Mogę przeprosić Elaine, ale nie przyznać się do gwałtu. Powiem tylko, że postąpiłem źle i chcę przeprosić.

– Jej adwokat nie jest głupia; będzie tam siedziała z magnetofonem albo nawet z kamerą.

Kyle wypił łyk napoju bezalkoholowego i nagle przypomniał sobie nagranie z imprezy. Gdyby Baxter zobaczył je teraz, widział, jak zmieniają się z Joeyem przy nieprzytomnej Elaine, poczucie winy by go zmiażdżyło.

– Muszę coś zrobić.

– Nic nie musisz. – Kyle po raz pierwszy podniósł głos. Był zaskoczony uporem przyjaciela. – Nie masz prawa rujnować nam życia.

– Nie rujnuję twojego życia, Kyle. Nie zrobiłeś nic złego.

„Jest przytomna?", pyta Joey. Te słowa niosą się po sali sądowej. Przysięgli patrzą gniewnym wzrokiem na czterech oskarżonych. Może współczują Kyle'owi i Alanowi, bo nie ma dowodu na to, że zgwałcili tę dziewczynę, i może uznają ich za niewinnych, ale równie dobrze mogą się wkurzyć na całą tę bandę i poślą wszystkich za kratki.

– Całą winę wezmę na siebie – zaproponował Baxter.

– Kogo to obchodzi? Nawet sobie nie wyobrażasz, w co się wpakujesz. Zamkną cię, Baxter. Przejrzyj na oczy, człowieku!

– Wezmę winę na siebie – powtórzył Baxter jak jakiś męczennik. – Wam, chłopaki, nic się nie stanie.

– Ty nic nie rozumiesz, stary. To o wiele bardziej skomplikowane, niż myślisz.

Wzruszenie ramion.

– Może i tak.

– Słuchaj, co do ciebie mówię, do ciężkiej cholery!

– Słucham, Kyle, ale słucham także tego, co mówi mi Bóg.

– No cóż, nie mogę rywalizować...

– A on prowadzi mnie do Elaine. Do przebaczenia. I wierzę, że ona mi wybaczy, zapomni, że ją skrzywdziłem.

Nawrócony Baxter był niewzruszony. Kyle zdał sobie sprawę, że nie ma już prawie żadnych argumentów, by go przekonać.

– Wstrzymaj się z tym jeszcze przez miesiąc – poprosił. – Nie rób niczego pochopnie. Joey, Alan i ja powinniśmy mieć prawo głosu w tej sprawie, nie?

– Chodźmy już. Znudziło mnie siedzenie tutaj.

Włóczyli się jeszcze z pół godziny po Village, w końcu zmęczony Kyle pożegnał się z Baxterem.

Spał jak zabity, gdy trzy godziny później odezwała się komórka. Dzwonił Baxter.

– Rozmawiałem z Elaine – oznajmił dumnie. – Znalazłem jej numer telefonu i pogadaliśmy chwilę.

– Ty idioto – wybuchnął Kyle, zanim zdążył się pohamować.

– Wszystko poszło bardzo dobrze, naprawdę.

– Co jej powiedziałeś? – Kyle był już w łazience; jedną ręką trzymał słuchawkę, drugą obmywał twarz zimną wodą.

– Że nigdy nie czułem się w porządku w tej sprawie. Nie przyznałem się do niczego. Stwierdziłem tylko, że dręczyły mnie pewne wątpliwości.

– I co ona na to?

– Podziękowała mi za telefon, a potem się rozpłakała i powiedziała, że nikt nigdy nie chciał jej uwierzyć. Nadal odczuwa to jako gwałt. Zawsze wiedziała, że to Joey i ja, a ty i Alan byliście gdzieś w pobliżu i przyglądaliście się temu.

– To nieprawda.

– Spotkamy się za parę dni, zjemy lunch, tylko we dwoje, w Scranton.

– Nie jedź tam, Baxter, proszę. Będziesz żałował do końca życia.

– Wiem, co robię, Kyle. Godzinami modliłem się w tej intencji i wierzę, że Bóg przeprowadzi mnie przez to wszystko. Obiecała, że nic nie powie swojej adwokat. Trzeba jej ufać.

– Ona pracuje u swojej adwokat, wspomniała ci o tym? Na pewno nie. Wpadniesz w pułapkę i twoje życie będzie skończone.

– Moje życie dopiero się zaczyna, stary. Więcej wiary, Kyle, więcej wiary. Dobranoc.

W telefonie rozległ się ciągły sygnał, połączenie zostało przerwane.

Baxter poleciał z powrotem do Pittsburgha następnego ranka. Zabrał z parkingu swoje porsche, które zamierzał sprzedać, i zameldował się w motelu przy lotnisku. Z kontroli użycia karty kredytowej wynikało, że spędził tam dwie noce i nigdy się nie wymeldował. W telefonie komórkowym było dużo nieodebranych połączeń – wielokrotnie dzwonili Joey Bernardo i Kyle McAvoy, ale Baxter nie odpowiadał. Przeprowadził dwie długie rozmowy z bratem Mannym w Reno i parę krótkich ze swoimi rodzicami i bratem w Pittsburghu. Dwukrotnie dzwonił do Elaine Keenan.

W ostatnim dniu swojego życia przed wschodem słońca wyjechał samochodem z Pittsburgha i ruszył w drogę do Scranton – do przejechania miał czterysta osiemdziesiąt kilometrów i zamierzał je pokonać w ciągu mniej więcej pięciu godzin. Transakcje przeprowadzone kartą kredytową wskazywały, że tankował na stacji Shella w pobliżu skrzyżowania autostrady I-79 z I-80, jakieś półtorej godziny jazdy od Pittsburgha. Potem skierował się prosto na wschód I-80 i jechał jeszcze przez dwie godziny. Około dziesiątej czterdzieści zatrzymał się na parkingu niedaleko miasteczka Snow Shoe i wszedł do męskiej toalety. W piątek, w połowie listopada, ruch na autostradzie był niewielki. Na parkingu stało kilka samochodów.

Pan Dwighy Nowoski, emeryt z Dayton, podróżujący do Vermont z żoną, która w tym czasie wstąpiła do damskiej toalety, znalazł Baxtera niedługo po tym, jak do niego strzelono. Chłopak jeszcze żył, ale konał trafiony kulą w głowę. Z rozpiętymi dżinsami leżał przy pisuarze w kałuży krwi i moczu. Dyszał ciężko, pojękiwał i miał drgawki. W męskiej toalecie poza nim nie było nikogo, gdy pan Nowoski wszedł tam i natknął się przypadkiem na tę makabryczną scenę.

Najwyraźniej morderca wszedł za Baxterem, szybko przyłożył mu berettę kaliber 9 milimetrów do podstawy czaszki i wystrzelił. Tłumik wyciszył odgłos strzału. Na parkingu nie było kamer monitorujących.

Policja stanu Pensylwania zamknęła toalety i dostęp do parkingu. Sześć osób podróżujących, w tym państwa Nowoskich, szczegółowo przesłuchano na miejscu zbrodni. Jeden z mężczyzn zapamiętał żółtą ciężarówkę, wynajętą w firmie Penske – wjechała na parking i odjechała, ale nie wiadomo, jak długo tam stała. Według oceny wszystkich świadków cztery albo pięć samochodów opuściło parking po tym, jak zostało znalezione ciało, ale przed przybyciem policji. Nikt nie potrafił sobie przypomnieć Baxtera ani kogokolwiek innego, kto wchodził do męskiej toalety. Pewna kobieta z Rhode Island zauważyła jakiegoś faceta przy drzwiach toalety. Po głębszym zastanowieniu przyznała, że mógł on stać na czujce. Nie wchodził ani nie wychodził. Tak czy inaczej, dawno już zniknął, a z jej opisu niewiele wynikało: biały mężczyzna, między trzydziestką a czterdziestką, wzrost przynajmniej metr siedemdziesiąt, ale nie więcej niż metr osiemdziesiąt cztery, w ciemnej marynarce – skórzanej, lnianej, wełnianej, może bawełnianej, nie pamiętała. Materiał dowodowy ograniczał się tylko do tego opisu, raportu z laboratorium i wyników sekcji zwłok.

Portfel, zwitek banknotów i zegarek Baxtera pozostały nietknięte. Policja spisała zawartość kieszeni ofiary – kilka monet, kluczyki od samochodu i tubka balsamu do ust. Laboratorium nie stwierdziło jakichkolwiek śladów alkoholu lub narkotyków w organizmie, na ubraniu czy w samochodzie.

Patolog odnotował niezwykły jak na dwudziestopięcioletniego człowieka stopień zniszczenia wątroby.

Napad rabunkowy wykluczono natychmiast z oczywistych powodów – nic nie zabrano, chyba że ofiara miała przy sobie coś cennego, o czym nikt nie wiedział. Ale dlaczego uzbrojony złodziej miałby zostawiać pięćset trzynaście dolarów gotówką i osiem kart kredytowych? Czy nie pomyślałby o zabraniu porsche, skoro nadarzyła się okazja? Nic nie wskazywało na to, żeby zbrodni dokonano na tle seksualnym. W grę mogła wchodzić walka gangów narkotykowych, ale wydawało się to mało prawdopodobne. Gangsterzy z reguły załatwiali porachunki mniej finezyjnie.

Po wykluczeniu seksualnego, rabunkowego i narkotykowego motywu zbrodni detektywi zaczęli z zakłopotaniem drapać się w głowę. Patrząc, jak worek ze zwłokami ofiary znika w tyle ambulansu, który miał je zawieźć z powrotem do Pittsburgha, wiedzieli już, że tak łatwo nie rozwiążą sprawy. Sprawcy użyli tłumika i zniknęli niezauważeni, a zatem najprawdopodobniej byli profesjonalistami.

TAJEMNICZE ZABÓJSTWO CZŁONKA ZNANEJ RODZINY oczywiście natychmiast stało się wiadomością dnia w Pittsburghu. Ekipy telewizyjne pognały do posiadłości Tate'ów w Shadyside, ale przywitali ich tylko ochroniarze. Od pokoleń rodzina wszelkie pytania kwitowała tym samym: „Bez komentarza" i w przypadku tej tragedii nie było inaczej. Adwokat Tate'ów udzielił krótkiej odpowiedzi i poprosił o modlitwę, rozwagę i szacunek dla prywatności. Stryj Wally raz jeszcze wziął sprawę w swoje ręce i wydał odpowiednie polecenia.

Kyle siedział w swoim boksie i razem z Dale planowali wspólny wieczór, kiedy zadzwonił Joey. Był piątek, prawie siedemnasta. We wtorek późnym wieczorem Kyle rozmawiał z Baxterem przez telefon i od tamtej pory, choć uparcie próbował, nie mógł już się z nim skontaktować. Baxter zniknął.

– Co się stało? – zapytała Dale, widząc zszokowaną minę Kyle'a.

Ale Kyle nie odpowiedział. Z telefonem przy uchu ruszył w stronę wyjścia. Idąc korytarzem, słuchał, jak Joey wyrzuca z siebie szczegóły, których mnóstwo już teraz podawała telewizja. W windzie nie miał zasięgu, ale gdy tylko wyszedł z budynku, oddzwonił do przyjaciela i słuchał dalej. Na chodnikach przy Broad Street tłoczył się późnowieczorny tłum. Kyle wlókł się powoli, bez płaszcza chroniącego przed chłodem, nie wiedząc, dokąd teraz pójść.

– Zabili go – powiedział w końcu do Joeya.

– Kto?

– No chyba wiesz.

28

POGRZEB NIE TRWA DŁUŻEJ NIŻ DWIE GODZINY – powiedział Doug Peckham, patrząc ze złością na Kyle'a. – Nie rozumiem, po co ci dwa dni wolnego.

– To przecież w Pittsburghu. Muszę tam dolecieć i wrócić. Chodziliśmy razem do college'u. Będę niósł trumnę. Chcę się zobaczyć z rodziną. Daj spokój, Doug.

– Brałem udział w niejednym pogrzebie.

– Także dwudziestopięcioletniego dawnego współlokatora, któremu strzelono w głowę?

– Wszystko rozumiem, ale dwa dni?

– Tak. Nazwij to urlopem, dniami na sprawy osobiste. Nie przysługuje nam parę takich dni w roku?

– Oczywiście, jest to zapisane gdzieś w informatorze, ale nikt ich nie bierze.

– No to ja wezmę. Możecie mnie wyrzucić, mam to gdzieś.

Obaj wzięli głęboki wdech, po czym Doug powiedział spokojnie:

– Okay, okay. Kiedy jest ten pogrzeb?

– W środę, o drugiej.

– Więc jedź jutro po południu i spotykamy się tutaj w czwartek rano o wpół do szóstej. Siedzimy na beczce prochu, Kyle. Rozłam Toby'ego Rolanda wygląda coraz paskudniej i rozszerza się jak zaraza, a ci, którzy zostają, lada dzień zaczną narzekać i wszystko krytykować.

– Był moim współlokatorem.

– Przykro mi.

– Och, dziękuję.

Doug machnął ręką na ten ostatni komentarz, podniósł grubą teczkę z dokumentami i rzucił ją przez biurko.

– Możesz to przeczytać w samolocie.

Zostało to sformułowane jak pytanie, ale było kategorycznym rozkazem.

Kyle sięgnął po teczkę i zacisnął szczęki, by nie powiedzieć: Oczywiście Doug, spojrzę na to w samolocie, rzucę też okiem, czuwając przy zwłokach, przeanalizuję w czasie nabożeństwa i ponownie przemyślę swoje wnioski, gdy będą opuszczać Baxtera do grobu, a potem, lecąc z powrotem na LaGuardia, przerzucę to raz jeszcze i za każdą minutę, kiedy choć trochę będę o tym myślał, wystawię rachunek albo podwójny rachunek lub może nawet potrójny rachunek biednemu klientowi, który popełnił ten błąd, że wybrał sobie firmę prawniczą maksymalnie wyzyskującą siłę roboczą.

– Dobrze się czujesz? – zapytał Doug.

– Nie.

– Posłuchaj, przykro mi. Nie wiem, co jeszcze powiedzieć.

– Tu nie można nic powiedzieć.

– Już coś wiadomo, kto pociągnął za cyngiel?

Doug, próbując zagadać po przyjacielsku, rozsiadł się wygodniej na fotelu. Nieudolnie udawał, że interesuje go to, co się stało.

– Nie. – Gdybyś tylko wiedział, pomyślał Kyle.

– Przykro mi – powtórzył Doug. Próba okazania zainteresowania już się skończyła.

Kyle ruszył w stronę drzwi, ale przystanął, kiedy usłyszał:

– Prosiłem cię, żebyś oszacował moje godziny dla Banku Ontario. Podczas obiadu, pamiętasz? Potrzebne mi to wyliczenie.

Sam je sobie zrób, chciał powiedzieć Kyle albo jeszcze lepiej: pilnuj swoich zestawień jak wszyscy inni.

– Prawie zrobione – odparł tylko i wyszedł z pokoju.

BAXTERA FARMSWORTHA TATE'A POCHOWANO w pochmurny mokry dzień w rodzinnej kwaterze na cmentarzu Homewood w Pittsburghu. Ceremonię poprzedziło tradycyjne nabożeństwo protestancko-episkopalne, na które osoby z zewnątrz, a już zwłaszcza media, nie miały prawa wstępu. Baxter miał brata, który uczestniczył w nabożeństwie, i siostrę, która nie brała w nim udziału. Przez cały weekend brat starał się, by przekształcić pogrzeb w apoteozę życia Baxtera, co jednak nie wypaliło, bo w końcu zdał sobie sprawę, że niewiele było do wychwalania. W końcu ustąpił miejsca proboszczowi, który odprawił zwyczajny rytuał upamiętnienia kogoś, kogo sam nigdy nie spotkał. Ollie Guice, kolejny członek Bety, jakoś się uporał z mową pogrzebową, która wywołała kilka uśmieszków. Spośród ośmiu żyjących członków bractwa, jacy w jednej grupie z nimi odbyli rytuał przyjęcia do Bety, obecnych było siedmiu. Zjawili się także reprezentanci starego Pittsburgha – kilku przyjaciół z lat dziecinnych należących do śmietanki towarzyskiej. Przyszli też czterej dawno zapomniani kumple ze szkoły z internatem, do której wysłano Baxtera, gdy miał czternaście lat. Kyle i inni nie wiedzieli, że Elaine Keenan próbowała wejść do kościoła, ale nie została wpuszczona, bo jej nazwisko nie znalazło się na liście. Nie pojawił się nikt z Hollywood. Ani jedna osoba nie przyjechała z Los

Angeles. Trzeciorzędny agent Baxtera przysłał kwiaty. Dawna współlokatorka wysłała do proboszcza e-mail z krótką mową pogrzebową do odczytania przez kogoś z obecnych. Ona sama nie mogła przyjechać. Jej mowa zawierała aluzje do Buddy i Tybetu i nie mogła być dobrze przyjęta w Pittsburghu. Proboszcz bez słowa oddał ten tekst rodzinie.

Bratu Manny'emu udało się dostać do kościoła, ale dopiero wtedy, gdy Joey Bernardo przekonał Tate'ów, że Baxter uwielbiał swojego pastora z Reno. Zarówno rodzina, jak i inni żałobnicy trochę podejrzliwie przyglądali się wielkiemu mężczyźnie. Miał na sobie swój zwykły biały strój – luźne workowate ogrodniczki i koszulę z fruwającymi połami – pod czymś, co było prawdopodobnie jakąś szatą, ale bardziej przypominało prześcieradło. Zrobiono nawet ustępstwo i nie kazano mu zdejmować czarnego skórzanego beretu, w którym przypominał starzejącego się Che Guevarę. Płakał przez całe nabożeństwo i wylał więcej łez niż reszta skostniałych żałobników, wykazujących stoicki spokój.

Kyle nie uronił jednej łzy, choć czuł głęboki smutek z powodu tak zmarnowanego życia. Gdy stał przy grobie i patrzył na dębową trumnę, nie był w stanie rozmyślać o ich wspólnych dobrych latach w przeszłości. Zbyt go pochłaniała zaciekła wnętrzna dyskusja o tym, co mógł zrobić inaczej. W szczególności, czy nie powinien powiedzieć Baxterowi o nagraniu i o Benniem. A gdyby wszystko wyjawił, czy Baxter umiałby właściwie ocenić niebezpieczeństwo i sprawy potoczyłyby się inaczej? Może tak. Może nie. Nawrócony Baxter mógłby oszaleć, gdyby się dowiedział, że został sfilmowany, gdy uprawiał seks z Elaine. I wtedy przyznałby się pod przysięgą, nie zważając na przyjaciół. Nie dało się przewidzieć jego reakcji, bo Baxter nie myślał racjonalnie. Ale Kyle z kolei nie zdawał sobie sprawy, z rozmiarów niebezpieczeństwa.

Zobaczył je dopiero teraz.

Wokół grobu stłoczyło się około stu żałobników, wszyscy napierali na siebie, chcąc usłyszeć ostatnie słowa proboszcza. Kilka zimnych kropli deszczu przyspieszyło ceremonię. Szkarłatny namiot osłonił trumnę, przy której usiadła rodzina. Kyle zerknął w bok na rzędy nagrobków i dalej na kamienną bramę przy wejściu na cmentarz. Za bramą zebrała się duża grupa reporterów – czekali jak sępy na błysk cokolwiek, co warto by pokazać lub opowiedzieć w mediach.

Mieli w pogotowiu kamery, aparaty fotograficzne, lampy i mikrofony; policjanci i prywatni ochroniarze nie pozwalali im podejść bliżej pod kościół, ale szli krok w krok za konduktem pogrzebowym jak dzieciaki podczas parady, a teraz rozpaczliwie pragnęli zrobić zdjęcia trumny lub matki, która zasłabła, żegnając syna. Gdzieś wśród nich był jeden z chłopców Benniego, może dwóch albo trzech. Kyle zastanawiał się, czy mają aparaty, żeby potem wyłonić na zdjęciach, który spośród przyjaciół Baxtera zadał sobie trud, by przyjść na pogrzeb. Informacja zupełnie bezużyteczna, ale oni przecież tyle razy robili rzeczy bez sensu.

Wiedzieli jednak, jak zabić. Co do tego nie było wątpliwości. Policja stanowa na razie nic nie mówiła, ale szybko stało się oczywiste, że milczeli dla dobra śledztwa. Po prostu nie mieli żadnych tropów. Czysta robota, tłumik, szybkie zniknięcie z miejsca zbrodni i żadnych widocznych motywów.

Brat Manny lamentował głośno przy wejściu do namiotu, co wszystkich irytowało. Proboszcz zgubił wątek, potem ględził dalej. Kyle spoglądał z dala na watahę przy bramie, z tej odległości nie mógł rozpoznać żadnej twarzy. Wiedział, że tam byli, patrzyli, czekali ciekawi ruchów jego, a także Joeya i Alana Strocka, który przyjechał z Ohio. Z czterech współlokatorów zostało teraz trzech.

Kiedy proboszcz wygłosił już ostatnie zdanie mowy pogrzebowej, dało się słyszeć łkanie paru osób. Potem tłum zaczął się oddalać od szkarłatnego namiotu, powoli opuszczano miejsce pochówku. Pogrzeb się skończył, rodzice i brat Baxtera odeszli pospiesznie. Kyle i Joey jeszcze przez chwilę stali przy grobie przyjaciela.

– To nasza ostatnia rozmowa – oznajmił Joey cicho, ale stanowczo. – Zadajesz się ze złymi ludźmi, Kyle. Nie mieszaj mnie do tego.

Kyle spojrzał na kopczyk świeżej ziemi, która za chwilę miała przykryć trumnę Baxtera.

Joey mówił dalej, niemal nie poruszając wargami, jakby gdzieś tu spodziewał się urządzeń podsłuchowych.

– Na mnie nie licz, okay? Mam teraz mnóstwo roboty. Muszę myśleć o ślubie, dziecko w drodze. Już dość tej głupiej zabawy w szpiegów. Chcesz to robić dalej, proszę bardzo, ale beze mnie.

– Oczywiście, Joe.

– Żadnych więcej e-maili, paczek, telefonów ani wycieczek do Nowego Jorku. Nie mogę zabronić ci przyjazdu do Pittsburgha, ale jeśli tam się zjawisz, nie dzwoń do mnie. Teraz kolej na jednego z nas i to nie będziesz ty, bo jesteś dla nich zbyt cenny. Ciebie na razie potrzebują. Więc zgadnij, kto zarobi następną kulkę.

– To nie nasza wina, że Baxter zginął.

– Jesteś tego pewien?

– Nie.

– Ci goście mają powód, żeby robić to, co robią, i tym powodem jesteś ty.

– Dzięki, Joey.

– Spadam. Proszę, nie mieszaj mnie do tego. I pamiętaj, cholera, pilnuj, żeby nikt nie zobaczył nagrania. Trzymaj się.

Joey poszedł przodem, Kyle ruszył za nim.

29

W CZWARTEK RANO, O SZÓSTEJ TRZYDZIEŚCI Kyle wszedł do gabinetu Douga Peckhama i zameldował się na stanowisku. Doug stał przy biurku, które jak zawsze przypominało śmietnik.

– Jak pogrzeb? – zapytał, nie odrywając oczu od czegoś, co trzymał w dłoni.

– Jak to pogrzeb – odburknął Kyle. Podał mu kartkę. – Oszacowanie twoich godzin przy sprawie Banku Ontario.

Doug chwycił papier, przebiegł go wzrokiem i skrzywił się z dezaprobatą.

– Tylko trzydzieści godzin? – spytał.

– Co najwyżej.

– Musisz poprawić. Pomnóż to przez dwa i niech będzie sześćdziesiąt.

Kyle wzruszył ramionami. Dobra, ile chcesz. Ty jesteś wspólnikiem. Jeżeli klient może zapłacić dwadzieścia cztery tysiące dolarów za pracę, która nie została wykonana, to na pewno może zapłacić także następne dwadzieścia cztery tysiące.

– Mamy o dziewiątej rozprawę w sądzie federalnym. Wyjedziemy stąd o wpół do dziewiątej. Skończ notatkę służbową dotyczącą zasady dziesiątej i przyjdź tutaj o ósmej rano.

Szansa na to, że współpracownik z działu sporów sądowych w pierwszym roku swojej kariery w firmie znajdzie się choćby w pobliżu sali rozpraw, była czymś niezwykłym. Ponury dzień Kyle'a rozjaśnił się nagle. Spośród dwunastu osób z jego grupy nikt dotychczas bezpośrednio nie obserwował żadnej rozprawy. Szybko ruszył do boksu. Właśnie sprawdzał e-maile, gdy zjawił się Tabor z dużą kawą w dłoni. Wyglądał mizernie. Po oblanym egzaminie adwokackim powoli doszedł do siebie. Początkowo trochę spokorniał, ale już odzyskiwał tupet.

– Przykro mi z powodu twojego przyjaciela – powiedział, rzucając w kąt płaszcz i aktówkę.

– Dzięki – odparł Kyle.

Tabor wciąż jeszcze stał, siorbiąc kawę, spragniony rozmowy.

– Poznałeś H.W. Prewitta, wspólnika z działu sporów? Urzęduje dwa piętra wyżej.

– Nie. – Kyle ciągle przeglądał e-maile.

– Ma około pięćdziesiątki, duży Teksańczyk. Za plecami nazywają go Harvey Wayne. Kojarzysz?

– Kojarzę.

– Mówią na niego też Cienki Teksas, bo waży ze sto osiemdziesiąt kilo. Złośliwy jak diabli. Był w dwuletnim college'u, skończył A & M, potem prawo w Teksasie i nie znosi wszystkich z Harvardu. Prześladuje mnie, dwa dni temu dał mi robotę, którą spokojnie zrobiłaby każda sekretarka. We wtorek wieczorem przez sześć godzin rozkładałem na części segregatory z zeznaniami, potem składałem je dokładnie tak, jak chciał Harvey Wayne. Dwanaście segregatorów, każdy kilkaset stron, tona papieru. Wczoraj o dziesiątej rano załadowałem cały ten chłam na wózek, pognałem z tym do sali konferencyjnej, gdzie setka prawników miała czekać na te dokumenty, i... co zrobił Harvey Wayne?

– Co?

– Tam są takie wahadłowe drzwi, do następnej sali konferencyjnej, więc Harvey Wayne, gruby osioł, kazał mi ułożyć dokumenty w stos na podłodze tak, żeby przytrzymywały oba skrzydła. Zrobiłem to, a kiedy wychodziłem, usłyszałem, jak mówi: „Te chłopaczki z Harvardu to najlepsi asystenci".

– Ile kaw już wypiłeś?

– To druga.

– Ja piję pierwszą i naprawdę muszę sklecić tę notatkę.

– Przepraszam. Słuchaj, widziałeś Dale?

– Nie, wyjechałem we wtorek po południu na pogrzeb. Coś nie tak?

– Zaprzęgli ją do jakiejś cholernej roboty we wtorek wieczorem. Nie spała przez całą noc. Trzeba mieć na nią oko.

– Będę uważał.

O wpół do dziewiątej Kyle opuścił biuro z Dougiem Peckhamem i starszym współpracownikiem Noelem Bardem. Poszli szybko parę przecznic dalej pod piętrowy parking. Parkingowy podstawił luksusowego jaguara Barda.

– Kyle, ty prowadzisz – powiedział Peckham. – Jedziemy na Foley Square.

Kyle chciał zaprotestować, ale zrezygnował. Bard i Peckham zajęli tylne siedzenie.

– Nie bardzo wiem, jaka jest najlepsza trasa – przyznał się Kyle. Przeszył go lęk na myśl, co by się stało, gdyby się zgubił i grube ryby siedzące za nim spóźniłyby się na rozprawę.

– Jedź cały czas Broad, aż przejdzie w Nassau, i dalej prosto do Foley Square – wyjaśnił szybko Bard, jakby codziennie prowadził samochód tymi ulicami. – Tylko uważaj, cacko jest nowiutkie i kosztowało mnie sto patyków. Kupiłem żonie.

Kyle nie pamiętał, żeby kiedykolwiek tak się denerwował za kierownicą.

Znalazł w końcu regulator ustawienia lusterek i ostrożnie włączył się do ruchu, gorączkowo rozglądając się na wszystkie strony. Na domiar złego Peckhamowi zebrało się na dyskusję.

– Kyle, parę nazwisk, to są wszystko pierwszoroczni. Darren Bartkowski?

Nie patrzył w lusterku wstecznym na Peckhama.

– Tak? – odezwał się po chwili.

– Znasz go?

– Oczywiście. Znam wszystkich nowych współpracowników działu sporów sądowych.

– Co o nim powiesz? Pracowałeś z nim? Jest dobry, zły, mów, Kyle. Jakbyś go ocenił?

– Uh, no cóż, fajny facet. Spotkałem go w Yale.

– Jak pracuje, Kyle, jak pracuje?

– Jeszcze z nim nie pracowałem.

– Podobno leser. Wykręca się od roboty zlecanej przez wspólników, nie oddaje jej na czas, ma niedużo godzin na koncie.

Ciekawe czy oszacowuje swoje godziny, pomyślał Kyle, ale skupił
się na taksówkach, które go wyprzedzały, wykonywały zaskakujące
manewry, skręcały gwałtownie, łamiąc wszystkie przepisy drogowe.

– Słyszałeś, że się obija, Kyle?

– Tak – przyznał niechętnie, ale zgodnie z prawdą.

Bard postanowił włączyć się do flekowania nieszczęsnego Bart-
kowskiego.

– Jak dotąd wystawił rachunki za najmniejszą liczbę godzin z całej waszej grupy.

Obrabianie tyłków kolegom było popularną rozrywką w firmie
i każdy oddawał się jej bardzo chętnie. Do współpracownika, który ułatwiał sobie pracę lub uchylał się od zleceń wydawanych przez
przełożonych, już na stałe przywierała etykietka lesera. Większość
leserów wcale się tym nie przejmowała. Mniej pracowali, a dostawali tę samą pensję i prawie wcale nie byli narażeni na ryzyko, że ich
wyleją, chyba żeby ukradli pieniądze klientowi lub przyłapano by ich
na jakiejś aferze seksualnej. Dostawali małe premie, ale komu one
tak bardzo potrzebne, jeśli zarabia się wystarczająco dużo. Leserzy
utrzymywali się w firmie sześć lub siedem lat. Potem informowano
ich, że nie mogą zostać wspólnikami, i pokazywano drzwi.

– A Jeff Tabor? – ciągnął Doug.

– Jego znam dobrze. Na pewno nie jest leserem.

– Ma opinię nadgorliwca.

– Tak, i to się zgadza. Jest ambitny, ale nie idzie po trupach do
celu.

– Lubisz go, Kyle?

– Owszem. Porządny gość. Bystry jak diabli.

– Najwyraźniej nie dość bystry – odparował Bard. – Oblał egzamin.

Kyle zostawił to bez komentarza, zresztą musiał, bo żółta taksówka
nagle zajechała drogę jaguarowi i Kyle musiał ostro hamować i jednocześnie nacisnąć klakson. Z okna kierowcy wystrzeliła pięć z wysu-
niętym środkowym palcem. Spokojnie, powiedział sobie Kyle.

– Musisz uważać na tych idiotów – prychnął Doug.

Z tylnych miejsc dobiegł go szelest wyciąganych papierów. Kyle domyślił się, że coś sprawdzali.

– Idziemy do sędziego Hennessy'ego, czy do jego sędziego pokoju? – zapytał Doug Barda. Kyle był wyłączony z rozmowy. I dobrze, wolał się skoncentrować na jeździe i już nie oceniać poczynań kolegów.

Po dziesięciu minutach przedzierania się przez śródmieście Kyle miał kołnierzyk mokry od potu i ciężko oddychał.

– Jest parking na rogu Nassau i Chambers, dwie przecznice od gmachu sądu – oznajmił Bard.

Kyle nerwowo skinął głową. Odnalazł parking, ale nie było na nim żadnego wolnego miejsca – z tylnego siedzenia posypały się przekleństwa.

– Słuchaj, Kyle, nam się spieszy. – Peckham wziął sprawę w swoje ręce. – Wysadź nas po prostu na Foley Square przed sądem, potem pojeździj dookoła, dopóki nie znajdziesz wolnego miejsca na ulicy.

– Na jakiej ulicy?

Doug wpychał papiery do teczki. Bard miał nagle coś do załatwienia przez telefon.

– Wszystko jedno. Na jakiejkolwiek. Wysadź nas tutaj.

Kyle zjechał do krawężnika, gdzieś za nimi rozdarł się klakson. Obaj adwokaci wygramolili się z jaguara.

– Zrób kilka rundek, okay? Znajdziesz coś – rzucił Peckham na odchodne.

Bard jakoś zdołał oderwać się od swojej rozmowy telefonicznej, żeby dodać:

– Tylko ostrożnie. To auto mojej żony.

Kyle wolno włączył się do ruchu i próbował się odprężyć. Pojechał na północ od Centre Street, minął cztery przecznice, potem skręcił w lewo w Leonard i skierował się na zachód. Każdy skrawek wolnej przestrzeni zapełniały samochody i motocykle. A wszędzie znaki z zakazem parkowania. Aż tylu w jednym miejscu Kyle jeszcze nigdy nie widział. Nie przejechał obok żadnego piętrowego parkingu, ale minął kilku policjantów z drogówki w akcji; zostawiali mandaty za wycieraczkami. Wydostał się z długiego korka, zjechał w Broadway, ale tu ruch był jeszcze większy. Powoli minął sześć przecznic, potem skręcił w lewo w Chambers. Dwie przecznice i znów znalazł się przed gmachem sądu, gdzie powinien zadebiutować w rozprawie, choćby tylko z ławki rezerwowego.

W lewo na Centre, w lewo w Leonard, w lewo w Broadway, w lewo w Chambers, z powrotem pod sąd. Jak zawsze troszcząc się o godziny, za które mógł wystawić rachunek, odnotował czas. Zrobienie drugiej pętli pożarło siedemnaście minut i nadal nic. Zobaczył te same znaki, tych samych gliniarzy z drogówki, te same korki, tego samego dilera na ławce z telefonem komórkowym przy uchu.

Minęła dziewiąta, a Peckham wciąż nie dzwonił, choćby po to, by rzucić szybko: „Gdzie ty jesteś, do diabła?" Rozprawa już się toczyła, ale bez prawnika Kyle'a. Szofer Kyle ciężko jednak pracował. Po wykonaniu trzech okrążeń, znudzony tą samą trasą, pojechał przecznicę dalej na zachód. Przyszło mu do głowy, żeby zatrzymać się i kupić kawę, ale odrzucił tę myśl, bo bał się, że rozleje na piękną beżową skórę nowego jaguara żony Barda. Usadowił się wygodnie i w końcu poczuł się dobrze za kierownicą. To był bardzo elegancki samochód, z pewnością wart każdego centa z zapłaconych za niego stu tysięcy dolarów. Ubywało paliwa i to stanowiło problem. Ciągłe hamowanie i ruszanie nie służyło tak wielkiemu silnikowi. Rozprawa była z pewnością ważna, niewątpliwie wymagała obecności wielu energicznych adwokatów, gotowych twardo bronić swoich stanowisk w sporze, i mogła się jeszcze znacznie przeciągnąć. Nie miał już wątpliwości, że wszystkie miejsca do parkowania na Dolnym Manhattanie były zajęte, więc pogodził się z faktem, że nie ma wyboru, trzeba krążyć. Zaczął szukać stacji benzynowej. Zatankował, obciążył klienta i zdobył parę punktów u Barda.

Potem zaczął rozważać inne sposoby przypodobania się zwierzchnikowi. Szybkie mycie samochodu? Wymiana oleju? Kiedy przejechał obok gmachu sądu po raz siódmy albo ósmy, uliczny handlarz precli pokręcił głową: „Zwariowałeś, chłopie?" Ale Kyle zachował kamienny spokój. Postanowił, że nie skorzysta z myjni i nie wymieni oleju.

Teraz, czując się zupełnie pewnie za kierownicą, wziął komórkę i zadzwonił do Dale. Odebrała po trzecim sygnale.

– Jestem w bibliotece – powiedziała cicho.

– Dobrze się czujesz?

– Tak.

– Nie słychać tego w twoim głosie.

Chwila milczenia.

– Nie spałam dwie noce. Chyba już majaczę.

– O rany.

– A ty, co ty robisz?

– Prowadzę nowego jaguara żony Noela Barda, na Leonard Street. Reszty domyśl się sama.

– Przepraszam, że pytałam. Jak pogrzeb?

– Okropnie. Zjedzmy razem kolację dziś wieczorem. Muszę się komuś wygadać.

– Wieczorem idę do domu walnąć się do łóżka.

– Trzeba coś jeść, Dale. Kupię chińszczyznę, wypijemy po szklaneczce wina, potem pójdziemy razem spać. Żadnego seksu. Seks już był.

– Zobaczymy. Najpierw muszę stąd wyjść. Pa.

– Wytrzymasz jakoś?

– Wątpię.

O jedenastej Kyle pogratulował sobie, bo teraz mógł obciążyć klienta za jazdę dookoła kwotą ośmiuset dolarów. Potem zaczął się z siebie śmiać. Redaktor naczelny „Yale Law Journal" siedział za kierownicą, wykonywał doskonałe skręty, sprawnie hamował i ruszał dalej, zwiedzał sobie miasto, zręcznie unikał zderzenia z taksówkami – prawdziwe życie sławnego prawnika z Wall Street.

Gdyby ojciec go teraz widział.

Telefon odezwał się o jedenastej czterdzieści.

– Wychodzimy z sali rozpraw. Co się z tobą działo? – powiedział Bard.

– Nie mogłem nigdzie zaparkować.

– Gdzie teraz jesteś?

– Dwie przecznice od sądu.

– Zabierz nas z tego miejsca, gdzie wysiedliśmy.

– Cała przyjemność po mojej stronie.

Parę minut później Kyle podjechał do krawężnika jak wytrawny kierowca i dwaj jego pasażerowie wskoczyli na tylne siedzenia. Ruszył szybko.

– Dokąd teraz? – spytał.

– Do biura – odpowiedział krótko Peckham i przez kilka minut wszyscy milczeli.

234

Kyle sądził, że zaczną go męczyć pytaniami: Do diabła, co robiłeś przez trzy godziny?, Gdzie się podziewałeś? Dlaczego nie przyszedłeś na rozprawę? Ale nie usłyszał niczego takiego. Ze smutkiem uświadomił sobie, że w ogóle nie był tam potrzebny.

– Jak poszła rozprawa? – zapytał w końcu, żeby przerwać ciszę.

– Nie odbyła się – odparł Peckham.

– Jaka rozprawa? – prychnął Bard.

– No to co robiliście od dziewiątej? – zapytał Kyle.

– Czekaliśmy, aż szanowny Theodore Hennessy poradzi sobie z kacem i zaszczyci nas swoją obecnością – wyjaśnił Bard.

– Sprawę odroczono o dwa tygodnie – dodał Peckham.

Kiedy wysiedli z windy na trzydziestym piętrze, zawibrował telefon Kyle'a. Wiadomość tekstowa od Tabora brzmiała: „Szybko do boksu. Mamy problem".

Tabor czekał na schodach.

– Jak było na rozprawie?

– Wspaniale. Uwielbiam spory sądowe. Z czym problem?

Prawie biegli korytarzem, minęli Sandrę, sekretarkę.

– Dale – szepnął Tabor. – Zemdlała, zasłabła, straciła przytomność, coś w tym rodzaju.

– Gdzie ona jest?

– Ukryłem ciało.

Dale leżała w boksie na śpiworze, częściowo schowana pod biurkiem Tabora. Miała otwarte oczy, wydawała się przytomna, ale jej twarz była bardzo blada.

– Od wtorku rano, od piątej nie spała. To około pięćdziesięciu pięciu godzin. Chyba pobiła rekord.

Kyle ukląkł przy Dale i delikatnie ujął jej przegub.

– Nic ci nie jest? – zapytał.

Dała znak głową, że nie, ale wcale na to nie wyglądało.

Tabor, stojący na czatach, rozejrzał się wokoło i znowu zaczął nadawać:

– Ona nie chce, żeby ktokolwiek się dowiedział, okay? Powiedziałem: wezwiemy pielęgniarkę. Odmówiła. Co ty na to, Kyle?

– Nie mówcie nikomu – wyszeptała ochryple. – Zemdlałam, to wszystko. Dobrze się czuję.

– Puls w porządku – stwierdził Kyle. – Dasz radę iść?

– Tak sądzę.

– No to we troje wymkniemy się na szybki lunch – powiedział Kyle. – Zabiorę cię do domu i będziesz odpoczywać. Tabor, zadzwoń po samochód.

Powoli podnieśli ją ze śpiwora. Stanęła, odetchnęła głęboko parę razy.

– Sama dam radę – wymamrotała.

– Jesteśmy przy tobie – zapewnił ją Kyle.

Gdy opuszczali budynek, kilka osób obrzuciło ich wścibskim spojrzeniem – drobna, dobrze ubrana młoda prawniczka, bardzo blada, idzie pod rękę z kolegami, pewnie na lunch. Tabor pomógł jej wsiąść do samochodu, potem wrócił do boksu, by na wszelki wypadek zatrzeć ślady.

Kyle prawie wniósł Dale po schodach na drugie piętro do mieszkania, potem pomógł się jej rozebrać i otulił pledem. Pocałował ją w czoło, pogasił światła i zamknął drzwi. Lażała jak kłoda przez kilka godzin.

W pokoju zdjął płaszcz, krawat i buty. Na kuchennym stole rozłożył swojego laptopa, służbową komórkę i teczkę pełną informacji i danych do notatki służbowej, która przestała go interesować. Gdy już się całkowicie rozlokował, powieki zaczęły mu ciążyć coraz bardziej i w końcu położył się kanapie na krótką drzemkę. Godzinę później obudził go telefon od Tabora. Kyle zapewnił go, że Dale spokojnie śpi i na pewno dojdzie do siebie, gdy odpocznie.

– O szesnastej ukazało się oświadczenie – oznajmił Tabor. – Najnowsze wiadomości na temat rozłamu. Sprawdź swoją pocztę.

Dokładnie o szesnastej Scully & Pershing wysłał e-maila do wszystkich swoich prawników, informując, że w dniu dzisiejszym z działu sporów sądowych odchodzi sześciu wspólników i trzydziestu jeden współpracowników.

Wymieniono nazwiska. W dalszej części komunikatu zaserwowano jak zawsze te same brednie o wielkości firmy i zapewniono, że rozłam nie wpłynie na jakość usług, jakie kancelaria świadczy swoim znakomitym i cennym klientom.

Kyle zerknął przez drzwi sypialni. Dale oddychała regularnie i nie zmieniała pozycji.

Przygasił światło w salonie i wyciągnął się na kanapie. Odpuścił sobie notatkę i wystawianie rachunków. Do diabła z firmą, przynajmniej przez tych kilka skradzionych chwil. Jak często będzie miał okazję odprężyć się w zwykłe czwartkowe popołudnie tak jak teraz? Odnosił wrażenie, że pogrzeb odbył się już miesiąc temu. Pittsburgh znajdował się w innej galaktyce. Baxter odszedł, choć nie został zapomniany. Kyle potrzebował teraz Joeya, ale Joey odszedł także.

Obudziło go znowu wibrowanie telefonu. E-mail wysłany przez Douga Peckhama brzmiał: „Kyle: Ogromne przegrupowanie w naszym dziale. Włączono mnie do sprawy Trylona. Więc ciebie też. Gabinet Wilsona Rusha jutro rano, punktualnie o siódmej".

30

Starszy wspólnik z działu sporów sądowych i członek zarządu nie zawracał sobie głowy kosztem zajmowanej powierzchni. Gabinet Wilsona Rusha w narożnej części trzydziestego piętra był przynajmniej czterokrotnie większy od każdego, jaki Kyle kiedykolwiek widział. Rush najwyraźniej lubił statki. Na wypolerowanym do połysku biurku stały cztery stery ze starych jachtów. W długim kredensie za biurkiem przyciągała wzrok kolekcja misternych modeli kształtnych kliperów i szkunerów. Wszystkie obrazy przedstawiały okazałe statki na morzu. Gdy Kyle wszedł do gabinetu i szybko ogarnął wzrokiem wnętrze, niemal się spodziewał, że podłoga się zakołysze i słona woda ochlapie mu stopy. Ale natychmiast zapomniał o wystroju, gdy Rush powiedział:

– Dzień dobry, Kyle. Wejdź dalej, proszę.

Wielki człowiek podniósł się znad stołu konferencyjnego w drugim końcu gabinetu. Zebrała się tu już spora grupa prawników w celu omówienia poważnych zmian. Kyle siadł obok Douga Peckhama. Dokonano szybkich prezentacji. Oprócz Rusha i Peckhama było dziewięć osób. Kyle rozpoznał większość z nich, łącznie z Sherry Abney, starszą współpracownik, którą śledził Bennie. Uśmiechnęła się. Odwzajemnił uśmiech.

Pan Rush, siedzący u szczytu stołu, rozpoczął krótki przegląd obecnych zmian. Dwóch spośród wspólników, którzy zbuntowali się razem z Tobym Rolandem, i siedmiu z trzydziestu jeden współpracowników zajmowało się sprawą Trylon–Bartin. Przetasowania siły roboczej stały się więc konieczne. Trylon był klientem ważnym i wymagającym. Dlatego dwoje wspólników Doug Peckham i Isabelle Gaffney mieli ruszyć do boju wraz z ośmioma współpracownikami.

Pan Rush wyjaśniał jak bardzo zaniepokojeni tymi ucieczkami byli prawnicy z Trylona. Należało więc rzucić do ataku na APE i Barton Dynamics większą liczbą adwokatów.

Izabelle, lub Izzy jak ją po cichu nazywano, zyskała sławę po tym, jak kiedyś zażądała, by dwaj współpracownicy zaczekali przed salą porodową, bo przez chwilę musi się skupić na rodzeniu dziecka. Nikt nigdy nie widział, żeby się uśmiechała. I wcale nie zamierzała się uśmiechać, kiedy pan Rush mówił dalej o przetasowaniach, modyfikacjach i sprawnym kierowaniu nieograniczoną liczbą talentów prawniczych, jaką miał do dyspozycji.

Z nowych współpracowników do sprawy wytypowano Kyle'a i zagadkowego młodego mężczyznę z Uniwersytetu Pensylwańskiego o nazwisku Atwater. Spośród dwunastu żółtodziobów w dziale sporów Atwater wydawał się zdecydowanie najcichszy i najbardziej samotny. Dale była druga w kolejności, gdy chodziło o zachowywanie dystansu wobec innych, choć już trochę nabrała ciepła, przynajmniej według Kyle'a. Tę noc znowu spędził na jej kanapie, samotnie. Podczas gdy ona spała jak zabita, on nie mógł zmrużyć oka. Miał zbyt wiele do przemyślenia. Zaszokowany przydzieleniem go do sprawy Trylona patrzył w sufit i mamrotał do siebie. Tragiczna śmierć Baxtera, pogrzeb i pochówek, ostre słowa Joeya Bernardo – kto by zasnął dręczony takimi koszmarami?

Jeszcze tego wieczoru Kyle zadzwonił do Peckhama i próbował wysondować, dlaczego został wybrany do sprawy, od której chciał się trzymać z daleka, o czym jasno i wyraźnie mówił. Peckham nie okazał mu żadnego współczucia i nie był w nastroju do rozmowy. Taką decyzję podjął Wilson Rush. Kropka.

Pan Rush zaczął teraz omawiać podstawowe fakty dotyczące sprawy Trylona – tych informacji nauczył się na pamięć całe tygodnie i miesiące wcześniej. Puszczono obiegiem segregatory z dokumentami. Wlokło się to strasznie, minęło już kolejne pół godziny i Kyle zaczął się zastanawiać, jakim cudem ktoś tak nudny mógł odnosić takie sukcesy w sali sądowej. Prace nad konstrukcją supersamolotu były zaawansowane, obie strony toczyły walkę o dokumenty. Zaplanowano co najmniej dwadzieścia zeznań pod przysięgą.

Kyle robił notatki, bo wszyscy je robili, ale myślał o Benniem. Czy już wiedział, że Kyle zdobył tę cenną pozycję? Bennie znał wszystkich członków zespołu do sprawy Trylona. Orientował się, że Sherry Abney nadzoruje pracę Jacka McDougle'a. Czy w firmie był jeszcze inny szpieg? Inna ofiara Benniego i jego szantażu? Jeśli tak, czy ten ktoś obserwował Kyle'a i donosił na niego Benniemu?

Choć nie cierpiał kontaktów z Benniem, ich najbliższe uznał za największe wyzwanie. Musiał zachowywać pozory i nawiązać w miarę uprzejmą rozmowę z człowiekiem odpowiedzialnym za zamordowanie Baxtera Tate'a, a przy tym nie zdradzić najmniejszych oznak, że choć trochę go o to podejrzewa.

– Są jakieś pytania? – powiedział pan Rush.

Pewno, pomyślał Kyle, tyle że nie dałbyś rady na wszystkie odpowiedzieć.

Po całej godzinie poświęconej na przekazanie najświeższych informacji i ocenę aktualnej sytuacji Sherry Abney zaprowadziła Kyle'a, Atwatera i sześciu innych nowych współpracowników do tajnego pokoju na siedemnastym piętrze. Tajnego dla niektórych, bo akurat Bennie i Nigel o nim wiedzieli. Po drodze zostali przedstawieni pewnemu nieprawnikowi o nazwisku Gant, specjaliście od systemów zabezpieczających. Gant zatrzymał ich przed drzwiami i wyjaśnił, że to jedyne drzwi do tego pokoju. Jedyne wejście do środka i jedyne wyjście stamtąd. Otwierało się je plastikowa kartą z kodem, mniejszą od karty kredytowej. Wszyscy adwokaci dostali po jednej takiej karcie i odtąd każde przekroczenie tego progu miało być rejestrowane. Gant ruchem głowy wskazał sufit i poinformował, że znajdują się tam kamery monitoringu.

Pokój miał rozmiary mniej więcej gabinetu Wilsona Rusha. Żadnych okien, gołe ściany, burooliwkowy dywan. Całe wyposażenie to dziesięć kwadratowych stołów, a na każdym wielki komputer.

Wewnątrz kierownictwo objęła Sherry Abney.

– Obecnie zgromadzono cztery miliony dokumentów związanych z tą sprawą i wszystkie są właśnie tutaj, w naszej wirtualnej bibliotece. – Poklepała komputer jak dumna matka. – Oryginały znajdują się w zabezpieczonym budynku w Wilmington. Główny serwer sieci stoi w sąsiednim pokoju. – Sherry nie przestawała dotykać komputera. – To bardzo wymyślne urządzenia wykonane na zamówienie przez firmę, o której nigdy nie słyszeliście i nie usłyszycie. W żadnym wypadku nie próbujcie sami nic naprawiać, badać sprzętu czy zwyczajnie przy nim majstrować.

Oprogramowanie nosi nazwę „Sonic" i wykonano je także na zamówienie, specjalnie do tej sprawy. Tak naprawdę to produkt naszych komputerowców, wersja „Adwokata" z pewną liczbą dodatkowych zabezpieczeń. Kod dostępu zmienia się co tydzień. Hasła każdego dnia, czasami dwa razy na dzień. Informacje o tym otrzymujecie szyfrowanym e-mailem. Jeśli spróbujecie uzyskać dostęp, używając niewłaściwego kodu lub hasła, rozpęta się piekło. Grozi to nawet zwolnieniem. – Spojrzała wokoło groźnym wzrokiem i ciągnęła: – Ten system działa niezależnie i nie można uzyskać do niego dostępu w jakimkolwiek innym miejscu w firmie ani poza jej terenem. Tylko stąd będziecie mieli wgląd do dokumentów. Pokój jest zamknięty od dziesiątej wieczorem do szóstej rano. Przykro mi, nie ma mowy o żadnej całonocnej pracy. Ale za to można przychodzić siedem dni w tygodniu.

Pod jej kierunkiem wszyscy współpracownicy usiedli przed komputerami i każdy otrzymał kod dostępu i hasło. Na ekranie nie było żadnej informacji o producencie sprzętu ani autorze oprogramowania.

Sherry przechodziła od osoby do osoby, spoglądała na monitory i wydawała instrukcje jak profesor college'u.

– Rozwińcie Indeks. Te dokumenty są sklasyfikowane w trzech podstawowych grupach i stu podgrupach. Kategoria A obejmuje wszystkie śmieci, które Bartin już nam przekazał: listy, e-maile, notatki urzędowe, lista nie ma końca. Kategoria B zawiera ważne materiały, chociaż jeszcze nie udało nam się wszystkich wydusić. Kategoria P, „Poufne", to cenne rzeczy, około miliona dokumentów dotyczących badań technologicznych, które stanowią sedno sporu. Są ściśle tajne i nikt oprócz sędziów nie wie, czy kiedykolwiek zostaną pokazane Bartinowi. Pan Rush sądzi, że nie. Kategoria P, objęta ściślą tajemnicą zawodową, jest owocem pracy adwokatów. Kiedy potwierdzacie wejście do kategorii P, wasz ruch jest automatycznie zarejestrowany przez komputer pana Ganta w sąsiednim pokoju. Jakieś pytania?

Cała ósemka współpracowników wpatrywała się w monitory, myśląc o tym samym – są tam cztery miliony dokumentów i ktoś musi je przeanalizować.

– „Sonic" jest zdumiewający – podjęła znowu Sherry. – Kiedy już opanujecie go do perfekcji, znajdziecie każdy dokument w ciągu paru sekund. Zostanę tutaj przez resztę dnia i będę prowadziła szkolenie. Im szybciej poznacie sposoby poruszania się po naszej elektronicznej bibliotece, tym łatwiejsze stanie się wasze życie.

W PIĄTEK PO POŁUDNIU, O SZESNASTEJ DWADZIEŚCIA Kyle odebrał od Benniego e-mail: „Spotkajmy się dziś wieczorem o dziewiątej. Szczegóły później".

Kyle odpowiedział: „Nie mogę".

Bennie napisał: „Jutro po południu. Piąta, szósta?"

Kyle: „Nie mogę".

Bennie: „Niedziela wieczorem o dziesiątej?"

Kyle: „Nie mogę".

W SOBOTĘ RANO, O SIÓDMEJ TRZYDZIEŚCI, gdy Kyle jeszcze spał, ktoś zastukał do jego drzwi.

– Kto tam?

– Bennie.

– Czego chcesz? – zawołał Kyle zza drzwi.

– Przyniosłem ci trochę kawy.

Kyle otworzył zamek, zdjął łańcuch i Bennie szybko wszedł do środka z kubkami kawy. Postawił je na bufecie i rozejrzał się wokoło.

– Co za nora – mruknął z niesmakiem. – Myślałem, że zarabiasz trochę grosza.

– Czego? – warknął Kyle.

– Nie lubię, gdy się mnie lekceważy – odburknął Bennie i odwrócił się gwałtownie gotów do ataku. Twarz miał napiętą, oczy mu płonęły. Jego wysunięty palec zatrzymał się o kilka centymetrów od nosa Kyle'a. – Nie olewaj mnie, rozumiesz? – zasyczał.

Kyle po raz pierwszy widział, jak facet się wkurza.

– Spokojnie.

Przesunął się obok Benniego, mocno trącając go ramieniem, i poszedł do sypialni po T-shirt. Gdy wrócił do salonu, Bennie zdejmował przykrywki z kubków.

– Chcę usłyszeć najnowsze wiadomości.

Najbliższą bronią w zasięgu ręki była tania ceramiczna lampa, którą Kyle znalazł w sklepie z używanymi rzeczami. Wziął kawę i nie podziękował. Spojrzał na lampę. Pomyślał, z jaką przyjemnością grzmotnąłby nią w łysą głowę Benniego. Jak cudownie byłoby słyszeć pękającą i lampę, i czaszkę. Waliłby tak długo, aż zalany krwią mały sukinsyn padłby martwy na tani dywan. Pozdrowienia od mojego starego kumpla Baxtera. Kyle wypił łyk, potem wziął głęboki wdech. Obaj nadal stali. Bennie miał na sobie szary trencz. Kyle – czerwone bokserki i pomięty T-shirt.

– Przydzielono mnie wczoraj do sprawy Trylona. Wielka nowina? A może już o tym wiesz?

Teraz oczy Benniego nie zdradzały żadnych uczuć. Upił łyk kawy.

– Powiedz mi o tajnym pokoju na siedemnastym piętrze – zażądał.

Kyle opisał pomieszczenie.

– A komputery?

– Producent nieznany. Podstawowy model biurkowy, ale przypuszczalnie wykonany na zamówienie według indywidualnego projektu, cały sprzęt połączony z serwerem zamkniętym w sąsiednim pokoju. Olbrzymia pamięć, mnóstwo zabezpieczeń. Wszędzie kamery wideo; do tego strażnik, który wszystko monitoruje. Nie ma szans, żeby ukraść cokolwiek.

Bennie skwitował to chrząknięciem i cwaniackim uśmieszkiem.

– Włamywaliśmy się do wiele większych skarbców, możesz mi wierzyć. Wszystko da się ukraść. Zostaw to nam. Oprogramowanie to „Sonic"?

– Tak.

– Wiesz już, jak się nim posługiwać?

– Nie. Czeka mnie jeszcze szkolenie.

– Ile dokumentów?

– Ponad cztery miliony.

Wywołało to jedyny uśmiech w ciągu tego ranka.

– Jak jest z dostępem do pokoju?

– Jest otwarty przez siedem dni w tygodniu, ale zamknięty od dwudziestej drugiej do szóstej rano. Są tylko jedne drzwi i monitorowane co najmniej przez trzy kamery.

– Czy ktoś rejestruje twoje wejście?

– Nie sądzę. Ale klucz przesyła dane przy każdym wejściu i wyjściu.

– Pozwól, że na niego zerknę.

Kyle, choć niechętnie, przyniósł plastikową kartę. Bennie obejrzał ją dokładnie jak chirurg, potem oddał Kyle'owi.

– Przez kilka następnych dni odwiedzaj ten pokój jak najczęściej. Ale uważaj, żeby nie wzbudzić żadnych podejrzeń. Przychodź o różnych porach, przyglądaj się wszystkiemu. Spotkamy się we wtorek o dwudziestej drugiej wieczorem, pokój numer 1780, hotel Four Seasons na Pięćdziesiątej Siódmej. Rozumiesz?

– Jasne.

– Bez niespodzianek.

– Tak jest, sir.

31

NA MANHATTANIE PRACOWAŁO SIEDEMDZIESIĄT OSIEM TYSIĘCY PRAWNIKÓW, więc znalezienie jakiegoś odpowiedniego nie powinno być trudne. Kyle znacznie zawęził tę listę, zebrał więcej informacji, ileś nazwisk dodał, ileś skreślił. Zaczął przygotowywać ten tajny plan wkrótce po przeniesieniu się do Nowego Jorku, lecz kilkakrotnie z niego rezygnował. Nigdy nie był pewien, czy naprawdę chce wynająć adwokata, ale na wszelki wypadek wolał jakiegoś mieć, i to dobrego. Śmierć Baxtera zmieniła wszystko. Kyle już nie tylko potrzebował ochrony, teraz pragnął sprawiedliwości.

Adwokat Roy Benedict bronił w sprawach karnych. Pracował w kancelarii zatrudniającej dwieście osób, która mieściła się w wieżowcu oddalonym o jedną przecznicę na wschód od siedziby Scully & Pershing. Lokalizacja biura wybranego adwokata była sprawą zasadniczą, biorąc pod uwagę to, jak uważnie obserwowano wszelkie ruchy Kyle'a. Benedict spełniał także oczekiwania Kyle'a pod paroma innymi ważnymi względami. Zanim zaczął studia prawnicze na Uniwersytecie Nowojorskim, pracował w FBI, a po zrobieniu dyplomu przez sześć lat w Departamencie Sprawiedliwości. Miał kontakty, starych przyjaciół i znajomych, którzy teraz stali po drugiej stronie barykady, ale mógł im jednak ufać. Uważano go za jednego ze stu najlepszych nowojorskich obrońców „białych kolnierzyków", choć nie należał do pierwszej dziesiątki. Kyle potrzebował rzetelnej porady, ale nie mógł też narazić na szwank swojej ambicji. Kancelarię Benedicta często wymieniano jako przeciwnika w sprawach prowadzonych przez Scully & Pershing. Dodatkową, niezwykle sprzyjającą okolicznością była koszykarska kariera adwokata w drużynie Duquesne dwadzieścia pięć lat temu. Gdy Kyle zadzwonił do niego, Benedict dał mu do zrozumienia, że nie ma za wiele czasu na towarzyskie rozmowy. Powiedział też, że nie bierze teraz żadnych nowych spraw. Dopiero wzmianka o koszykówce całkowicie zmieniła jego nastawienie.

Umówili się na spotkanie w poniedziałek o czternastej. Kyle zjawił się wcześniej. Nie potrafił przejść przez kancelarię Benedicta, nie porównując jej z własną. Ta była mniejsza; nie szastano pieniędzmi, żeby zaimponować klientom sztuką abstrakcyjną i modnymi meblami. Recepcjonistki nie uśmiechały się tak uroczo.

Kyle zgromadził sporo informacji o Royu Benediccie – stare teksty i zdjęcia z Duquesne, życiorysy z katalogów prawniczych, artykuły o jego dwóch głośnych sprawach. Adwokat miał czterdzieści siedem lat, metr dziewięćdziesiąt wzrostu i wydawał się w świetnej formie, zawsze gotów do szybkiej rozgrywki. Jego gabinet był mniejszy niż gabinety większości wspólników Scylly & Pershing, ale ładnie urządzony. Benedict powitał Kyle'a serdecznie. Wyglądał na szczerze ucieszonego tym, że spotkał innego adwokata nowojorskiego, który grał w drużynie Dukes.

Kyle wyjaśnił, że dość szybko zszedł z boiska ze względu na kontuzję. Rozmowa o koszykówce przedłużała się i Kyle przerwał ją wreszcie.

– Proszę posłuchać, panie Benedict... – zaczął.

– Roy.

– Okay, Roy, nie mogę tu być za długo, bo jestem śledzony.

Minęło parę sekund, zanim to dotarło do Roya.

– A dlaczego nowy współpracownik największej kancelarii prawniczej na świecie jest śledzony?

– Mam trochę problemów. To skomplikowane sprawy i potrzebuję adwokata.

– Zajmuję się tylko przestępstwami „białych kołnierzyków".
Zmalowałeś coś na tym polu, Kyle?

– Jeszcze nie. Ale wywierają na mnie presję, żebym popełnił całą
listę przestępstw.

Roy stukał ołówkiem w blat biurka, rozważając, co powinien
zrobić.

– Naprawdę potrzebuję adwokata – nalegał Kyle.

– Moja zaliczka na początek wynosi pięćdziesiąt patyków – oznajmił Roy i uważnie śledził reakcję Kyle'a. Wiedział z dokładnością do
dziesięciu tysięcy dolarów, ile Kyle zarabiał rocznie jako nowy współpracownik. Jego firma nie próbowała nawet rywalizować ze Scully
& Pershing, ale pod względem opłat niewiele się różniła od wielkiej
kancelarii.

– Teraz nie mogę tyle zapłacić. Mam pięć tysięcy gotówki. – Kyle
wyciągnął z kieszeni kopertę i rzucił ją na biurko. – Daj mi trochę
czasu, zdobędę resztę.

– Czego dotyczy sprawa?

– Zgwałcenia, zabójstwa, kradzieży, podsłuchu telefonicznego,
wymuszenia, szantażu i paru innych przestępstw.

Roy skinął głową, potem się uśmiechnął.

– Czy w tej chwili ktoś cię śledzi?

– O tak. Jestem inwigilowany od początku lutego; zostałem na-
mierzony już w Yale.

– Czy twojemu życiu zagraża niebezpieczeństwo?

Kyle zastanawiał się przez chwilę.

– Tak, sądzę, że tak.

Atmosfera stała się gęsta od pytań pozostawionych bez odpowiedzi i ciekawość wzięła w Royu górę nad zastrzeżeniami. Wyjął z szuflady jakiś formularz. Szybko przebiegł wzrokiem trzy spięte arkusze,
dopisał kilka słów, po czym przesunął papiery w stronę Kyle'a.

– To jest umowa o świadczenie pomocy prawnej.

Kyle przeczytał ją pospiesznie. Pierwsza zaliczka została zmniej-
szona do pięciu tysięcy. Stawka godzinowa obniżona o połowę,
z ośmiuset do czterystu dolarów. Kyle niedawno właśnie pogodził się
z faktem, że policzył czterysta dolarów za godzinę pracy. Teraz miał
się stać klientem, który tyle płaci. Podpisał umowę.

– Dzięki – powiedział.

Roy wrzucił kopertę do szuflady.

– Od czego zaczniemy? – zapytał.

Kyle zapadł się głębiej fotel. Poczuł, jakby zdjęto z niego ogromny ciężar. Nie był pewien, czy koszmar się skończył, czy też może on sam pakuje się w jeszcze większe tarapaty, ale to, że znalazł spowiednika, zdumiewająco poprawiło jego samopoczucie.

Przymknął oczy.

– Nie wiem. – Westchnął. – Jest tyle rzeczy, o których muszę powiedzieć.

– Kto cię śledzi? Ludzie z którejś z rządowych agencji?

– Nie. Raczej prywatni bandyci. Zawodowcy. I nie mam pojęcia, kim są.

– Najlepiej zacznij od początku?

– Okay.

Najpierw opowiedział o Elaine, imprezie, oskarżeniu o zgwałcenie, dochodzeniu. Opisał Benniego i jego chłopców, szantaż, nagranie, zlecenie na kradzież dokumentów z kancelarii Scully & Pershing. Wyjął teczkę i rozłożył zdjęcie Benniego razem z domniemanymi portretami Nigela i dwóch bandziorów.

– Bennie Wright to tylko fałszywe imię i nazwisko. Facet ma prawdopodobnie dwadzieścia różnych nazwisk. Mówi z lekkim akcentem, chyba wschodnioeuropejskim.

Roy studiował zdjęcie Benniego.

– Można go jakoś zidentyfikować? – zapytał Kyle.

– Nie wiem. A gdzie ten facet jest?

– Tutaj, w Nowym Jorku. Widziałem się z nim w sobotę i spotkam się znowu jutro wieczorem. To mój agent prowadzący.

– Mów dalej.

Kyle wyjął jeszcze jedną teczkę. Omówił podstawowe fakty dotyczące wojny między Trylonem i Bartinem; przedstawił tylko te, które podawano w prasie. Owszem, Roya obowiązywała tajemnica służbowa, ale Kyle'a także.

– Chodzi o największy kontrakt Pentagonu w historii, więc potencjalnie to też największa sprawa sądowa, jaką kiedykolwiek wniesiono.

Roy przez parę minut przeglądał artykuły.

– Słyszałem o tym. Mów dalej.

Kyle opisał inwigilację, podsłuchy i Roy nie zawracał już sobie głowy Trylonem i Bartinem.

– Za podsłuch telefoniczny grozi pięć lat w więzieniu federalnym.

– Podsłuch to jeszcze nic. Popełniono morderstwo.

– Kogo zamordowano?

Kyle szybko opowiedział o udziale Joeya w swoich poczynaniach, potem o niespodziewanym pojawieniu się Baxtera i jego pragnieniu skruchy. Dał Royowi kilkanaście artykułów o śmierci Baxtera Tate'a.

– Widziałem coś na ten temat w wiadomościach – mruknął Roy.

– Niosłem trumnę na jego pogrzebie w ostatnią środę.

– Przykro mi, Kyle.

– Dzięki. Gliniarze nic nie mają, żadnych tropów. Jestem pewien, że Bennie kazał wykonać mokrą robotę, ale zabójcy zniknęli, kamień w wodę.

– Czemu Bennie chciałby zabić Baxtera Tate'a? – Roy na przemian robił notatki, spoglądał na twarz Benniego Wrighta i przerzucał papiery w teczce, ale niemal przez cały czas kręcił głową z niedowierzaniem.

– Nie miał wyboru – oznajmił Kyle. – Gdyby Baxter dokonał jakiegoś idiotycznego wyznania, co było bardzo prawdopodobne, wydarzenia wymknęłyby się spod kontroli. Widzę to tak: dziewczynie odbija, znowu krzyczy, że ją zgwałcono, mnie, Joeya i Alana Strocka ściągają z powrotem do Pittsburgha. Moje życie się wali, tracę posadę w firmie, wyjeżdżam z Nowego Jorku i Bennie traci swój skarb.

– Ale czy po śmierci Baxtera sprawa zgwałcenia nie traci trochę na znaczeniu?

– Owszem, ale nagranie nadal jest. A my nie chcemy, żeby ktoś widział choćby fragment. Jest straszne.

– Ale ciebie nie obciąża?

– Pokazuje mnie tylko jako pijanego kretyna. Gdy zaczyna się seks, nigdzie mnie nie widać. Nawet tego nie pamiętam.

– A jak Bennie zdobył ten film?

– Właśnie; dobre pytanie. Zadawałem je sobie ciągle przez dziewięć ostatnich miesięcy. Fakt, że jakoś się o nim dowiedział, potem je ukradł albo kupił, jest dla mnie zupełnie niepojęty. Nie wiem, co mnie bardziej przeraża: sam film czy to, że dostał się w ręce Benniego.

Roy pokręcił głową. Wstał i zaprezentował swoją potężną postać w całej okazałości. Przeciągnął się, po czym znowu zaczął kręcić głową.

– Ilu stażystów Scully & Pershing przyjęła poprzedniego lata?

– Około stu.

– Więc Bennie i jego grupa zdobyli nazwiska tych stu osób i przyjrzeli się im, szukając jakiegoś haka. Kiedy doszli na liście do twojego nazwiska, zaczęli węszyć w Pittsburghu i Duquesne. Prawdopodobnie słyszeli o zgwałceniu, skorzystali z pomocy kogoś z policji, dostali akta, postanowili drążyć głębiej. Sprawa jest zamknięta, więc gliniarze mówią więcej, niż powinni. Krążyły pogłoski o jakimś nagraniu, ale nigdy nie zostało znalezione. Bennie jakoś znalazł.

– No tak.

– Jak widać ma mnóstwo pieniędzy i ludzi do dyspozycji.

– Najwyraźniej. Więc dla kogo pracuje?

Roy spojrzał na zegarek i się skrzywił.

– O trzeciej mam spotkanie. – Chwycił słuchawkę telefonu stojącego na biurku, czekał chwilę, potem warknął: – Odwołaj moje spotkanie. I niech mi nikt nie przeszkadza. – Opadł na fotel i potarł palcami podbródek.

– Wątpię, żeby pracował dla APE. Nie uwierzę, że kancelaria adwokacka wydawałaby takie pieniądze, żeby dopuścić się tylu naruszeń. To nie do pomyślenia.

– Bartin?

– Znacznie bardziej prawdopodobne. Mnóstwo forsy i motywów. Bartin uważa, że te dokumenty zostały im skradzione, więc czemu nie mieliby wykraść ich z powrotem?

– Jacyś inni podejrzani?

– Och, Kyle, proszę. Mówimy o technologii wojskowej. Chińczycy i Rosjanie wolą gwizdnąć to, czego nie mogą zbudować. To normalne w tej grze. My uzyskujemy olśniewające rezultaty w badaniach, oni po prostu kradną dokumentację.

– Ale wykorzystują do tego firmę prawniczą?

– Kancelaria to pewnie tylko jeden z elementów układanki. Oni mają swoich szpiegów wszędzie i więcej takich ludzi jak Bennie, bez nazwisk i domów, ale za to z dziesięcioma paszportami. On pewnie jest dobrze wyszkolonym dawnym pracownikiem wywiadu, profesjonalistą, który teraz wynajmuje się za milion dolarów do czarnej roboty.

– Zabił Baxtera.

Roy wzruszył ramionami.

– Ten facet nie ma problemów z zabijaniem.

– Wspaniale. A już zaczynałem się czuć lepiej.

Roy uśmiechnął się, ale zmarszczki nie zniknęły z jego czoła.

– Posłuchaj, daj mi kilka dni, żebym mógł to przetrawić.

– Musimy działać szybko. Mam już dostęp do dokumentów i Bennie stał się teraz o wiele bardziej natarczywy.

– Zobaczysz się z nim jutro wieczorem?

– Tak. W hotelu Four Seasons na Pięćdziesiątej Siódmej. Nie wątpię, że chciałbyś być obecny na przyjęciu.

– Jasne. Jak długo trwają te małe spotkania?

– Dziesięć minut, jeśli dopisze mi szczęście. Opieprzamy jeden drugiego, warczymy na siebie, a potem wychodzę, trzaskając drzwiami. Udaję twardziela, ale cały czas śmiertelnie się boję. Potrzebuję pomocy, Roy.

– Przyszedłeś pod właściwy adres.

– Dzięki. Muszę lecieć. Doofus czeka.

– Doofus?

Kyle wstał i sięgnął przez biurko Roya. Wybrał jeden domniemany portret i położył na szczycie stosu papierów.

– Poznaj Doofusa, największą sierotę z tych, co mnie śledzili w ciągu ostatnich dziewięciu miesięcy. Ten tutaj, Rufus, to jego kumpel. Też beznadziejny, ale lepszy od Doofusa. Nabrałem takiej wprawy w udawaniu ciemniaka, że ci dwaj durnie myślą, że mogą mnie śledzić z zamkniętymi oczami. Robią mnóstwo błędów.

Uścisnęli sobie ręce, pożegnali się i jeszcze długo po odejściu Kyle'a Roy patrzył w okno, starając się uporządkować w głowie to wszystko. Dwudziestopięcioletni były naczelny redaktor „Yale Law Journal" śledzony na ulicach Nowego Jorku przez grupę śmiertelnie niebezpiecznych agentów, którzy szantażem zmuszają go do szpiegostwa w jego własnej firmie prawniczej.

Roy był pod wrażeniem. Niezła afera. Uśmiechnął się i przypomniał sobie, jak bardzo kocha swoją pracę.

GROŹNY ROZŁAM W DZIALE SPORÓW SĄDOWYCH miał pewne jasne strony. Pojawiła się potrzeba zwiększenia, i to szybszego, liczby wspólników. Luki, które należało wypełnić, stworzyły możliwości awansu. I, co najistotniejsze dla pierwszorocznych współpracowników, zwolniły się gabinety. Gdy tylko malkontenci odeszli, natychmiast zaczęła się bezpardonowa walka. Tabor dostał osobne miejsce dla siebie i w niedzielny wieczór przeniósł tam swoje graty.

Kyle niewiele myślał o ewentualnej przeprowadzce. Przyzwyczaił się do małego boksu i cieszył się, że ma Dale blisko siebie. Obściskiwali się od czasu do czasu, gdy byli absolutnie bezpieczni. Każdego dnia nie mógł się doczekać jej przyjścia i liczył na to, że opowie mu dokładnie, co ma na sobie i od jakiego projektanta. Rozmowa o ciuszkach sprawiała mu prawie tyle samo przyjemności, ile zdejmowanie ich z Dale.

Był zaskoczony, gdy w poniedziałek późnym wieczorem wpadła Sherry Abney i poprosiła, żeby z nią poszedł. Przeszli schodami kondygnację wyżej, na trzydzieste trzecie piętro, i ruszyli wzdłuż korytarza. Gdy minęli kilkanaście drzwi, Sherry zatrzymała się, otworzyła kolejne i powiedziała:

– To jest twój pokój.

Kwadratowe pomieszczenie miało trzy i pół na trzy i pół metra. Skórzane krzesła, szklane biurko, ładny dywan i okno, które wychodziło na południe i wpuszczało prawdziwe słoneczne światło. Kyle nie mógł uwierzyć własnym oczom. Czemu ja?, chciał zapytać. Ale udawał, że przyjmuje to ze spokojem.

– Z pozdrowieniami od Wilsona Rusha.

– Ładnie tu – ocenił, podchodząc do okna.

– Macie tę samą sekretarkę z Cunninghamem z pokoju obok. Jeśli czegoś będziesz potrzebował, ja jestem ciut dalej, ten sam korytarz. Pan Rush może tu wpaść na krótką inspekcję.

Przeprowadzka zajęła piętnaście minut. Kyle zrobił cztery kursy tam i z powrotem, za ostatnim Dale niosła jego śpiwór i laptopa. Szczerze cieszyła się wyróżnieniem Kyle'a i nawet poddała mu parę pomysłów na ozdobienie pokoju.

– Szkoda, że nie masz kanapy – mruknęła.

– Nie w biurze, kotku.

– Więc gdzie i kiedy?

– Rozumiem, że masz na to ochotę.

– Chcę, żeby mnie kochano albo przynajmniej pożądano.
– Co powiesz na kolację, a potem szybki numerek?
– Co powiesz na maraton, a potem szybką kolację?
– O rany!

Wymknęli się z budynku o dziewiętnastej i pojechali taksówką do mieszkania Dale. Kyle rozpinał koszulę, kiedy zabrzęczała jego służbowa komórka, sygnalizując nadejście wiadomości od jakiegoś nieznanego mu wspólnika. Wszystkie ręce na pokład, natychmiast, pilne zanurzenie się w orgii pracy, absolutnie decydujące dla przyszłości firmy. Kyle zlekceważył tę wiadomość i zgasił światła.

32

KYLE Z CZYSTEJ PRZEKORY SPÓŹNIŁ SIĘ CZTERDZIEŚCI PIĘĆ MINUT na wieczorne piątkowe spotkanie w Four Seasons. Spodziewał się, że zobaczy też Nigela, więc nie był zaskoczony, gdy pomagier Benniego powitał go w drzwiach i udał, że się cieszy na jego widok.

– Kyle, jak się masz? – zaszczebiotał, uśmiechając się fałszywie.
– Wspaniale. A jak ty się nazywasz?
– Nigel.
– Och, tak, zapomniałem. A nazwisko?
– Przykro mi, stary.
– Czy masz jakieś nazwisko, czy masz ich aż tyle, że nie możesz sobie przypomnieć, którym teraz się posługujesz?
– Dobry wieczór, Kyle. – Bennie wstał z krzesła, składając gazetę.
– Jak miło cię znowu widzieć, Bennie. – Kyle położył swoją aktówkę na łóżku, ale nie zdjął płaszcza. – Kto zwołał to zebranie?
– Opowiedz nam o pokoju na siedemnastym piętrze. – Bennie zrezygnował z wszelkich dalszych wstępów.
– Już go opisałem.
– Dziesięć monitorów na dziesięciu stołach, zgadza się, Kyle? – wypalił Nigel.
– Tak.

251

– A gdzie są same komputery?

– Na stołach, obok monitorów.

– Komputery, Kyle, są różne: wysokie i wąskie, niskie i szerokie? Powiedz nam coś o nich.

– Mają kwadratowe obudowy, stoją na prawo od monitorów.

Obok telewizora leżał cienki notes, już otwarty. Nigel chwycił go z kredensu.

– Spójrz na te komputery, Kyle. Wszystkie kształty i rozmiary, różni producenci z całego świata. Widzisz coś chociaż trochę podobnego?

Kyle metodycznie przejrzał tę galerię. Na każdej stronie były kolorowe zdjęcia ośmiu komputerów: dziesięć stron, w sumie osiemdziesiąt modeli; bardzo się różniły od siebie. Zdecydował się na jeden, który bardziej wyglądał jak drukarka atramentowa niż komputer.

– Tak, raczej kwadratowy – przyznał Nigel. – Ile mają stacji dysków?

– Żadnej.

– Żadnej? Na pewno, Kyle?

– Tak. Były robione na zamówienie, chodziło o maksymalne zabezpieczenie. Nie mają napędów, portów, żadnych możliwości przenoszenia danych.

– Panel sterujący? Włączniki, przyciski, światełka?

– Nic. Po prostu gładka skrzynka.

– A serwer?

– Stoi zamknięty w sąsiednim pokoju. Niewidoczny.

– Ciekawe. A monitory, Kyle?

– Zwykłe płaskie ekrany LCD.

– Zobaczmy. – Nigel otworzył inną część notesu, z rozmaitymi monitorami. – Rozmiary, Kyle?

– Czternaście cali.

– Na pewno kolorowe wyświetlacze?

– Tak. – Kyle zatrzymał się na trzeciej stronie: – Ten jest bardzo podobny.

– Wspaniale. A drukarki?

– Nie ma.

– Nigdzie, w całym pokoju? Ani jednej drukarki?

– Żadnej.

Nigel zrobił krótką przerwę. Podrapał się po twarzy i pomyślał.

– Przypuśćmy, że robisz jakieś streszczenie albo notatkę służbową. Kiedy już chcesz je przenieść, co wtedy?

– Zawiadamiam swojego kierownika, on przychodzi i sprawdza te dokumenty. Jeśli mają być przedłożone sądowi albo adwokatom strony przeciwnej, zostają wydrukowane.

– Gdzie, skoro nie ma tam żadnych drukarek?

– Ale jest jedna w sąsiednim pokoju. Czuwa przy niej asystent. Każdy kawałek papieru z wydrukiem jest zakodowany i kopiowany. Nie można wydrukować niczego, nie zostawiając śladu.

– Pięknie, naprawdę. – Nigel cofnął się gwałtownie o krok i wyraźnie uspokoił.

Inicjatywę przejął Bennie.

– Kyle, ile razy wchodziłeś już do tego pokoju?

– Raz na dzień przez pięć ostatnich dni.

– A ilu tam zazwyczaj siedzi ludzi?

– Różnie. W niedzielę po południu byłem sam około godziny. Dziś rano pracowało ze mną pięć, sześć osób.

– A byłeś kiedyś późnym wieczorem, kiedy zamyka się pokój?

– Nie, jeszcze nie.

– Zrób to, okay? Idź o dziesiątej.

– Nie mogę pójść tylko po to, żeby sobie posiedzieć, Bennie. To nie kafejka. Tam jest ciągły monitoring. Żeby przebywać w tajnym pokoju, trzeba mieć konkretny powód i to nie taki, że się chce wszystko obejrzeć, a potem coś ukraść.

– Czy ktoś to widzi, kiedy wchodzisz i wychodzisz?

– Przy drzwiach nie ma strażnika. Ale użycie klucza powoduje, że każde wejście i wyjście jest zarejestrowane i na pewno nagrane za pomocą kamer przemysłowych.

– Czy chodzisz tam z aktówką?

– Nie.

– Aktówki są zabronione?

– Nie.

– Masz wtedy na sobie marynarkę?

– Nie. Nie wymaga się noszenia garniturów w biurze.

Bennie i Nigel spoglądali jeden na drugiego przez jakąś minutę, ich umysły pracowały na pełnych obrotach.

– Pójdziesz tam jutro? – zapytał Bennie.

– Może. Nie jestem w tej chwili pewien. To zależy, co rano każą mi robić.

– Wejdź jutro do tego pokoju z aktówką i w marynarce. Gdy tylko poczujesz się swobodnie, zdejmij marynarkę. Aktówkę postaw pod stołem.

– Da się to zrobić, Kyle? – dorzucił szybko Nigel.

– Och, oczywiście. Czemu nie? Coś jeszcze? A może wyciągnę pudełko taco i zarzucę klawiaturę okruchami sera?

– Zaufaj nam, Kyle – powiedział łagodnie Nigel. – Wiemy, co robimy.

– Jesteś ostatnią osobą, której bym zaufał.

– Spokojnie, Kyle.

– Posłuchaj, jestem zmęczony. Naprawdę chciałbym...

– Jakie masz plany na następne dni? – spytał Bennie.

– Jutro pracuję, wyjdę z biura około piątej, pojadę metrem do Philly, wynajmę samochód i udam się do Yorku. W Dzień Dziękczynienia jem świąteczny obiad z ojcem. Wracam do Nowego Jorku późnym popołudniem w piątek, a w sobotę rano jestem znowu w biurze. Wystarczy?

– Spotkamy się w sobotę wieczorem – oznajmił Bennie.

– U ciebie czy u mnie?

– Szczegóły podam ci później.

– Szczęśliwego Święta Dziękczynienia, chłopaki – rzucił Kyle, wychodząc z pokoju.

Na drzwiach swojego nowego biura Kyle powiesił dwa nieprzemakalne uniwersalne trencze, jeden czarny, drugi jasnobrązowy. Czarny nosił codziennie, idąc do pracy i z pracy, a także kiedy chodził po mieście. Brązowego używał rzadko, tylko wtedy, kiedy naprawdę nie chciał być śledzony. W środę o wpół do trzeciej zarzucił go na ramię i zjechał windą na pierwsze piętro. Stąd pojechał windą towarową na najniższy poziom, włożył trencz i przemykał się między rzędami grubych rur wodno-kanalizacyjnych, kabli elektrycznych i urządzeń grzewczych, dopóki nie dotarł do metalowych schodów. Jak już nieraz porozmawiał chwilę z technikiem. Wyszedł na światło dzienne w wąskim przejściu, które oddzielało jego budynek od sąsiedniego, pięćdziesięciopiętrowego gmachu. Dziesięć minut później dotarł do biura Roya Benedicta.

Wcześniej odbyli krótką rozmowę przez telefon i Kyle był zaniepokojony jego planem.

Roy wręcz przeciwnie – uważał, że znalazł świetne rozwiązanie. Przestudiował dokumenty, przeanalizował fakty i problemy, rozważył trudną sytuację i był już gotów do działania.

– Mam przyjaciela w FBI – zaczął. – Darzę go całkowitym zaufaniem. Pracowaliśmy razem wiele lat temu, zanim zostałem adwokatem, a teraz, gdy stoimy po przeciwnych stronach barykady, ufam mu jeszcze bardziej. Jest grubą rybą w nowojorskim biurze.

Kyle przypomniał sobie swój ostatni kontakt z FBI. Fałszywe nazwiska, odznaki, długa noc w pokoju hotelowym z Benniem.

– Słucham cię – powiedział ze sceptycyzmem.

– Chcę się z nim spotkać i wyłożyć karty na stół. Powiedzieć mu wszystko.

– Co on może zrobić?

– Ktoś popełnia przestępstwa. I to nie drobne. Podejrzewam, że mój przyjaciel będzie tym tak samo zaszokowany jak ja. Sądzę, że FBI zaangażuje się w tę sprawę.

– Więc FBI dorwie Benniego?

– Oczywiście. Chyba ci zależy, żeby go zamknęli?

– Zależy mi, żeby dostał dożywocie. Ale on ma bardzo rozległą siatkę szpiegów, którzy pozostają w cieniu.

– FBI wie, jak zakładać pułapki. Czasami spieprzą sprawę, ale generalnie mają bardzo dobre wyniki. Stale utrzymuję kontakty z nimi, Kyle. To bystrzy faceci. Wkroczą cicho do akcji i zrobią rozpoznanie. W odpowiednim momencie mogą rzucić na nieprzyjaciela całą armię. A ty potrzebujesz armii.

– Dzięki.

– Musisz wyrazić zgodę na rozmowę z FBI.

– Czy jest taka możliwość, że przyjrzą się tej aferze, ale potem wstrzymają się od działania?

– Owszem, chociaż wątpię, żeby się tak stało.

– Kiedy zamierzasz się spotkać ze swoim przyjacielem?

– Może nawet już dziś po południu.

Kyle wahał się tylko chwilę.

– W porządku – zgodził się.

33

Dᴏᴄʜᴏᴅᴢɪᴀ ᴘÓŁɴᴏᴄ, gdy Kyle cicho wśliznął się przez niezamknięte na klucz kuchenne drzwi do swojego rodzinnego domu w Yorku. Wszystkie światła były już pogaszone. John McAvoy wiedział, że Kyle przyjedzie późno, ale nie pozwalał, by cokolwiek zakłócało mu nocny sen. Zack, stary owczarek szkocki, nigdy nie witał żadnego nielubianego przez siebie gościa, ale na widok Kyle'a zdobył się na to, żeby wstać z posłania rozłożonego w jadalni, i szczeknął swoje „cześć". Kyle pogłaskał psa po głowie, ciesząc się, że raz jeszcze mógł go zobaczyć. Wiek i dokładny rodowód Zacka pozostawały niewiadomą. Był prezentem od klienta, częścią zapłaty za usługę, lubił spędzać całe dnie pod biurkiem Johna McAvoya, przesypiając wszelkiego rodzaju prawnicze problemy. Lunch jadał zazwyczaj w kuchni kancelarii z jedną z sekretarek.

Kyle zrzucił mokasyny, przekradł się schodami na górę, do swojej sypialni, po kilku minutach był już w łóżku i od razu zasnął.

Niecałe pięć godzin później John kopnął w drzwi i zagrzmiał:

– Idziemy, tępaku. Wyśpisz się po śmierci.

W szufladzie Kyle znalazł stary komplet termoaktywnej bielizny i parę wełnianych skarpet, a z szafy, spomiędzy ubrań jeszcze z czasów liceum, wyciągnął swój nieprzemakalny myśliwski kombinezon. W domu bez żadnej kobiety gromadziły się pajęczyny, kurz i nieużywane ciuchy. Jego buty były dokładnie w tym samym miejscu, gdzie je zostawił rok temu w dniu poprzedniego Święta Dziękczynienia.

John stał przy kuchennym stole i przygotowywał się do boju. Leżały tam trzy strzelby z teleskopami i pudła z amunicją. Kyle, który już w dzieciństwie nauczył się sztuki myśliwskiej i zasad łowieckich, wiedział, że ojciec dokładnie wyczyścił strzelby poprzedniego wieczoru.

– Dzień dobry – powiedział John. – Gotowy?

– Tak. Gdzie kawa?

– W termosie. O której przyjechałeś?

– Zaledwie parę godzin temu.

– Jesteś młody. Chodźmy.

Załadowali sprzęt do forda pikapa najnowszego modelu, z napędem na cztery koła – John zawsze używał tego samochodu do jazdy po Yorku i okolicach. Po piętnastu minutach od chwili wyczołgania się z łóżka Kyle jechał przez mrok zimnego poranka Święta Dziękczynienia, popijając czarną kawę i pogryzając baton z muesli. Wkrótce zostawili miasto za sobą. Szosy stały się węższe.

John palił papierosa, wypuszczając dym małą szczeliną w oknie po stronie kierowcy. Zazwyczaj o tak wczesnej porze niewiele mówił. Potrzebował tej samotności wczesnych godzin – całe dnie spędzał w ruchliwej kancelarii, gdzie stale dzwoniły telefony, kręcili się klienci, a sekretarki biegały tam i z powrotem.

Kyle, choć jeszcze senny, zachwycał się otwartą przestrzenią, pustymi szosami, ciszą i spokojem bezludzia. Na czym właściwie polega atrakcyjność wielkiego miasta? Zatrzymali się przed jakąś bramą. Kyle otworzył ją i pojechali dalej, w głąb pagórkowatej krainy. Na wschodzie wciąż nie widać było nawet śladu słońca.

– No i jak się rozwija twój romans? – Kyle spróbował w końcu nawiązać rozmowę. Ojciec wspomniał mu wcześniej o nowej przyjaciółce.

– Widujemy się od czasu do czasu. Dziś przygotowuje świąteczną kolację.

– A jak ma na imię?

– Zoe.

– Zoe?

– Tak, Zoe. To greckie imię.

– Jest Greczynką?

– Jej matka pochodzi z Grecji. Ojciec jest anglosaskim mieszańcem. Kundlem jak my wszyscy.

– Fajna?

John strącił popiół za okno.

– Myślisz, że spotykałbym się z nią, gdyby nie była fajna?

– Jasne. Pamiętam przecież Rhodę. Straszna pokraka.

– Rhoda była bardzo sexy. Ty po prostu nie doceniałeś jej urody.

Samochód wjechał na wyboisty odcinek żwirowej drogi, ojciec z synem zaczęli podskakiwać na siedzeniach.

– Gdzie Zoe się urodziła?

– W Reading. Czemu pytasz o to wszystko?

– Ile ma lat?

– Czterdzieści dziewięć i jest seksowna.

– Chcesz się z nią ożenić?

– Nie wiem. Rozmawialiśmy o tym.

Żwirowa droga się skończyła. John zaparkował na skraju jakiegoś pola i wyłączył światła.

– Czyja to własność? – zapytał cicho Kyle, gdy zabierali strzelby.

– Kiedyś teren należał do rodziny męża Zoe. Dostała to po rozwodzie. Osiemdziesiąt hektarów, aż roi się tu od jeleni.

– Daj spokój.

– Naprawdę. Wszystko legalnie i uczciwie.

– Ty prowadziłeś jej sprawę rozwodową?

– Pięć lat temu. Ale zaczęliśmy się spotykać dopiero w zeszłym roku. Może i dwa lata temu. Naprawdę nie pamiętam.

– Polujemy na terenie należącym do Zoe?

– Tak, ale jej to w ogóle nie obchodzi.

Ach, ta praktyka prawnicza w małym mieście, pomyślał Kyle. Przez dwadzieścia minut w milczeniu wędrowali skrajem lasu. Przystanęli pod dębem, gdy pierwsza smużka światła właśnie pojawiła się w niewielkiej dolinie przed nimi.

– Bill Henry zabił w zeszłym tygodniu jelenia tam, zaraz po drugiej stronie wzgórza. – John wskazał miejsce. – Ustrzelił ósmaka. Jest tu parę wielkich samców. Jeśli on upolował jednego, to każdy może.

Stanowisko myśliwskie umieszczono na wiązie, sześć metrów nad ziemią; prowadziła do niego rozchwierutana drabina.

– Ty wchodź tutaj – powiedział John. – Ja będę siedział sto metrów dalej, po lewej. Interesują nas tylko jelenie, jasne?

– Rozumiem.

– Masz ważne pozwolenie?

– Nie sądzę.

– Dobrze, trudno. Lester nadal jest strażnikiem łowieckim. W zeszłym miesiącu wybroniłem jego syna od więzienia za posiadanie metamfetaminy. – John odszedł, ale zanim zniknął w mroku, dodał jeszcze: – Tylko nie zaśnij.

Kyle założył strzelbę na ramię i wspiął się po drabinie. Stanowisko na jelenie było małym podestem z desek i kantówki przymocowanym do wiązu. Zbudowano je, nie troszcząc się zbytnio o wygodę użytkowników, zresztą jak każde inne. Kyle obrócił się, przysunął do drzewa i już siedział na deskach oparty o pień, ze spuszczonymi stopami. Czuwał w takich miejscach, odkąd skończył pięć lat, i nauczył się zachowywać absolutną ciszę. Łagodny wiaterek szeleścił w nielicznych liściach. Słońce szybko wspinało się w górę. Jeleń mógł wkrótce wyłonić się powoli z lasu i ruszyć w stronę pola w poszukiwaniu trawy i zboża.

Strzelbę, Remingtona 30.06, dostał w prezencie na piętnaste urodziny. Trzymając broń w poprzek piersi, przycisnął ją mocno do siebie i natychmiast zasnął.

Odgłos wystrzału wytrącił go ze snu; obrócił strzelbę, gotów nacisnąć spust. Zerknął na zegarek – czterdziestominutowa drzemka. Spojrzał w lewo w kierunku stanowiska ojca – kilka białych zadków podskakiwało w szybkiej ucieczce. Minęło dziesięć minut – ojciec nie odezwał się słowem. Najwyraźniej chybił przy pierwszym strzale i wciąż jeszcze siedział na stanowisku.

W ciągu następnej godziny nie pokazało się już żadne zwierzę, a Kyle walczył ze snem.

Święto Dziękczynienia. Biura Scully & Pershing oficjalnie były zamknięte, ale na pewno siedziało tam paru nadgorliwców w dżinsach i swetrach i obciążało klientów za swoje godziny. Kilku wspólników też ciężko pracowało, ponaglanych deadline'ami. Kyle pokręcił głową.

Usłyszał zbliżające się kroki kogoś, kto nie przejmował się tym, że robi dużo hałasu. Po chwili John znalazł się przy wiązie.

– Chodźmy – powiedział. – Tam, zaraz za polem, jest strumyk, ich ulubiony wodopój.

Kyle ostrożnie zszedł na ziemię.

– Nie widziałeś tego jelenia? – spytał John.

– Nie.

– Jak mogłeś go przegapić? Przebiegł tuż pod twoim nosem.

– To ten, do którego strzelałeś?

– Tak, co najmniej dziesiątak.

– Rozumiem, że ty go nie przegapiłeś, ale za to spudłowałeś.

Wrócili do samochodu i rzucili się na termos. Gdy siedząc na tylnej klapie, popijali mocną kawę i kończyli ostatnie batony, Kyle powiedział nagle:

– Tato, nie chcę już dłużej polować. Musimy porozmawiać.

STARY MCAVOY POCZĄTKOWO SŁUCHAŁ SPOKOJNIE, potem zapalił papierosa. Kiedy Kyle z trudem opowiadał o dochodzeniu w sprawie zgwałcenia, spodziewał się wybuchu ojca, serii ostrych i przykrych pytań o to, czemu wtedy nie zadzwonił. Ale John słuchał uważnie, nie przerywając słowem, jakby już znał całą historię i czekał na tę spowiedź.

Pierwszy przypływ gniewu nastąpił w chwili, gdy w opowieści pojawił się Bennie.

– Zaszantażował cię – krzyknął i zapalił następnego papierosa. – Sukinsyn!

– Tylko słuchaj, dobra? – poprosił błagalnie Kyle i szybko wrócił do swojej relacji. Przedstawiał sytuacje bardzo szczegółowo i parę razy uniósł rękę, żeby ojciec mu nie przerywał.

Po pewnym czasie twarz Johna przybrała niewzruszony, beznamiętny wyraz. Pochłaniał każde słowo z niedowierzaniem, ale nic nie mówił. Nagranie, Joey, Baxter, zabójstwo, Trylon i Bartin i tajny pokój na siedemnastym piętrze. Spotkania z Benniem, Nigelem, zamiar, by zwinąć dokumenty i przekazać je wrogowi. I, na koniec, wynajęcie Roya Benedicta i pojawienie się na scenie FBI.

Kyle przepraszał wielokrotnie, że nie zaufał ojcu. Przyznał się do swoich błędów, zbyt licznych, by mógł je sobie wszystkie teraz przypomnieć. Otworzył przed ojcem duszę i kiedy skończył – wydawało mu się, że po wielu godzinach – słońce było już wysoko na niebie, kawa dawno wypita, jeleń zapomniany.

– Potrzebuję pomocy – zakończył Kyle.

– Powinno ci się skopać dupę, że mi od razu nie powiedziałeś.

– To prawda, należy mi się.

– Dobry Boże, synu. Co za gówno.

– Nie miałem wyboru. Przeraziło mnie to nagranie i nie mogłem znieść myśli o następnym dochodzeniu w sprawie zgwałcenia. Gdybyś widział ten film, zrozumiałbyś.

Zostawili strzelby w samochodzie i poszli na długi spacer wąskim szlakiem przez las.

INDYKA, NADZIENIE I WSZYSTKIE DODATKI PRZYGOTOWAŁ BAR, który sprzedawał całe świąteczne zestawy tym, którzy nie mieli chęci zaprzątać sobie głowy takimi rzeczami. Gdy John nakrywał stół w jadalni, Kyle pojechał po matkę.

Patty otworzyła drzwi z uśmiechem i obdarzyła syna długim uściskiem. Wstała już z łóżka i wzięła lekarstwa. Oprowadziła Kyle'a po mieszkaniu i nie mogła się doczekać, kiedy pokaże swoje ostatnie arcydzieło. W końcu poprowadził ją do wynajętego samochodu i odbyli krótką przyjemną przejażdżkę po Yorku. Miała makijaż i ładną pomarańczową suknię, którą Kyle pamiętał jeszcze z dawnych czasów, jej prawie białe włosy były świeżo umyte i starannie uczesane. Paplała non stop, opowiadała nowinki o tutejszych ludziach, niespodziewanie przeskakując z tematu na temat. W innych okolicznościach wyglądałoby to nawet komicznie.

Kyle westchnął. Matka równie dobrze mogła odstawić lekarstwa, i tak zachowywała się jak obłąkana. Rodzice uprzejmie uściskali się na powitanie i wszyscy zaczęli się dzielić plotkami o dwóch siostrach bliźniaczkach, z których żadna już od roku nie pojawiała się w Yorku. Jedna mieszkała w Santa Monica, druga w Portland. Zadzwonili do obu i podawali sobie telefon z ręki do ręki. Telewizor w salonie był włączony i wyciszony, mecz futbolowy czekał na swoich kibiców. Przy stole w jadalni Kyle rozlał wino do trzech kieliszków, choć matka nie chciała tknąć alkoholu.

– Pijesz ostatnio wino – powiedział John do Kyle'a, stawiając małego indyka na stole.

– Tylko trochę.

Obaj mężczyźni usługiwali Patty przy stole, skakali koło niej, starali się jak mogli, żeby czuła się swobodnie. Ona szczebiotała o swojej sztuce i wydarzeniach w Nowym Jorku sprzed wielu lat. Zdobyła się na to, że zadała Kyle'owi kilka osobistych pytań, a on opisał swoje życie tak, że mogło się wydawać godne pozazdroszczenia. Mimo to ten temat wywołał w nim wyraźne napięcie, chociaż Patty niczego nie zauważyła. Nie jadła prawie nic, w przeciwieństwie do syna i byłego męża, który błyskawicznie pochłaniał obiad. Po cieście orzechowym i kawie oświadczyła, że chce wrócić do domu, do pracy. Poza tym jest zmęczona. Kyle zabrał więc ją z powrotem.

Jeden mecz futbolowy zlewał się z kolejnym. Kyle leżał na kanapie, John wyciągnął się w rozkładanym fotelu i oglądali grę między kolejnymi drzemkami. Mówili niewiele. Atmosfera była ciężka od nieporuszonych tematów, pytań, które się rodziły i gasły, planów do omówienia. Ojciec miał ochotę walnąć Kyle'owi kazanie i wrzeszczeć, ale syn był w tym momencie zbyt bezbronny.

– Chodźmy za spacer – zaproponował Kyle, gdy zrobiło się prawie ciemno.

– Dokąd?

– Niedaleko, do następnej ulicy. Chcę z tobą porozmawiać.

– A nie możemy tutaj?

– Chodźmy się przejść.

Włożyli płaszcze i wzięli Zacka na smycz.

– Przepraszam, ale nie chcę prowadzić poważnych rozmów w domu – powiedział Kyle, kiedy już wyszli na chodnik.

Mimo lekkiego wiatru John zapalił papierosa z wprawą nałogowego palacza, nie zmieniając rytmu kroków.

– Prawie się boję zapytać, dlaczego.

– Pluskwy, mikrofony, obrzydliwe gnojki podsłuchujące, co się mówi.

– Myślisz, że w moim domu może być podsłuch założony przez tych bandziorów?

Szli ulicą, po której Kyle często wałęsał się w dzieciństwie. Znał właścicieli wszystkich domów, przynajmniej tych dawnych, a każdy dom miał swoją historię. Ruchem głowy wskazał jeden i zapytał:

– Co się dzieje z panem Polkiem?

– W końcu umarł. Żył na wózku inwalidzkim prawie przez pięćdziesiąt lat. Bardzo smutne. Wracając do mojego pytania. Nie wybraliśmy się chyba na spacer ścieżką pamięci.

– Nie, nie sądzę, żeby w twoim domu lub biurze były podsłuchy, ale też nie wykluczam takiej możliwości. Ci ludzie wierzą w skuteczność inwigilacji i mają nieograniczony budżet. Podsłuch to łatwizna. Możesz mi wierzyć, jestem ekspertem. Sam potrafiłbym zrobić urządzenie podsłuchowe w pół godziny.

– A jak zdobyłeś taką wiedzę?

– Książki. Podręczniki. Na Manhattanie jest taki sklep dla małych szpiegów; wpadam tam od czasu do czasu, kiedy uda mi się zgubić ogon.

– Niewiarygodne, Kyle. Gdybym nie wiedział wszystkiego, uznałbym, że ci odbiło. Jak niektórym moim klientom, schizofrenikom.

– Jeszcze nie zwariowałem, ale nauczyłem się ostrożności i poważne rozmowy prowadzę na otwartej przestrzeni.

– W twoim mieszkaniu są podsłuchy?

– Och, tak. Wiem przynajmniej o trzech takich aparatach. Jeden zamontowano w przewodzie wentylacyjnym nad kanapą w salonie. Drugi ukryto w ścianie sypialni, tuż nad komodą, i trzeci w kuchni, w okładzinie drzwi. Nie mogę ich tak naprawdę sprawdzić, bo są tam też maleńkie kamery, które monitorują każdy mój ruch, gdy jestem w mieszkaniu, co nie zdarza się zbyt często. Udało mi się zlokalizować te urządzenia, niby to wykonując rozmaite prace domowe; szorowałem podłogi, czyściłem wentylację, myłem okna. Moje mieszkanie to nora, ale idealnie wysprzątana.

– A twój telefon?

– Ten stary, jeszcze z czasów studiów w Yale, też mają na podsłuchu. Specjalnie go nie zlikwidowałem. Wiem, że podsłuchują, więc częstuję ich różnymi bzdurami. Zainstalowałem w mieszkaniu telefon stacjonarny i nie wątpię, że do niego też się podpięli. Nie mogę sprawdzić, bo kamery czuwają. Używam go do prozaicznych rozmów – zamawiam pizzę, wymyślam swojemu gospodarzowi, wzywam taksówki. – Kyle wyciągnął służbową komórkę. – Ten telefon dostałem od firmy pierwszego dnia jak każdy nowy współpracownik. Tu nie ma podsłuchu.

– A dlaczego masz go w kieszeni w Święto Dziękczynienia?

– Przyzwyczajenie. Jest wyłączony. Do ważnych rozmów używam telefonu stojącego na moim biurku. Jeśli oni mogliby podsłuchiwać telefony służbowe, to my wszyscy bylibyśmy udupieni.

– Och, ty na pewno jesteś udupiony, bez dwóch zdań. Powinieneś mi powiedzieć już dawno temu.

– Wiem, powinienem zrobić inaczej mnóstwo rzeczy, ale wtedy nie myślałem inaczej. Byłem przerażony. Nadal jestem.

Zack przystanął przy hydrancie przeciwpożarowym. John chciał zapalić następnego papierosa, ale zerwał się silny wiatr. Liście zatańczyły i opadły wokół McAvoyów. Zrobiło się już ciemno, a jeszcze czekała ich kolacja u Zoe.

Ruszyli z powrotem i zaczęli rozmawiać o przyszłości.

34

Współpracownicy, którzy odważyli się trochę sobie poluzować i wykorzystać krótką świąteczną przerwę, wrócili z zapałem do pracy w sobotę rano. Wolne dni podziałały na nich odświeżająco, chociaż napięcie pospiesznej podróży mocno ich zmęczyło. Poza tym wolny czas oznaczał brak godzin, za które można obciążyć klientów.

Kyle odbił kartę punktualnie o ósmej po wejściu do tajnego pokoju na siedemnastym piętrze i usadowił się przy jednym ze stanowisk komputerowych. Było tu jeszcze czterech innych członków zespołu Trylona pogrążonych w wirtualnym świecie niekończących się poszukiwań informacji. Skinął głową, ale nikt nie odezwał się słowem. Kyle miał na sobie dżinsy i wełnianą marynarkę; przyniósł ze sobą czarną aktówkę marki Bally, trochę już zużytą. Kupił ją na Piątej Alei tydzień przed prelekcjami wprowadzającymi. Wszyscy w firmie mieli czarne aktówki.

Postawił ją przy sobie na podłodze, częściowo pod stołem, dokładnie pod prostym, nieoznakowanym komputerem, który tak zaintrygował sympatycznego Nigela. Wyjął papier do notatek, potem teczkę z dokumentami i po chwili jego stół wyglądał jak typowe miejsce wytężonej pracy prawnika. Po następnych kilku minutach zdjął marynarkę, powiesił na oparciu krzesła i podwinął rękawy koszuli. Trylon płacił teraz staremu Scully'emu dodatkowych czterysta dolców za godzinę.

Kyle rozejrzał się szybko po pokoju i zauważył jeszcze jedną aktówkę. Wszystkie inne marynarki i kurtki zostały w biurach na górze. Gdy Kyle pogrążył się w futurystycznej krainie hipersonicznego bombowca B-10 i ludzi, którzy go zaprojektowali, godziny zaczęły się straszliwie wlec.

Tajny pokój miał tylko jeden plus, obowiązywał tu zakaz używania telefonów komórkowych. Po kilku godzinach Kyle poczuł potrzebę zrobienia sobie przerwy; chciał też sprawdzić, czy dostał jakieś SMS-y. Czekał przede wszystkim na wiadomość od Dale, która nie zadała sobie trudu, żeby się pokazać w taki piękny poranek. Poszedł do swojego biura, zamknął drzwi, co stanowiło drobne naruszenie zasad obowiązujących w firmie, i zadzwonił na jej prywatną komórkę. Prywatne telefony były swego rodzaju azylem dla wszystkich współpracowników wyposażonych w znienawidzone służbowe telefony.

– Słucham – odebrała.

– Gdzie jesteś?

– Ciągle w Providence.

– Wracasz do Nowego Jorku?

– Nie wiem.

– Czy muszę ci przypomnieć, młoda damo, że to już trzeci z kolei dzień, w którym nie obciążyłaś klienta nawet za jedną godzinę?

– Rozumiem, że ty jesteś w biurze.

– Tak, zaliczam godziny razem z innymi pierwszorocznymi mrówami. Są tu wszyscy z wyjątkiem ciebie.

– Niech mnie wyleją, pozwą do sądu. Nic mnie to nie obchodzi.

– Przy takiej postawie nigdy nie zostaniesz wspólnikiem.

– Obiecujesz?

– Myślę o kolacji dziś wieczorem. W East Village otworzyli nową restaurację, która właśnie zdobyła dwie gwiazdki od Franka Bruniego.

– Zapraszasz mnie na randkę?

– Zapraszam. Możemy podzielić rachunek na pół, bo w naszej firmie obowiązuje równouprawnienie.

– Och, jakiś ty romantyczny.

– Poromansujemy później.

– Więc o to naprawdę ci chodzi.

– Zawsze.

– Przyjadę około siódmej. Potem zadzwonię do ciebie.

Kyle męczył się nad dokumentami Trylona przez dwanaście godzin, potem zadzwonił po samochód, żeby go zawieziono na kolację. Restauracja miała dwanaście stolików, tureckie menu, żadnych wymagań dotyczących ubioru, choć preferowano dżinsy. „Times" przyznał lokalowi dwie gwiazdki, więc w środku był tłum. Kyle dostał stolik tylko dlatego, że ktoś odwołał rezerwację.

Dale siedziała przy barze, sączyła białe wino, wyglądała niemal pogodnie. Pocałowali się – cmoknięcia w oba policzki – potem uściskali i zaczęli opowiadać o swoich Świętach Dziękczynienia tak, jakby właśnie spędzili miesiąc nad morzem. Rodzice Dale uczyli matematyki w Providence College i choć byli wspaniałymi ludźmi, prowadzili raczej monotonne życie. Obdarzona talentem matematycznym Dale stosunkowo szybko zrobiła doktorat, ale zaczęła się obawiać, że pójdzie w ślady rodziców. Zafascynowało ją prawo. W filmie i telewizji ukazywane było przez pryzmat ekscytujących, ciekawych doświadczeń. Prawo – kamień węgielny demokracji i działanie na pierwszej linii tak wielu społecznych konfliktów. Dale wyróżniła się na studiach, otrzymała propozycje od najsłynniejszych firm, a teraz po trzech miesiącach praktyki gorzko tęskniła za matematyką.

Kiedy już zajęli stolik, szybko podzieliła się z Kyle'em pewną fascynującą wiadomością.

– Dziś rano byłam na rozmowie kwalifikacyjnej.

– Przecież już masz pracę.

– Tak, ale jest do dupy. W centrum Providence, w pięknym, starym budynku znajduje się mała kancelaria. Gdy byłam w college'u, pewnego lata zatrudnili mnie tam, robiłam kopie dokumentów, parzyłam kawę i pracowałam jako goniec. Około dwudziestu prawników, z czego połowa to kobiety, doradztwo ogólne. Namówiłam ich, żeby odbyli ze mną rozmowę w sobotę rano.

– Ale masz wysoko cenione stanowisko współpracownika w największej firmie prawniczej na świecie. Czego można jeszcze chcieć?

– Normalnego życia. Ty chcesz tego samego.

– Ja chcę być wspólnikiem, więc mogę wstawać codziennie o piątej, dopóki nie umrę, mając pięćdziesiątkę. Tego chcę.

– Rozejrzyj się dookoła, Kyle. Bardzo nieliczni zostają dłużej niż trzy lata. Mądrzy odchodzą po dwóch. Szaleńcy robią karierę.

– Więc odchodzisz?

– Nie nadaję się do tego. Myślałam, że jestem bardzo twarda, ale okazało się, że popełniłam błąd.

Kelner przyjął ich zamówienia i dolał wina. Siedzieli tuż obok siebie w wąskiej połówce boksu z widokiem na restaurację. Kyle trzymał rękę pod stołem między kolanami Dale.

– Kiedy odchodzisz? – zapytał.

– Tak szybko, jak mi się uda. Niemal błagałam o pracę dziś rano. Jeśli nie dostanę od nich propozycji, będę pukała dalej. Oszaleję tu, Kyle, dlatego się wymeldowuję.

– Gratulacje. Nasza grupa będzie ci zazdrościć.

– A co z tobą?

– Nie mam pojęcia. Czuję się, jakbym właśnie znalazł swoje miejsce. Wszyscy jesteśmy zszokowani, ale to minie. Przechodzimy ostrą musztrę i wciąż nas jeszcze bolą pierwsze stłuczenia.

– Ja mam już dość stłuczeń. Raz już zemdlałam. I nigdy więcej. Schodzę do pięćdziesięciu godzin tygodniowo i niech spróbują mi coś powiedzieć.

– Śmiało, dziewczyno.

Pojawił się półmisek oliwek i kozi ser, zabrali się do jedzenia.

– Jak tam w Yorku? – zapytała.

– To samo co zawsze. Jadłem obiad z prawdziwą matką i kolację z przyszłą nową mamą, byłem na krótkim, ale bezkrwawym polowaniu na jelenie i odbyłem długie rozmowy z ojcem.

– O czym?

– Jak zwykle. O życiu. O przeszłości. O przyszłości.

Na długo przed przybyciem Kyle'a do hotelowego apartamentu Nigel i Bennie rozpoczęli odpowiednie przygotowania do jego wizyty. Na małym biurku Nigel ustawił komputer, który wyglądał bardzo podobnie do tych na siedemnastym piętrze. Obok znajdował się monitor identyczny z tym, na który Kyle spoglądał przez dwanaście godzin poprzedniego dnia.

– Jesteśmy blisko, Kyle? – zaśpiewał Nigel, z dumą pokazując odtworzone przez siebie stanowisko robocze. – Usiądź, proszę.

Kyle zajął miejsce przy biurku, Bennie i Nigel obserwowali każdy jego ruch.

– Wygląda bardzo podobnie – stwierdził Kyle.

– To tylko sprzęt, Kyle. Nie ma decydującego znaczenia, ale staramy się określić producenta, to wszystko. Jak wiadomo, liczy się wyłącznie oprogramowanie. Czy coś jest nie tak, jak być powinno?

Ani komputer, ani monitor nie miały żadnych oznaczeń, nazw modelu czy symboli producenta. Były tak nijakie jak te, które miały imitować.

– Są bardzo podobne – powtórzył Kyle.

– Popatrz uważnie, człowieku, i znajdź jakieś różnice – nalegał Nigel. Stał pochylony obok Kyle'a, wpatrując się w ekran.

– Mój komputer jest trochę ciemniejszy, prawie szary, ma czterdzieści szerokości i pięćdziesiąt jeden centymetrów wysokości.

– Mierzyłeś, Kyle?

– Oczywiście. Posłużyłem się obmierzonym notesem.

– Totalnie genialne, cholera! – wykrzyknął Nigel i wyglądało na to, że jest gotów uściskać Kyle'a. Bennie nie potrafił ukryć uśmiechu.

– To musi być Fargo – stwierdził Nigel.

– Co?

– Fargo, Kyle, specjalna firma z San Diego; produkują komputery, wszelkiego rodzaju maszyny i urządzenia dla rządu i wojska, mnóstwo rzeczy dla CIA; wielki, potężny sprzęt z taką liczbą zabezpieczeń i gadżetów, że sobie nawet nie wyobrażasz. Nie zobaczysz żadnego z nich w jakimś tutejszym pasażu handlowym, o nie, sir. A właścicielem Fargo jest Denee. Wiesz, czyj klient? Stary Scully broni im tyłka, biorąc tysiąc dolców za godzinę.

Nigel przestał świergotać i nacisnął przycisk na klawiaturze. Na ekranie pojawiła się strona niepodobna do żadnej z tych Microsoftu czy Apple.

– Teraz, Kyle, powiedz mi, jak wygląda strona główna? Choć trochę tak jak ta?

– Nie, zupełnie nie. Ma jedną ikonę „Konsultacje" i to wszystko; żadnych innych ikon, pola adresowego, linków, opcji formatowania, nic tylko indeks dokumentów. Włączasz komputer, podajesz kod i hasło, potem czekasz z dziesięć sekund i proszę, jesteś już w bibliotece. Nie odnajdziesz żadnego profilu systemowego, specjalnych list czy domowych stron.

– Fascynujące – mruknął Nigel, wciąż wpatrując się w monitor. – A indeks, Kyle?

– Indeks jest prawdziwym wyzwaniem. Zaczyna się od ogólnego podziału dokumentów, potem są podkategorie, podgrupy, podto i podtamto. Znalezienie grupy dokumentów, której się szuka, wymaga trochę pracy.

Nigel cofnął się o krok i przeciągnął. Bennie podszedł bliżej.

– Przypuśćmy, że chcesz zlokalizować materiały informacyjne dotyczące silników przelotowych w B-10 i różnych typów paliwa wodorowego, które były testowane. Jak do nich dotrzesz?

– Nie wiem. Jeszcze tam nie docierałem. Nie widziałem niczego na temat silników przelotowych.

To była prawda, ale tak czy inaczej Kyle już postanowił, że nie zrobi tego, co oni chcą. Skoro w grę wchodziło ponad cztery miliony dokumentów, mógł spokojnie twierdzić, że nie widział niczego, co ich interesowało.

– Ale znalazłbyś te materiały?

– Owszem, i to bardzo szybko, gdybym tylko wiedział, gdzie ich szukać. Program „Sonic" działa błyskawicznie, ale tam są całe tony kopii do przekopania.

Ruchy Benniego stały się gwałtowne, mówił tonem bardziej naglącym niż zwykle. Na Nigelu informacje Kyle'a wyraźnie zrobiły ogromne wrażenie. Postępy, jakich dokonali, wprawiły obu w podniecenie, to rzucało się w oczy.

– Byłeś wczoraj w tym pokoju? – zapytał Bennie.

– Tak, przez cały dzień.

– Z aktówką i marynarką?

– Tak, z jednym i drugim, to żaden problem. Ktoś inny też miał aktówkę. Nikt ich nie sprawdza.

– Kiedy znów tam pójdziesz?

– Nasz zespół zbiera się rano i jest duża szansa, że otrzymam następne zadanie. W poniedziałek albo we wtorek.

– Spotkajmy się we wtorek wieczorem.

– Już nie mogę się doczekać.

35

Teraz, gdy Kyle już oficjalnie został członkiem zespołu Trylona, dostąpił zaszczytu rozpoczynania każdego tygodnia od wysłuchania wykładu ilustrowanego diagramami i rysunkami, wygłaszanego w poniedziałki o siódmej w olbrzymiej sali konferencyjnej, jakiej nigdy przedtem nie widział. Po trzech miesiącach pracy w firmie wciąż jeszcze zachwycał się wielkimi pomieszczeniami, balkonami, ukrytymi półpiętrami i małymi bibliotekami. Uważał, że należałoby opracować przewodnik po siedzibie Scully & Pershing.

Sala znajdowała się na czterdziestym piętrze i mogłaby pomieścić wiele mniejszych kancelarii adwokackich. Stół na środku wydawał się długi jak tor do gry w kręgle. Zgromadziło się wokół niego z czterdziestu pracowników; popijali kawę, przygotowywali się wewnętrznie do kolejnego długiego tygodnia. Wilson Rush, który siedział u szczytu, podniósł się i odchrząknął. Wszyscy umilkli i zamarli w bezruchu.

– Dzień dobry. Zaczynamy nasze cotygodniowe spotkanie. Proszę, żebyście się wypowiadali krótko. Mamy tylko godzinę.

Nikt nie wątpił, że sala opustoszeje punktualnie o ósmej.

Kyle siedział tak daleko od Rusha, jak tylko mógł. Z nisko opuszczoną głową robił zaciekle notatki, których nikt, nawet on sam nie zdołałby później odczytać. Każdy spośród ośmiu wspólników wstawał kolejno i zwięźle przedstawiał najświeższe informacje na takie porywające tematy, jak ostatnie wnioski złożone w tej sprawie, ostatnie targi o dokumenty i ekspertów, ostatnie posunięcia APE i Bartina. Doug Peckham zaprezentował swój pierwszy raport dotyczący skomplikowanego wniosku o ujawnienie. Raport prawie uśpił Kyle'a i pozostałych.

Ale Kyle nie zasnął, a kiedy gryzmolił w notesie, powtarzał sobie ciągle, że nie wolno mu się uśmiechać, choć wyraźnie czuł absurdalność sytuacji. Był szpiegiem, doskonale zainstalowanym przez agenta prowadzącego, a teraz gdy tak ważne sekrety stały się dla niego osiągalne, nie mógł zrozumieć ich wartości. Z pewnością były dostatecznie cenne, by skłonić ludzi do popełnienia morderstwa.

Kyle podniósł wzrok znad notatek, w momencie gdy głos zabrała Isabelle Gaffney. Nie zwracając uwagi na jej słowa, spojrzał w drugi koniec toru do kręgli, z którego Wilson Rush piorunował go wzrokiem. Może zresztą Kyle się mylił, dzieliła ich duża odległość, a przy tym starszy pan miał na nosie okulary do czytania, więc trudno było dokładnie określić, na kogo spogląda, marszcząc brwi.

Co zrobiłby pan Rush, gdyby znał prawdę? Jak zareagowaliby członkowie zespołu Trylona i setka innych wspólników i współpracowników, gdyby dowiedzieli się wszystkiego o Kyle'u McAvoyu, jeszcze nie tak dawno naczelnym redaktorze „Yale Law Journal"?

Konsekwencje były przerażające. Wymiar spisku sprawił, że serce waliło Kyle'owi jak młotem. Zaschło mu w ustach, upił łyk letniej kawy. Miał chęć skoczyć do drzwi, pomknąć czterdzieści pięter w dół i pobiec ulicami Nowego Jorku jak szaleniec.

W CZASIE LUNCHU PRZEMKNĄŁ SIĘ PODZIEMIAMI do biura Roya Benedicta. Porozmawiali minutę, potem Roy powiedział, że są u niego dwaj ludzie, których Kyle powinien poznać. Pierwszym był jego znajomy z FBI, drugim starszy prawnik z Departamentu Sprawiedliwości. Kyle, podenerwowany, zgodził się, więc poszli do sali konferencyjnej obok.

Wysoki rangą funkcjonariusz FBI nazywał się Joe Bullington, typ pełen życzliwości, który szczerzył zęby w szerokim uśmiechu. Serdecznie uścisnął dłoń Kyle'a. Człowiek z Departamentu Sprawiedliwości, Dew Wingate, był zgorzkniałym facetem i zachowywał się tak, jakby wolał nigdy nie witać się z nikim uściskiem rąk. Wszyscy czterej usiedli przy małym stole konferencyjnym, Kyle i Roy po jednej stronie, funkcjonariusze państwowi po drugiej.

Spotkanie zaaranżował Roy i on przyjął rolę prowadzącego.

– Przede wszystkim, Kyle, ile masz czasu?

– Około godziny.

– Wyłożyłem wszystkie karty na stół. Odbyłem kilka rozmów z panem Bullingtonem i Wingate'em i warto, żebyśmy się teraz przyjrzeli, na czym stoimy. Joe, powiedz, co wiemy o panu Benniem Wrighcie.

Zawsze uśmiechnięty Bullington złożył razem dłonie i zaczął:

– Tak, dobrze, no cóż, sprawdziliśmy tego gościa w naszym systemie. Nie chcę was zanudzać szczegółami, ale mamy parę wysokiej klasy komputerów, które przechowują wizerunki milionów ludzi. Kiedy namierzamy jakiegoś podejrzanego, komputer przeszukuje nasze zbiory i na ogół dobrze wykonuje swoje zadanie. W wypadku pana Wrighta, czy jakiejkolwiek on się naprawdę nazywa, nie znaleźliśmy nic. Zero trafień. Żadnej wskazówki. Przesłaliśmy jego portret do CIA i oni przeprowadzili podobne działania, inne komputery, inny program, ten sam wynik. Nic. Szczerze mówiąc, jesteśmy zaskoczeni Byliśmy zupełnie pewni, że zdołamy zidentyfikować faceta.

Kyle nie był zaskoczony, ale czuł się rozczarowany. Czytał o superprogramach służb wywiadowczych, więc po dramatycznym okresie z Benniem na karku naprawdę pragnął wiedzieć, kim ten drań jest.

Billington rozpogodził się trochę i mówił dalej:

– Z Nigelem sprawa wygląda nieco inaczej. Umieściliśmy wykonany przez pana domniemany portret w naszym systemie i znowu nic nie znaleźliśmy. Ale CIA prawdopodobnie trafiła w dziesiątkę.

Bullington otworzył teczkę i wyjął czarno-białe zdjęcie osiem na dziesięć.

– To on – powiedział natychmiast Kyle.

– Dobrze. Naprawdę nazywa się Derry Hobart. Urodził się w Afryce Południowej, wychował w Liverpoolu, pracował w brytyjskim wywiadzie; wykopano go stamtąd za włamanie się do poufnych plików paru bogatych osób w Szwajcarii. Jest powszechnie uważany za jednego z najlepszych hakerów na świecie. Świetny fachowiec, ale prawdziwy drań, płatny morderca, aktualne nakazy aresztowania w co najmniej trzech krajach.

– Jak dużo powiedział pan tym ludziom? – zapytał Wingate, ale zabrzmiało to bardziej jak oskarżenie.

Kyle spojrzał na swojego adwokata. Roy skinął głową.

– Proszę, słuchamy, Kyle. Nie jest prowadzone przeciwko tobie żadne dochodzenie. Nie zrobiłeś niczego złego.

– Przedstawiłem im plan tajnego pokoju, tak ogólnie. Tyle żeby byli zadowoleni, ale nie poznali żadnych szczegółów.

– Poza tym dwa pozostałe domniemane portrety nic nie dały – podjął Bullington. – Jeśli dobrze rozumiem, ci chłopcy biorą tylko udział w inwigilacji i nie odgrywają żadnej ważnej roli.

– To prawda – przyznał Kyle.

– Pański domniemany portret Hobarta jest naprawdę niezwykły – oznajmił Bullington.

– Skorzystałem z programu na stronie „szybka twarz.com". Każdy mógłby to zrobić.

– Co dalej, pnie McAvoy? – zapytał Wingate.

– Spotykam się z nimi jutro wieczorem, żeby omówić najbliższe działania. Według ich planu mam się jakoś włamać do systemu i albo ściągnąć dane z serwera, albo skierować do nich przepływ dokumentów. Nie mam pojęcia jak. System wydaje się idealnie zabezpieczony.

– Kiedy chcą to zrobić?

– Nie powiedzieli mi, ale chyba już wkrótce. Mam pytanie do panów.

Żaden z dwóch mężczyzn, ani Bullington, ani Wingate, nie zaproponował, że chętnie odpowie, więc Kyle prędko wyrzucił z siebie:

– Kim są ci ludzie? Dla kogo pracują?

Bullington błysnął wszystkimi zębami i po chłopięcemu wzruszył ramionami.

– Naprawdę nie wiemy, Kyle. Hobart jest dziwką, która jeździ po całym świecie i sprzedaje się za ciężkie pieniądze. Nie mamy pojęcia, skąd pochodzi Bennie. Zasugerowałeś, że nie ze Stanów.

– Mówi z obcym akcentem.

– No tak, ale skoro zupełnie nie wiemy, kim jest, nie możemy się nawet domyślać, dla kogo pracuje.

– Co najmniej pięciu agentów uczestniczyło w naszym spotkaniu w lutym, tego wieczoru, gdy pierwszy raz zetknąłem się z Benniem. Cała piątka to byli na pewno Amerykanie.

Bullington pokręcił głową.

– Prawdopodobnie płatni mordercy, Kyle, zbiry wynajęte do brudnej roboty, opłaceni i odprawieni. Istnieje cały mroczny świat byłych policjantów i agentów, żołnierzy i ludzi z wywiadu, którzy z najrozmaitszych powodów zostali wyrzuceni ze służby. Potem szkolono ich potajemnie, w podziemiu i tam nadal działają. Najmują się u każdego, kto im zapłaci. Tych pięciu prawdopodobnie nie ma zielonego pojęcia o planach Benniego.

– Jakie są szanse, że zostaną złapani zabójcy Baxtera?

Uśmiech na twarzy Bullingtona zgasł na chwilę. Obaj funkcjonariusze mieli teraz zmieszane i smutne miny.

– NAJPIERW MUSIMY DORWAĆ BENNIEGO – odezwał się w końcu Bullington. – Potem postaramy się dotrzeć do grubych ryb, do tych, którzy go opłacają, a następnie zajmiemy się jego ludźmi od mokrej roboty. Jeśli jednak ten typ jest zawodowcem, a to wydaje się całkiem oczywiste, szanse dorwania go są naprawdę niewielkie.

– Jak schwytacie Benniego?

– To akurat łatwa część roboty. Ty nas do niego doprowadzisz.

– I aresztujecie go?

– Och, tak. Mamy tyle podstaw, że wystarczyłoby, żeby z dziesięć razy aresztować faceta: podsłuch telefoniczny, wymuszanie, spisek, do wyboru. Wsadzimy drania za kratki, tak jak Hobarta, i żaden sędzia federalny na świecie go nie uwolni. Prawdopodobnie zostanie umieszczony w zakładzie karnym z dodatkowymi zabezpieczeniami, daleko od Nowego Jorku. No i zaczniemy przesłuchania.

Obraz Benniego przykutego do krzesła i paru wrzeszczących na niego pitbulli wydał się Kyle'owi dość przyjemny.

Roy odchrząknął i spojrzał na zegarek.

– Przepraszam, panowie, chciałbym teraz pomówić z Kyle'em w cztery oczy. Odezwę się później.

Kyle wstał, raz jeszcze uścisnął mężczyznom ręce i poszedł za swoim adwokatem do jego biura. Roy zamknął drzwi.

– Co o tym sądzisz? – zapytał.

– Ufasz tym ludziom? – odpowiedział pytaniem Kyle.

– Tak. Ty nie?

– Zawierzyłbyś im swoje życie?

– Tak.

– Posłuchaj, w tej chwili w Stanach działa co najmniej osiemnaście jednostek wywiadowczych, i mówię tylko o tych oficjalnych. Bo na pewno istnieje kilka innych, o których nic w ogóle nie wiemy. Co będzie, jeśli Bennie pracuje dla jednej z nich? Przypuśćmy, że jego przedsięwzięcie jest tylko jednym z paru mających na celu zdobycie i ochronę wszystkich sekretów dotyczących B-10? A jeśli superprogramy nie mogły odszukać jego twarzy, ponieważ nie miały jej znaleźć?

– Co ty opowiadasz, Kyle? To śmieszne. Tajny agent, drań, który pracuje dla kraju, szpieguje w amerykańskiej kancelarii adwokackiej, zabija obywateli Stanów Zjednoczonych? Nie sądzę, żeby coś takiego było możliwe.

– Tak, śmieszne, ale gdyby to twoja głowa miała być następnym celem, wyobrażałbyś sobie przedziwne rzeczy i zadawał różne pytania.

– Spokojnie. To jest twoje jedyne wyjście.

– Nie ma żadnego wyjścia.

– Właśnie że jest. Róbmy wszystko krok po kroku. Nie panikuj.

– Nie panikowałem przez dziewięć miesięcy, ale teraz jestem tego cholernie bliski.

– Nie, zachowaj spokój. Musimy ufać tym gościom.

– Jutro do ciebie zadzwonię.

Kyle złapał swój płaszcz i opuścił biuro Roya.

36

CESSNA 182 NALEŻAŁA DO EMERYTOWANEGO LEKARZA, który latał nią tylko przy dobrej pogodzie i nigdy nocą. Znał Johna McAvoya od przeszło czterdziestu lat i kilka razy przewoził go samolotem w obszarze stanu, gdy przyjaciel miał do załatwienia jakieś sprawy zawodowe. Ich małe wyprawy były zarówno podróżami służbowymi, jak i rozrywką; John siedział za sterem ze słuchawkami na głowie; rola pilota sprawiała mu wielką satysfakcję. Zawsze się targowali o wysokość opłaty. John chciał zapłacić więcej, niż kosztowało paliwo, doktor wziąć mniej, bo latanie było jego hobby, a pieniędzy nie potrzebował. Gdy tylko uzgodnili koszt podróży na dwieście pięćdziesiąt dolarów, spotkali się na lotnisku w Yorku, we wtorek wczesnym rankiem. Pogoda była doskonała. Po godzinie i jedenastu minutach lotu wylądowali w Scranton. John wynajął samochód, a doktor odleciał cessną, by wpaść do syna mieszkającego w Williamsport.

Kancelaria adwokacka Micheline Chiz znajdowała się przy Spruce Street, w centrum Scranton, na pierwszym piętrze starego budynku. John wkroczył tam punktualnie o dziewiątej i został chłodno przywitany przez sekretarkę. Nigdy dotąd nie spotkał pani Chiz, nawet o niej nie słyszał, ale w sumie nic dziwnego – w tym stanie działało sześćdziesiąt tysięcy adwokatów. Znajomy prawnik ze Scranton powiedział mu, że Micheline Chiz zatrudnia tylko osoby płci żeńskiej – kilka kobiet współpracowników, kilka asystentek i sekretarek oraz osób zatrudnionych w niepełnym wymiarze godzin do pomocy. Żaden mężczyzna nie miał ochoty starać się o posadę w tej firmie. Pani Chiz specjalizowała się w rozwodach, sprawach o pieczę nad dziećmi napastowanymi seksualnie i dyskryminację, zawsze reprezentowała kobiety. Cieszyła się dobrą reputacją. Była twardym pełnomocnikiem swoich klientek, dobrym negocjatorem i nie bała się wystąpień w sali sądowej. Była też wcale niebrzydka, jak powiedział znajomy adwokat Johnowi.

I co do tego miał rację. Pani Chiz czekała na Johna w swoim biurze – w czarnej skórzanej spódnicy, nie za krótkiej, obcisłym fioletowym swetrze, czarno-fioletowych szpilkach, jakich nie włożyłaby nawet większość dziwek. Wyglądała na czterdzieści parę lat i, według informatora Johna, zaliczyła już co najmniej dwa rozwody.

Miała na sobie mnóstwo biżuterii i makijaż o wiele za mocny jak na gust Johna. Ale nie przyjechał tutaj po to, żeby oceniać jej atrakcyjność.

On sam był ubrany w nieciekawy szary wełniany garnitur i gładki czerwony krawat, strój, którego nikt by nie zapamiętał.

Usiedli przy małym stole w pokoju przylegającym do gabinetu. Sekretarka została wysłana po kawę. Przez parę minut bawili się rozmową: „czy zna pan tego a tego", obgadując adwokatów od Filadelfii po Erie. Kiedy kawa znalazła się na stole, a drzwi się zamknęły, pani Chiz powiedziała:

– Przejdźmy do rzeczy.

– Świetnie. Proszę mówić mi John.

– Oczywiście, a ja jestem Mike. Nie wiem, czy to właściwa forma od Micheline, ale przylgnęła do mnie już wiele lat temu.

– Moim zdaniem bardzo pasuje. – Jak do tej pory pani Chiz promieniowała samym wdziękiem, ale John wiedział już, że ma do czynienia z twardym, nieustępliwym prawnikiem. – Chciałabyś pierwsza coś powiedzieć? – zapytał.

– Nie. Ty zadzwoniłeś do mnie. Ty tutaj przyjechałeś. Ty czegoś chcesz, więc mów, o co chodzi.

– W porządku. Reprezentuję swojego syna, to nie najlepszy układ na świecie, ale tak to wygląda. Jak wiesz, on pracuje w kancelarii prawniczej w Nowym Jorku. Studia skończył w Yale, college w Duquesne. Jestem pewien, że masz szczegółowe informacje o rzekomym zgwałceniu.

– Istotnie mam. Elaine pracuje tutaj w niepełnym wymiarze godzin i jesteśmy ze sobą blisko. Ona też zamierza pójść na studia prawnicze.

– Wierzę, że się jej uda. Policja z Pittsburgha szybko zamknęła dochodzenie. Szczerze mówiąc, o wszystkim dowiedziałem się dopiero niedawno.

Była wyraźnie zaskoczona. John ciągnął dalej.

– Tak, wtedy, tuż po incydencie w Duquesne, Kyle mi o niczym nie wspomniał. Zamierzał to zrobić, ale dochodzenie zamknięto. To irytujące, bo jesteśmy sobie bardzo bliscy, ale to teraz nieistotne. Rozumiem, że ty i pani Keenan widzieliście się z Joeyem Bernardo, tu, w Scranton kilka tygodni temu, i to spotkanie, według wersji Joeya, nie było udane. Wiem także, że Baxter Tate kontaktował się z twoją klientką i najwyraźniej jechał tutaj, żeby z nią pogadać, a wtedy go zamordowano.

– Zgadza się.

– Zamierzali się spotkać?

– Tak.

– Wygląda więc na to, że wydarzenie sprzed pięciu i pół roku nie odejdzie po prostu w niepamięć. Mój klient chciałby rozwiązać problem i zamknąć całą sprawę. Czarne chmury zawisły nad tymi chłopcami i jestem tutaj po to, żeby zbadać możliwości wyjścia z sytuacji. Występuję wyłącznie w imieniu syna. Inni nic nie wiedzą o tym spotkaniu. Rodzina Tate'ów, oczywiście, nie ma o niczym pojęcia i możesz sobie wyobrazić, co oni teraz przeżywają. Joey planuje wkrótce wziąć ślub i niedługo urodzi mu się dziecko. Alan Stock najprawdopodobniej już zupełnie zapomniał o tamtym wydarzeniu.

Mike jeszcze nie wzięła długopisu do ręki. Słuchała uważnie i delikatnie pukała palcami w stół. Większość palców zdobiły pierścionki, a oba przeguby – niedrogie bransolety. Wpatrywała się w Johna twardo orzechowymi oczami.

– Jestem pewna, że już obmyśliłeś jakiś plan.

– Nie wiem, czego chce twoja klientka. Może byłaby zachwycona, gdyby wszyscy żyjący współlokatorzy przyznali się do zgwałcenia, sami się obciążyli i trafili do więzienia. Może zadowoliłyby ją ciche przeprosiny. Albo na przykład rozważa pomysł ugody finansowej. Liczę na to, że pomożesz mi w tej sprawie.

Mike liznęła swoją szminkę i zabrzęczała bransoletami.

– Znam Elaine od dwóch lat. Miała burzliwą, trudną przeszłość. Jest delikatna, wrażliwa i czasami popada w bardzo ponury nastrój. Może nawet w depresję. Od roku prawie w ogóle nie pije alkoholu, ale wciąż walczy z demonami. Stała się dla mnie niemal jak córka i od pierwszego dnia uparcie twierdzi, że została zgwałcona. Ja jej wierzę. Jest przekonana, że rodzina Tate'a włączyła się w tę sprawę, naciskała na swoich przyjaciół, ci wywarli wpływ na policję i sprawę szybko zamknięto.

John kręcił głową.

– To nieprawda. Żaden z tych czterech chłopców nie powiedział rodzicom o wydarzeniu.

– Może i tak, ale nie wiemy tego na pewno. Mimo wszystko wiele problemów Elaine zaczęło się od tamtego wydarzenia. Była normalną nastolatką. Lubiła się bawić, tryskała energią, kochała college i miała wielkie plany. Wkrótce po zgwałceniu rzuciła naukę i od tej pory wszystko zawsze przychodziło jej z wielkim trudem.

– Czy widziałaś oceny, jakie dostawała w Duquesne?

– Nie.

– W pierwszym semestrze oblała egzamin z jednego przedmiotu, zrezygnowała z drugiego i miała fatalne oceny z trzech innych.

– Jak uzyskałeś dostęp do jej akt?

– Poprawiła się trochę w drugim semestrze – ciągnął John, nie zwracając uwagi na pytanie. Zdała cztery egzaminy po domniemanym zgwałceniu, po czym pojechała do domu i nigdy nie wróciła do Duquesne.

Mike uniosła brwi, zesztywniała.

– Jak uzyskałeś dostęp do jej akt? – warknęła znowu.

Ach, a jednak ta kobieta nie jest z kamienia, mimo wszystko, pomyślał John.

– Nie uzyskałem, ale na razie to nieważne. Jak często twoi klienci mówią ci całkowitą prawdę?

– Sugerujesz, że Elaine kłamie?

– Prawda jest w tym przypadku dość grząskim gruntem, Mike. Ale możemy być pewni, że tak do końca nigdy nie dowiemy się, co zdarzyło się tamtej nocy. Te dzieciaki piły i paliły trawkę przez osiem godzin, a prowadziły znacznie bogatsze i swobodniejsze życie seksualne, niż nam się wydaje. Twoja klientka znana była z tego, że sypiała z kim popadnie.

– Oni wszyscy bzykali się z kim popadnie. To nie usprawiedliwia zgwałcenia.

– Oczywiście, że nie.

Temat pieniędzy wisiał w powietrzu. Zostało jeszcze kilka problemów do wyjaśnienia, ale oboje wiedzieli, że ostatecznie przystąpią do omawiania „ugody finansowej".

– Co twój klient mówi na temat tamtego wydarzenia? – zapytała Mike, znowu chłodnym tonem. Gniew zapłonął nagle i zgasł, ale z pewnością w każdej chwili mógł wybuchnąć z nową siłą.

– Po południu byli przy basenie, potem impreza przeniosła się do środka. Bawiło się z piętnaście osób, więcej chłopców niż dziewczyn, ale Elaine nie było w tej grupie. Siedziała w sąsiednim mieszkaniu.

Około wpół do dwunastej zjawiła się policja i libacja się skończyła. Nikogo nie zatrzymano, gliniarze im odpuścili.

Mike cierpliwie przytakiwała.

– To wszystko było w policyjnym raporcie.

– Kiedy gliniarze sobie poszli – ciągnął John – pojawiła się Elaine. Ona i Baxter zaczęli obściskiwać się na kanapie, a potem nastąpił ciąg dalszy. Mój klient oglądał telewizję w tym samym pokoju; Alan Strock też. Mój klient był delikatnie mówiąc odurzony alkoholem, i w którymś momencie padł jak zabity. Jest pewien, że nie uprawiał seksu z Elaine tego wieczoru, i zupełnie nie wie, czy robił to ktoś inny. Był zbyt pijany, żeby następnego ranka cokolwiek pamiętać. Twoja klientka nikogo o nic nie oskarżała przez trzy następne dni, zdecydowała się na to dopiero czwartego dnia. Policja zbadała sprawę. Niewiele brakowało, żeby czterej zainteresowani powiedzieli o całym zajściu rodzicom, ale gliniarze wkrótce przekonali się, że sprawa jest nie do ugryzienia. W ciągu ostatnich tygodni mój klient rozmawiał z Baxterem Tate'em i Joeyem Bernardo i ci dwaj przyznali się, że mieli stosunek z twoją klientką w czasie wieczornej popijawy. Obaj stanowczo twierdzili, że Elaine też tego chciała.

– Więc dlaczego Baxter tak bardzo pragnął ją przeprosić?

– Nie umiem na to odpowiedzieć. Nie mówię w imieniu Baxtera.

– A czemu Joey ją przeprosił? Zrobił to w mojej obecności.

– Czy Joey przeprosił ją za zgwałcenie, czy za nieporozumienie?

– Przeprosił. To się liczy.

– Jego przeprosiny nie stanowią żadnego dowodu. Nie ma możliwości wykazania, że doszło do zgwałcenia. Na pewno uprawiali seks, ale niczego poza tym nie zdołasz dowieść.

Mike w końcu coś zapisała. Notes lawendowego koloru, eleganckie ruchy, dźwięczące bransolety na przegubach. Odetchnęła głęboko i przez chwilę wyglądała przez okno.

Dla drużyny McAvoya nadszedł czas na najbardziej ryzykowne zagranie. Nie mógł wyjawić wszystkich faktów – na przykład że Baxter klepał dziewczynę po twarzy – bo pełne ujawnienie informacji wcale nie służy pomyślnym negocjacjom. Jeden news może zniweczyć każdą umowę, do której się dąży.

– Czy rozmawiałaś z policjantami z Pittsburgha? – zapytał John.

– Nie, ale zapoznałam się z całą dokumentacją sprawy.

– Czy wspomniano tam coś o nagraniu?

– Tak, były o tym wzmianki w protokołach. Ale gliniarze nie potrafili go znaleźć. Nawet Elaine słyszała jakieś pogłoski o filmie z imprezy.

– To nie są pogłoski. Takie nagranie istnieje.

Przyjęła to z niewzruszoną miną. Nic w jej oczach, ruchach, całej postawie nie zdradziło zaskoczenia. Jaka wspaniała twarz pokerzysty, przyznał szybko w duchu John. Po prostu czekała.

– Ja go nie widziałem – oznajmił. – Ale mój klient oglądał je w lutym tego roku. Nie wiem, gdzie ono teraz jest i ile jeszcze osób je zna, prawdopodobnie bardzo niewiele. Niewykluczone, że pojawi się w Internecie albo w twojej skrzynce na listy.

– I czego ma dowodzić to nagranie?

– Że mój klient był pijany i palił trawkę, kiedy Elaine usiadła z Baxterem Tate'em na kanapie i zaczęli się całować i obmacywać. Kamera była tak ustawiona, że obraz tych dwojga uprawiających seks nie jest pełny, ale z całej reszty można wnioskować, że przeżywali przyjemne chwile. Baxtera zmienia Joey. Chwilami Elaine pozostaje jakby bierna, w innych momentach wyraźnie wykazuje aktywność. Mój klient sądzi, iż to dowodzi, że odzyskiwała i traciła świadomość, ale to nie jest pewne. Nic nie jest pewne, poza tym, że ani on, ani Alan Strock nie uprawiali z nią seksu.

– Gdzie jest to nagranie?

– Nie wiem.

– Twój klient wie?

– Nie.

– Kto je ma?

John wzruszył ramionami i pokręcił głową.

– Okay, kto je pokazał twojemu klientowi?

– On nie zna prawdziwego nazwiska tej osoby. Nigdy jej wcześniej nie spotkał.

– Mam cię. Zakładam, że kryje się za tym jakaś skomplikowana historia.

– Niezwykle skomplikowana.

– Pojawia się jakiś nieznajomy, pokazuje twojemu synowi nagranie, a potem znika?

– Zgadza się, z wyjątkiem części o zniknięciu. Nieznajomy wciąż utrzymuje z nim kontakt.

– Wymuszenie?

– Coś w tym rodzaju.

– I dlatego tu przyszedłeś? Twój klient boi się tego nagrania? Chcesz zawrzeć z nami pokój, żeby uniemożliwić wymuszenie czegoś na twoim kliencie?

– Jesteś bardzo bystra.

Mike nawet nie mrugnęła. Wydawało się, że próbuje czytać w myślach McAvoya.

– To musi być okropny film – odezwała się po chwili.

– Mój klient uznał, że może mieć przez to poważne kłopoty, chociaż nie występuje w części z seksem. Nagranie wyraźnie pokazuje, jak twoja klientka ochoczo zaczyna miłe igraszki na kanapie. Nie jest jasne, czy w którymś momencie całkowicie odpłynęła.

– Widać ją, jak chodzi i mówi?

– Wyraźnie. Ci chłopcy nie zaciągnęli jej tam siłą z ulicy, Mike. Bywała w ich mieszkaniu wiele razy, i pijana, i trzeźwa.

– Biedactwo – westchnęła Mike; to był jej pierwszy błąd.

– To biedactwo świetnie się bawiło. Zawsze miała torebkę pełną narkotyków, cały zbiór fałszywych dokumentów tożsamości i stale szukała nowych imprez.

Mike wstała powoli.

– Przepraszam cię na chwilę – powiedziała.

Przeszła do swojego gabinetu, John podziwiał błysk czarnej skóry przy każdym kolejnym kroku powabnej pani adwokat. Usłyszał niski głos, prawdopodobnie mówiła do telefonu, potem wróciła do pokoju z wymuszonym uśmiechem na ustach.

– Moglibyśmy dyskutować o tym godzinami i nie rozstrzygnąć niczego – stwierdziła.

– Zgadzam się. Baxter był w Nowym Jorku trzy tygodnie temu, żeby zobaczyć się z moim klientem. W trakcie długiej rozmowy o tym, co się wydarzyło w Duquesne, wyznał mojemu klientowi, że uważa, iż skrzywdził Elaine. Miał głębokie poczucie winy. Może i dopuścił się zgwałcenia.

281

– Ale teraz nie żyje.

– Właśnie. Jednak mój klient pośrednio uczestniczył w całym zdarzeniu. To było jego mieszkanie, jego przyjaciele, jego impreza i jego alkohol. Chce zakończyć tę sprawę, mieć to z głowy raz na zawsze.

– Ile?

John zdobył się na nerwowy śmiech. Tak zupełnie bez ogródek? Wprost?

Zapisał sobie coś i zapytał:

– Czy jest możliwe zawarcie ugody, tak by twoja klientka zrzekła się wszelkich cywilnych roszczeń i zgodziła się nie wnosić oskarżenia?

– Tak, zakładając, że warunki ugody będą satysfakcjonujące.

Chwila przerwy, gdy John znów zaczął coś notować.

– Mój klient nie ma dużo pieniędzy.

– Wiem, ile zarabia twój klient. Prowadzę praktykę prawniczą przez dwadzieścia lat, a on zarabia więcej niż ja.

– I niż ja, po trzydziestu pięciu latach praktyki. Ale on spłaca jeszcze kredyt studencki, a życie w Nowym Jorku nie jest tanie. Będę prawdopodobnie musiał sam trochę dołożyć, a nie jestem bogatym człowiekiem. Nie mam żadnych długów, ale nawet intensywna praktyka w centrum Yorku nie jest drogą do wzbogacenia.

Jego szczerość była rozbrajająca; Mike uśmiechnęła się i trochę rozluźniła. Nastąpiła miła krótka przerwa w negocjacjach, w czasie której opowiadali sobie historie o wyzwaniach, jakie niesie za sobą prowadzenie praktyki adwokackiej w małych miastach Ameryki. Czas zaczął naglić.

– Opowiedz mi o Elaine – poprosił John ciepłym tonem. – O jej pracy, zarobkach, sytuacji finansowej, rodzinie i tak dalej.

– No cóż, jak już wspomniałam, pracuje w niepełnym wymiarze za marne grosze. Zarabia dwadzieścia cztery tysiące dolarów rocznie jako zastępca dyrektora miejskiego kompleksu rekreacyjnego; nie jest to intratna posada. Wynajmuje skromne mieszkanie razem z przyjaciółką Beverly, jeździ nissanem, który kupiła na kredyt. Jej rodzina pochodzi z Erie; nie wiem, czy kiedyś byli zamożni, ale teraz ich sytuacja nie jest zbyt korzystna. Elaine utrzymuje się sama, ma dwadzieścia trzy lata, jakoś sobie daje radę. Wciąż marzy o ciekawszym, bogatszym życiu.

John znów coś sobie zanotował.

– Wczoraj rozmawiałem z adwokatem rodziny Tate'ów, facetem z wielkiej kancelarii adwokackiej w Pittsburghu. Baxter miał fundusz powierniczy, z którego otrzymywał sześć tysięcy miesięcznie, co nigdy mu nie wystarczało. Ta suma miała wzrosnąć po jakimś czasie, ale całym majątkiem Tate'ów zarządza teraz twardą ręką jego stryj. Fundusz powierniczy Baxtera uległ likwidacji po jego śmierci. Nie było tego wiele, więc udział ze strony rodziny chłopaka mógłby mieścić się w kategorii darowizny charytatywnej. Ci ludzie nie są znani z dobroczynności i trudno sobie wyobrazić, żeby przyszedł im do głowy pomysł wypisywania czeków dla dawnych dziewczyn Baxtera.

Mike kiwała głową na znak zgody.

– A co z Joeyem?

– Ciężko pracuje, starając się utrzymać powiększającą się rodzinę. Ciągle brakuje mu pieniędzy, i tak już pewnie zostanie do końca jego życia. Mój klient chciałby nie mieszać do tego zarówno Joeya, jak i Alana Strocka.

– To godne podziwu.

– Proponujemy dwie raty. Jedna teraz i jedna po siedmiu latach, kiedy karalność zgwałcenia ulegnie przedawnieniu. Jeśli twoja klientka zrezygnuje ze ścigania tych chłopaków, otrzyma na koniec porządną zapłatę. Dwadzieścia pięć tysięcy od ręki, a przez następnych siedem lat mój klient będzie wpłacał po dziesięć tysięcy na lokatę bankową i gdy Elaine dobiegnie trzydziestki, na jej koncie zgromadzi się sto tysięcy dolarów.

Ta sama twarz pokerzysty.

– Dwadzieścia pięć tysięcy z góry to śmieszna suma.

– On nie ma dwudziestu pięciu tysięcy. To będą moje pieniądze.

– Nie interesuje nas, skąd są pieniądze. Dla nas liczy się tylko kwota.

– No cóż, w tym momencie macie zero i jeśli nie dojdziemy do porozumienia, jest bardzo prawdopodobne, że pozostaniecie przy zerze.

– Więc czemu proponujecie cokolwiek?

– Dla własnego spokoju. Mike, słuchaj, zamknijmy tę sprawę raz na zawsze, zapewnijmy dzieciakom spokojny sen. Kyle przedtem już prawie zapomniał o całym incydencie. Do diabła, on teraz pracuje po sto godzin tygodniowo, a tu Joey wpada na Elaine, po czym pojawia się Baxter dręczony wyrzutami sumienia, bo teraz pamięta więcej, niż pamiętał wcześniej. To obłęd. Chodzi przecież o wybryk grupki pijanych nastolatków.

Rzeczywiście, trudno było się z tym spierać. Zdjęła nogę założoną na nogę; John nie mógł się oprzeć, by nie spojrzeć na wysokie obcasy, tylko przez moment, w dół i w górę, ale ona to zauważyła.

– Tu nie ma wielkiego pola manewru, Mike. Zaliczka będzie pożyczką ode mnie dla mojego klienta, a on wyraźnie obawia się podjęcia zobowiązania finansowego na siedem lat. Ma dwadzieścia pięć lat i nie może przewidzieć, co będzie za rok czy dwa lata.

– Zadzwonię do Elaine; pewnie zechce przyjść i sama omówić szczegóły.

– Nie wyjadę z miasta, dopóki nie zawrzemy umowy. Poczekam w barze.

Wrócił po godzinie. Usiedli na tych samych miejscach, wzięli do ręki długopisy i znów podjęli negocjacje.

– Przypuszczam, że nie przyjmujecie naszej oferty – zaczął John.

– I tak, i nie. Zgoda na siedmioletnie wpłaty. Ale Elaine potrzebuje większej zaliczki. Za dwa lata zdobędzie licencjat na Uniwersytecie Scranton. Marzy o studiach prawniczych, a bez pomocy finansowej nie da sobie rady.

– Jak dużej pomocy?

– Sto tysięcy, teraz.

Szok, zdumienie, niechęć. John skrzywił się, zrobił dziwną minę i wypuścił ze świstem powietrze. To była zagrywka taktyczna, wielokrotnie przez niego stosowana w przeszłości – udawanie absolutnego niedowierzania po wysłuchaniu żądań drugiej strony. Irytacja, prawie odrzucenie propozycji.

– Posłuchaj, Mike, staramy się tutaj osiągnąć porozumienie. Wy, próbujecie rozbić bank.

– Za dwa lata Elaine będzie wciąż zarabiała dwadzieścia cztery tysiące dolarów rocznie. Twój klient natomiast osiągnie dochód rzędu czterystu tysięcy, mając zagwarantowane dalsze podwyżki. To dla niego nic trudnego.

John wstał, jakby zamierzał odejść, koniec negocjacji.

– Muszę do niego zadzwonić.

– Oczywiście. Zaczekam.

John wyszedł przed budynek, przytknął telefon komórkowy do ucha, ale wcześniej nie wybrał żadnego numeru. Kwota, której od nich zażądano, miała nie tyle zaspokoić potrzeby Elaine, ile dać gwarancję, że dziewczyna będzie milczała. W tej sytuacji sto tysięcy dolarów było okazyjną ceną.

– Zapłacimy siedemdziesiąt pięć tysięcy i ani grosza więcej – oznajmił John, gdy wrócił do stołu.

Prawa ręką Mike zadźwięczała przyjemnie, wysuwając się w stronę McAvoya.

– Umowa stoi – powiedziała pani adwokat.

Uścisnęli sobie dłonie, a potem jeszcze przez dwie godziny targowali się co do sformułowań w dokumencie. Gdy skończyli, zaprosił ją na lunch, a ona chętnie się zgodziła.

37

NAJNOWSZA STACJA ROBOCZA NIGELA została pospiesznie zmontowana na ładnym mahoniowym biurku stojącym pośrodku salonu w przestronnym apartamencie w hotelu Waldorf-Astoria przy Park Avenue. Komputer o wymiarach czterdzieści na pięćdziesiąt jeden centymetrów był dokładną repliką dziesięciu modeli z pokoju na siedemnastym piętrze. Monitor też wyglądał identycznie jak tamte. Obok stała złowieszcza granatowa skrzynka wielkości sporego laptopa.

Bennie i Kyle przyglądali się bez słowa, gdy Nigel szczegółowo opisywał różne kable i przewody, spaghetti, jak je nazywał. Był tam przewód zasilający, przewód audio i kable do podłączenia drukarki.

– Czy te małe cacka wydają jakiś dźwięk, Kyle?

– Nie, żadnego.

Nigel starannie zwinął odpowiedni przewód i odłożył go na bok. Schylił się nisko za komputerem i wskazał magiczne miejsce.

– Proszę bardzo, Kyle, ziemia obiecana, port USB. Prawie go nie widać, ale wiem, że tam jest, bo mam kontakt z Fargo. Musi być, zaufaj mi, stary.

Kyle odchrząknął, ale nic nie powiedział.

– Plan jest taki – ciągnął Nigel podnieconym głosem, całkowicie pochłonięty swoją robotą. Z hakerskiego zestawu najnowocześniejszych gadżetów wyjął dwa małe identyczne przedmioty, szerokości dziewiętnaście i długości trzydzieści osiem milimetrów. – To supernowoczesny nadajnik z wejściem USB, jeszcze niedostępny na rynku, o nie, proszę pana – oznajmił, po czym szybko wetknął końcówkę do portu znajdującego się pod wejściem przewodu zasilającego komputer. Po wsunięciu urządzenie wystawało niewiele ponad centymetr. – Wtykasz ją właśnie tak i voilà, gotowe, możemy zaczynać. Jest w zasadzie niewidoczna. – Pomachał drugą wkładką i wyjaśnił: – A ten mały cwaniak to odbiornik USB; wchodzi do tej niebieskiej skrzynki. Nadążasz, Kyle?

– Jasne.

– Niebieskie pudełko siedzi w twojej aktówce. Kładziesz aktówkę na podłodze, dokładnie pod komputerem, szybko włączasz odbiornik i dokumenty błyskawicznie zostają przesłane z serwera.

– Jak błyskawicznie?

– Sześćdziesiąt mega na sekundę, około tysiąca dokumentów, przyjmując, że umieścisz odbiornik w odległości trzech metrów od nadajnika, co powinno być łatwe. Im bliżej, tym lepiej. Wszystko jasne?

– Nie, do cholery – warknął Kyle, siadając na krześle przed monitorem. – Mam wleźć za komputer, wetknąć nadajnik, uruchomić odbiornik i ściągać dane, kiedy w pokoju są inni ludzie, a kamery wszystko nagrywają. Niby jak to zrobię?

– Upuść długopis – podsunął Bennie. – Rozlej trochę kawy. Strąć jakieś papiery. Idź tam, gdy pokój będzie pusty, i trzymaj się plecami do kamery.

Kyle kręcił głową.

– To zbyt ryzykowne. Ci ludzie nie są idiotami. W sąsiednim pokoju dyżuruje Gant, ochroniarz-technik.

– I myślisz, że pracuje szesnaście godzin na dobę?

– Nie mam pojęcia, kiedy pracuje. W tym cały problem. Nigdy nie wiadomo, kto tam czuwa i obserwuje wszystko.

– My znamy ochroniarzy, Kyle. Ci faceci, którym się płaci za gapienie się w ekrany, zazwyczaj siedzą na pół uśpieni. To straszliwie nudna robota.

– To nie restauracja, Bennie. Ja mam tam pracować. Dla was kradzież jest najważniejszą sprawą, ale firma oczekuje ode mnie, że będę ślęczał nad dokumentami i wykonam określoną pracę, na którą czeka jeden ze wspólników.

– To potrwa raptem dwie godziny, Kyle, zakładając, że szybko znajdziesz odpowiednie dokumenty – powiedział Nigel.

Bennie uściślił, o jakie dokumenty chodzi.

– Priorytetem numer jeden są silniki przelotowe, które stworzyli wspólnie Trylon i Bartin. To technologia na tak wysokim poziomie, że Pentagon ciągle jest w ekstazie. Priorytet numer dwa: mieszanka paliwowa. Poszukaj hasła „paliwo wodorowe kriogeniczne", a potem pod „scramjet" wpisz: „hybrydowe silniki rakietowo-odrzutowe". Powinna tam być cała tona informacji. Priorytet numer trzy nazywa się „waveriders". Poszukaj pod tym hasłem. To modele o doskonałej aerodynamice. Tu masz notatkę. – Bennie podał Kyle'owi dwustronicowy skrót informacji.

– Czy któryś z tych terminów brzmi dla ciebie znajomo? – wtrącił się Nigel.

– Nie.

– Muszą tam być – upierał się Bennie. – To jest jądro projektu, sedno procesu, i ty potrafisz to znaleźć, Kyle.

– Och, dziękuję.

Nigel wyjął nadajnik i wręczył Kyle'owi, żeby ten przećwiczył manewr.

– Zobaczmy, jak to robisz.

Kyle wstał powoli, pochylił się nad komputerem, odsunął kilka przewodów i z pewnym trudem zdołał w końcu wsunąć nadajnik do portu USB.

– To się nie uda.

– Oczywiście, że się uda – rzucił drwiąco Bennie. – Wykorzystaj swoje szare komórki.

– Są martwe.

Nigel podskoczył do niebieskiej skrzynki.

– Program jest w pewnym sensie moim dziełem. Gdy włożysz nadajnik, sięgniesz w dół i naciśniesz ten mały przycisk, skrypt automatycznie zlokalizuje komputer i zacznie się ładowanie danych. To dzieje się bardzo szybko, Kyle, i jeśli zechcesz, możesz sobie zrobić przerwę, wyjść z pokoju, iść do toalety, zachowywać się tak, jakby nigdy nic, a przez ten cały czas moje urządzonko będzie wsysało dokumenty.

– Cholernie sprytne – burknął Kyle.

Bennie pokazał mu czarną teczkę firmy Bally, identyczną z tą Kyle'a: z usztywnianym dnem, krótką skórzaną klapą zamykaną na zatrzask i trzema przegródkami – środkowa na laptop była wyścielana. Miała nawet podobne zadrapania i wizytówkę firmową Kyle'a mocno przyczepioną na skórzanej zawieszce.

– Weźmiesz tę – oznajmił, gdy Nigel ostrożnie podniósł niebieską skrzynkę i umieścił ją w środkowej przegródce aktówki.

– Kiedy ją otworzysz, odbiornik będzie już na swoim miejscu – poinstruował Nigel. – Jeśli z jakiegoś powodu będziesz musiał przerwać wykonywanie zadania, tylko opuść klapkę, naciśnij ten przycisk, a zatrzask zamknie się automatycznie.

– Przerwać?

– Na wszelki wypadek, Kyle.

– Żebyśmy się dobrze zrozumieli. Coś pójdzie nie tak, ktoś mnie zauważy, a może gdy tylko zacznę się użerać z bazą danych, włączy się w superkomputerze alarm, o którym nic nie wiem, i wtedy zgodnie z waszym planem mam zamknąć aktówkę, wyciągnąć ledwo widoczny nadajnik… i co dalej? Uciec pędem jak przyłapany złodziej sklepowy? Dokąd, Nigel? Kto mi pomoże, Bennie? Nikt.

– Spokojnie, Kyle – powiedział Bennie z fałszywym uśmiechem. – To dla ciebie pestka. Poradzisz sobie śpiewająco.

– Nie będzie żadnych alarmów, Kyle – dodał Nigel. – Mój program jest na to za dobry. Zaufaj mi, stary.

– Czy mógłbyś wreszcie przestać to powtarzać?

Kyle podszedł do okna i popatrzył na szczyty budynków na Manhattanie. Był wtorkowy wieczór, brakowało kilku minut do wpół do dziesiątej. Nie miał nic w ustach od piętnastominutowego lunchu, który zjedli z Taborem w stołówce przed południem. Głód jednak stanowił najmniejsze zmartwienie na długiej, żałosnej liście.

– Jesteś gotowy, Kyle? – zawołał Bennie przez cały pokój, co zabrzmiało bardziej jak wyzwanie niż pytanie.

– Jasne, jak zawsze – odparł Kyle, nie odwracając się.

– Kiedy?

– Zrobię to jak najszybciej. Chcę mieć ten koszmar już za sobą. Jutro wpadnę do tajnego pokoju parę razy, sprawdzę, jaki jest ruch. Według mnie najlepiej przeprowadzić tę cholerną akcję jutro około ósmej, pod koniec dnia.

– Jakieś pytania co do sprzętu? – zapytał Nigel.

Kyle podszedł sztywno do komputera i przez chwilę patrzył na niego otępiałym wzrokiem. W końcu wzruszył ramionami.

– Nie, przecież to dziecinnie proste – zadrwił.

– Super. Ostatnia sprawa, Kyle. Niebieska skrzynka nadaje sygnał radiowy, więc będziemy dokładnie wiedzieć, kiedy odbierasz dane z serwera.

– Czy to konieczne?

– Monitoring. Będziemy blisko, stary.

Jeszcze jedno wzruszenie ramion.

– Jak chcecie.

Skrzynka była wciąż w środkowej przegródce, Nigel manipulował przy urządzeniu ostrożnie jak przy bombie. Potem Kyle włożył do środka swoje materiały, a kiedy chwycił za rączkę i podniósł aktówkę, był zaskoczony jej wagą.

– Odrobinę cięższa, Kyle? – zapytał Nigel, który bacznie obserwował każdy jego ruch.

– Tak, trochę.

– Nie martw się. Wzmocniliśmy dno. Nic nie wypadnie, gdy będziesz szedł po Broad Street.

– Tamta bardziej mi się podoba. Kiedy ją odzyskam?

– Niedługo, Kyle, niedługo.

Kyle włożył płaszcz i ruszył w stronę drzwi. Bennie poszedł za nim.

– Powodzenia. O to właśnie w tym wszystkim chodziło. Wierzymy w ciebie.

– Idź do diabła – rzucił Kyle i wyszedł z pokoju.

38

Aktówka stała się jakby jeszcze cięższa w czasie krótkiej bezsennej nocy Kyle'a i kiedy wtaszczył ją wczesnym rankiem w środę na tylne siedzenie taksówki, niemal pragnął, żeby dno rzeczywiście wypadło, niebieska skrzynka rozbiła się na tysiąc kawałków i cenny sprzęt Nigela popłynął rynsztokiem. Nie bardzo wiedział, co nastąpiłoby potem, ale każdy scenariusz wydawał się o wiele lepszy niż to, co zostało zaplanowane.

Dwadzieścia minut po tym, gdy pojechał windą na trzydzieste trzecie piętro, Roy Benedict wsiadł do tej samej windy z dwoma młodymi mężczyznami, niewątpliwie współpracownikami firmy Scully & Pershing. Było to dość oczywiste. Obaj nie przekroczyli jeszcze trzydziestki. Znajdowali się w kancelarii o szóstej trzydzieści pięć rano. Wyglądali na zmęczonych i nieszczęśliwych, ale mieli na sobie drogie garnitury i trzymali w dłoniach eleganckie czarne aktówki. Roy przygotował się na to, że zobaczy jakąś znajomą twarz. Znał kilku wspólników ze Scully & Pershing, ale skoro przychodziło tu do pracy tysiąc pięciuset adwokatów, uznał, że szanse na takie spotkanie są niewielkie. I miał rację. Dwaj zombi jadący z nim windą byli tylko anonimowymi nieszczęśnikami, którzy mieli stąd odejść w ciągu roku lub coś koło tego.

Aktówka Roya była także czarna, firmy Bally, identyczna z tą, którą Kyle kupił dawno temu, w sierpniu, trzecią potrzebną w tej misji. Benedict wysiadł z windy sam na trzydziestym trzecim piętrze, przeszedł obok pustej recepcji, potem korytarzem na prawo, minął cztery, pięć, sześć par drzwi i dotarł do swojego klienta. Kyle siedział przy biurku, popijał kawę, czekał. Wymiana trwała krótko. Roy chwycił drugą aktówkę i ruszył do wyjścia.

– Gdzie są federalni? – zapytał Kyle bardzo cicho, choć po korytarzu nikt się nie kręcił, a sekretarki dopiero wstawały z łóżek.

– Za rogiem, w furgonetce. Sprawdzają szybko teren, żeby się upewnić, czy nie ma gdzieś ukrytych kamer. Jeśli jakieś znajdą, przyniosę to natychmiast z powrotem i wymyślimy jakąś historię. Jeśli nie, zabiorą tę aktówkę do laboratorium w Queens. Ciężka – zauważył.

– W środku jest niebieska skrzynka. Specjalnie zaprojektowana przez pewnego geniusza zbrodni.

– Na kiedy ją potrzebujesz?

– Powiedzmy dziś o siódmej wieczorem. Będą mieli dwanaście godzin. Powinno wystarczyć, prawda?

– Tak mówią. Według Bullingtona mała armia komputerowych maniaków aż się trzęsie, żeby to rozpakować.

– Nie mogą tego spieprzyć.

– Nie spieprzą. Dobrze się czujesz?

– Wspaniale. Zdobyli nakazy aresztowania?

– O tak. Podsłuch telefoniczny, wymuszenie, spiskowanie, mnóstwo dobrych rzeczy. Czekają tylko na ciebie.

– Wizja Benniego za kratkami dodaje mi skrzydeł.

– Powodzenia.

Roy wyszedł i zostawił aktówkę Bally z takimi samymi zadrapaniami i przywieszką z nazwiskiem. Kyle szybko zapełnił ją dokumentami, notesami i długopisami, po czym poszedł zdobyć więcej kawy.

PO DWUNASTU GODZINACH ROY WRÓCIŁ Z DRUGĄ AKTÓWKĄ. Usiadł, gdy Kyle zamknął drzwi.

– No i? – zapytał Kyle.

– To jest to. Specjalnie zaprojektowany komputer, zbudowany jak te używane przez wojsko. Przeznaczony wyłącznie do ściągania plików. Dwa twarde dyski, każdy po siedemset pięćdziesiąt giga. W zasadzie to wystarczy, żeby pomieścić wszystko, co jest w komuterach w tym budynku i trzech sąsiednich. Wysokiej klasy program, jakiego spece z FBI nigdy dotąd nie widzieli. Ci faceci są naprawdę dobrzy, Kyle.

– Wiem coś na ten temat.

– I rzeczywiście jest tam sygnał radiowy, więc mogą cię kontrolować.

– Jasna cholera. Czyli muszę coś ściągnąć…

– Obawiam się, że tak. Sygnał radiowy nie wskaże, co pobierasz ani ile tego jest. Da im tylko znać, że zacząłeś przenosić informacje z bazy danych.

– Psiakrew!

– Poradzisz sobie, Kyle.

– Co do tego najwyraźniej wszyscy są zgodni.

– Gdzie się spotkasz z tymi facetami?

– Nie wiem. Zawiadomią mnie w ostatniej chwili. Zakładając, że pobiorę jakieś pliki i nie wywołam alarmu, zadzwonię do Benniego z radosną nowiną i wtedy mi poda miejsce spotkania. Za godzinę idę do tajnego pokoju i zamierzam wyjść stamtąd o dziewiątej, niezależnie od tego, czy zdołam coś pobrać, czy nie. Tak więc piętnaście po dziewiątej, jeśli dopisze mi szczęście, powinienem być na ulicy.

– Czekam w swoim biurze. Jeśli będziesz miał możliwość, zadzwoń, proszę. Ekscytująca sprawa.

– Ekscytująca? Raczej przerażająca.

– Jesteś twardym facetem. – Znów zamienił aktówki i zniknął.

Przez sześćdziesiąt minut Kyle spoglądał na zegar, nie zrobił nic, poza wystawieniem Trylonowi rachunku za godzinę. W końcu nadszedł czas. Rozluźnił krawat, podwinął rękawy, starając się wyglądać jak najzwyczajniej, i pojechał windą na siedemnaste piętro.

W pokoju była Sherry Abney i musiał się z nią przywitać. Sądząc po wyglądzie jej stołu, ślęczała tu już od wielu godzin i zbieranie informacji nie szło zbyt dobrze. Kyle wybrał stanowisko jak najdalej od Sherry. Siedziała do niego plecami.

Chociaż narzekał i biadolił, nie pomyślał o tym, że tak naprawdę to mało prawdopodobne, iż zostanie zauważony przez jakiegoś innego członka zespołu Trylona. Wszystkich dziesięć krzeseł było zwróconych tyłem do środka pokoju, tak więc poszukując danych, nikt nie widział niczego poza monitorem, komputerem i ścianą. Niebezpieczeństwo czaiło się w górze, w obiektywach monitorujących kamer. Mimo to wolał mieć pokój wyłącznie dla siebie.

Po piętnastu minutach zdecydował się odwiedzić męską toaletę.

– Przynieść ci kawy? – zapytał po drodze Sherry.

– Nie, dzięki. Zaraz się zbieram.

Doskonale. Wyszła o dwudziestej trzydzieści – dobry moment, żeby przerwać pracę i podliczyć godziny, za które obciąży się klienta. Kyle położył na komputerze notes i parę długopisów, łatwo mogły się ześliznąć, a wtedy należało je pozbierać. Obok monitora rozrzucił kilka teczek z dokumentami, ogólnie rzecz biorąc, narobił nie-złego bałaganu. O dwudziestej czterdzieści zapukał w zamknięte na klucz metalowe drzwi do małego pomieszczenia z drukarką; nie usłyszał żadnej odpowiedzi. Zapukał do drugich metalowych drzwi – nie wiedział, dokąd prowadzą, ale podejrzewał, że do pokoju, gdzie przesiaduje Gant i czuwa nad wszystkim. Widywał Ganta od czasu do czasu i przypuszczał, że facet pełni straż gdzieś blisko. Nie było żadnego odzewu. O dwudziestej czterdzieści pięć postanowił szybko ruszyć do dzieła, zanim pojawi się jakiś inny współpracownik, by wykorzystać ostatnią godzinę. Podszedł do swojego stołu i potrącił notes leżący na komputerze, długopisy rozsypały się po podłodze. Z irytacją machnął ręką i krzyknął w miarę głośno: „Cholera jasna!" Potem się schylił, jakby chciał pozbierać rozrzucone rzeczy. Namacał jeden długopis tuż pod ścianą, pozostałych nie mógł znaleźć, ale szukał dalej. Na podłodze, za monitorem, pod krzesłem, potem znowu za komputerem, gdzie zręcznie wsunął maleńki nadajnik do portu USB właśnie w momencie, gdy znalazł jeszcze jeden długopis. Pod-niósł go wysoko, żeby kamera mogła to zobaczyć. Teraz uspokojony, opanowany, już nie przeklinając, usiadł na krześle i zaczął stukać w klawiaturę. Popchnął aktówkę głębiej pod stół, dokładnie pod komputer, potem pstryknął włącznik.

Żadnych sygnałów alarmowych. Żadnych krzyczących z ekranu ostrzeżeń o wirusach. Do pokoju nie wpadł Gant i uzbrojeni strażnicy. Nic. Haker Kyle kradł pliki z oszałamiającą prędkością. W ciągu dziewięciu minut przeniósł wszystkie dokumenty Kategorii A – listy, notatki służbowe, sto różnych rodzajów nieszkodliwych informacji, które już przedstawiono APE i Bartinowi. Kiedy skończył, powtórzył procedurę i ściągnął całą zawartość Kategorii A jeszcze raz. Jeszcze raz i jeszcze raz.

Po godzinie od chwili gdy wszedł do pokoju, znowu odegrał ma-skaradę z szukaniem zgubionych długopisów i wyciągnął nadajnik z komputera. Potem uprzątnął cały bałagan i opuścił pokój. Szybko poszedł do swojego biura, zabrał marynarkę i płaszcz. Po drodze do windy nie spotkał nikogo. Kiedy jechał w dół, nie zatrzymując się ani razu, coś sobie uświadomił – to był właśnie moment, którego zawsze się obawiał. Wychodził z biura jako złodziej z wystarczającą liczbą skradzionych dokumentów w aktówce, by został uznany za winnego wielu przestępstw i pozbawiony uprawnień adwokackich do końca życia.

Gdy już się znalazł w mroku zimnego i mokrego grudniowego wieczoru, natychmiast zadzwonił do Benniego.

– Misja wykonana – oznajmił.

– Wspaniale, Kyle. Hotel Oksford, róg Lex i Trzydziestej Piątej. Pokój numer 551, za piętnaście minut.

– Jadę.

Podszedł do czarnego sedana, zarejestrowanego jako własność dobrze znanej firmy z Brooklynu wypożyczającej samochody, i wskoczył na tylne siedzenie.

– Dokąd? – zapytał kierowca, mały Azjata.

– A jak się pan nazywa?

– Al. Al Capone.

– Gdzie się urodziłeś, Al?

– W Tutwiler, w Teksasie.

– W porządku, Al. Hotel Oksford, pokój numer 551.

Agent Al natychmiast zadzwonił do kogoś i powtórzył tę informację. Słuchał przez kilka minut, prowadząc samochód bardzo powoli, potem powiedział:

– Plan jest taki, panie McAvoy. Nasza ekipa powinna być w hotelu w ciągu dziesięciu minut. My pojedziemy wolno i ostrożnie. Kiedy szef dotrze na miejsce, zadzwoni do mnie i poda dalsze instrukcje. Chce pan kamizelkę?

– Co?

– Kamizelkę kuloodporną. Mam w bagażniku.

Kyle był zbyt pochłonięty dokonaną kradzieżą, by myśleć o akcji związanej z aresztowaniem Benniego i przy odrobinie szczęścia także Nigela. Wiedział, że wystawi FBI swojego agenta prowadzącego, ale nie zastanawiał się zbytnio nad szczegółowymi konsekwencjami tej zdrady. Po co mu właściwie kamizelka kuloodporna?

Żeby go nie zabili, oczywiście. W jego przegrzanym mózgu rozbłysła nagle myśl o Baxterze.

– Nie, dzięki – powiedział, dopiero teraz uświadamiając sobie, że w ogóle nie był przygotowany do podejmowania takich decyzji.

– Jak pan sobie życzy.

Al kluczył objazdami, żeby tylko przedłużyć jazdę. Odezwała się jego komórka; znów słuchał przez chwilę.

– Dobra, panie McAvoy. Zatrzymam się przed hotelem i pan wejdzie do holu sam. Niech pan idzie do wind na prawo i wjedzie na trzecie piętro. Wysiądzie pan, skręci w lewo i pójdzie do drzwi, które prowadzą na schody. Na klatce spotka pan Bullingtona i kilku innych agentów. Będą stamtąd kierować całą akcją.

– Widzę, że szykuje się niezła zabawa.

Pięć minut później Kyle wszedł do hotelu Oksford i postąpił zgodnie z instrukcjami. Na klatce schodowej, między czwartym a piątym piętrem spotkał Joe Bullingtona i dwóch innych agentów – wszyscy ubrani dokładnie tak jak tamci, którzy go zatrzymali dziesięć miesięcy wcześniej po meczu koszykówki w New Haven. Tyle że ci byli prawdziwi i wcale nie chciał sprawdzać ich dokumentów. Napięcie rosło i zmęczone serce Kyle'a waliło jak szalone.

– Jestem agent Booth, a to agent Hardy – oznajmił jeden z mężczyzn o imponującej sylwetce.

– Idź do pokoju 551 – polecił Booth. – W momencie gdy zaczną się otwierać drzwi, kopnij w nie z całej siły, potem odskocz, usuń się z drogi. Będziemy tuż za tobą. Nie przewidujemy strzelaniny. Zakładamy, że są uzbrojeni, ale nie spodziewają się kłopotów. Gdy tylko wpadniemy do środka, znikniesz ze sceny.

– Co? Żadnej strzelaniny? – Kyle próbował zażartować, ale nagle kolana się pod nim ugięły.

– Zrozumiałeś?– warknął na niego Booth.

– Tak. Idziemy.

Kyle wszedł na korytarz i pewnym krokiem ruszył w stronę pokoju numer 551. Nacisnął dzwonek, wziął głęboki wdech, zerknął dookoła. Booth i Hardy byli z pięć metrów za nim, gotowi do skoku, z lśniącymi czarnymi pistoletami w dłoni. Z drugiego końca korytarza zbliżali się dwaj inni agenci, też z wyjętą bronią.

Może powinienem zdecydować się na kamizelkę, pomyślał Kyle.

Zapukał. Nic. Żadnego głosu ze środka, żadnego dźwięku.

Płuca Kyle'a przestały pracować, żołądek zacisnął się boleśnie. Aktówka ważyła tonę, jakby zrobiła się cięższa od skradzionych plików.

Marszcząc brwi, spojrzał na Bootha; agent też wyglądał na zaskoczonego. Kyle znów zapukał do drzwi.

– Hej, Bennie – krzyknął. – To ja, Kyle.

Załomotał po raz czwarty, potem piąty.

– To pojedynczy pokój – szepnął Booth. – Skinął ręką, by utworzyć szyk bojowy. – Odejdź – zwrócił się do Kyle'a. – Idź tam i czekaj.

– Hardy błyskawicznie wyciągnął elektroniczny klucz do pokoi i wsunął do zamka. Rozbłysło zielone światło i czterej agenci FBI wdarli się do środka. Szukali wszędzie, wysoko i nisko, z lewej i prawej, wrzeszcząc, celując z pistoletów we wszystkie strony. Nadbiegł Joe Bullington z innymi agentami.

Pokój był pusty, a jeśli ktokolwiek zajmował się ostatnio, nic po sobie nie zostawił. Bullington wyskoczył na korytarz i wydał przez radio rozkaz: „Zamknąć budynek". Obrzucił Kyle'a totalnie zdumionym spojrzeniem. Chłopak przygasł. Agenci gorączkowo biegali dookoła zdezorientowani i wściekli. Kilku pobiegło na schody, reszta ruszyła do wind.

Jakaś starsza pani z 562 wyszła na korytarz i krzyknęła: „Cisza!", ale szybko spuściła z tonu, gdy dwóch nachmurzonych agentów z pistoletami w ręku obróciło się w jej stronę. Natychmiast zniknęła w pokoju, bezpieczna, ale tej nocy na pewno nie zaśnie.

– Kyle! – Bullington przywołał go do pokoju 551. – Nie ruszaj się stąd przez parę minut – powiedział. – Ci dwaj zostaną z tobą.

Kyle usiadł na brzegu łóżka i postawił aktówkę między stopami; jego dwaj strażnicy zamknęli drzwi i odłożyli pistolety. Mijały minuty; Kyle rozważał ze sto scenariuszy naraz – a jeden wydawał mu się gorszy od drugiego. Zadzwonił do Roya. Adwokat czekał w swoim biurze na wiadomości.

– Uciekli – wymamrotał Kyle powoli, słabym głosem.

– Jak to „uciekli"?

– Jesteśmy w pokoju hotelowym i nikogo tu nie ma.

– Gdzie jesteś?

– W pokoju numer 551, w Oksfordzie, chyba pod strażą. FBI przeszukuje hotel, ale na pewno nikogo nie znajdą.

– Będę tam za piętnaście minut.

W CZASIE GDY PRZESZUKIWANO HOTEL, trzej agenci FBI po cichu weszli do mieszkania Kyle'a w Chelsea. Posłużyli się jego kluczami.

Po czterech godzinach dokładnego sprawdzania znaleźli trzy ukryte kamery i mnóstwo urządzeń podsłuchowych w różnych miejscach; jedno w telefonie stacjonarnym. Wiele dowodów na poparcie aktu oskarżenia. Duży sukces dla federalnych, ale przecież musieli jeszcze ująć jakichś podejrzanych.

39

ROY PRZYJECHAŁ O DWUDZIESTEJ TRZECIEJ. Joe Bullington spotkał go przy głównych drzwiach i poprowadził przez hol. Hotel wciąż jeszcze był zamknięty, przeszukiwano pokój za pokojem ku wyraźnemu niezadowoleniu wszystkich gości. W recepcji panował wielki chaos.

– Co z Kyle'em? – brzmiało pierwsze pytanie Roya.

– Jest mocno zdenerwowany – powiedział Bullington. – Chodźmy schodami, windy są zatrzymane. Do diabła, my wszyscy mamy powody do zdenerwowania.

Drugie pytanie było jak najbardziej oczywiste.

– Co się stało?

– Nie wiem, Roy, nic z tego nie rozumiem.

Kyle siedział na brzegu łóżka w płaszczu, wciąż trzymając aktówkę między stopami, i patrzył pustym wzrokiem na podłogę, ignorując dwóch agentów, którzy go ochraniali. Roy położył mu dłoń na ramieniu i przyklęknął, żeby ich twarze były na tym samym poziomie.

– Kyle, dobrze się czujesz? – spytał.

– Oczywiście. – Widok człowieka, któremu ufał, podziałał na niego uspokajająco.

Bullington właśnie skończył rozmawiać przez telefon.

– Słuchaj – zwrócił się do Kyle'a. – Na pierwszym piętrze jest wolny apartament, znacznie większy i bezpieczniejszy od tego pokoju. Przejdźmy tam.

Gdy wychodzili jeden za drugim, Kyle wymamrotał do swojego adwokata:

– Słyszałeś, Roy? Bezpieczniejszy. Pilnują mnie teraz.

– I dobrze robią, Kyle.

Apartament składał się z trzech pokoi, z których jeden nadawał się na biuro: duży stół, faks, bezprzewodowy Internet, kilka wygodnych krzeseł i mała część konferencyjna w drugim końcu.

– Będzie w sam raz – stwierdził Bullington, zdejmując trencz, potem marynarkę, jakby mieli tu zostać na dłużej.

Kyle i Roy poszli za jego przykładem. Rozsiedli się wygodnie. Dwaj młodsi agenci stanęli przy drzwiach.

– Na razie wiemy tyle – zaczął Bullington pewnym siebie tonem dowódcy akcji. – Pokój został zarezerwowany tego popołudnia przez pana Randalla Kerra, który posłużył się fałszywym nazwiskiem i fałszywą kartą kredytową. Mniej więcej kwadrans przed dziewiątą pojawił się z jednym małym bagażem i czarną aktówką. Kiedy się meldował, powiedział recepcjoniście, że właśnie przybył z Meksyku. Obejrzeliśmy nagranie. To był Bennie. Nawet nie zadał sobie trudu, żeby zmienić wygląd. Według elektronicznego detektora alarmu włożył kartę w czytnik przy pokoju numer 551 o godzinie ósmej pięćdziesiąt osiem. Ponownie otworzył drzwi osiemnaście minut później i ewidentnie opuścił pomieszczenie, bo już więcej nie przekraczał tego progu. Nikt nie pamięta, by widział, jak Bennie wychodzi z hotelu. Jest kilka kamer w korytarzach i w holu, ale jak dotąd nic szczególnego nie zauważyliśmy.

– Oczywiście, zniknął – powiedział Kyle. – Teraz już go nie znajdziecie.

– A jednak spróbujemy.

– Jakie pliki ściągałeś, Kyle? – zapytał Roy.

– Dokumenty Kategorii A. Pięć albo sześć razy to samo. Nie tknąłem niczego innego.

– I jak poszło?

– Bez najmniejszych problemów.

– O której zacząłeś ściągać pliki? – wtrącił się Bullington.

– Około ósmej czterdzieści pięć.

– A o której zadzwoniłeś do Benniego?

– Tuż przed dziesiątą.

Bullington zastanawiał się przez sekundę.

– Więc Bennie czekał na sygnał radiowy, że zacząłeś, i kiedy już wiedział, że ściągasz, zameldował się w hotelu – wywnioskował. – Osiemnaście minut później uciekł. To nie ma sensu.

– Ma sens, jeżeli się zna Benniego – odparł Kyle.

– Nie rozumiem. – Bullington pokręcił głową.

– Ktoś musiał poinformować Benniego o naszym planie, to oczywiste. Nie zrobiłem tego ja ani mój adwokat, więc pozostaje tylko pan, panie Bullington, FBI, pan Wingate i jego grupa w Departamencie Sprawiedliwości. Nie mamy pojęcia, kto to był, i prawdopodobnie nigdy się tego nie dowiemy. W każdym razie Bennie dostał cynk i postanowił się trochę zabawić naszym kosztem. Wiedział, że mogę doprowadzić was tutaj i że szykujemy pułapkę. Prawdopodobnie stał gdzieś w pobliżu, obserwował, jak stu agentów miota się po hotelu, i miał niezły ubaw.

Bullingtonowi poczerwieniały policzki. Przypomniał sobie nagle, że pilnie musi gdzieś zadzwonić, i opuścił pokój.

– Spokojnie, Kyle – wyszeptał Roy.

Kyle splótł palce za głową i się pochylił. Przymknął oczy i próbował zapanować nad myślami, ale to było niewykonalne. Roy przez chwilę przyglądał mu się w milczeniu, potem podszedł do barku i wyjął dwie butelki wody.

– Powinniśmy porozmawiać – oznajmił, wręczając jedną butelkę Kyle'owi. – Musimy szybko podjąć kilka decyzji.

– Okay. Co zrobimy z tym cholerstwem? – Kyle poklepał aktówkę. – Scully tego nie potrzebuje, bo to nie są poufne dokumenty. Ja ukradłem tylko kopie. Niczego jeszcze nie stracili, a ich dokumenty okażą się nienaruszone.

– Jestem pewien, że FBI będzie tego potrzebowało jako dowodu.

– Dowodu przeciwko komu?

– Benniemu.

– Benniemu? Bennie zniknął. Posłuchaj mnie, Roy. Nigdy go nie znajdą, bo jest sto razy sprytniejszy niż oni. Bennie nie zostanie aresztowany, Bennie nie stanie przed sądem, Bennie jest już pewnie w samolocie, prawdopodobnie prywatnym, patrzy na swoich piętnaście paszportów i zastanawia się, którego teraz użyje.

– Nie bądź taki pewny.

– A to dlaczego? Pechytrzył nas dziś wieczorem, prawda? Ma wysoko postawionych kumpli, może nie tu, w Nowym Jorku, może w Waszyngtonie. Zbyt wielu ludzi jest w to zaangażowanych, FBI, Departament Sprawiedliwości i cała gromada facetów niepotrafiących trzymać języka za zębami. Plany tu, autoryzacja tam, spotkania na wysokich szczeblach, włączanie w akcję coraz większej liczby osób z wywiadu. To był błąd.

– Nie miałeś wyboru.

– Miałem ograniczony wybór. Wygląda na to, że wybrałem źle.

– Co z kancelarią?

– Jestem pewien, że karierę w Scully & Pershing też już sobie schrzaniłem. Doradź mi, Roy, co dalej robić. Przecież ci za to płacę, chociaż ze zniżką.

Obaj zdobyli się na zdawkowe uśmiechy.

Roy wypił wodę, otarł wargi rękawem koszuli i pochylił się jeszcze bardziej w stronę Kyle'a. Dwaj strażnicy wciąż byli w salonie na tyle blisko, by ich usłyszeć.

– Możesz o niczym nie mówić. Zwyczajnie zamelduj się jutro na stanowisku i zachowuj tak, jakby nigdy nic. Pliki są bezpieczne. Posłuchaj, Kyle, nigdy nie zamierzałeś przekazać czegokolwiek Benniemu. Musiałeś ściągnąć pewne dane, żeby ułatwić jego aresztowanie. Do aresztowania nie doszło. Firma nie ma pojęcia o kradzieży dokumentów. Zakładając, że nie będzie żadnej sprawy sądowej, kancelaria nigdy się nie dowie, co zrobiłeś.

– Ale miałem w planie zapuszkować Benniego, przyznać się przełożonym i błagać o łaskę. Jak przestępca, który napadł na bank, a potem zwraca pieniądze, mówiąc: „Przykro mi, przepraszam. Czy nie możemy po prostu o tym zapomnieć?" Tu, oczywiście, sytuacja jest trochę bardziej skomplikowana.

– Chcesz zostać w tej kancelarii, Kyle?

– Moje odejście ze Scully & Pershing było z góry przesądzone w dniu, kiedy wszedłem do twojego biura.

– Można by znaleźć sposób, żeby zachować tę posadę.

– Przyjąłem ją, bo Bennie przystawił mi pistolet do głowy. Teraz ten pistolet został zastąpiony innym, ale przynajmniej zniknęła groźba szantażu. Owszem, istnieje pewne prawdopodobieństwo, że nagranie postawi mnie w kłopotliwej sytuacji, że się najem wstydu, ale nic więcej. Chciałbym stąd wyjść.

W salonie zaskrzeczało radio, stawiając agentów niemal na baczność. Ale sygnał po chwili umilkł; nie nadeszły żadne wiadomości.

Kyle przestał w końcu ściskać stopami aktówkę i rozprostował nogi. Spojrzał na swojego adwokata.

– Załóżmy, że jesteś poważnym wspólnikiem w wielkiej firmie prawniczej. Co byś zrobił, gdyby jakiś współpracownik wyciął taki numer? – spytał.

– Wylałbym go natychmiast.

– No właśnie. Nie chciałoby ci się nawet z nim gadać. Jak ta firma może kiedykolwiek znów mi zaufać? Pracuje tam tysiąc nowych osób, które bardzo chętnie zajmą moje miejsce. Poza tym Scully powinien wiedzieć o czymś jeszcze. – Kyle zerknął do salonu, gdzie jego ochroniarze oglądali teraz telewizję. – Nie jestem jedynym szpiegiem w firmie. Bennie za dużo wiedział. Ma tam kogoś jeszcze. Ktoś przekazuje mu informacje. Muszę im to powiedzieć.

Przy drzwiach powstało jakieś zamieszanie, dwaj ochroniarze zerwali się na równe nogi i szybko ściszyli telewizor. Kyle i Roy wstali, Bullington wkroczył do pokoju z małą grupą. Na jej czele stał mężczyzna około sześćdziesiątki, z krótkimi siwymi włosami, w eleganckim garniturze. Miał minę człowieka, który w pełni panuje nad wszystkim, co się wokół niego dzieje. Bullington przedstawił go: Mario Delano, dyrektor generalny nowojorskiego biura FBI.

– Panowie – Delano zwrócił się do Kyle'a i Roya. – Bennie Wright najwyraźniej opuścił ten budynek i mamy teraz poważny problem. Zupełnie nie wiemy, gdzie nastąpił przeciek, ale mogę was zapewnić, że nie w moim biurze. Wątpię, czy w tym momencie jest to jakieś pocieszenie. Prowadzimy intensywne poszukiwania w całym Nowym Jorku: na stacjach kolejowych, lotniskach, płatnych drogach, w metrze i heliportach. Wszyscy podlegający mi agenci są na ulicach.

Słowa dyrektora nie wywarły jednak na Kyle'u wielkiego wrażenia. Po prostu wzruszył ramionami, jakby chciał powiedzieć:,,Wielkie rzeczy! Przynajmniej tyle potrafiliście zrobić".

Delano przeszedł do następnej sprawy.

– Musi pan jak najszybciej wyjechać z miasta, panie McAvoy. Proponuję, że weźmiemy pana na parę dni pod swoją opiekę, niech sprawa nieco przycichnie. Będziemy mieli trochę czasu, żeby wytropić Benniego Wrighta.

– A jeśli go nie znajdziecie? – zapytał Kyle.

– O tym porozmawiamy później. Nasz mały odrzutowiec czeka na lotnisku Teterboro. Przewieziemy tam pana w ciągu trzydziestu minut. Zapewnimy panu ochronę przez dwadzieścia cztery godziny na dobę, dopóki coś się nie zmieni.

Rzeczowa precyzja planów Delano nie pozostawiała żadnych wątpliwości, że istnieje poważne zagrożenie. Kyle nie mógł się spierać. Był teraz podwójnym agentem, a jednocześnie głównym świadkiem FBI. Jeśli ludzie Benniego mogli zamordować Baxtera, żeby nie dopuścić go do Elaine, Kyle wolał sobie nie wyobrażać, co mogli zrobić jemu.

– Chodźmy – rozkazał Delano.

– Muszę mieć minutę na rozmowę ze swoim klientem – odezwał się Roy.

– Oczywiście – zgodził się Delano, pstryknął palcami i pokój opustoszał.

Gdy zostali sami, Roy zamknął drzwi.

– Zadzwonię do kancelarii i jakoś cię wytłumaczę – powiedział. Kyle wyjął służbowy telefon.

– Nie ma potrzeby. Zadzwonię do Douga Peckhama i skłamię, że jestem chory. Bennie nigdy nie położył swojej łapy na tym telefonie.

– Świetnie. Będzie lepiej, jeśli ja wezmę aktówkę i komputer.

– Nie pozwól tylko, żeby zabrało to FBI.

– Nie pozwolę.

Uścisnęli sobie dłonie.

– Postąpiłeś słusznie – powiedział Roy.

– Słusznie czy niesłusznie, niestety się nie udało.

– Niczego nie przekazałeś, Kyle. Nie zawiodłeś niczyjego zaufania.

– Później o tym pogadamy.

– Uważaj na siebie.

40

W CZWARTEK RANO JOHN MCAVOY SIEDZIAŁ PRZY SWOIM BIURKU. Czas upływał mu przyjemnie i spokojnie, aż zadzwoniła sekretarka z wiadomością, że dwaj panowie z FBI wpadli z niespodziewaną wizytą. Zostali szybko wprowadzeni do gabinetu. Dokonano prezentacji, błysnęły odznaki, goście nie chcieli nawet napić się kawy.

– Czy z nim wszystko dobrze? – zapytał John.

– Czuje się doskonale – odpowiedział agent o nazwisku Halsey. Jego partner, agent Murdock, potwierdził to zdecydowanym skinieniem głowy.

– Więc co panów sprowadza?

– Kyle powiedział nam, że pan wie o jego planach wystarczająco dużo, by pomóc w schwytaniu jego agenta prowadzącego, niejakiego Benniego Wrighta – wyjaśnił Halsey.

– Tak, znam tło całej sprawy i wiem, co zamierzał.

Obaj agenci przestępowali z nogi na nogę. Murdock przejął inicjatywę.

– No cóż, nie wszystko poszło tak, jak planowano. Kyle zdobył dokumenty i miał się spotkać z Benniem Wrightem poprzedniego wieczoru w śródmiejskim hotelu. Agent Wright się jednak nie pojawił, a właściwie uciekł w ostatniej chwili. Jak dotąd nie dorwaliśmy go.

John przymknął oczy, zdjął okulary do czytania i zapalił papierosa.

– Gdzie jest Kyle?

– Z nami, pod naszą ochroną. Jest bezpieczny i chce z panem porozmawiać. Ale w tej chwili to niemożliwe.

Błękitny dym popłynął falą nad biurkiem od strony Johna.

– Pod waszą ochroną? – powtórzył. Dym płynął dalej i zaczął osiadać na Halseyu i Murdocku.

– Obawiam się, że tak. Mógłby się znaleźć w niebezpieczeństwie.

– Kto spartaczył operację?

– Nie wiadomo, czy została spartaczona ani jak lub dlaczego. Powiedzmy tylko, że teraz trwa intensywne dochodzenie w tej sprawie.

– Kiedy będę mógł zobaczyć się z synem?

– Już niedługo.

– Jesteśmy z Philly – powiedział Murdock. – Ale zostaniemy tu, w Yorku, przez parę dni. Mamy przekazywać panu wiadomości.

– Obaj agenci wyjęli wizytówki. – Z tyłu są numery telefonów komórkowych. Proszę dzwonić bez wahania.

KYLE SPAŁ DŁUGO, obudziły go odgłosy fal przewalających się po plaży. Leżał zatopiony w pościeli jak w chmurach – gruba biała kołdra, puszyste białe poduszki, miękka biała narzuta leżąca przy jego stopach. Wielkie łóżko wieńczył biały baldachim. Wiedział, gdzie się znajduje, ale potrzebował kilku minut, żeby przekonać samego siebie, że to się dzieje naprawdę.

Na ścianach wisiały tanie pastele, obrazy morza i plaży. Podłoga była z malowanego drewna. Słuchał szumu oceanu, gdzieś z oddali dobiegały go głosy mew. Żadnych innych dźwięków, całkowity kontrast w stosunku do porannego zgiełku Chelsea. Żadnego budzika wyrywającego go ze snu o jakiejś nieprzyzwoicie wczesnej porze. Żadnego pośpiechu przy braniu prysznica, ubieraniu się i rytuale docierania do biura. Nic z tych rzeczy, przynajmniej nie dzisiaj.

Dość przyjemny początek reszty jego życia.

Sypialnia była jedną z trzech w skromnym jednopiętrowym domku plażowym położonym o godzinę jazdy na wschód od Destin na Florydzie, dwie godziny i czterdzieści osiem minut lotu learjetem z lotniska Teterboro w New Jersey. Wylądowali – on i jego nowi przyjaciele – w Destin tuż przed czwartą rano. Furgonetka z uzbrojonymi kierowcami zabrała ich z lotniska i popędziła autostradą numer 98, mijając całe kilometry z pustymi domkami plażowymi i małymi hotelami. Było trochę urlopowiczów, sądząc po zapełnionych samochodami parkingach, z których wiele miało kanadyjskie tablice rejestracyjne.

Dwa okna w sypialni były uchylone. Lekki wiatr wpadał przez nie i wydymał zasłony. Minęły całe trzy minuty, zanim Kyle pomyślał o Benniem. Ale przezwyciężył pokusę i skoncentrował uwagę na dochodzącym z daleka skrzeczeniu mew. Usłyszał delikatne pukanie do drzwi.

– Proszę – zawołał ochrypłym od snu głosem.

Drzwi uchyliły się trochę i Todd, jego nowy najlepszy przyjaciel, wsunął do pokoju pucołowatą twarz i powiedział:

– Zamawiałeś budzenie o dziesiątej.

– Dzięki.

– Dobrze się czujesz?

– Oczywiście.

Todd dołączył do grupy w Destin i został przydzielony do ochrony ich świadka czy donosiciela – Kyle nie wiedział, za kogo tak naprawdę go uważano. Todd podlegał biuru w Pentacola, przeniósł się do Auburn, był tylko dwa lata starszy od Kyle'a i mówił znacznie więcej niż którykolwiek z agentów FBI – prawdziwych czy fałszywych – jakich Kyle spotkał dotychczas na swojej cierniowej drodze.

Kyle, w samych bokserkach, wygramolił się z miękkiej pościeli i przeszedł do sąsiedniego dużego pomieszczenia z aneksem kuchennym. Todd zdążył już odwiedzić sklep spożywczy. Bufet był zastawiony pudłami płatków zbożowych, przekąsek śniadaniowych, herbatników, frytek, wszelkiego rodzaju paczkowaną żywnością.

– Kawy? – zapytał.

– Chętnie.

Na kuchennym stole leżało złożone ubranie. Innym nowym najlepszym przyjacielem Kyle'a był Barry – starszy, mniej gadatliwy typ, przedwcześnie posiwiały i z masą zmarszczek jak na czterdziestolatka.

– Dzień dobry – powiedział Barry. – Zrobiliśmy zakupy. Kupiliśmy ci kilka T-shirtów, szortów, parę spodni khaki, tenisówki. Całkiem niezłe rzeczy są w miejscowym sklepie. Nie martw się, Wuj Sam pokrywa koszty.

– Na pewno będę wyglądał bosko. – Kyle wziął od Todda filiżankę kawy.

Todd i Barry, obaj w spodniach khaki i golfach, nie mieli przy sobie broni, ale ich pistolety leżały niedaleko. Gdzieś w pobliżu kręcili się także Nick i Matthew.

– Muszę zadzwonić do biura – oznajmił Kyle. – Powiedzieć im, że jestem chory i nie przyjdę do pracy. Już mnie na pewno szukają.

Todd przyniósł telefon.

– Proszę bardzo – powiedział. – Wiemy, że jest bezpieczny. Tylko nie wspominaj o tym, gdzie jesteś. Zgoda?

– A gdzie jestem?

– Na półkuli zachodniej.

– Dzięki za dokładność.

Z kawą i telefonem w rękach Kyle wyszedł na szeroki taras z widokiem na wydmy. Plaża była długa, piękna i pusta. Powietrze łagodne, rześkie, ale cieplejsze niż nowojorskie. Z odrazą spojrzał na telefon. E-maile, SMS-y i poczta głosowa. Od Douga Peckhama, Dale, Sherry Abney, Tima Raynoldsa, Tabora i kilku innych pracowników kancelarii, ale nic, co mogłoby go zaniepokoić. Przejrzał je szybko. Tylko zwyczajny potok wiadomości od ludzi, którzy mieli o wiele za dużą łatwość kontaktowania się z innymi. Dale dwa razy pytała, czy u niego wszystko w porządku.

Zadzwonił do Douga Peckhama, odezwała się poczta głosowa. Zostawił wiadomość, że dopadła go grypa, leży plackiem ciężko chory i tak dalej. Potem wystukał numer do Dale, która była na jakimś spotkaniu. Jej także zostawił wiadomość. Jedyną, bezsensowną zresztą korzyścią, jaką dawało obracanie się w kręgu pracoholików, było to, że nie mieli czasu, aby martwić się drobnymi dolegliwościami kolegów. Złapałeś grypę, weź tabletki i prześpij ją, ale nie rozsiewaj zarazków po całym biurze.

Wyglądało na to, że Roy Benedict czekał przy telefonie.

– Gdzie jesteś, Kyle? – zapytał, prawie nie mogąc złapać tchu.

– Na zachodniej półkuli. Czuję się dobrze. A ty?

– Doskonale. Jesteś bezpieczny?

– Tak. Siedzę ukryty, strzeże mnie co najmniej czterech facetów z bronią gotową do strzału. Są jakieś wiadomości o naszym Benniem?

– Nie. Do południa oni będą mieli zarzuty i dołączą jeszcze jeden, o morderstwo. Rozpowszechnią to na cały świat i liczą na to, że los się do nich uśmiechnie. Miałeś rację. W twoim mieszkaniu było więcej pluskiew niż na wysypisku śmieci. Doskonały sprzęt, najnowsza technologia podsłuchu.

– Czuję się zaszczycony.

– Znaleźli też nadajnik w tylnym zderzaku twojego jeepa.

– Nigdy o tym nie pomyślałem.

– W każdym razie to wszystko zostanie zaprezentowane wielkiej ławie przysięgłych. Więc przynajmniej Bennie będzie miał długi akt oskarżenia, jeśli kiedykolwiek popełni jakiś błąd.

– Lepiej się o to nie zakładaj.

– Dzwoniłeś do swojej firmy?

– Zostawiłem wiadomość Peckhamowi, pospolita historyjka o grypie. Kupi ją na parę dni.

– Żadnych sygnałów alarmowych, nic się nie dzieje?

– Nie. To dziwne, Roy. Jestem teraz tysiąc sześćset kilometrów od Nowego Jorku i patrząc wstecz, aż mi się wierzyć nie chce, jakie to było łatwe, wejść z odpowiednim sprzętem i wyjść z plikami. Mógłbym zabrać każdy dokument z bazy danych, przekazać go Benniemu lub innemu bandziorowi i przyjść z powrotem do firmy dziś rano, jakby nic się nie stało. Scully powinien być ostrzeżony.

– Więc kto im powie?

– Ja. Trochę ciężaru spadnie mi z serca.

– Pogadajmy o tym jutro. Rano rozmawiałem przez telefon z Bullingtonem. Dwa razy wspomniał o programie ochrony świadków. FBI bardzo się o ciebie boi, Kyle.

– Ja też się o siebie boję, ale żeby aż ochrona świadków?

– Oczywiście. Ty jesteś przekonany, że oni nie znajdą Benniego. Oni są przekonani, że go znajdą. Jeśli im się uda, postawią faceta przed sądem z niewiarygodną listą zarzutów, a wtedy ty staniesz się gwiazdą. Jeśli ciebie nie będzie i nie złożysz zeznań przeciw Wrightowi, sprawa się rypnie.

Przyjemny poranek na plaży stracił nieco ze swego uroku. Ale dlaczego miało być inaczej? Od dłuższego czasu już nic nie było proste.

– Muszę to poważnie przemyśleć i zastanowić się nad decyzją – powiedział Kyle.

– Więc zacznij myśleć.

– Zadzwonię do ciebie później.

Kyle włożył spodnie khaki i T-shirt, które całkiem nieźle do siebie pasowały, potem zjadł dwie miseczki płatków zbożowych. Przeczytał „Pensacola News Journal" i „New York Timesa". W „Timesie" nie wspomniano ani słowem o zamieszaniu w hotelu Oksford. Oczywiście, że nic nie ma, pomyślał Kyle. To się zdarzyło o zbyt późnej porze i operacja była tajna. Więc czemu szukał choćby jakiejś wzmianki?

Gdy już zjadł śniadanie i skończył przeglądać gazety, Todd usiadł obok niego przy kuchennym stole.

– Obowiązują tu pewne reguły – oznajmił z jowialną miną, ale jego uśmiech wcale nie był beztroski.

– Cóż za niespodzianka.

– Masz prawo dzwonić, oczywiście, ale tylko z telefonu służbowego. Nie wolno ci ujawniać miejsca swojego pobytu. Możesz spacerować po plaży, ale my musimy iść za tobą, w pewnej odległości.

– Żartujesz? Chodzę sobie po plaży, a za mną wlecze się facet z karabinem maszynowym. Jakie to relaksujące.

Todd się szczerze roześmiał.

– Żadnych karabinów maszynowych i nie będziemy się rzucać w oczy.

– Wy wszyscy rzucacie się w oczy. Rozpoznam każdego agenta na kilometr.

– W każdym razie nie oddalaj się od domu.

– Jak długo tu zostanę?

Todd wzruszył ramionami.

– Nie mam pojęcia.

– Jestem osobą strzeżoną czy chronionym świadkiem?

– Osobą strzeżoną, tak sądzę.

– Nie wiesz, Todd? Daj spokój. „Osoba strzeżona" to osoba o coś podejrzewana, czy nie tak, Todd?

Kolejne wzruszenie ramion.

– Ale ja nie jestem podejrzanym. Jestem świadkiem i wcale się nie zgodziłem, żeby objął mnie program ochrony. Więc, według mojego adwokata, mam prawo stąd wyjść, kiedy tylko zechcę. Co ty na to, Todd?

– A ten karabin maszynowy, o którym wspomniałeś? Mamy ich tu przynajmniej sześć.

– Więc powinienem jednak zostać, tak?

– Tak.

– Okay, jest południe. Co będziemy robić?

Barry cały czas kręcił się w pobliżu, więc nie umknęło mu ani jedno słowo. Podszedł do stołu z wielkim koszem różnych gier planszowych, które zawsze zostawiali właściciele wszystkich domków plażowych.

– Mamy Monopol, Ryzyko, japońskie szachy, Scrabble, chińczyka, co sobie życzysz Kyle.

Kyle przyglądał się przez chwilę zawartości kosza.

– Scrabble.

41

GRYPA BYŁA WYJĄTKOWO CIĘŻKA, nie chciała ustąpić. Doug Peckham, starając się okazać współczucie, bardzo się interesował, czy są jakiekolwiek oznaki poprawy. Sąd odrzucił ich wnioski w sprawie Trylona i w firmie potrzebni byli teraz wszyscy. Troska Peckhama nie sięgała aż tak daleko, by zainteresował się także tym, gdzie Kyle mieszka, kto – i czy w ogóle ktoś – się nim opiekuje, jakie lekarstwa chory bierze i tak dalej. Kyle użył dodatkowego podstępu, wspomniał o złowieszczej diagnozie, że ten szczególny wirus grypy jest „wyjątkowo zaraźliwy". Ponieważ mieszkańcy Nowego Jorku, jak co roku w grudniu, stale i wszędzie słyszeli teraz ostrzeżenia przed grypą, jego historia wydawała się wiarygodna. Dale także w nią uwierzyła, okazała mu jednak znacznie więcej współczucia.

Wczesnym popołudniem temperatura na zewnątrz skoczyła do dwudziestu siedmiu stopni i Kyle miał już dość siedzenia w domku na plaży.

– Chciałbym pójść na spacer – powiedział do Todda. – Mógłbyś zabezpieczyć plażę?

– Cała przyjemność po mojej stronie. W jakim kierunku zamierzasz iść?

– Na wschód, w stronę Miami.

– Zbiorę chłopaków. Zaczyna im się tu już z tobą nudzić.

Kyle szedł przez godzinę. Po drodze minął mniej niż dziesięciu zbieraczy przedmiotów wyrzuconych przez fale na brzeg; wędrowali w przeciwną stronę. Dwadzieścia pięć metrów za nim szła dwójka jego strażników, mężczyzna i kobieta, szczęśliwa para ze słuchawkami w uszach i pistoletami w kieszeniach.

Usłyszał muzykę i zobaczył grupkę ludzi pod daszkiem krytym imitacją strzechy, przy Gatorze, rodzinnym motelu w stylu lat pięćdziesiątych, z niewielkm basenem. Przygnębiający mały budynek, ale jedyny czynny przy plaży. Właśnie dlatego, że motel wyglądał tak okropnie, i żeby podręczyć swoich opiekunów, Kyle oddalił się powoli od brzegu oceanu, przeszedł między dwiema małymi wydmami i usiadł przy barze. Jimmy Buffet śpiewał cicho o życiu w bananowej republice. Barman mieszał specjalny koktajl rum punch. Niewielka grupka liczyła siedem osób – wszyscy powyżej sześćdziesiątki, wszyscy z nadwagą. Rozmawiali z wyraźnym północnym akcentem. Pierwsi uciekinierzy przed zimą.

Kyle sączył koktajl i zamówił cygaro. Między wydmami dostrzegł swoich „opiekunów". Stali, gapili się i zastanawiali, co robić. Po paru minutach inny agent pojawił się przed motelem. Przeszedł przez bar, mrugnął do Kyle'a i pomaszerował dalej. Jesteśmy tu, kolego.

Kyle pił i palił przez jakiś czas; starał się przekonać samego siebie, że czuje się odprężony. Żadnych zmartwień. Po prostu przepracowany prawnik, przyjemnie spędzający kilka dni na wybrzeżu.

Ale było zbyt wiele niedokończonych spraw w Nowym Jorku.

Po trzech dniach spędzonych pod czujną opieką Kyle miał już dosyć. Learjet wylądował na lotnisku Teterboro w sobotę, szóstego grudnia, o osiemnastej. Kyle nalegał i w końcu wymógł rezerwację apartamentu w Tribeca Grand Hotel, między Walker Street a White, niedaleko Village. I teraz też, po jego usilnych prośbach, agenci FBI zostali na dole, w holu i w atrium. Znudziły mu się ich przesadne i głupie, jego zdaniem, środki ostrożności.

Dale przyjechała punktualnie o dwudziestej. Dwaj agenci FBI przywieźli ją i wprowadzili do środka wejściem dla personelu. Gdy zostali sami, Kyle zaczął od wyjaśnień, że nie ma grypy, potem przeszedł do opowieści o tym, co się wydarzyło kilka miesięcy temu, a ona słuchała z tym samym niedowierzaniem, jakie okazali Roy Benedict i John McAvoy. Zamówili do pokoju homara i doskonałego białego burgunda, na koszt Wuja Sama, i rozmawiali dalej. On zrezygnował z pracy w kancelarii i nie bardzo wiedział, co będzie robił. Ona też odchodziła z firmy, bo wybrała lepsze życie w centrum Providence. Chciał pomówić o jej przyszłości, ale Dale stanowczo nalegała, żeby dokończył opowieść o jego przeszłości. Uznała tę całą historię za fascynującą, niewiarygodną, przerażającą i wciąż od nowa pytała: „Dlaczego nic mi wcześniej nie powiedziałeś?" A on mógł jedynie odpowiedzieć: „Nie mówiłem o tym nikomu".

Było już dobrze po północy, a oni wciąż rozmawiali. Bardziej jak przyjaciele niż kochankowie. Pożegnali się długim pocałunkiem i przyrzekli sobie, że spotkają się za parę tygodni, gdy tylko Kyle uporządkuje swoje sprawy.

O pierwszej zadzwonił na dół i oznajmił chłopakom, że idzie spać.

W NIEDZIELĘ KYLE MCAVOY WSZEDŁ PO RAZ OSTATNI do eleganckiej siedziby firmy Scully & Pershing. Towarzyszyli mu Roy Benedict, Mario Delano z FBI i Drew Wingate z Departamentu Sprawiedliwości. Zaprowadzono ich do sali konferencyjnej na trzydziestym czwartym piętrze, jeszcze jednego pomieszczenia, którego Kyle dotąd nigdy nie widział. Powitało ich sześciu wspólników firmy. Wszyscy mieli bardzo ponure twarze. Dokonano oficjalnej prezentacji. Jedynie Doug Peckham okazał Kyle'owi odrobinę ciepła i tylko przez moment. Zajęli miejsca po przeciwnej stronie stołu i patrzyli na siebie gniewnie jak wrogowie przez dzielące ich pole bitwy: Howard Meezer, główny wspólnik; Peckham; Wilson Rush – ten wyglądał na szczególnie zmartwionego; Abraham Kintz – legenda palestry na emeryturze; i dwaj nieco młodsi wspólnicy z zarządu, których Kyle nigdy dotąd nie widział. W sobotę, późnym wieczorem, Roy Benedict przesłał im dwudziestopięciostronicową szczegółową relację na temat ryzykownego przedsięwzięcia Kyle'a i nie było żadnych wątpliwości, że cała szóstka wspólników przeczytała każde słowo więcej niż raz. Do tekstu dołączona była pisemna rezygnacja Kyle'a.

Meezer zaczął spotkanie miłym oświadczeniem:

– Panie McAvoy, pańska rezygnacja została jednomyślnie przyjęta.

Nie po prostu przyjęta, lecz jednomyślnie przyjęta. Kyle skinął głową w milczeniu.

– Dokładnie zapoznaliśmy się z relacją przygotowaną przez pańskiego adwokata – powiedział Meezer powoli, cedząc każde słowo. – Jest fascynująca i niepokojąca zarazem. Nasuwa wiele pytań.

Proponuję, żebyśmy zajęli się nimi kolejno, zaczynając od sprawy najważniejszej.

Doskonale, doskonale, tak – zgodzili się wszyscy obecni przy stole.

– Pierwsza kwestia: co mamy z panem zrobić, panie McAvoy. Rozumiemy powody pańskiej kradzieży, ale pozostaje ona jednak kradzieżą. Zabrał pan poufne dokumenty cennego klienta w celach, które nie mogą być akceptowane przez naszą firmę. Wszczęcie postępowania karnego będzie zatem oczywistą konsekwencją, zgodzi się pan z tym?

Kyle'owi powiedziano, że ma milczeć, dopóki Roy nie pozwoli mu się odezwać.

– Wszczęcie postępowania karnego jest, rzecz jasna, możliwe – zgodził się Roy. – Ale to nic nie da. Firma nie poniosła żadnych strat.

– Poniesienie strat nie jest koniecznym wymogiem, panie Benedict.

– Tak, z formalnego punktu widzenia. Ale podejdźmy do tego realnie. Kyle wcale nie zamierzał przekazać komukolwiek tych dokumentów, gdy już je zdobędzie. Zrobił to tylko po to, by zniszczyć spisek zanim poważnie zaszkodzi kancelarii i jej klientowi.

– FBI nie będzie współpracowało przy postępowaniu karnym mającym doprowadzić do procesu, panie Meezer – oświadczył Delano, silne ramię rządu federalnego.

– Departament Sprawiedliwości też nie – dodał skwapliwie Wingate.

– Jasne – mruknął Meezer. – Ale nie potrzebujemy waszej pomocy. Kradzież jest przestępstwem stanowym, a my mamy trochę dobrych kontaktów z władzami, tu w tym mieście. Jednak nie skłaniamy się do traktowania tego w kategoriach przestępstwa kryminalnego. – Zaakcentował ostatnie słowo. – Niewiele będzie do zyskania, a dużo do stracenia. Nie chcemy, żeby nasi klienci bali się, że naruszamy tajemnice, a prasa na pewno rozdmuchałaby to małe wydarzenie.

Wilson Rush piorunował Kyle'a wzrokiem, ale Doug skupił uwagę na swoim notesie. Był tutaj dlatego, że Kyle podlegał bezpośrednio jemu, a także dlatego, że firma chciała, by na spotkaniu reprezentowało ją kilka osób – ponury pokaz siły w tym nieszczęsnym momencie. Kyle patrzył na Douga, ignorował Rusha i zastanawiał się, ilu spośród siedzących tu wspólników obciąży kosztami Trylona, licząc podwójną stawkę godzinową za pracę w niedzielę.

Obciążanie klientów. Miał nadzieję, że już nigdy nie zobaczy żadnego druku rejestracji czasu, nigdy nie będzie zerkał na zegarek i dzielił godziny na części dziesiętne, robił zestawień pod koniec miesiąca, by się upewnić, że przekroczył dwieście godzin, zawyżając liczby tu i tam, jeśli mu trochę zabraknie.

– Gdy chodzi o kwestię etyki zawodowej – ciągnął Meezer – pan McAvoy dopuścił się poważnego nadużycia. Powinien być o tym powiadomiony organ dyscyplinarny.

Zrobił długą przerwę, by ktoś z drugiej strony mógł zareagować na to oświadczenie.

– Myślę, że będziecie próbowali uniknąć rozgłosu – powiedział Roy. – Te sprawy powinny mieć charakter poufny, ale wiemy, że często dochodzi do przecieków. A jeśli Kyle otrzyma naganę lub zostanie pozbawiony uprawnień adwokackich, na pewno trafi to do wiadomości publicznej. Współpracownik kancelarii Scully & Pershing pozbawiony uprawnień za wyniesienie poufnych dokumentów. Chcecie, żeby taki artykuł ukazał się na pierwszej stronie w „New York Lawyer”?

Przynajmniej cztery osoby spośród sześciu kręciły teraz głowami i Kyle zrozumiał nagle, że byli tak samo zdenerwowani jak on. Ich słynna reputacja została zagrożona. Najważniejszy klient mógł zerwać z nimi umowę. A inni poszliby jego śladem. Rywale Scully & Pershing natychmiast wykorzystaliby sytuację i zyskali materiał do przepysznych pogłosek, które rozniosą po całej Wall Street.

– Czy pan zamierza zostać w Nowym Jorku, panie McAvoy? – zapytał Meezer.

Roy przyzwalająco skinął głową i Kyle odpowiedział:

– Nie, nie mogę.

– Bardzo dobrze. Jeśli zgodzi się pan zapomnieć o praktyce adwokackiej w stanie Nowy Jork, my zapomnimy o naruszeniu zasad etyki zawodowej.

– Zgadzam się – odparł Kyle, może trochę za szybko, ale nie mógł się już doczekać, kiedy stąd wyjedzie.

Meezer przerzucał jakieś notatki, jakby miał tam jeszcze zapisanych kilkanaście ważnych tematów, które należało poruszyć, ale spotkanie właściwie dobiegło końca. Jeszcze oficjalne zwolnienie, wyrażenie rozczarowania Kyle'em, wysłuchanie jego przeprosin, i obie strony mogą już się pożegnać na zawsze.

– Gdzie jest niebieska skrzynka? – zapytał jeszcze Wilson Rush.

– Zamknięta w moim biurze – powiedział Roy.

– I nie zawiera niczego oprócz dokumentów Kategorii A?

– Tak jest.

– Chciałbym, żeby ją obejrzeli nasi specjaliści od zabezpieczeń.

– W każdej chwili.

– Ale my chcielibyśmy być przy tym obecni – dodał Delano. – Jeśli ten osobnik, Bennie, zostanie schwytany, skrzynka będzie dowodem rzeczowym numer jeden.

– Czy jest jakiś postęp w śledztwie? – Meezer odwrócił plik notatek.

Delano nigdy nie mógł powiedzieć, że nie ma żadnego postępu, kiedy poszukiwał podejrzanego, więc dał standardową odpowiedź:

– Badamy tropy. Wierzymy, że doprowadzą nas do przestępcy.

Innymi słowy, nie.

Znów przerzucanie notatek, wiercenie się na krześle.

– W swojej relacji, panie McAvoy, robi pan aluzję do pewnych spraw dotyczących zabezpieczeń w firmie Scully & Pershing. Czy może pan powiedzieć nam o tym trochę więcej?

Roy znów skinął głową i Kyle zaczął:

– Tak, ale najpierw pragnę przeprosić za swoje postępowanie, choć mam nadzieję, że rozumiecie panowie powody, które zmusiły mnie do kradzieży. Gdy chodzi o zabezpieczenia... Spotkałem się z tymi bandytami dziesięć razy w czasie mojego pobytu w Nowym Jorku. Pierwszy raz w lutym; dziesiąte spotkanie odbyło się w ostatni wtorek wieczorem. Robiłem drobiazgowe notatki – daty, miejsca, czas trwania, kto był, co mówił. Mój adwokat ma te notatki. FBI dostało kopię. Trzykrotnie otrzymywałem informacje, które mógł znać tylko ktoś z firmy. Myślę, że jest tu jeszcze inny szpieg. Bennie, to fałszywe imię, wiedział na przykład o magazynie pełnym dokumentów, daleko na południu. Podczas jednego ze spotkań on i Nigel, inne fałszywe imię, dali mi do zrozumienia, że zrobili postępy, jeśli chodzi o rozpracowanie zabezpieczeń w magazynie. Wiedzieli o tajnym pokoju na siedemnastym piętrze. Bennie znał nazwiska wszystkich wspólników i współpracowników przydzielonych do sprawy. Doskonale się orientował, że młody prawnik McDougle odchodzi i że pracował nad sprawą Trylona pod kierownictwem starszej współpracownik Sherry Abney. Polecił mi nawet, żebym zaczął grać z nią w squasha. Dał mi kopie pism procesowych, wniosków, orzeczeń. Mam ponad sześćset stron dokumentów z akt sądowych, które, jak wiecie, są szczególnie chronione.

Trzy osoby po drugiej stronie stołu zamurowało; może to nie był zwalający z nóg szok, jaki wywołuje nagła straszliwa wiadomość, ale jednak zadano ogłuszający cios. Informacja o tym, że jeden z młodszych współpracowników skutecznie forsuje ich hermetyczny system bezpieczeństwa, była przerażająca. A teraz możliwe, że jest jeszcze jeden?

Żeby ich już całkiem dobić, Kyle dodał coś, o czym był naprawdę przekonany, choć nie mógł tego udowodnić.

– I nie sądzę, że jest to któryś ze współpracowników – powiedział, po czym wycofał się z pola bitwy i usadowił na krześle.

Każdy z sześciu mężczyzn po przeciwnej stronie stołu pomyślał o tym samym. Jeśli nie współpracownik, to wspólnik.

Doug Peckham przełknął ślinę, odchrząknął i zaczął niepewnie:

– Chcesz powiedzieć...

Siedzący obok Wilson Rush szybko podniósł prawą rękę, tuż przy twarzy Douga. Jak król żądający, by się uciszono. Na moment zapadło ogólne milczenie.

– Coś jeszcze? – zapytał w końcu Roy.

– Sądzę, że to wszystko – oznajmił Meezer.

Po kilku kłopotliwych sekundach Roy wstał, po nim Kyle, Delano i Wingate. Żaden ze wspólników nawet nie drgnął, gdy Kyle i jego świta opuszczali salę.

315

42

W HOLU BUDYNKU SPOTKALI SIĘ Z TYMI SAMYMI TRZEMA MIĘŚNIAKAMI, które przywiozły Kyle'a z hotelu. Cała grupa bezpiecznie dotarła na Broad Street, potem poszła jedną przecznicę na wschód do sąsiedniego budynku, gdzie na piętnastym piętrze pracował Roy. Trzej agenci, a tak naprawdę ochrona osobista, rozlokowali się w recepcji i znowu musieli czekać. W biurze Roya Drew Wingate uznał, że jego rola się skończyła. Przeprosił i obiecał pomoc we wszelkiej możliwej formie. Gdy wyszedł, Kyle, Roy i Delano zebrali się wokół małego stołu konferencyjnego. Biedna sekretarka, ściągnięta do pracy w niedzielę, z mdłym uśmiechem podała im kawę.

– Jakie masz plany, Kyle? – zapytał Delano.

– No cóż wygląda na to, że nie będę pracował jako adwokat w stanie Nowy Jork, to pewne. Pojadę na parę tygodni do domu, zrobię sobie przerwę, będę się cieszył wolnością.

– Nie wiem, czy to mądry pomysł.

– Doceniam pańską troskę, panie Delano, ale nie mam zamiaru ukrywać. Dziękuję za propozycję wejścia w ciemny, ciasny świat chronionego świadka, ale nie, nie skorzystam. Mam dwadzieścia pięć lat, czasami popełniam błędy, ale poradzę sobie sam, bez niczyjej pomocy.

Filiżanka kawy Roya zastygła w powietrzu w połowie drogi do jego ust.

– Kyle, chyba nie mówisz poważnie.

– Zupełnie poważnie, Roy. Dopiero co przeżyłem trzy dni z ochroną; wszędzie strażnicy, kryjący się i wypatrujący podejrzanych typów. Dziękuję, nie. Nie zamierzam przez całe życie ukrywać się pod fałszywymi nazwiskami i grać w Scrabble od rana do wieczora.

– Scrabble?

– Nieważne. Posłuchaj, przez ostatnich dziesięć miesięcy byłem stale inwigilowany. Wiesz, jak to działa? Stajesz się paranoikiem. Zaczynasz wszystkich podejrzewać. Nieufnie patrzysz na nowe twarze, bo to może być twarz prześladowcy. Zwracasz uwagę na każdy róg, przejście, każdego menela na ławce w parku, faceta w długim płaszczu. Odbierasz telefon i zastanawiasz się, kto cię podsłuchuje. Wysyłasz e-mail i szyfrujesz wiadomość, bo ktoś niepowołany może go zobaczyć. We własnym mieszkaniu szybko przebierasz się tyłem do kamery, starając się ukryć przyrodzenie. Wchodzisz do baru i najpierw podchodzisz do okna, żeby zobaczyć, kto stoi na chodniku. Uczysz się różnych głupich sztuczek, żeby jak najlepiej się maskować. Czujesz się jak w potrzasku. Świat się kurczy, bo zawsze ktoś depcze ci po piętach. Mam tego dość. Nie zamierzam uciekać przez całe życie.

– Ci faceci bez wahania zabili Baxtera Tate'a – zauważył Roy. – Dlaczego uważasz, że ciebie nie załatwią tak samo?

– Baxter bezceremonialnie wmieszał się w całą operację. A teraz Bennie zniknął. Plan nie wypalił.

– Jestem pewien, że Bennie wróci – powiedział Delano.

– Ale ja już nie będę częścią jego planu. Co zyska, likwidując mnie?

– Pozbędzie się ważnego świadka – wyjaśnił Roy.

– Ważnego tylko wtedy, gdy zostanie schwytany, w co bardzo wątpię. Jeśli doprowadzicie go przed sąd, wtedy możemy rozmawiać o ochronie.

– Och, wtedy będzie za późno, Kyle – odparował Delano. – Może mi pan wierzyć. W chwili gdy zwiniemy Benniego, paru facetów pojedzie po pana.

– Dawać ich tutaj. Mamy pięć strzelb na jelenie w domu. W aktówce noszę lugera. Jeśli się pokażą, urządzimy regularną strzelaninę.

– Bądź poważny, Kyle – odezwał się błagalnym tonem Roy.

– Podjąłem decyzję. FBI nie może mnie zmusić, żebym przyjął status świadka chronionego, a więc niniejszym oficjalnie i z całym szacunkiem mówię „nie". Dziękuję, panie Delano, ale odmawiam.

– Mam nadzieję, że nie będzie pan tego żałował – mruknął Delano.

– Ja także – odparł Kyle. – I, proszę, nie łaźcie za mną. Mógłbym wpaść w szał i zastrzelić pierwszą osobę czającą się w cieniu.

– Och, bez obaw. Mamy mnóstwo roboty gdzie indziej. – Delano wstał i uścisnął ręce obu mężczyznom. – Będę się zgłaszał raz na tydzień z najnowszymi informacjami – powiedział do Roya.

Roy odprowadził gościa i FBI zniknęło z życia Kyle'a. Drzwi się zamknęły, Roy usiadł na swoim miejscu i popatrzył na Kyle'a, jakby nie mógł uwierzyć w to, co się stało.

– Jesteś cholernie odważny.

– Albo głupi. Granica często jest płynna.

– Czemu nie zniknąć na parę miesięcy, może na rok?

– Rok nic nie zmieni. Ci faceci mają dobrą pamięć. Jeśli Bennie zechce się zemścić, znajdzie mnie wcześniej czy później, wszędzie.

– Nie ufasz FBI?

– Nie. Ufam tobie, mojemu ojcu, dziewczynie o imieniu Dale i to by było na tyle.

– Więc uważasz, że to była wewnętrzna robota?

– Tego się nigdy nie dowiemy. Mam przeczucie, że Bennie pracuje dla tego samego rządu, któremu ty i ja płacimy podatki. Dlatego uciekł. I nigdy nie będzie odnaleziony.

– Nadal w to nie wierzę.

Kyle wzruszył ramionami i przez dłuższą chwilę żaden z nich nic nie mówił.

W końcu Kyle zerknął na zegarek.

– Posłuchaj, Roy, jest niedzielne popołudnie, masz rodzinę. Jedź do domu.

– A ty?

– Ja? Wyjdę przez te drzwi, zrobię sobie długi spacer do swojego mieszkania, ani razu nie oglądając się przez ramię, a kiedy tam dotrę, spakuję ubrania i tyle gratów, ile się da, wcisnę to wszystko do jeepa, który ma trzysta tysięcy kilometrów na liczniku, i pojadę do domu. Może jeszcze zdążę zjeść późną kolację z ojcem. Jutro on i ja sporządzimy umowę spółki McAvoy & McAvoy, Adwokaci i zostanę wspólnikiem szybciej niż którykolwiek absolwent w historii wydziału prawa Yale.

– To mi się podoba. Naczelny redaktor „Yale Law Journal" prowadzący praktykę adwokacką przy Main Street w Yorku, w Pensylwanii.

– Mnie też się to podoba. Prawdziwi ludzie. Prawdziwe sprawy. Polowania na jelenie w soboty, Steelersi w niedziele. Prawdziwe życie, człowieku.

– Ty naprawdę nie żartujesz?

– Nigdy nie byłem bardziej poważny.

– No to chodź. Odprowadzę cię.

Zjechali windą do holu i wyszli z budynku. Uścisnęli sobie dłonie, pożegnali się i Roy patrzył, jak jego klient idzie nonszalanckim krokiem po Broad Street i znika za rogiem.